鬼吹灯 ④ 昆仑神宫

CANDLE IN THE TOMB

天下霸唱 著

湖南文艺出版社

第一章　死亡收藏者 / 1

第二章　冰川水晶尸 / 6

第三章　发丘印 / 15

第四章　利涉大川 / 20

第五章　古格银眼 / 25

第六章　悬挂在天空的仙女之湖 / 30

第七章　轮转佛窟 / 39

第八章　夜探 / 48

第九章　B 计划 / 57

第十章　本能的双眼 / 66

第十一章　走进喀拉米尔 / 75

第十二章　恐慌 / 84

第十三章　雪山金身木乃伊 / 94

第十四章　妖奴 / 103

第十五章　灵盖的诅咒 / 113

第十六章　先发制敌 / 122

第十七章　乃穷神冰 / 130

第十八章　血饵红花 / 139

第十九章　蜕壳龟 / 148

第二十章　鱼阵 / 157

第二十一章　风蚀湖的王 / 163

第二十二章　牛头 / 170

第二十三章　X 线 / 175

第二十四章　真实的恶罗海城 / 183

第二十五章　掉落 / 189

第二十六章　球虾 / 194

第二十七章　击雷山 / 203

第二十八章　白色隧道 / 209

第二十九章　黑暗的枷锁 / 216

第三十章　可以牺牲者 / 224

第三十一章　死亡倒计时 / 231

第三十二章　生死签 / 238

第三十三章　祭品 / 244

第三十四章　看不见的敌人 / 252

第三十五章　血祭 / 260

第三十六章　西北偏北 / 267

第三十七章　蛇窟 / 275

第三十八章　天目 / 282

第三十九章　刻魂 / 287

第四十章　由眼而生，由眼而亡 / 292

第四十一章　布莱梅乐队 / 303

第四十二章　还愿 / 310

第四十三章　酬金 / 317

第四十四章　总路线、总任务 / 323

第四十五章　摘符 / 329

第一章
死亡收藏者

回到北京后，我和Shirley 杨分头行事，她负责去找设备对献王的人头进行扫描和剥离，分析十六枚玉环的工作自然落到了我的头上。这工作看似简单，实则根本没有可以着手的地方。这一两天里，Shirley 杨那边就该有结果了，而我想努力也没个方向，只好整天坐等她的消息。

这天我正坐在院子里乘凉，大金牙风风火火地来找我，一进门见只有我一个人，便问我胖子哪儿去了。我说："他今天一早把皮鞋擦得锃亮，可能是去跳大舞了。这个时间当不当正不正的，你怎么有空过来？潘家园的生意不做了吗？"

大金牙说："胡爷，这不是想找你商量商量这事儿嘛。今天一早刚开市，就来了一百多雷子，二百多工商——反正全是穿制服的，见东西就抄，弟兄们不得不撤到山里打游击了。"

我奇道："这是怎么回事？上上下下的关节，你们不是都打点好了吗？"

大金牙说："甭提了！这阵子来淘东西的洋人越来越多，胡爷你也清楚，咱们那些人摆在明面上倒腾的，有几样真货？有某位比较有影响力的国际友人，让咱们那儿一哥们儿当洋庄给点了，点给了他一破罐子，说是当年

宫里给乾隆爷腌过御用咸菜的，回去之后人家一鉴定，根本不是那么回事儿，严重伤害了这位著名国际友人对咱们的友好感情，结果就闹大了，这不就……"

我对大金牙说："咱们在那儿无照经营，确实不是长久之计，不如找个好地方盘个店，也免得整天担惊受怕。"

大金牙说："潘家园打野摊儿，主要是信息量大，给买卖双方提供一个大平台。谁也不指着在市面上能赚着钱，都在水底下呢，暗流涌动啊。"

我又问大金牙瞎子怎么样了，怎么自打回来就没见过他。大金牙说："瞎子现在可不是一般牛了，自称是陈抟[①]老祖转世，出门都有拨了奶子[②]接送，专给那些港客算命摸骨、指点迷津什么的——那些人还他妈真就信丫的。"

我跟大金牙边喝茶边侃大山，不知不觉日已近午，正商量着去哪儿撮饭，忽然响起一阵敲门声。我心想可能是 Shirley 杨回来了，打开院门，却是个陌生人。来人油头粉面，语气极为客气，自称阿东，说是要找王凯旋王先生。

我说："你不就是找那胖子吗？没在家，晚上再来吧。"说着就要关门，阿东却又说找胡八一胡先生也行。我不知来者何意，便先将他请进院内。

阿东说他是受他老板委托，请我们过去谈谈古玩生意。我最近没心思做生意，但大金牙一听主顾上门了，便撺掇我过去谈一谈。我一看大金牙正好随身带着几样玩意儿，反正闲来无事，便答应阿东跟他过去，见见他的老板。

阿东把车开来，载着我们过去。我心中不免有些奇怪，这个叫作阿东的人，他的老板是怎么知道我们的住址的？然而问阿东"那位老板是谁"之类的问题，他则一律不说。我心想，肯定又是胖子在外边说的。不过去谈一谈也没什么，没准还能扎点款。

阿东开车将我们带到了一个幽静的四合院前。我跟大金牙一看这院子，

[①] 陈抟（871年–989年），五代宋初著名道教学者，字图南，自号扶摇子，史称"陈抟老祖"。
[②] 即波罗乃兹，波兰的一款老车。

顿生羡意，这套宅子可真够讲究的。走到屋内，见檀木架子上陈列着许多古色古香的玩器。我和大金牙也算是识货的人，四周一打量，就知道这里的主人非同小可，屋里摆的都是真东西。

阿东请我们落座，他到后边去请他老板出来。我一见阿东出去，便对大金牙说："金爷，瞅见没有？珐琅彩芙蓉雉鸡玉壶春瓶、描金紫砂方壶、斗彩高士杯，这可都是宝贝啊，随便拿出来一样扔到潘家园，都能震倒一大片。跟这屋里的东西比起来，咱们带来的几件东西，实在没脸往外拿呀。"

大金牙点头道："是呀，这位什么老板，看这气派不是一般人啊，为什么想跟咱们做生意？咱们这点东西人家肯定瞧不上眼。"

我突然在屋中发现了一样非常特别的东西，连忙对大金牙说："中间摆的那件瓷器，你看是不是有点问题？"

大金牙从椅子上站起身，走到那瓷器前端详起来。那是一只肥大的瓷猫，两只猫眼圆睁着，炯炯有神。但是看起来并不是什么名窑出来的，做工上也属平平，似乎不太符合这屋内的格调。瓷猫最显眼的，是它的胡须——不知为什么，这只瓷猫竟有十三根胡须，而且是可以插拔活动的，做工最精细的部分都集中在此。大金牙忽然想到了什么，扭头对我说："这是背尸者家里供的那种，十三须花瓷猫。"

在湘西等地山区，自古有赶尸、背尸两种营生。背尸是类似于盗墓的勾当。背尸的人家中，都会供着这样一只瓷猫。每次干背尸这种勾当之前，都要烧一炷香，对十三须花瓷猫磕上几个头。如果这期间瓷猫的胡须掉落或折断，是夜就绝对不能出门，因为这是发生灾难的预兆。这一招据说万试万灵，在民间传得神乎其神。现在背尸的勾当早已没人做了，我们曾在潘家园古玩市场见过一次这种东西。

在京津地区，从明清开始，也有外九行的人拜瓷猫。那些小偷家里就都供着瓷猫，不过那些都是九须，样式也不相同。"十三须"只有湘西背尸的人家里才有。这种习俗出自哪里，到今时今日，已不可考证了。

我一见这只"十三须"，便立刻想到：此间主人，大概其祖上就是湘西巨盗，专干背尸翻窖子的勾当，否则怎么会如此阔绰。这时一阵脚步声

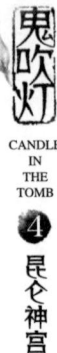

传来，我急忙对大金牙使个眼色，就当什么都没见到过，静坐着等候。

请我们来谈生意的这位老板是位香港人，五十岁出头，又矮又胖，自称明叔，一见到我就跟我大套近乎，说什么以前就跟我做过生意。

我绞尽脑汁也没想起来以前跟他做过什么生意，后来还是明叔说出来，我才明白，原来我和胖子那第一单蛾身螭纹双劙璧的生意，是同天津一个开古玩店姓韩的少妇做的，她就是明叔包养的情妇。

我想不明白他怎么又找上我了，这里面说不定有什么问题，还是少惹麻烦为上。我打算尽快让他看完大金牙带的几样东西，然后大路朝天各走半边了。于是我对明叔说：" 老爷子，不知道您怎么这么抬举我们，大老远把我们接过来。我们最近手头上还真是没什么太好的玩意儿，就随便带了几样，您要是看得上眼，您就留着玩。" 说完让大金牙拿出几样小玩意儿让他上眼。

大金牙见是港农，知道有扎钱的机会，立刻满脸堆笑，从提包里取出一个瓷瓶，双手小心翼翼地捧着："您上眼，这可是北宋龙泉窑的真东西。"

明叔一听此言，也吃了一惊："有没有搞错啊，那可是国宝级的东西，你就这样随随便便装在这个包里面？"

大金牙知道越是在大行家面前就越要说大话，但是要说得跟真的一样，你把他说蒙了，他就会信你的话，开始怀疑他自己的眼力了。大金牙对明叔说："您还不知道吧，您看我镶了颗金牙，我们家祖上是大金国四狼主金兀术，我就是他老人家正宗的十八代嫡孙。这都是我们家祖宗从北宋道君皇帝手里缴获来的，在黑龙江老家压了多少年箱子底，这不都让我给翻腾出来了吗……"

明叔却并没上当，不理大金牙，单和我讲："胡老弟啊，你们有没有真正的好东西啊？如果你不缺钱，我可以用东西和你交换嘛，我这屋里的古玩你看上边个（粤语：哪个），你就尽管拿去好了。"

我心想他这明摆着话里有话，请我们来是有的放矢。不过我从云南带回来的东西都有大用处，便是给我一座金山，我也不能出手。既然这样就别藏着掖着了，于是我把话挑明了，直接告诉明叔："我们那儿最好的东西，就是这件龙泉窑，虽然是仿的，但是还能过得去眼。愿意要就要，不要我们就拿回去。到时候你后悔了，我们可管不着。"

明叔笑了笑，拿起茶几上的一本相册，说是请我看看他在香港的收藏品。我翻了没几页，越看越怪，但是心中已然明了——原来这位香港来的明叔，是想买一面能镇尸的铜镜。肯定是胖子在外边说走了嘴，这消息不知怎么就传到明叔耳朵里了。他以为那面古镜还在我们手上，并不知道其实还没在我手里焐热乎就没了。

我问明叔道："你收藏这么多古代干尸做什么？"

第二章
冰川水晶尸

明叔给我看的相册，里面全是各种棺木。棺盖一律敞开，露出里面的干尸。干尸的年代风格皆不相同：有的一棺一尸；也有两尸侧卧相对的，是共置一棺的夫妻；更有数十具干尸集中在一口巨棺之中，外边都罩有隔绝空气的透明柜子。这些说是私人收藏，但更像是摆在展览馆里的展品。

我问明叔这些干尸是做什么的。有人收藏古董，但是真正的"骨董"想不到也有人要。以前倒是听说过新疆的干尸能卖大价钱，但是收藏了这么多的还真是头一回见，真是大开眼界。

明叔说国外很多博物馆专门购买保存完好的古尸。这些尸体是一种凝固着永恒死亡之美的文物，其中蕴含着巨大的商业价值和文化价值。

明叔对我说："胡老弟，你既然看了我的藏品，是否能让我看看你从云南搞到的镇尸古镜？价钱随你开，或者我这里的古玩你中意哪件，拿来交换也可以。"

我心中暗想，这位明叔是个识货的人，也许他知道那面铜镜的来历也未可知，不如套套磁，先不告诉他那面古镜早就不复存在了。于是问明叔，这镜子的来历有什么讲头没有。

明叔笑道："胡老弟还和我盘起道来了。这面铜镜对你们没什么用,对我却有大用,世间辟邪之物莫过于此了。说起来历,虽然还没亲眼看到过,但当时我一听古玩行的几个朋友说起,就立刻想到,一定是秦代以前的古物,绝不会错。秦始皇就是法家,这个你们应该是知道的对不对?"

我只记得"文化大革命"时有一阵是"批儒评法",好像提到过什么法家学说,具体怎么回事完全搞不清楚,只好不懂装懂地点了点头。大金牙在旁说:"这我们都知道,百家争鸣时有这么一家,是治国施政的理论,到汉代中期尊儒后就绝根儿了。"

明叔继续说道："当着真人不说假话,那面能镇尸辟邪的铜镜,就是法家的象征之物,相传造于紫阳山,能照天地礼义廉耻四维。据记载,当年黄河里有鳌尸兴风作浪,覆没船只,秦王就命人将此镜悬于河口,并派兵看守。直至秦汉更替,这古镜就落到汉代诸侯王手中了,最后不知怎么又落到云南去了。能装在青铜椁上克制尸变的古镜,世间绝无第二面了。你把它匀给我,我绝不会让你吃亏。"

我听了个大概,心里虽然觉得有些可惜,但这世界上没有卖后悔药的。价钱再合适,奈何我手里没东西。便对明叔直言相告:"我这儿压根儿就没有什么古镜,那都是胖子满嘴跑火车。他在前门说的话,您就得跑八宝山听去。"

说完我就要起身告辞,但是明叔似乎不太相信,一再挽留,我们只好留下来吃顿饭。

明叔仍然以为我舍不得割爱,便又取出一件古意盎然的玉器,举在我面前。我一打眼就知道这不是什么俗物,看他这意思是想跟我"打枪"(交换)。做我们这行的有规矩:双方不过手,如果想给别人看,必须先放在桌上,等对方自己拿起来看,而不能直接交到对方手里。因为这东西都是价值不菲的,一旦掉地上损坏了,说不清是谁的责任。

既然明叔握在手里,我便不好接过来,只看了两眼。虽然只有小指粗细的一截,但绝对是件海价的行货。在此物旁边,便觉得外边的炎炎暑热荡然无存了。

大金牙最喜欢玉器，看得赞不绝口："古人云，玉在山而木润，产于水而流芳。这件玉凤虽小巧，但一拿出来，感觉整个房间都显得那么滋润，真令我等倍觉舒爽。敢问这是唐代哪位娘娘戴的？"

明叔得意地笑道："还是金老弟有眼力啊，边个娘娘？《天宝遗事》虽属演义，但其中也不乏真材实料。那里面说杨贵妃含玉咽津，以解肺渴，指的就是这块玉嘛。这个是用一块沉在海底千万年的古玉雕琢，玉性本润，海水中沉浸既久，更增其良性，能泻热润燥、软坚解毒，是无价之宝啊，也是我最中意的一件东西。"

大金牙看得眼都直了："自古凡发冢见古尸如生，其腹口之内必定有大量美玉。从粽子里掏出来的古玉都价值连城，更何况这是贵妃娘娘日常含在口中的……"说着话就把脖子探过去，伸出舌头想舔。

明叔赶紧一缩手："有没有搞错啊，现在不可以，换给你们后，你愿意怎么舔就怎么舔，你就是天天把它含在嘴里，也没有问题的啦。"

明叔见我不说话，以为价码开得不够，又取出一轴古画，戴上手套，展开来给我们观看，对我说："只要你点个头，那深海润玉，加上这卷宋代的真迹《落霞栖牛图》，就全是你的了。"

我心想这明叔好东西还真不少，我先开开眼再说，于是不置可否，凝神去看那卷古画。我们这伙人平日里虽然倒腾古玩，但极少接触字画，根本没见过多少真迹。但这些年跟古物打交道，对这种真东西有种直觉，加上在古墓里也看过不少壁画。一看之下，便知道十有八九也是件货真价实的"仙丹"（极品）。

整幅作品结构为两大块斜向切入，近景以浓郁的树木为主，一头老牛在树下啃草，线条简洁流畅，笔法神妙，将那老牛温驯从容的神态勾勒得生动传神；中景有一草舍位于林间；远景则用淡墨表现远山的山形和暮霭。远中近层次衔接自然，渲染得虚实掩映，轻烟薄雾，宛如有层青纱遮盖，使人一览之余，产生一种清深幽远、空灵舒适的远离尘世之感。

明叔说，到了晚上，光线暗淡下来，这本在树下吃草的牛，便会回到草舍旁伏卧安睡——这是不可多得的珍品。

我当即一怔，这画虽好，但是画中的牛会动，那未免也太神了。以前听说过有古玩商用两张画蒙人的，画中有个背伞的旅人，一到下雨画中的伞就会撑开，其实是两张画暗中调换，不明究竟的以为是神物，这张《落霞栖牛图》怕也是如此。

而明叔当即遮住光亮，再看那画中的老牛，果然已卧于草舍之旁，原本吃草的地方空空如也。我大吃一惊，这张古画果是神人所绘不成？

明叔却不隐瞒，以实相告：这画用宫中秘药染过，故有此奇观。就算没有这个环节，这幅《落霞栖牛图》也够买十几套像样的房子了。

明叔又拿了两样东西，价码越开越高，真是豁出了血本，看来他必是久欲图之了，见我始终不肯答应，便又要找别的东西。

我对明叔说："我们今天算是真开了眼了，在您这儿长了不少见识。但实不相瞒，那面法家祖师古镜，我的确拿了，但是出了意外，没能带出来，否则咱们真就可以做了这单打枪的生意。您下这么大血本换那面古镜，难道是府上的粽子有尸变之兆？如果方便的话，能不能跟我们说说，我倒知道几样能制尸变的办法。"

我又说："我看咱们之间也没必要有什么顾忌了，都是同行，您那儿摆着的十三须花瓷猫是湘西背尸人拜的。既是如此，您一定也明了此道，难道会没有办法对付尸变吗？"

明叔大概也明白，已经开出了天价，再不答应那是傻子，看来确实是没有东西，无奈之余仍是留我们吃饭。喝了几杯酒，明叔就说了事情的缘由。

明叔的祖上确实是湘西的背尸者。"背尸"并不是指将死人背在身后扛着走，而是一种盗墓的方式：刨个坑把棺材横头的挡板拆开，反着身子爬进棺内，而不敢面朝下，做的都是"反手活"。这些神秘诡异的规矩，也不知是从哪朝哪代流传下来的。明叔家里就是靠这个发了横财，后来他爹在走马屿背尸的时候，碰上了湘西尸王，送掉了命，最后一代背尸者，就在那里画上了句号。明叔因为家财万贯，而且没学到祖上的手艺，便到南洋做起了生意，最后在香港定居。

后来他就开始倒腾干尸了，沙漠、戈壁、高山、荒原中出土的干尸，

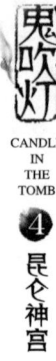

若是有点身份、保存完好的，扣上个某某国王、某某将军、某某国公主的名号，便能坐地起价，一本万利，比做什么都赚钱。下家多是一些博物馆、展览馆、私人收藏者之类的，当然都是在地下交易。

前不久一家海外博物馆来找明叔谈生意，他们那里有本从藏地得到的古代经卷，里面记载着一位藏地魔国公主死亡的奇特现象。她因为一种奇怪的疾病而死，死后变成了一具冰川水晶尸，尸体被当作神迹，人们便用九层妖楼将她封埋在雪山上。经卷里甚至还提到了一些关于墓葬位置的具体线索。

这是最大的一单生意，但据明叔收集到的情报来看，这具千年冰川水晶尸性属极寒，阴气极重，如果没有藏传供奉莲花生大师的灵塔，普通人一旦接近就会死亡。对付那种东西，其余镇尸的物件怕是全都派不上用场了，想来想去，或许只有用那面古镜才有可能将她从九层妖楼里背出来。

我和大金牙还是头回听说这个名词，湘西尸王的传说倒是听闻已久了，究竟什么是冰川水晶尸？比那湘西尸王如何？

我听明叔所说的内容竟和藏地魔国有关，当即便全神贯注起来。九层妖楼我曾经见过，就是个用方木加夯土砌的墓塔，那是塔葬的雏形。魔国的什么公主倒没听说过，也许明叔的情报有误，也说不定就是"鬼母"一类的人物。僵尸里最凶的莫过于湘西深山里的尸王，据说百年才出现一次，每次都是为祸不浅。冰川水晶尸是否类似？

明叔说那完全不同，雪山上的冰川水晶尸是被人膜拜的邪神，从里到外水晶化的尸体，全世界独一无二，所以才不惜一切代价想把它搞到手。但这种远古的邪恶之物，怎能轻易入阳宅？

香港南洋等地的人，对此格外迷信。明叔倒腾的干尸，有不少是带棺材成套的，每经手一个，都要在棺内放一根玉葱，取"冲"字的谐音，以驱散阴邪不吉的晦气。

至于冰川水晶尸，与其说是具古尸，不如说是邪神的神像。所以明叔想用法家祖师镜这种神物来镇宅。否则即使从雪山里把尸体挖掘出来，也没胆子运回去。西藏那种神秘的地方，很多事难以用常理揣测，谁知道会有什么诅咒降临到头上。既然古镜没了,只好再找其他的东西。一旦有了眉目,明叔就要组队进藏,按照经书中的线索,去挖冰川水晶尸。这单生意太大,明叔要亲自督战,盯着手下别把古尸弄坏了。

至于组队进藏的事,到现在还没什么合适的人选。明叔希望我能一同前往,如果能有几位摸金校尉助阵,那一定会增加成功系数。

我并没有答应下来,心中暗自盘算,原来明叔下这么大的血本,不光是图一面古镜,还想让我们出手相助。目前有几个疑问:明叔是怎么知道我们从云南发现了一面古镜?他应该知道我和胖子是倒斗的,但是他并不知道我们是戴着摸金符的摸金校尉,难道这些都是胖子说出去的?

这么一问才知道,原来明叔根本不认识胖子,也没跟他谈过话。明叔说是有位算命的高人,真是堪称神算,全托他的指点。最开始的时候,明叔得知潘家园传出消息,说是有面古镜被人在云南发现了,四处打探下落无果,就找一个自称陈抟转世的算命瞽者,请他点拨点拨,看能否知道是哪路人马最近在云南深山里得了古镜。结果那瞽目老者连想都没想,立刻就起了一卦,然后写了个地址,说是按这地址找一位叫王凯旋的,还有一位叫胡八一的——这两人是现今世上手段最高明的摸金校尉,都有万夫不当之勇、神鬼莫测之机,兼有云长之忠、翼德之猛、子龙之勇、孔明之智——那面古镜一定就是他们从云南挖出来的。

明叔说:"今日得见,果验前日卦辞。那位老先生,真是活神仙,算出来的机数,皆如烛照龟卜,毫厘不爽,不仅是陈抟老祖转世,说不定还是周文王附体。"

我和大金牙听到此处,都强行绷住面孔,没敢笑出来,心想要是这种算命的水平也能称之为"烛照龟卜",那我们俩也能当周文王了。不过瞎子这回也算办了件正事,没给我们帮倒忙,净往我们脸上贴金了。人抬人,越抬越高,于是我和大金牙也立刻装出惊讶的表情,我对明叔说:"想不到还有此等世外高人。以前一直不太了解'未卜先知'和'料事如神'这两个词是什么意思,今天算是生动切实地体会了一把。若是有缘拜会,得他老人家指点一二,那可真是终生受用无穷啊。只是我等凡夫俗子,怕是

没这种机会了。"

明叔说:"也不是没有机会了,那位老神仙,就在陶然亭公园附近,一百块就可以算一卦,只要多给钱,还可以接到家里来相相风水。不过他老人家有个习惯——不是拨了奶子不肯坐。我朋友刚好有一辆,你们想去请他的话,我可以让阿东给你们开车。"

我谢过明叔的好意,再说下去非得笑出来露了馅儿,便赶紧岔开话题,不再谈那算命的瞎子。

我对明叔说:"去藏地挖九层妖楼里的冰川水晶尸,这个活儿按理说我能接,尽管没有法家祖师的古镜,我也能想办法给您找个别的东西代替。至于具体是什么,现在不能说。总之杀猪杀屁股,各有各的杀法,我们摸金的有我们自己的办法。但目前我有件更重要的事要做,在有结果之前,还不能应承下来。过几天之后,我再给您个确切的答复。"

明叔显然对我们甚为倚重,一再嘱托,并答应可以先给我们一些定金。我和大金牙对那块杨贵妃含在口中解肺渴的玉凤早已垂涎三尺,便问能不能把这玩意儿先给我们,我们一旦腾出手来,一定优先考虑这单买卖。

明叔赶紧把那玉凤收了起来:"别急别急,事成之后,这些全是你们的。但这件玉器做定金实在不合适,我另给你们一样东西。"说完从檀木架子底下取出一个瓷坛。看这瓷坛十分古旧,边口都磨损得看不见青花了,我跟大金牙立刻没了兴致,心想这明叔还是不见兔子不撒鹰的老财迷,这破烂货到潘家园都能论车皮收。

明叔神秘兮兮地从瓷坛中掏出一个小小的油纸包,原来坛子里有东西,密密实实地用油纸裹了得有十来层。明叔先把油纸外边涂抹的蜡刮开,再将那油纸一层层揭开。我跟大金牙凑近一看,这层层包裹中封装的,竟是两片发黄干枯的树叶。

我学着明叔的口吻说:"有没有搞错啊,这不就是枯树叶子吗?我们堂堂摸金校尉,什么样的明器没见过。"我说着话捏起来一片看了看,好像比树叶硬一些,但绝不是什么值钱的东西,看完又扔了回去,对大金牙使个眼色,怒气冲冲地对明叔说,"你要舍不得落定也就算了,拿两片树叶出来寒碜谁，成心跟我们内地同胞犯硌硬是不是？"

大金牙赶紧作势拦着我，对明叔说："我们胡爷就这脾气，从小就苦大仇深，看见资本家就压不住火。他要真急了谁都拦不住，我劝您还是赶紧把杨大美人含着玩的玉凤拿出来，免得他把你这房子拆了。"

明叔以为我们真生气了，生怕得罪了我们，忙解释道："有没有搞错啊，胡老弟，这怎么会是树叶呢？边个树叶是这样子的啊？这是我在南洋跑船的时候，从马六甲海盗手里买到的宝贝，是龙的鳞片，龙鳞。"

明叔为了证明他的话，在茶杯中倒满了清水，把那发黄的干树叶拿出一片，轻轻放入杯中。只见那所谓的"龙鳞"，一遇清水，立刻变大了一倍，颜色也由黄转绿，晶莹剔透，好似在茶杯中泡了一片翡翠。

我以前在福建也听说过"龙鳞"是很值钱的，有些地方又称其为"润海石"，但没亲眼见过。据说在船上放这么一片，可以避风浪；在干旱的地方供奉几片，可以祈雨；用来泡茶，能治哮喘。至于是不是真的龙鳞就说不清楚了，也许只是某种巨大的鱼鳞。此物虽好，却不稀奇，不如那件玉凤来得实在。于是我装作不懂，对大金牙说："这怎么会是龙鳞呢？金爷你看这是不是有些像咱们做菜用的那种……叫什么来着？"

大金牙说："虾片！一泡水就变大了，一块钱一大包。我们家小三儿最喜欢吃这口，这两片都不够它塞牙缝的。"

我们俩好说歹说，最终也没把玉凤蒙到手。这润海石虽然略逊一筹，但是不要白不要，干脆就连那瓷坛子一并收了。

回去的路上，大金牙问我这两块润海石能不能值几万港纸。我说够呛，俩加起来值八千港纸就不错了。

大金牙又问我这回是否真的要给这老港农当枪使，莫非收拾收拾就得奔西藏昆仑山？

我说："别看是老港农，老东西挺有钱，港农的钱也是钱，咱们不能歧视他们资本家，他们的钱不扎白不扎。另外他手中有藏地魔国陵寝的线索，双方可以互相利用。但此事回去之后还得再商量商量。咱们现在还有件事得赶紧做了，就是去陶然亭公园那边找算命的陈瞎子。他对《易经》

所知甚详，《易经》包罗万象，然而其根源就是十六字天卦，我得找他打听一些关于这方面的事情，免得 Shirley 杨回来后，又要说我整天不务正业了。"

第三章
发丘印

　　于是我和大金牙直接奔右安门，稍加打听，就在一个凉亭里找到了正给人批命的陈瞎子。凉亭里还有几个歇脚看热闹的人。只见陈瞎子正给一个干部模样的中年男子摸骨，他摇头晃脑地说道："面如满月非凡相，鼻如悬胆有规模。隐隐后发之骨，堂堂梁柱之躯，三年之内必能身居要职。依老夫愚见，至少是个部级。若是不发，让老夫出门就撞电线杆子上。"

　　那中年男子闻言大喜，千恩万谢地付了钱。我见瞎子闲了下来，正准备过去和他说话，这时却又有一人前来请他批卦。此人是个港商，说家里人总出意外，是不是阳宅阴宅风水方面有什么不好的地方。瞎子掐指一算，问道："家中可养狗？"港客答道："有一洋狗，十分乖巧，家里人都对它非常宠爱。"

　　瞎子问了问狗的样子特征，叹道："何苦养此冤畜，此洋狗前世与阁下有血海之仇，不久必会报复，老夫不忍坐视不理。阁下归家后的第三天，可假意就寝，待那狗睡熟之后，便将衣服做个假人摆到床上，然后离家远行。转日此狗见不到你，必定暴怒而亡，你再将它的尸体悬在深山古树之上，使其腐烂消解，切记不可土埋火烧。"

　　瞎子煞有介事地嘱咐港客，待此狗皮肉尽消，仅余毛骨之时，即为此宿怨化解之期。港客听得心服口服，忙不迭地掏出港纸孝敬瞎子。

　　我看天已过午，不耐烦再等下去，和大金牙一边一个，架住陈瞎子就往外走。瞎子大惊，忙道："二位壮士，不知是哪个山寨的好汉？有话好说，老夫身上真没几个钱……这把老骨头经不住你们这么捏呀。"但走出几步，瞎子就闻出来了，"莫不是摸金校尉胡大人？"

　　我哈哈一笑，就把架着他的胳膊松开。瞎子知道不是绑票的，顿时放松下来，谁知得意忘形，向前走了两步，一头撞在了电线杆子上。瞎子疼得直咧嘴，捂着脑袋叹道："今日泄露天机，夺造化之秘，故有此报。"

　　我把瞎子带到街边一家包子铺里，对他说："陈老爷可别见怪，我找你确有急事，耽误了你赚钱，一会儿该多少我都补给你。"

　　瞎子要了碗馄饨，边吃边说："哪里哪里，老夫能有今日，全仰仗胡大人昔日提携，否则终日窝在那穷乡僻壤，如何能坐得上拨了奶子。"

　　大金牙原本听我说瞎子算命就是裤裆里拉胡琴——扯淡，但刚才在凉亭中，见到瞎子神机百出，批数如神，便不由得刮目相看，也想请瞎子帮着算算财路。

　　瞎子笑道："当着胡大人的面，自然不能瞎说，什么神数，都是屁话。"他说着把一碗馄饨一转圈吃了个底朝天，随便给我们说了说其中的奥妙。

　　"自古与人算命批相，只求察言观色，见人说人话，见鬼说鬼话，全在机变之上，而且这里边大有技巧。就好比那港客，问他有没有养狗，这就是两头走的活话：他要说没养，那就说他家缺条狗镇宅；要说养了，那就是狗的问题。港客丢下狗全家远奔避难，短时间内一定不敢回家，那洋狗岂有不饿死之理。就算是狗饿不死，港客也会认为算得准，只是因为其中牵扯宿怨，不肯明言而已，他会再想别的办法把狗饿死。总之说得尽量玄一些，这就看嘴皮子的功夫了。这些话就是随口应酬，谁计日后验与不验，只需当面说出一二言语，令来者信服便是。说来说去，在那些凡夫俗子眼中，老夫都是神术。"

　　最后，瞎子对我和大金牙说道："二位明公，天下神于术者能有几人？

无非见风使舵而已。凡算命问卜皆不离此道，能此则神，舍此则无所谓神也。"

大金牙对瞎子说："陈老爷真是高人，若是不做算命的行当，而经营古玩字画，一定能够大发横财。就您这套能把死人说活了的本事，我是望尘莫及啊。"

我听了瞎子这番言论，心想在明叔家里听到瞎子给人起卦，便觉得或许他知道一些十六字天卦的奥秘，但现在看来，他算命起卦的理论依据几乎等于零，纯粹是连蒙带唬。但既然找到了他，不妨姑且问问。

于是我出言相询，问瞎子是否懂得《易经》，是否听说过失传已久的"十六字"之事。瞎子捻了捻山羊胡，思索良久才道："《易经》中自是万般皆有，不过老夫当年做的营生是卸岭拔棺，后来丢了一对招子，才不得不给人算命摸骨糊口，对倒斗的事是熟门熟路，对阴阳八卦却不得其道。不过老夫听说在离京不远的白云山，最近有个很出名的阴阳风水先生，得过真人传授，有全卦之能，精通风水与易术。你们不妨去寻访此人，他既然自称全卦，必有常人不及之处。"

我让瞎子把那全卦真人的名姓以及他所住的村名说了一遍，记在纸上。所谓白云山即是燕山山脉的一处余脉，离北京不远，几个小时的车程便到。我打算稍后就去一趟，为了百分之一的希望，不得不做百分之百的努力。

然后我又让瞎子说说发丘印的传说——我盘算着既然没有古镜，只好弄个一样镇邪的发丘印去唬明叔，关键是他能把魔国陵墓的线索透露给我们，至于他拿回去能不能镇宅，我又哪里有空去理会。

瞎子说起盗墓的勾当，却是知之甚详。这几十年传统的倒斗手艺和行规出现了断层，而瞎子就可以凭当年在江湖上闯荡的见闻，给我们填补这一块的空白。

自古掘古冢便有发丘摸金之说，后来又添了外来的"搬山道人"，以及自成一派、聚众行事的"卸岭力士"。发丘有印，摸金有符，搬山有术，卸岭有甲，其中行事最诡秘的当属"搬山道人"。他们都扮成道士，正是他们这种装束，给他们增加了不少神秘感，好多人以为他们发掘古冢的"搬山分甲术"是一种类似茅山道术的法术。

"卸岭力士"则介于绿林和盗墓两种营生之间。有墓的时候挖坟掘墓，找不着墓的时候，首领便传下甲牌，啸聚山林劫取财物。他们向来人多势众，只要能找到地方，纵有巨冢也敢发掘。

朝代更迭之际，倒斗之风尤盛，只说是帝王陵寝、先贤丘墓、丰碑高冢，远近相望，群盗并起。俗语云："洛阳邙岭无卧牛之地，发丘摸金，搬山卸岭，印符术甲，锄入荒冢。"

摸金的雏形始于战国时期，精通"寻龙诀"和"分金定穴"；发丘将军到了后汉才有，又名发丘天官或者发丘灵官。其实发丘天官和摸金校尉的手段几乎完全一样，只是多了一枚铜印，印上刻有"天官赐福，百无禁忌"八个字，在盗墓者手中是件不可替代的神物。此印毁于明代永乐年间，已不复存于世。

我按瞎子的描述，将"发丘印"的特征、大小等细节一一记录下来，然后让大金牙想办法找人做个伪的。最好是在仿古斋找个老师傅，以旧做旧，别在乎那点成本，回头做得一看就是潘家园地摊上的"新加坡"，那明叔也是内行，做出来的假印一定得把他唬住了，好在他也没亲眼见过。

我让大金牙送瞎子回去，自己则匆匆赶回家中，准备去白云山。到家的时候，几乎是和 Shirley 杨前后脚进门，我赶忙问那颗人头怎么样了。

Shirley 杨无奈地摇了摇头。献王人头的口中，的确多出一块物体，和真人的眼球差不多大，但是与头颅内的口腔融为一体，根本不可能剥离出来。整个人头的玉化就是以口舌为中心，颅盖与脖颈还保留着原样，这些部分已经被切掉了，现在就剩下面部及口腔这一块，说着便取出来给我观看。

献王的人头被切掉了所有能剥离的部分，剩余的部分几乎就是一块有模糊人面的玉球，表面纹理也呈旋涡的形状。Shirley 杨说这颗人头能吸引介于能量与物质之间的"尸洞"，一定不是因为玉化了，而是其中那块物体的缘故。透视的结果发现，人头内部的物质颜色逐渐加深，和眼球的层次相近，除了雮尘珠之外，哪里还会是其他的东西。

只不过龙骨天书"凤鸣岐山"中所隐藏的信息我们无从得知,也就无法理解古人对此物特性的描述。它究竟是眼球、旋涡、凤凰,还是其余的什么东西,又同长生不死、羽化成仙有什么联系?以献王为鉴,他是做错了某个步骤,还是理解错了天书中的内容……当年扎格拉玛族中的祖先占卜的结果,只提到想消除诅咒必须找到雮尘珠,但找到之后怎样做,就没有留下记载。

我对 Shirley 杨说,这些天我也没闲着,刚打听到一个白云山"全卦真人"的事,我想起以前我祖父的师父,他就是在白云山学的艺。说不定那本阴阳风水残书也是得自白云山。我这就打算立刻过去碰碰运气。

Shirley 杨一听有机会找出十六字全卦,便要与我同行。我说:"你还是留在北京家里,因为还有很多事要做。一旦天书得以破解,咱们下一步可能就要前往西藏,寻找那个供奉巨大眼球图腾的祭坛。前些天在云南损失的装备太多了,所以你还得让美国盟军给咱们空运一批过来,买不到的就让大金牙去定做。"

我又把明叔的事对 Shirley 杨讲了一遍,问她是否可以利用明叔掌握的线索。Shirley 杨问我是怎么打的主意,我说就按外交部经常用到的那个词——"合作并保持距离"。

我第二天一早就到南站上了火车,沿途打听着找到了白云山全卦真人马云岭住的地方,但马家人说他到山上给人看风水相地去了。我不耐烦等候,心想正好也到山上去,看看马真人相形度地的本事如何,希望他不是算命瞎子那种蒙事的。

这白云山虽然比不得天下的名山大川,却也有几分山光水色。按在马宅问明的路径,沿着山路登上一处山顶,见围着数十人,当中有一个皮包骨头的干瘦老头,两眼精光四射,手摇折扇,正给众人指点山川形势。

第四章
利涉大川

　　我心想不用问，这位肯定就是全卦真人了。我充作看热闹的，挤进人群，只见马真人正对着山下指画方向琢点穴道，对那些人说道："西北山平，东山稍凹，有屏挡遮护，有龙脉环绕，咱们庄的学校要是盖在这里，必多出状元。"

　　这时有个背着包裹的中年山民，其貌不扬，看样子是路经此地无意中听到马真人的言论，便对众人说道："看各位的举动，难道是要在此地建房？此山乃白蚁停聚之处，万万不可建造阳宅，否则容易出事故伤人。"

　　马真人一向受惯了众星捧月，相形度势百不失一，何曾有人敢出言反驳？看那山民十分面生，不是本乡本土的，心中不禁有气，便问他一个外地人怎么会知道这山里有白蚁。

　　那过路的山民说道："东山凹，西山平，凹伏之处为西北屏挡，复折而南，回绕此山。虽有藏风之形，却无藏风之势，风凝而气结。风生虫，所以最早的繁体字'風'字，里面从个虫。风与山遇，则生白蚁。此地在青乌术或《易经》中，当为山风蛊，建楼楼倒，盖房房塌。"

　　马真人问道："这里山清水秀，怎么会有蛊象？虽有山有风，但没听

20

说过山风蛊，你既如此说，请问蛊从何来？"

山民指着山下说："白蚁没有一只单独行动的，凡白蚁出没必成群结队，'蠱'字上面是三个虫，这三者为众象，众就是多；下面的皿字，形象损器，好似蚁巢。此地表层虽然完好，奈何下边已被蚁穴纵横噬空。我乃过路闲人，是非得失与我毫不相干，只是不忍房屋倒塌伤及无辜，故此出言提醒，言语莽撞，如有不当之处，还望海涵，这就告辞了。"

那山民说罢转身欲行，马真人却一把将他拉住："且慢，话没说明白别想走。你说此山中有蚁穴，此亦未可知，但以蛊字解蚁，却实属杜撰。此种江湖伎俩，安能瞒得过我？"

山民只好解释道："自古风水与易数不分家，所以才有阴阳风水之说。这里地处据马河畔，河水环西山而走，白蚁行处也必有水，所以《易经》中的蛊卦，也有利涉大川之语，山风蛊便应利涉大川。"

马真人听罢笑道："我家祖上八代都是卦师葬师，《易经》倒背如流，说起易数你可不能蒙混过关了。蛊卦的利涉大川，应该是形容蛊坏之极，乱当复治，拨乱反正之象，所以此卦为元亨而利涉大川，你竟敢如此乱解，实在可笑至极。"

这时有几个好事的村民，争先恐后地跑到山坡下，用铁锹挖了几下子，果然挖出成团的白蚁，众人都不免对那山民另眼相看。

只听那山民对马真人说："依你所说，利涉大川只是虚言，换个别的意思相近之词一样通用，这是对易数所见不深。其实利涉大川在此卦中特有所指，蛊卦艮上巽下，本属巽宫，巽为木，艮卦内互坎卦，坎为水，以木涉水，所以才有利涉大川之言。我还有事在身，不能跟诸位久辩，如果世上真有风水宝地，又哪里还有替别人相地的风水先生？劝诸位不必对此过于执着，山川而能语，葬师食无所。"说完之后，也不管马真人脸上青一阵白一阵的，转身就走。

我在旁也听得目瞪口呆，这世上果然是山外有山，天外有天。我自恃有半本《十六字阴阳风水秘术》，就觉得好像怎么了似的，其实比起这位貌不惊人的过路山民，我那点杂碎真是端不上台面。这些年来我是只知风

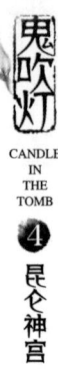

水,而不晓阴阳。我猛然醒悟,这山民对卦数了如指掌,又通风水秘术,今天该着让我撞见,岂能擦肩而过失之交臂?

这么一愣神的工夫,那过路的山民已经走下了山坡。被人辩得哑口无言、自称全卦能倒背《易经》的马真人,估计也是个包子,我看都懒得再看他一眼,便从后三步并作两步朝那山民追了上去。

山路曲折,绕过山坳后,终于赶上了他,我单刀直入地说想了解一些卦数的事情。那山民也没什么架子,与我随口而谈。原来他是来此地探亲,这时是要赶路乘车回老家。我见机不可失,便也不多客套,直接请教他是否知道《十六字阴阳风水秘术》之事。

山民闻听此言,露出一丝诧异的神色,干脆与我坐在山下林中,详细攀谈起来。十六字天卦自成一体,包括诀、象、形、术四门,据说创于周文王之手,然而由于其数鬼神难测,能窥其门径者极少,汉代之后便失传了,留下来的只有易数八卦。后世玄学奇数,包括风水秘术,无不源出于此。

晚清年间,有名金盆洗手的摸金校尉,人称张三链子张三爷。据说他自一古冢里掘得了十六字天卦全象,并结合摸金校尉的专利产品"寻龙诀",撰写了一部《十六字阴阳风水秘术》。但此书夺天地之秘,恐损阳寿,便毁去阴阳术的那半本,剩下的半本传给了他的徒弟阴阳眼孙国辅,连他的亲生子孙都没传授。

这位山民就是当年张三爷的后人张赢川,他所知所学,无非都是家中长辈口授,特别精研易术。我们一盘起道来,越说越近,阴阳眼孙国辅就是我祖父的恩师。这可有多巧,敢情还不是外人,从祖上一辈辈地排下来,我们俩属于同辈,我可以称他一声大哥。

张赢川问明了我找十六字的来龙去脉,说此事极难,十六字是不可能找到了,即便是某个古墓里埋着,找起来那也是大海捞针,而且事关天机,找到了也不见得是什么幸事。

我觉得对于"天机"可能是理解不同,我认为所谓的天机,只是一些寻求长生不死之道的秘密,是统治阶级所掌握的一种机密。然而我对成仙之类痴人说梦的事毫无兴趣,只是想除掉身后背负的诅咒,才不得不从龙骨天书中找使用毛尘珠之道。事关生死存亡，所以甘冒奇险去深山老林中挖坟掘墓，就算是死在阵前，也好过血液逐渐凝固躺着等死的日日煎熬。

张赢川说："兄弟出了事，当哥的就该出头，但奈何自身本领低微，家中那套摸金的本领也没传下来，帮不上多大忙。但易含万象，古人云'生生变化为易，古往今来之常为经'，天地间祸福变化都有一定之机，愚兄略识此道，虽然仅能测个轮廓，却有胜于无，不妨就在此为兄弟起上一课，推天道以明人事，一卜此去寻龙之路途。"

我闻言大喜，如蒙指点，那就是拨云见日了。张赢川说："起卦占数，并不拘何物，心到处便有天机。"当下随手摘了几片树叶，就地扔下，待看明卦象也觉惊奇，"奇了，机数在此，竟又是个山风蛊的蛊卦，元亨，利涉大川，先甲三日，后甲三日。"

我对此道一窍不通，忙问道："这卦是什么意思？我们背上的诅咒能解除吗？"

张赢川道："甘蛊之母得中道也，利涉大川，往有事也。风从西来，故主驳在西，西行必有所获。然风催火，此卦以木涉水，故此火为凶，遇水化为生，如遇火往未能得，然遇水得中道，却亦未定见其吉。先甲三日，后甲三日，终则有始，天行也，切记，切记。"

我心中本对藏地有些发怵，多日来郁结于此，始终不能下定决心去西藏，这时见卦数使然，当即打定了主意，看来不去昆仑山走一趟，这场祸事终归不能化解。于是再以毛尘珠究竟为何物相问，究竟是眼睛还是凤凰。

张赢川凝视那几片树叶半晌，才答道："既是眼睛，又是凤凰，此物即为长生。"

我说："这可怪了，怎么可能既是眼睛，又是凤凰？难道是凤凰的眼睛不成？凤凰是神话传说中的神兽，世上又怎么会有凤凰的眼睛？"

张赢川为我解读此卦机数："先甲三日，后甲三日，终则有始，这些皆为轮转往复是也。传说凤凰是不死之身，可以在灰烬中涅槃重生，此也合生生不息之象。目为二，三日为奇，日虽似目而非目，故不足为目，然而有三在前，多出其一，即又为目。我以机数观其物，可能是一种象征长

生不死之意的极其类似人目而又非人目的东西，但究竟是什么，神机不足，参悟不透。"

虽然未能确切指出雹尘珠具体是何物，但已让我茅塞顿开，佩服得五体投地。眼前那层浓重的迷雾，终于揭开了一条缝隙。事先我并未对他明言雹尘珠的情况，但他竟以几片树叶以及两句问话就断出了"长生"二字，结合最近经历的事件，无不吻合。这八卦之数已精奇如斯，倘若有十六字，那真可通神了。

张赢川说："今日机数已尽，再多占则有逆天道。刚得聚首，却不得不又各奔东西，卦数之准与不准，皆在心思与天机相合，也许失之毫厘，就差之千里。刚才所起的一课可以作为参考，不可不信，也不可尽信，愿君好自为之，日后有缘，当得再会。"

我把他所言的卦辞都一一牢记，从西藏回来后，若是还有命在，一定再去拜会。于是双方各留了地址，我一直将他送到山下的车站，方才惜别。我站在原地，回味那些卦辞，竟又觉其中奥秘深不可测。

第五章
古格银眼

　　回到北京之后,我将遇到同门张赢川的事情对众人讲了一遍。按他所推机数,只要带着毛尘珠到西边走一趟,有些问题自然会迎刃而解。"遇水得中道",要去有水的地方才能有进展,我首先想到的是悬挂在天上的仙女之湖。关于魔国的事,历史上没有任何记载,只有藏地唱诗人口中的"制敌宝珠王武勋诗篇",才有相关的信息。等一切准备就绪后,我打算先行进藏,去拉姆拉错湖畔,找我的喇嘛阿克,如果喇嘛还健在,他一定可帮忙找一位天授的唱诗人。

　　Shirley 杨把一份进藏装备物资清单给我看了看,问我还有什么需要补充的。这些装备有一部分要从美国运来,其余的一些传统工具则需要由大金牙搞来,买不到的也由他负责找人定制,需要十天以上的时间才能准备齐全。

　　我对 Shirley 杨说:"你来筹备物资我还会有什么不放心的,我想不到的你也能想到。不过一定要准备大量生姜,至少照着六七百斤准备。对于生姜,咱们是韩信将兵,多多益善,全都给它榨成姜汁,带到西藏去。到雪山去挖九层妖楼,没姜汁根本没办法动手。"

Shirley 杨和胖子都觉得纳闷，胖子问道："带这么多姜汁熬姜汤不成？我看还不如多带些白酒——在雪山上御寒，喝白酒才行。"

我对胖子说："你们没去过西藏雪山，所以不知道。以前我们部队在昆仑山一个古冰川里施工，那千万年的玄冰，结实得你们无法想象，抡起镐来砸上去就是一个白点，普通的工具根本就切不动那些冰。但这世上一物克一物，物性皆有生有伏，就如同米醋可以腐蚀夯土层，用姜汁涂抹至凿冰的工具上，玄冰就可以迎刃而开，虽然肯定不及切豆腐来得轻快，却能省好大力气。咱们不知道九层妖楼在冰下多深，只有尽可能多地准备生姜汁。"

没过几天，大金牙那边就已经把发丘印做好了。我见时机成熟了，就对大金牙说，他现在就是中英香港事务联络小组的组长了，是时候把那明叔约出来谈谈条件了。于是大金牙立马去和明叔通了消息，回来告诉我，明叔那边正跟农奴盼红军似的等着我们呢，当晚就要请众人去府上详谈。

我们全班人马，总共四人，来到了明叔那套幽静古朴的四合院里。明叔说他这边已经都准备好了，随时都能出发进藏，但还缺一样镇尸的东西。

我对明叔说："法家祖师古镜虽然没了，还好我找到一枚发丘天官的铜印。纵然是湘西尸王，被这印上的'天官赐福，百无禁忌'八个字压上，也永世不得发作了。这枚铜印不仅能克尸变，更能挡煞冲神，九层妖楼里的邪神，同样不在话下。"

明叔说："这就太好了，我祖上多少代都是背尸的，加之在南洋跑船那么多年，风俗使然，所以对这些事非常迷信。有了这件东西，不管能不能用得上，胆子先壮了，要不然还真不敢去动冰川水晶尸。"

明叔把那枚发丘印从盒子里取出来端详了一番。我怕他看出破绽，赶紧对大金牙使了个眼色。大金牙立刻就此印的来历猛侃一通，说得云山雾罩，加上我和胖子在一旁一唱一和，总算是把明叔瞒了过去。毕竟这枚印也是件古物，仿古斋做旧的手段堪称天下一绝。明叔虽然浸淫此道已久，但对发丘印一物毫不知晓，所以被暂时唬住了。

明叔说："胡老弟，听你的意思是，你们摸金校尉，这次总共出动三个人，除了金牙衰仔不去，由你带头，还有这位靓女和那位肥仔。既然你们肯帮手，咱们一定可以马到成功，从雪山上把冰川水晶尸挖出来。有言在先，九层妖楼里的明器一家一半，冰川水晶尸归我所有，然后这屋里的古董随便你们挑，就算是报酬了。做成了这笔大买卖，都够咱们吃上几生几世，回来之后便可以就此金盆洗手了。"

我心想，藏地九层妖楼里多是骨器，没什么金玉，我们要不要都无所谓，最重要的是依靠明叔掌握的情报，找到那座封存完好的魔国陵墓，可以从中找到一些线索，使我们能够找到供奉着眼球图腾的那座神殿。

我急于知道九层妖楼的详情，便对明叔说："只要装备器械等物资准备齐全，五六天内就可以开始行动了。现在能不能先把详细的情报共享一下，大伙分析分析，拿几个方案出来研究研究。"

明叔面露难色，表示博物馆那边给他的线索，只不过是一本新中国成立前从西藏被盗卖过去的经书。这本书记载了古格王国[①]的一些传说，其中记载的"古格银眼"就是魔国历代陵寝的分布图。那座埋葬着邪神的九层妖楼，还有世界制敌宝珠雄师大王所封印着恶魔的大门，都可以从古格银眼中找到线索。如果想去找那座妖塔，就必须先去阿里的古格遗迹，从中寻找启示。

我在藏青交界的地方当了五年兵，从没听说过西藏有什么古格王国的遗迹，胖子和大金牙就更是不知道了。大家听得面面相觑，都作声不得。

Shirley 杨似乎知道一些："古格王国的王城，在二十世纪三十年代初期被意大利探险家杜奇教授发现，他曾断言道，这是世界上最神秘的地区之一。这件事震惊了全世界，美国很多媒体都做过详细的报道。在神秘消失的各个城市与王朝中，古格是距离我们生活的时代最近的，但它的神秘色彩丝毫不比精绝、楼兰逊色。"

西藏阿里地区是一片鲜为人知的秘境，甚至常年生活在西藏的人，对

---

① 古格王国遗迹被发现于二十世纪三十年代，但中国官方对古格遗迹展开正式彻底的考察是在一九八五年前后。

神秘的阿里都一无所知。那一地区，南临喜马拉雅、北依冈底斯山脉的主峰冈仁波齐，是印度教、耆那教派、苯教以及藏传佛教共同的神山，是信徒们心目中最为神圣的"仰视之地"。

就在这样一个集各种神秘元素于一身的山峰下，有一片与世隔绝的区域，那里就是古格王国遗迹所在的阿里地区。古格王国是一个由吐蕃后裔建立的王国，延续五百年有余，拥有辉煌的佛教文明。但它究竟是如何在一夜之间毁灭的，历史上没有任何记载，遗址甚至还完好地保存着斩首屠杀的现场——无头洞。对于它的传奇恐怕永远也说不完，太多秘密等待着探险家和考古队去破解。

Shirley 杨所知道的关于古格遗迹的事情只有这些，至于什么古格银眼就从来没听说过。但一提到"眼"，我心中一动，看来离那无底鬼洞诅咒的真相又接近了一层，目前所有的线索都瞄准了藏地。

明叔解释道，古格银眼是一幅复杂的大型浮雕，主体是一只巨大的眼球。这幅浮雕的含义，通过藏传佛经中的记载看，可能是记录着莲花生大师与世界制敌宝珠雄师大王铲除魔国的事迹——魔国是一个信奉轮回、供奉邪神的国家。古格银眼虽然形似巨眼，但实际上，在懂密宗风水者的眼中，它是一个坐标指示图。明叔手中的经卷有张魔国领地的地图，魔国的邪山鬼湖，包括封埋冰川水晶尸的妖塔，所有这些信息，都可以在银眼中找到。

明叔说他已经搜集到了密宗风水的资料，密宗风水学远远没有中原的"青乌风水"复杂，只要找个懂"寻龙诀"的摸金校尉，带着经卷，到古格遗迹的庙宇里，对照古格银眼加以印证，很容易就可以找到想找的地方。

我听明叔说明了之后，心想：这老港农，果然是有十分的心计，把线索告诉了我们，但只要经卷还在他手中，我们就不可能甩掉他自己行动。看来只有先帮他挖开妖塔，掘出那具古尸了。

我又劝明叔，西藏高寒缺氧，好多地方鬼见了都发愁，他这么大岁数，不一定要亲自去。

明叔固执己见："这么大的买卖不亲自看牢了，钱还不被别人赚走了？当然这不是对你们不放心，主要是想亲力亲为，血汗钱，才食得甜。当年我曾经跑过二十几年的船,别看五十来岁了,身体状况绝对不成问题。"

我见说什么都不管用,只好认了,愿意去就去吧,不过出了事就得自认倒霉。这么算来,这次去西藏就是四个人了,还要雇个向导,还有一些脚夫。

明叔说:"怎么会是四个人呢?我还要带几个亲信,除我之外,要带我的保镖彼得黄,还要带我在大陆的夫人韩淑娜——她是一位古董鉴定方面的专家,另外还有我的干女儿阿香——她是我最得力的助手。这么算来,一、二、三……不算向导和脚夫,咱们这个队,一共是七个人,五天后出发,先到冈仁波齐峰下的古格遗迹。"

第六章
悬挂在天空的仙女之湖

我看了看Shirley杨等人，Shirley杨无奈地耸了耸肩。胖子倒毫不在乎，觉得人多热闹。大金牙冲我偷着龇了龇牙，那意思是这些包袱你们算是背上了。

我心想这港农是打算全家去度假啊，老婆孩子保镖都齐了，正琢磨着怎么想个说辞，让明叔打消这个念头，"鸡多不下蛋，人多瞎捣乱"，去这么多人，非出事不可。

这时明叔已经把此次组队的其余成员都带了出来，给我们双方一一引见。他的老婆韩淑娜，我们都认识，是个很有魅力的女人，难怪明叔被她迷得神魂颠倒。大金牙张口就称她明婶，韩淑娜赶紧说："别这么称呼，太显老。反正你们之间称呼都是瞎叫，也没什么辈分，咱们还是单论，按以前那样就行了。"

明叔再接下来介绍的是他的干女儿阿香，一个怯生生的小姑娘，可能还不满二十岁，看见陌生人都不敢说话。明叔说阿香是他最得力的帮手，有什么不干净的东西她都能察觉到。

我好奇地问这是怎么回事，小姑娘有"阴阳眼"抑或开过"天目"不成？

明叔得意地告诉我们，阿香的父母在阿香刚一出生的时候，就将她放置在一个与外界隔绝，带有空气净化设备的玻璃罩中，直到她两岁为止。这样避免了她受到空气的污染和影响，使得她的神经非常敏感，可以感应到一些正常人感知不到的东西。

阿香后来成了孤儿，明叔就把她收养了下来。她不止一次救过明叔的性命，被他视如掌上明珠。尤其是和干尸、棺椁这类阴气十足的东西打交道时，明叔总是要把阿香带在身边。

Shirley 杨在一旁告诉我说，明叔不是乱讲，美国有一个教派的人都如此行事。这个叫阿香的小姑娘也许会帮到我们，但最好不要带她进藏，身体好的人都难以忍受高原反应，阿香的身体这么单薄，怕是要出意外。

明叔那边愿意带谁去，我实在没办法干涉，于是低声对 Shirley 杨说："看来明叔这回豁出血本去挖冰川水晶尸，是赌上了他全家的性命，一定是志在必得。劝是劝不住了，纵有良言也难劝该死鬼。咱们尽量多照顾他们，尽力而为就行了，最后是死是活，能否把冰川水晶尸带回来，那要看他们的造化了。"

最后明叔给我们介绍的是他的保镖彼得黄，柬埔寨华裔，越南入侵柬埔寨的时候，跟越共打了几年游击，后来又从金三角流落到马六甲附近当了海匪，最后遇到海难的时候，在海上被明叔的船救了，就当起了明叔的保镖。彼得黄看样子四十岁出头，皮肤很黑，不苟言笑，目露凶光，一看就不是善茬儿。最突出的是他的体形，完全不同于那些长得像猴子一样的东南亚人，非常壮实，往那儿一站，跟半截铁塔似的。

胖子一见彼得黄就乐了，对明叔说："名不副实啊，怎么不叫彼得黑呢？有我们跟着你还有什么不放心的，你根本没必要找保镖，一根汗毛你都少不了。"

明叔说："你这个肥仔就喜欢开玩笑，他姓黄，怎么能叫彼得黑？你们可不要小看他，这个人对我忠心耿耿，是非常可靠的，而且参加过真正的战争，杀人不眨眼。"

胖子对明叔说："让他赶紧歇菜吧，游击队那套把式算什么，我们胡八一同志，当年可是指挥过整个连的正规军。还有我，你听说过胖爷我的事迹吗？北爱尔兰共和军核心成员，当年我在……"

我拦住胖子的话头，不让他再接着吹下去了，对明叔说："既然成员和路线都已经定好了，那咱们就各自回去分头准备，你们得去医院检查检查身体，如果没什么问题，五天之后开始行动。"

明叔说："OK，路线和装备就由胡老弟全权负责，你说几时出发，就几时出发，毕竟咱们这一队人马，只有胡老弟对藏地最为了解。"

我带着胖子等人告辞，回到了自己家里。我当即就收拾东西，准备只身一人提前进藏，到拉姆拉错湖畔去找铁棒喇嘛，请他帮忙找一位熟悉藏地风俗、地理环境的向导，最好还是一位天授的唱诗人，如果不能一人兼任，找两人也行。

我把领队进藏的任务就交付给了 Shirley 杨。她虽然没进过青藏高原，但曾经去过撒哈拉、塔克拉玛干、亚马孙丛林等自然环境恶劣的地区探险，心理素质和经验都没问题。我们商议了一下，Shirley 杨将会带队抵达狮泉河，与我在那里会合。尽量轻装，装备补给之类的东西则暂时留在北京，由大金牙看管。一旦在冈仁波齐与森格藏布之间的古格遗迹中找到那座塔墓的线索，便由大金牙负责将物资托运到指定地点。

Shirley 杨比从云南回来的时候瘦了一些，眼睛里起了一些红丝。这段时间，我们都是心力交瘁、疲于奔命，刚从云南回来不久，便又要去西藏了，这实在不是一般人所能承受的。我劝 Shirley 杨不用过于担心，藏地的危险并不多，至少没有云南那么多蚊子，趁出发前这几天好好休息，时间迟早会给我们一切答案的。

Shirley 杨说："我不是担心去西藏有没有危险。这些天我一直在想，无底鬼洞这件事结束后何去何从，你要是还想接着做你的倒斗生意，我绝对不答应，这行当太危险了。老胡，你也该为以后打算打算了。咱们一起回美国好吗？"

我说："去美国有什么意思，语言又不通，你冲的咖啡跟中药汤味道差不多，让我天天喝可顶不住。不过既然你非要我去，我也没办法，先住个几年看看，要是不习惯我还得搬回来。最让我头疼的是胖子怎么办，把他一个人留在北京，肯定惹出祸来。"

胖子说："我说老胡，怎么说话呢，说的就好像你觉悟比我高多少似的。你惹的祸可比我多多了，对于这点你没必要谦虚。你们要去美国，那我能不去吗？到了杨参谋长地头上，怎么还不得给咱配辆汽车？我看亨特警长的那辆车就不错，肯定是奔驰吧。我要求不高，来辆那样的奔驰开就行。底特律、旧金山、东西海岸，咱也去开开眼，和美国的无产阶级结合在一起，全世界人民大团结万岁。"

我对胖子说："美国警察不开德国车，连这都不知道。就你这素质去到美国，这不是等于去给美国人民添乱吗？"

我们三人胡侃了一通，心情得到稍许放松。

第二天我就独自出发，先行前往西藏。

在西藏中南部，喜马拉雅与念青唐古拉之间，湖泊众多，大大小小星罗棋布，数以千计。稍微有点规模的，都被藏民视为圣湖，如果湖畔还有雪山，那就更是神圣得无以复加。这些湖的名字里都带个"错"字，比较著名的像什么昂拉仁错、当惹庸错、纳木错、扎日南木错等等，不胜枚举，每一个都有无尽的神秘传说。我的老朋友——铁棒喇嘛还愿所在的仙女之湖，就属于这众多的湖泊之一。

从噶色下了车，向南不再有路，只能步行，或花钱雇牧民的马来骑乘。这里不是山区，但海拔也将近四千五百米。我在牧民的带领下，一直不停地向南，来到波沧藏布的分流处——"藏布"就是江河的意思。

这是我有生以来第一次深入西藏腹地。高原的日光让人头晕，天蓝得像是要滴下水来。我雇的向导兼马主是个年轻的藏民，名叫旺堆。旺堆将我带到一片高地，指着下面两块碧玉般的大湖说："左面大的，雍玛桌扎错，龙宫之湖；右边小一点点的，拉姆拉错，悬挂在天空的仙女之湖。"

当时天空晴朗，湖水蔚蓝，碧波倒映着雪峰白云，湖周远山隐约可见。《大唐西域记》中，高僧玄奘有感于此人间美景，将这两片紧紧相邻的湖泊称为"西天瑶池双璧"。

人所饲养的牲口不能进圣地，于是我和旺堆找平缓的地方向下，徒步朝湖边走去。旺堆告诉我这里有个传说：湖底有"广财龙王"的宫殿，堆积着众多的罕见珍宝，有缘之人只要绕湖一周，捡到一条小鱼、一粒石子，或是湖中水鸟的一根羽毛，就能得到"广财龙王"的赏赐，一生财源不断。

但是前来绕湖的朝圣者，更喜欢去绕仙女之湖，因为传说仙女之湖中碧透之水为仙女的眼泪，不仅能消除世人身体上的俗垢病灶，还能净化心灵上的贪、嗔、怠、妒，使人心地纯洁。两湖对面的雪山，象征着佛法的庞大无边。

我对旺堆说："咱们还是先去净化心灵吧，绕仙女之湖一圈，从绕湖的信徒中找到铁棒喇嘛。"二人徒步绕湖而行，由于我们不是特意前来朝圣，所以不用一步一叩头。走在湖畔，不时可以看到朝圣者的遗骨——它们已经与圣地融为了一体。

远处一个佝偻的人影出现在了我们的视野里，从他背上那截显眼的黑色护法铁棒就可以知道他的身份。但是他的举动很奇怪，显然不是我们所见过的那种绕湖方式，就连藏民旺堆也没见过他那种动作，好像是在进行着某种古老而又神秘的仪式。

转山或者绕湖，是生活在世界屋脊这个特殊地域的独有崇拜方式，是一种万物有灵的自然崇拜信仰，与藏族原始宗教一脉相承的表现形式。常规动作可以分成两种：第一种最普通，是徒步行走；还有一种更为虔诚，双手套着木板，高举过头，然后收于胸前，全身扑倒，前额触地，五体投地，用自己的身体来一点点地丈量神山圣湖的周长。每绕一周，就会消减罪孽，积累功德。如果在绕湖的路上死去，将是一种造化。

铁棒喇嘛的举动不像是在绕湖，而是让我想起东北跳大神的。我在内蒙古插队时，揪斗神婆和萨满这些事都看到过。他是不是正在进行着一种驱邪的仪式？但在圣地又会有什么邪魔呢？想到这里我快步走上前去。

铁棒喇嘛也认出了我，停下了动作，走过来同我相见。一别十余载，喇嘛似乎并没有什么变化，只是衣服更加破烂。我对喇嘛说起我那两个战友的现状，喇嘛也感慨不已："冲撞了妖魔之墓的人，能活下来就已经是佛爷开恩了，希望在我有生之年，能在湖边多积累功德，为他们祈福。"

喇嘛这些年来从来没离开过拉姆拉错，每天就是念经绕湖，衣食都靠来湖畔朝拜的信徒们布施。其实那些一路膜拜过来的朝圣者在路上也接受布施，对圣徒的布施也是一种功德的积累。

我问起喇嘛刚才在做什么，铁棒喇嘛说起经过，原来是在向药王菩萨占卜。因为有两个内地来的偷猎者在附近打猎，但这两个人是新手，候了五天，也没看到什么像样的动物，最后终于看到一只从没见过的小兽，当即开枪将其射杀，趁着新鲜，剥皮煮着吃了。

两个偷猎者吃完之后，肚子立刻疼了起来，疼得他俩满地打滚，等有藏民发现他们的时候，都已经不省人事、口吐白沫了。这里根本没有医院和寺院——在西藏寺庙里的药师喇嘛负责给老百姓看病。铁棒喇嘛虽是护法，年轻时却也做过药师喇嘛之职，经常给湖畔的藏民与朝圣者治病消灾，所以藏民们就来请铁棒喇嘛救人。

铁棒喇嘛听说是偷猎的，本不想去管，但佛法莫大慈悲，死到临头之人不能不救，于是就答应了下来，吩咐藏民把那两名偷猎者带来，念诵《甘珠尔》向药王菩萨祈求救人的方法。

我们正说着话，六名藏民已将两个偷猎者背了过来。喇嘛命人将他们平放在地。只见这两人面如金纸，气若游丝，顺着嘴角往下流白沫，肚子胀得老大。以我看来这种症状也不算十分奇怪，照理说吃了不干净的东西或是恶性食物中毒都可能有这种反应。这是十分危险的，必须立刻送医院急救，不知铁棒喇嘛凭几粒藏药能否救得了他们。

喇嘛看了看患者的症状，立刻皱紧了眉头，对几个当地的藏民说道："其中的一个吃得太多，已经没救了，另外一个还有救。你们去圣湖边找些死鱼腐烂的鱼鳞来。"

藏民们按照喇嘛的吩咐，立刻分头去湖边寻找。两名偷猎者之一，口中流出的白沫已经变成了紫红色，不一会儿就停止了呼吸。喇嘛赶紧让我和旺堆帮手，将另外一个人的牙关撬开，拿两粒藏药和水给他吞服了，那人神志恍惚，勉强只吃下去一半。

这藏药有吊命之灵效，吃下去后立刻哇哇大吐，吐了许多黑水。那名死中得活的偷猎者，虽然仍然肚疼如绞，却已恢复了意识。喇嘛问他究竟吃了什么。

偷猎者说他本人和这个死去的同伴，在内地听说到西藏打猎倒卖皮子能赚大钱，就被冲昏了头脑，也想来发笔横财。但两人都没有狩猎的经验，无人区的动物多，又不敢贸然进去，只好在雪山下边转悠，想碰碰运气，哪怕打头藏马熊也是好的。

就这样一直走了五天，什么也没打到，携带的干粮反倒吃光了，只好准备卷上行李打道回府。不料刚要离开，就看见一只黑色的大山猫，体形比那山羊也小不了多少，长得十分丑陋，毫不畏人，以至他俩开始还误以为是头豹子。俩人仗着火器犀利，连发数枪，把那只黑色的大山猫当场打死。正好腹中饥火难耐，也顾不得猫肉是否好吃，胡乱剥了皮，烧锅水煮着吃了半只。那肉的纤维很粗，似乎怎么煮都煮不熟，二人就这么半生不熟地吃了。

偷猎者涕泪横流，声称自己兄弟二人，虽然一时起了歹念，想偷猎赚钱，但毕竟除了这只山猫什么也没打到，请喇嘛药师一定大发慈悲，救他们的性命，以后一定改过自新。他断断续续地说了经过，腹中剧痛又发，立时死去活来。

我记得在昆仑山听过一个藏地传说，那种黑色的巨大山猫，不是猫，而是新死者所化之煞，当然不能吃了。我问喇嘛怎么办，这人还有救吗？

喇嘛说："他们吃的大概是雪山麝鼠，那种动物是可以吃的，但他们吃的时间太早了。藏人从不吃当天宰杀的动物，因为那些动物的灵魂还没有完全脱离肉体，一旦吃下去，就不好办了。我以前服侍佛爷，曾学过一些秘方，至于能不能管用，就看他的造化了。"

去湖边找腐烂鱼鳞的藏民们先后回来，加起来找了约有一大捧。铁棒喇嘛将鱼鳞围在偷猎者身边，又找来一块驱鼠的雀木烧成炭，混合了腐烂发臭的鱼鳞，给那偷猎者吃了下去。

在这一系列古怪的举动之后，偷猎者又开始哇哇大吐。这次呕吐更加剧烈，把肚子里的东西全吐净了，直到吐的都是清水，喇嘛才给他服了藏药止住呕吐。

喇嘛看着他呕出的秽物，说这人的命算是保住了，不过这辈子不能再吃肉，一吃肉就会呕吐不止。我凑过去看了看，只见那大堆的呕吐物中似乎有东西在蠕动，待一细看，像是一团团没毛的小老鼠。

偷猎者跪倒叩谢喇嘛的救命之恩，问喇嘛是否能把他这位死去的同伴埋在湖边。喇嘛说绝对不行，藏人认为只有罪人才被埋在土中，埋在土里的灵魂永远也得不到解脱。白天太阳晒着，土内的灵魂会觉得像是被煮在热锅里一样煎熬；晚上月光一照，又会觉得如坠冰窟，寒战不可忍受；如果下雨，会觉得像是万箭穿心；刮风的时候，又会觉得如同被千把钢刀剔骨。那是苦不可言的。离这湖畔不远的山上，有十八座天葬台，就把尸体放到那里去，让他的灵魂得到解脱吧。

偷猎者不太情愿这么做，这毕竟和内陆地区的风俗差异太大了。喇嘛解释道，在西藏当地，所有处理尸体的方法，除土葬外，悉皆流行。但因为缺乏火葬的燃料，所以一般都把尸体抬到山顶石丘的天葬台上，即行剁碎了投给鸟兽分享。如果死者是因为某种危险的接触传染病而死，则土葬也属惯例。

偷猎者终于被喇嘛说服，就算是入乡随俗吧。在几位藏民的帮助下，他抬上同伴的尸体准备去山顶的天葬台。我见他的行李袋比普通的略长，里面一定有武器弹药。我们这次进藏尚未配备武器，现在有机会当然不会错过，就将他拦住，想同他商量着买下来。

偷猎者告诉我，这两支枪是在青海的盗猎者手中购买的，他处理完同伴的尸体后，就回老家安分守己地过日子，留着枪也没有什么用了，既然我是铁棒喇嘛的朋友，这枪就送给我，算是答谢救命之恩的一点心意。

我看了看包里的两支枪，竟然是霰弹枪，雷明顿，型号比较老，870型12毫米口径，警车装备版，二十世纪五十年代的产品，但保养得不错，怪不得麝鼠这么灵活的动物都被毙在枪下。还有七十多发子弹，分别装在两条单肩背的子弹袋里。这种枪械十五米以内威力惊人，不过用之打猎似乎并不合适，攻击远距离的目标还是用突击步枪这一类射程比较远的武器比较好，霰弹枪可以用来防身近战。

最后我还是把钱塞给了他，枪和子弹，包括包装的行李袋我就留了下来。

第七章
轮转佛窟

等这些闲杂人等散去之后，我才对喇嘛说明了来意——想去找魔国邪神的古墓，求喇嘛为我们的探险队物色一位熟悉魔国与岭国历史的唱诗人兼向导。

铁棒喇嘛说："挖掘古冢，原是伤天害理的事，但挖魔国的古墓就不一样了。魔国的墓中封印着妖魔，是对百姓的一大威胁。历史上有很多道行高深的僧人都想除魔护法，将魔国的古墓彻底铲除，以绝邪神再临人间之患，但苦于没有任何线索。既然你们肯去，这是功德无量的善事。通晓藏地古事迹的唱诗人都是天授，概不承认父传子、师传徒这种形式，都是一些人在得过一场大病或睡过一觉之后，突然就变得能唱诵几百万字的诗篇。我出家以前就是得过天授之人，不过已经快三十年没说过了，世界制敌宝珠雄师大王，以及转生玉眼宝珠的那些个诗篇，唉……都快要记不清了。"

铁棒喇嘛当即就决定与我同行，捣毁魔君的坟墓。身为佛爷的铁棒护法，这除魔乃是头等大事。虽然三十多年没吟唱过世界制敌宝珠雄师大王的诗篇，但这天授非学习而得，细加回想，还能记起不少。

我担心喇嘛年岁大了，毕竟是六十岁的人了，比不得从前。按经文中的线索，供奉冰川水晶尸的妖塔是在雪山绝顶，他万一出个什么意外如何是好。

铁棒喇嘛说："我许大愿在此绕湖，然而格玛那孩子仍然没有好转，希望这次能做件大功德之事，把格玛的灵魂从冥府带回来（藏人认为人失去神志为离魂症），事成之后，还要接着回来绕湖还愿。修行之人同普通人对死亡与人生的看法完全不同，在积累功德中死去，必会往生极乐。"

我见喇嘛执意要去，也是求之不得。铁棒喇嘛精通藏俗，又明密宗医理，有他指点帮助，定能事半功倍。于是我们收拾打点一番，仍由旺堆带着我们，前往西藏最西部——喜马拉雅山下的阿里地区。

在森格藏布，我们同胖子、明叔等人会合，他们也是刚到不久。我一点人数，好像多了一个人，除了我和胖子、Shirley杨、铁棒喇嘛这四个人外，明叔那边有彼得黄、韩淑娜、阿香，原来明叔的马仔阿东也跟着来了。

我问胖子怎么阿东也跟来了。胖子告诉我说，阿东这孙子平时也就给明叔跑跑腿，这次知道明叔是去做大生意，天天求着明叔带他一起来。后来求到大金牙那儿了，让大金牙帮着说点好话。大金牙收了好处，就撺掇明叔，说西藏最低的地方海拔都四千米往上，得带个人背着氧气瓶啊。这不就让阿东给他们背氧气瓶来了吗？

我心想这回真热闹了，人越来越多，还没到古格王城呢，就九个人了。但也没办法，一旦在妖塔里找到魔国转生之地的线索，就跟他们分开行动，不能总搅在一起。

古格遗迹那边当时还没有路可通行，只好让向导雇了几匹牦牛，让高原反应比较严重的几个人骑着，好在没什么沉重的物资。我们在森格藏布一个只有百余户人家的小镇上歇了两天，就动身前去王城的遗迹，寻找古格银眼。

一路上非常荒凉，没有人烟，稀疏的荒草散落在戈壁上，没什么风，望向天空，满眼的蓝，衬得地面的枯土荒草有些刺目。远方褐色的山峦，显得峥嵘诡异，令人不敢多望。

我们行进的速度并不快,我为喇嘛牵着牦牛,铁棒喇嘛在牛背上给我讲着他当年得天授学会的诗篇——都是些牛鬼蛇神、兵来将往的大战。

这时路边出现了一些从地面突出的木桩,Shirley杨说这看上去有些像是古墓的遗址。一听说古墓,连趴在牛背上呼吸困难的明叔都来了精神,押着脖子去看路边。

向导说:"那些古墓早就荒了,里面的东西也没有了,你们别看这里荒凉不毛,其实大约在唐代的时候,这里堆满了祁连圆柏。古墓都是用整棵祁连圆柏铺成。这种怪异的树木喜旱不喜潮,只在青藏交界的山上才有,都是大唐天子赐给吐蕃王的,千里迢迢运送而来。但后来吐蕃内乱,这些墓就都被毁掉了,遗迹却一直保留到了今天。"

走过这片荒凉墟冢的遗迹后,又走了大约一天的路程,才抵达古城。这里被发现已久,除了大量的壁画及雕刻、造像之外就是城市的废墟。当时这里并未引起自治县政府的重视,几年后则被装上铁门派人看守。那时候根本就没人长途跋涉来看这片遗迹。

我们从山下看上去,山坡到山顶大约有三百米的落差,到处都是和泥土颜色一样的建筑群和洞窟。除了结构比较结实的寺庙外,其余的民房大都倒塌,有的仅剩一些土墙,外围有城墙和碉楼的遗迹。整个王城依山而建,最高处是山顶的王宫,中层是寺庙,底下则是民居和外围的防御性建筑。

我对明叔说:"古格遗迹也不算大,但这几百处房屋洞窟,咱们找起来也要花些时间。你所说的古格银眼,具体在什么地方?咱们按目标直接找过去就是了。"

由于高原反应,明叔的思维已经变得十分迟钝,想了半天才记起来,大概是在庙里,而不是在王宫里。按经书中的记载,这里应该有一座轮回庙,应该就在那里。

王城的废墟中,几座寺庙鹤立鸡群,一目了然。当然这其中分别有红庙、白庙、轮回庙等寺庙遗迹,哪个对哪个,我们分辨不出来,只好请教铁棒喇嘛。喇嘛当然能从外边的结构看出哪座是轮回庙,于是指明了方向,穿过护法神殿,其后有几根红柱的庙址就是供奉古格银眼的轮回庙。

这地方早在二十世纪三十年代就有探险家来过了，没听说出过什么危险。但是安全起见，我还是把霰弹枪给了胖子一把，自己拎着一支，带队绕过一层层土墙，爬上了半山腰。这里的废墟中，屋舍基本上没有保存好的了，如果仅仅是干燥也就罢了，在雨季这里又暴雨如注，年复一年的风化侵蚀下来，曾经致密的土质变得松脆，一点一点地粉碎，一有外力施加，便成为一片尘埃。断壁残垣等一应突出的部位，皆被损磨了棱角，曾经充满生机的城市，正无声无息地被大自然侵蚀殆尽。

我们怕被倒塌的房舍墙柱砸到，尽量找空旷的地方绕行。明叔和他的老婆还能勉强支撑，但是瘦弱的阿香已经吃不消了，再往高处爬非出人命不可。明叔只好让彼得黄留在山下照看她，其余的人继续前进。爬到护法神殿之时，大多数人都已气喘如牛。

我对这稀薄的空气本来还算适应，但靠着墙壁休息时，看到殿中的壁画，呼吸也立刻变得粗重起来。胖子一边喘气一边对我说："老胡，想不到这里竟然是处精神文明的卫生死角，还有这么厉害的黄色图片。要在北京看上一看，非他妈拘留不可。"

这里的壁画都是密宗的男女双修，画风泼辣，用色强烈，让人看得面红耳赤。再向里行，壁画的内容突变，全是地狱轮回之苦，一层层地描绘地狱中的酷刑，景象惨不忍睹。喇嘛说这座神殿在几百年前都是禁地，普通百姓最多到门口，就不能再向里走了，除了神职人员，国王也不能随便入内。

昔日的辉煌与禁地，都已倒塌风化，我们喘匀了气，便鱼贯而入。神殿后面的轮回庙，由于凹在内部，受风雨侵蚀的程度略小，保存得还算完好。庙中最突出的是几根红色的大柱子，柱身上嵌着一层层灯盏，上头的顶子已经破损，漏了好几个大洞，造像之类的摆设都没了，不知是被人盗了去，还是都腐烂成泥土了。

我看了看四周，这里四处破烂不堪，哪儿有什么古格银眼的浮雕。明叔指了指头顶："大概指的就是这幅雕刻。"

我们抬眼向上望去，当时日光正足，阳光透过屋顶的破洞射将进来，有点晃眼，觉得眼睛发花，但可以看到整个屋顶都是一整块色彩绚丽的画面，半雕刻半彩绘，虽然有一部分脱落了，还有一部分由于建筑物的倒塌损坏了，却仍保存下来了大约百分之七十五。

这幅顶上的壁画，正中是一只巨大的眼球，外边一圈是放射形图腾，分为八彩，每一道都是一种不同的神兽，最外边还有一圈，是数十位裸空行母，仪态万方，无一雷同。不出所料，这就是古代密宗风水坐标——古格银眼了。

我对明叔说，这回该把那本古老的经书拿出来让我们看看了吧？不看个明白的话，单有这坐标，也搞不清妖塔的具体方位所在。

明叔找了根红色巨柱靠着坐下喘息，阿东拿出氧气管给他吸了几口，这才能开口说话，伸手到包里摸那本经书。这时突听"咔嚓"一声，庙中一根立柱倒了下来。众人发一声喊，急忙四处散开躲避。巨柱轰然倒塌，混乱中也没看清砸没砸到人。

原来明叔所倚的那根柱子根基已朽，平时戳在那儿看起来没什么事，一倚之下，就轰然而倒。多亏了是向外侧倒了过去，否则殿中狭窄，再撞倒别的立柱，非砸死人不可。眼看屋顶少了一根人柱，虽然还没倒塌下来，众人却也不敢留在庙内，都想先出去，到了外边安全的地方再做打算。

向外走的时候，我们突然发现被柱子砸倒的一面土墙里露出一个巨大阴暗的空间，似乎是间被封闭的密室，墙壁一倒，里面腐气直冲出来。据说意大利人在这片遗迹中找到过大量洞窟，功能各异，比较出名的一个是无头干尸洞，还有一个存放兵器的武器洞，但都离这轮回庙较远。这庙中的秘密洞窟，里面有些什么？

胖子找出手电筒，打开来往里照了照，众人的眼睛立刻被里面的事物吸引住了。最外边的是一尊头戴化佛宝冠的三眼四臂铜像，结跏趺坐于兽座莲台，三只银光闪闪的眼睛，在金黄色的佛像中闪闪发光。

然而在这三目佛像的背后，还有一扇紧紧关闭着的黑色铁门，门上贴满了无数符咒经文，似乎里面关着某种不能被释放出来的东西。

众人被这古怪神秘的洞窟吸引，都围到近处打着手电筒往里面张望。

那个黑色的铁门里面是什么？为什么要贴挂如此之多的经咒？

Shirley 杨说当年意大利藏学研究家兼探险家杜奇教授发现古格遗迹之后，做了一个保守的估计：这里保存下来的遗址规模，房屋殿堂约有五百间，碉堡敌楼六十座，各类佛塔三十座，防卫墙、塔墙数道，其中数目最庞大的就是王城地下洞窟，有上千眼。

这说明古格王朝的城堡，其地下设施的面积和规模远远超出了建在地上的部分。众人请教喇嘛："这个洞里摆着一尊银眼佛像，是藏经洞，还是个洞窟形的佛堂？"

铁棒喇嘛不答，径直跨过破墙，走入了那个隐秘的空间。我担心里面有什么危险，也拿着雷明顿紧紧跟了上去。

秘洞里的佛像并不大，只有一尺来高，色泽金光耀眼，但并非纯金或纯铜所铸，而是以五金合炼，而且是一体成型。只有古格人能做出这种工艺。其秘方现已失传，银眼金身的佛像传世更少，这佛像价值不菲。

铁棒喇嘛拜过了佛像，才继续看洞中其余的地方。银眼佛像几乎和后面的铁门底座连为了一体，被人为地固定住了。黑色紧闭的铁门上，贴的都是密宗六字真言"唵嘛呢叭咪吽"。

这种六字真言虽然常见，我却并不知道是什么意思，只觉得可能是跟"阿弥陀佛"差不多，普通的门似乎没有必要贴这种东西。我问喇嘛这六字真言代表什么，是否是镇邪驱魔的，看来这铁门不能打开。

铁棒喇嘛对我说："六字真言代表的意义实在是太多了，一般的弟子念此真言，使心与佛融合。不过密宗功力的高深要靠日常显法的修养积累，就如同奶茶糕点的质量要靠对酥油不停地搅拌，也不能指望念念六字真言就成正果。这六个字要是译成你们汉话，意思大概是：'唵！莲中的珍宝，吽！'"

藏地宗教流派众多，即便同是佛教，也有许多分支，所以铁棒喇嘛对轮回宗的事所知有限。据他推测，这座藏在轮回殿旁边的秘洞，可能代表了轮回宗的地狱。大罪大恶之人，死后的灵魂不能够得到解放，要被关进这黑门之中，历经地狱煎熬折磨。所以这道门不能打开，里面也许有地狱中的饿鬼，也许有冥间的妖魔。

我正和喇嘛在洞中查看，忽然脚面上有个东西"嗖"的一下蹿了过去，我急忙抬脚乱踢，洞外的众人也用手电筒向地上照。原来是只小小的黑色麝鼠，形如小猫，见到手电筒的光线乱晃，慌慌张张地钻进了黑门下边。

我们这才发现，黑色铁门下有一条很大的缝隙，我用手电筒向内照了照，太深了，什么也看不见。我和铁棒喇嘛不再多耽搁，又按原路回到洞外。这处秘洞与银眼坐标无关，多一事不如少一事，至于里面有什么东西，还是留给将来的考古队或探险队来发掘吧。

胖子和明叔都对那尊银眼佛像垂涎三尺，但有铁棒喇嘛在场，他们也不敢胡来，都强行忍住。明叔似乎在自我安慰，只听他自言自语道："凡是能成大事者，皆不拘泥小节。咱们这次去挖冰川水晶尸，那是天大的买卖，这尊银眼佛像虽然也值几个钱，但相比起来，根本不值得出手。"

铁棒喇嘛让大伙动手，搬些土石，重新将那道破墙遮上，然后都站在庙外。由于轮回庙的佛堂中少了一根柱子，众人不敢再冒险进入殿堂，在外边试探了一番，发现这座庙堂其余的几根巨柱都极为坚固，那根倒塌的柱子，是由于下边是洞窟的一部分，为了布局工整而安置的一根虚柱，属于大年三十的凉菜——有它不多，没它不少，并不影响整座建筑的安全。

明叔取出那本得自境外博物馆的古藏经卷，对照顶壁上的银眼壁画，参详其中奥秘。有铁棒喇嘛相助，加上我所掌握的风水原理，基本上没有什么阻碍，不费吹灰之力，便将经卷中的地图同银眼坐标结合在了一起。

轮回宗对眼球的崇拜，最早的根源可能就是魔国。魔国灭亡之后，仍在世上留下不少遗祸。轮回宗也在后来的历史中逐渐消亡，它所特有的银眼遗迹，只在古格王城中保留了这么一处，如果这里也毁坏了，那即使有古经卷中的地图，也找不到魔国妖塔了。

这本古代经卷，作者和出处已不可考证，只知道是某个外国探险队在二十世纪二三十年代从西藏的某个藏经洞中挖出来的。开始并未引起重视，只是尘封在博物馆的地下室中。后来一位对宗教很有研究的管理者，无意中发现了这本经卷，但是里面记载的内容十分离奇，始终难以理解。直到最近几年，随着资料的积累，人们才分析出这本经卷中很可能记载着一座九层妖楼的信息。这座妖楼是一个坟墓，里面封存着魔国所崇拜供奉的邪神水晶尸。如果找到它，那绝对是考古界的重大发现，西藏远古时代那神话般不可思议的历史，也将由此得以破解。

经过他们反复的考证，这本古经卷极有可能是魔国的遗族所著，其可信度应该是很高的。但当时唯一的遗憾就是，虽然有魔国疆域的地图，但这些山川河流都是用野兽或者神灵来标注的，与人们常识中的地图区别太大。而且年代久远，很多山脉水系的名称和象征意义，到今天都已发生了变化，这就更加难以确认了。

轮回庙中的大幅壁画，就是解读古代密宗风水的钥匙。这是因为画中的方位极为精确，每种不同的色彩、神兽或者天神，都指向对应的地理位置。有了这个方向的坐标，再用古今地图相对照，即便不能像"分金定穴"那样精准，却也算有了个大致的区域，强似大海捞针。

中原流传下来的风水学，认为天下龙脉之祖为昆仑，这和藏地密宗风水就有很大区别，但归根结底，本质还是差不多。密宗风水中，形容昆仑山为凤凰之地，其余的两大山脉，分别为孔雀之地、大鹏鸟之地。

魔国最重要的一座九层妖楼，就在凤凰神宫。经卷中形容道，凤凰之宫是一片山峦，由天界的金、银、水晶、琉璃四种宝石堆积而成，山腰有四座雪山，分别代表了魔国的四位守护神。

铁棒喇嘛说，如果昆仑山被形容为凤凰，那一定是符合世界制敌宝珠雄师大王的武勋长诗，那么凤凰神宫的位置，按诗中描述，是在喀拉米尔山口，青、藏、新交会的区域，那个方向对应的是白色银色两位行母——白色代表雪山，银色则是冰川。

我对明叔和铁棒喇嘛说了我的评估结果：四峰环绕之地，在青乌风水中称作"殊缪"，寻龙诀中叫"龙顶"，堪为天地之脊骨，祖龙始发于其地，形势十分罕见。只要能确认大概的区域是在喀拉米尔山口，再加上当地向导的协助，就不难找到。

明叔见终于确认了地点，忙把我拽到一旁，掏出纸和笔来。没等他开口，我已经知道他想要说些什么了。我对明叔说："尽管放心，我们绝不会抛下你那队人马单干。咱们虽然没签合约，但我已经收了两片润海石为定，君子的承诺用嘴，小人的承诺才用纸，君子不做承诺也不会违约，小人做了承诺照样违约。能不能遵守约定在人，而不在于纸。"

明叔这才放下心来，喜形于色，高原反应好像都减轻了，似乎已经将那冰川水晶尸搂在怀中了。我劝他还是先别忙着高兴，这才是万里长征的第一步，等到了昆仑山喀拉米尔，挖出九层妖楼再欢喜不迟，没亲眼所见，谁敢保证那经卷中的内容都是真实可信的？也许那就是古代某人吃饱了撑的攒着玩的。

Shirley 杨又拍了一些照片，作为将来的参考资料。这次来寻密宗的风水坐标，比我们预想的要顺利许多，除了柱倒墙塌，让众人虚惊一场之外，几乎没有任何波折，希望以后的旅途也能这么顺遂。

我们下山的时候，日已西斜。高原上的夜晚很冷，没必要赶夜路回去，于是众人在离古格王城遗迹几里远的一座前哨防御碉堡里歇宿。同行的向导安排晚饭和酥油茶，然后又让几个体质较差的人喝上一碗感冒冲剂——在这种自然环境下，最可怕的就是患上感冒，在高原上患感冒，甚至会有生命危险。

当晚，众人都已疲惫不堪，这里没什么危险，狼群早就打没了，所以也没留人放哨，两三人挤在一间碉楼中睡觉。Shirley 杨和韩淑娜、阿香这些女人睡在最里边一间，我和胖子睡在最外边的石屋里。

入夜后，我们先后睡着了。我这些年晚上就从没睡实过，白天还好一些，晚上即使是做梦也睁着一只眼，Shirley 杨说我这是"后战争精神紧张综合征"，需要服用神经镇静药物。我担心喝了那种药会变傻，所以一直没喝。

就在半睡半醒之间，忽听外边传来一串极细微的脚步声，我立刻睁开双眼。从碉楼孔隙中洒下了冷淡的星月之光，借着这些微弱的光线，只见一个黑色的人影，迅速地从门前一闪而过。

第八章
夜探

那人影一闪而过,什么人如此鬼鬼祟祟?我来不及多想,悄然潜至门洞边上,偷偷观看。外边月明似昼,银光匝地。有一个蹑手蹑脚的家伙,正沿路向古格王城的方向走去,身上还背着个袋子,不是旁人,正是明叔的马仔阿东。

我早就看出来阿东不是什么好人,油头粉面贼眉鼠眼,这大半夜的潜回古格遗迹,不用问也知道,肯定是盯上了那尊银眼佛像。

阿东的老板明叔是大贼,那点小东西是看不上眼的,应该不是明叔派他去的。白天人多眼杂,不方便下手,这才候到夜里行动。他这如意算盘打得不错,不过天底下哪儿有这么便宜的事,既然叫我撞见,该着你这孙子倒霉。

想到这儿我立刻回去,捂住胖子的嘴,把他推醒。胖子正睡得鼾声如雷,口鼻被堵,也不由得他不醒。我见胖子睁眼,立刻对他做了个噤声的手势。

胖子花了十秒钟的时间,头脑终于从睡眠状态中清醒过来,低声问我怎么回事。我带着他悄悄从屋里出去,一边盯着前边阿东的身影,一边把经过对胖子说了一遍。

胖子闻言大怒:"那佛像胖爷我都没好意思拿,这孙子竟敢捷足先登,太他妈缺少社会公德了吧!胡司令,你说怎么办,咱俩是不是得教训教训他?怎么收拾这孙子?是弃尸荒野,还是大卸八块喂秃鹫?"

我一脸坏笑地对胖子说:"这两年咱们都没机会再搞恶作剧了,今天正好拿这臭贼开练。咱俩先吓唬吓唬他,然后……"伸手向下一挥,我的意思是给他打晕了,扔到山上,让这小子明天自己狼狈不堪地逃回来。但是胖子以为我的意思是把他宰了,伸手就在身上找伞兵刀,但是出来得匆忙,除了一把随身的手电筒外,什么都没带。胖子说:"没刀也不要紧,我拿屁股都能把他活活坐死,不过咱们事先得给他办办学习班。"说完也是"嘿嘿嘿"地坏笑。

我越想越觉得吓唬阿东有意思,心中止不住一阵狂喜,便嘱咐胖子道:"还是悠着点,让他吸取点教训就完了,弄出人命就不好了。另外此事你知我知,绝不能向别人透露,连 Shirley 杨也不能告诉。"

胖子连连点头:"自然不能告诉她,要不然美国顾问团可又要说咱们不务正业了。不过咱们出动之前,得先容我方便方便。"

我说现在没时间了,等路上找机会再尿,再不快点跟上,这孙子就跑没影了。

我们来了兴致,借着天空中大得吓人的月亮,在后边悄悄跟着阿东。由于怕被他发现,也没敢跟得太紧,一路跟进,就来到了古格遗迹的那座山丘之下。

阿东的体力不行,白天往返奔波,还得给明叔背着氧气瓶,已经疲惫不堪,晚上偷偷摸摸的,一路没停,加上心理压力不小,到了山下便已喘不过气来,于是他坐在一道土墙下休息。看他那意思,打算倒过来这口气,就直奔轮回庙去偷银眼佛像。

我心想这孙子不知要歇到猴年马月才能缓过来,还不如我们绕到前边埋伏起来,于是便和胖子打个手势,从废墟的侧面绕到了阿东前头。

走了一半我们俩就后悔了,原来这王城的遗迹只有大道好走,其余的区域都破败得极为严重,走在房舍的废墟中,几乎一步一陷,又不敢发出太大的声响，走起来格外缓慢，好在终于找到一条道，两人紧赶慢赶地钻进护法神殿。

还没等我们再欣赏一遍火辣的密宗双修图，便听后边传来一阵脚步声，来者呼吸和脚步都很粗重，一听就是阿东。想不到这么快就跟上来了，也许是我们绕过来耽搁的时间太长了。

我和胖子急急忙忙地摸进轮回庙大殿，但这殿中别无他物，根本无地藏身，情急之中，只好踩着红柱上的层层灯盏，分别爬上了柱子。

这红色巨柱除了那根倒塌的假柱外，其余的倒也都还结实，而且高度有限，胖子这种有恐高症的人，也能勉强爬上去。

我们前脚刚爬上柱子，阿东随后便摸进了庙堂。明亮胜雪的月光，从殿顶的几处大破洞里照下来，整个殿堂都一片雪亮，看得清清楚楚。我对胖子做了个沉住气的手势，二人忍住了性子，先看看阿东怎么折腾，等他忙碌一场即将搬动佛像之时，再出手吓唬他才有意思。

大殿里非常安静，只听见阿东在下边呼呼喘气，胸口起伏得很厉害，看样子是累得不轻。他又歇了片刻，才动手搬开石头，打开了原本被我们封堵的破墙，一边干活，还一边唱歌给自己壮胆。

我和胖子在柱子上强忍住笑，觉得肠子都快笑断了，不过看阿东的身手也颇为灵活，搬动砖石都无声无息。这大殿中没有外人，他应该没必要这么小心，搬东西连点声音也不敢发出来，除非这是他的职业习惯。我估计他是个拆墙的佛爷，北京管小偷就叫"佛爷"，原来他干这个还是行家里手，而且贼不走空，大老远地杀个回马枪，就为了一尊银眼佛像。

封住秘洞的破墙，本就是被我们草草掩盖，没多大工夫，阿东就清出了洞口，这时月光的角度刚好直射进去，连手电筒都不用开，那里面甚至比白天看得还要清楚。

阿东先在洞口对着佛像恭恭敬敬地磕了几个头，口中念念有词——无非就是他们小偷的那套说辞，什么家有老母幼儿，身单力薄，无力抚养，然后才迫不得已做此勾当，请佛祖慈悲为本，善念为怀，不要为难命苦之人……

第八章 夜探

胖子再也忍不住了，"哈"的一声笑了出来，赶紧用手捂住自己的嘴。我心中大骂：这个笨蛋怎么就不能多忍一会儿，现在被他发现了，顶多咱们抽他俩嘴巴，又有什么意思。

我们俩躲在柱子上，角度和阿东相反，在他的位置看不到我们，但他还是清清楚楚地听见有人突然笑了一声。这古城本就是居民被屠灭后的遗迹，中夜时分，清冷的月光下，轮回庙的殿堂里突然发出一声笑，那阿东如何能不害怕，直吓得他差点没瘫到地上。

我见阿东并未识破，暗自庆幸。手中所抱的柱身，有很多由于干燥暴开的木片，我随手从红柱上抠下一小块坚硬的木片，从柱后向墙角投了出去。木片发出一声轻响，我随即屏住呼吸，紧紧贴在柱后，不敢稍动。

阿东的注意力果然被从柱子附近引开，但他胆量确实不济，不敢过去看看是什么东西发出的响声，只是战战兢兢地蹲在原地，自言自语道："一定是小老鼠，没什么可怕的，没什么可怕的。"

阿东唠唠叨叨的不敢动地方，我和胖子也不敢轻易从柱后窥探他。这时月光正明，从柱子后边一探出头去，就会暴露无遗。

我偏过头，看了看攀在旁边柱子上的胖子，月光下他正冲我龇牙咧嘴，我知道他的意思是实在憋不住尿了，赶紧吓唬吓唬阿东就得了，再憋下去非尿裤子里不可。

我对胖子摇了摇手，让他再坚持几分钟，但这么耗下去确实没意思。忽听殿中一阵铁链摩擦的声音，我们只好冒着被发现的危险，从柱后窥探，一看之下，顿觉不妙。

阿东竟然已经壮着胆子，硬是把那尊银眼佛搬了出来。佛座原本同后边的黑色铁门锁在一起，我估计他没有大的动作——例如用锹棍之类的器械——根本不可能将佛像抬出来，但没想到他这种"佛爷"最会拧门撬锁，那种古老的大锁，对他来讲应该属于小儿科，我们一眼没盯住，他竟然已经拆掉了锁链。

阿东把佛像从秘洞中抱了上来，但听得铁链响动，原来银眼佛像的莲座下面仍有一条极长的铁链同黑色铁门相连。阿东这时财迷心窍，竟突然忘记了害怕，找不到锁孔，便用力拉扯，不料也没使多大力气，竟将洞中的铁门拽得洞开。

我在柱后望下去，月光中黑色铁门大敞，但是角度不佳，虽然月光如水，我也只能看到铁门，门内有些什么，完全见不到，而在地上的阿东刚好能看见门内。我看他的表情，似乎是由于过度惊恐，几乎凝固住了，站住了呆呆发愣。

我和胖子对望了一眼，心中都有寒意。阿东这家伙虽然胆小，但究竟是什么恐怖的东西，会把他吓得呆在当场，动都动不了，甚至连惊叫声都发不出来？

这时只听"咕咚"一声，我们急忙往下看去，原来是阿东倒在了地上，双目圆睁，身体发僵，竟是被活活地吓死了。天空的流云掠过，遮挡得月光忽明忽暗，就在这明暗恍惚之间，我看见从黑门中伸出了一只惨白的手臂。

月光照射之下，可以清楚地看到，手臂上白毛茸茸，尖利的指甲泛着微光。那只手臂刚刚伸出半截，便忽然停下，五指张开，抓着地面的石块，似乎也在窥探门外的动静。

我心想坏了，这回真碰上僵尸了，还是白凶。但是我们除了手电筒什么东西都没带，不过僵尸的手指似乎应该不会打弯。喇嘛说这轮回庙下的黑色铁门，代表着罪大恶极之人被投入的地狱，从里面爬出来的东西，就算不是僵尸，也不是什么易与之辈。

我看旁边的胖子也牢牢贴着柱子，大气也不敢出一口，满头都是汗珠——我当时不知道他那是让尿憋的，以为他也和阿东一样紧张过度。我轻轻对胖子打个手势，让他把帽子上的面罩放下来，免得暴露气息，被那门中的东西察觉到。

我也把登山帽的保暖面罩放下来，像是戴了个大口罩一样，这样即使是僵尸，也不会轻易发现我们。现在静观其变，等待适当的时机逃跑。

这时天空中稀薄的流云已过，月光更亮。只见门中爬出一个东西，好似人形，赤着身体，遍体都是细细的白色绒毛，比人的汗毛茂密且长，但又不如野兽的毛发浓密匝长。月色虽明，却看不清那物的面目。

我躲在柱子上，顿觉不寒而栗，开始有些紧张了。但我随即发现，从铁门中爬出来的这个东西，应该不是僵尸，只见它目光闪烁，炯若掣电。虽然没见过僵尸，但口耳相传，僵尸的眼睛是个摆设，根本看不到东西，而这东西的双眼在黑夜中闪烁如电……它究竟是什么东西？

我怕被它发现，遂不敢再轻易窥视，缩身于柱后，静听庙堂中的动静。我把耳朵贴在柱身上，只听地上一阵细碎的脚步声，那个似人似僵尸又似动物的家伙，好像正围着阿东的尸体打转徘徊。

我不知道它意欲何为，只希望这家伙快些离开，不管去哪里都好，只要它一离开这座轮回庙的遗址，我们就可以立刻脱身离开了。这时却忽听庙中发出一阵诡异如老鸦般的笑声，比夜猫子号哭还要难听。若不是双手要抱着柱子，我真想用手堵住耳朵不去听那声音。

胖子在他藏身的那根柱后指了指自己的肚子，对我连皱眉头，那意思是这声音太刺耳，再由它叫下去，无论如何也提不住气了，肯定会尿出来。

我赶紧对胖子摆手，千万别尿出来，人的尿液气味很重，一尿出来，立刻就会被那白凶般的怪物发现。这种怪异如老鸦的叫声，倒真和传说中僵尸发出的声音一样，不知道那东西正在搞什么名堂。我使自己的呼吸放慢，再次偷眼从柱后观看堂中。

只见那家伙正在俯视地上的死尸，拊掌狂笑不已，就好像得了什么宝贝似的，然后又在殿中转了一圈，走到屋顶的一个大破洞底下，望着天空的月亮，又呜呜咽咽地不知是哭是笑。

我和胖子叫苦不迭，我们在柱子上挂了少说有半个小时了，手足俱觉酸麻。这柱身上的灯盏也不甚牢固，使得我们轻易不敢动弹，万一踩掉些东西，立刻就会被发现，赤手空拳的怎么对付那家伙？那家伙又偏偏在殿中磨蹭个没完，不知它究竟想做什么。

就在这僵持不下的局面下，发生了一场突发事件。我看见一只花纹斑斓的大雪蛛，正从房顶垂着蛛丝缓缓落下。蛛丝晃晃悠悠的，刚好落在我面前，距离还不到半厘米，几乎都要贴到我脸上了。

雪蛛是高原上毒性最猛烈的东西，基本上都是白色，而突然出现在我面前的这只，虽然只有手指肚大小，但身体上已经长出了鲜红色的斑纹，红白分明，这说明它至少已经活了上百年了，它的毒性能在瞬间夺走野生牦牛的性命。

这只雪蛛挂在蛛丝上晃了几晃，不偏不斜地落在我额头的帽子上。那一刻我都快要窒息了，我把眼球拼命向上翻，也只看到雪蛛满是花纹的一条腿。它似乎不喜欢毛线帽子，径直朝我两眼之间爬了下来。我的头部只有双眼和鼻梁暴露在外边。眼看着雪蛛就要爬到脸上了，迫不得已，只能想办法先对付雪蛛，但又不敢用手去弹，因为没有手套，担心中毒。

紧急关头，更顾不上会不会暴露给白凶了。我抬起头，用脑门对准柱子轻轻一撞，"咔嚓"一声虫壳碎裂的轻响，雪蛛已经被脑门和柱身之间的压力挤碎。我又立刻一偏头，将还没来得及流出毒素的蛛尸甩到一旁。

但这轻微的响声，还是引起了堂内那家伙的注意。一对闪着寒光的双眼，猛地射向我藏身的那根红漆柱子。它一步一步地走了过来。

我心中骂了一句，今日又他妈的触到霉头了。我想让胖子做好准备，我吸引住它的注意力，然后让胖子抄起地上的大砖，出其不意地给它来一下子。但另一根柱子后的胖子似乎死了过去，这时候全无反应。

我咬牙切齿地在心里不停咒骂，这时只好故技重演，把刚才对付阿东的那一招再使出来。我用手抠下木柱的一块碎片，对准阿东的尸体弹了过去，希望能以此引开那东西的注意力。

由于担心声音不够大，我特意找了块比较大的碎片，这块碎片正好击在阿东的脸上，在寂静的佛堂中，发出"啪"的一声响动。那个白毛的家伙果然听到动静，警觉地回头观看。

这时最意想不到的事情发生了，刚才似乎被活活吓死的阿东，忽然发出一阵剧烈的咳嗽，躺在地上倒着气。原来他还活着，只不过刚才受惊过度，加上高原缺氧，一口气没上来，晕了过去。

阿东停止呼吸的时间并不长，只是在气管里卡住了一口气，这时仍然处于昏迷状态。那个从门中爬出来的家伙见阿东还活着，顿时怒不可遏，惊叫不止。

还没等我明白过来它想做什么，那家伙已经搬起一块石砖，对着阿东的脑袋狠狠砸了下去，顿时砸得脑浆四溅。但它仍不肯罢休，直到把整个脑袋都砸扁了才算完。

然后它用爪子拨了拨阿东的死尸，确认阿东彻底死了，又由怒转喜，连声怪笑，然后弓起身体，抱住死尸，把那被砸得稀烂的头颅扯掉，撸去衣衫，把嘴对准腔子，就腔饮血。

我在柱后看得遍体发麻，这景象实在是太惨了，特别是在死一般寂静的古城遗迹中，听着那齿牙嚼骨，轧轧之声响个不停。我以前见过猫捉到老鼠后啃食的样子，与眼前的情形如出一辙。

天作孽,尤可恕;自作孽,不可活。这阿东贪图那尊银眼佛像，若不由此，也不会打开那道黑色的铁门，虽然是他自作自受，但这仍然让人觉得报应来得太快太惨。

我忽然想到在轮回庙前边一进的护法神殿通道中，那一幕幕描述地狱酷刑的壁画。其中有画着在黑狱中，一种猫头野兽，身体近似人形，有尾巴，正在啃噬罪人尸体的残酷场面。记得当时喇嘛说那是轮回宗的食罪巴鲁，因为轮回宗已经在世间绝迹，所以后世也无法判断这食罪巴鲁是虚构出来的地狱饿鬼，还是一种现实中由宗教执法机构所驯养的、惩罚犯人的野兽。

描绘地狱中酷刑的壁画，与我见到的何其相似，很可能从这门中爬出来的，就是轮回宗所谓的"食罪巴鲁"。我们躲在柱子上根本不是办法，手脚渐渐麻木，估计用不了多久就会坚持不住掉下去，但一时没有对策，只好暂且拖得一刻算一刻了。

我正想打手势招呼胖子撤退，那背对我们的食罪巴鲁突然猛地扭过了头，狂吸鼻子，似乎闻到了什么特殊异常的气味，顿时变得警觉起来。

我赶紧缩身藏匿形迹，月光从庙堂顶上漏下，斜射在胖子身上，胖子额头上汗珠少了许多，对我不断眨眼，似乎意有所指。我对他也眨了眨眼，我的意思是问他什么意思，刚才装哪门子死？

胖子不敢发出响声，做了个很无奈的动作，耸了耸肩，低头看了看柱子下边。我顺着他的目光一看，红色的木柱上，有很大一片水迹。我立刻在心中骂道：你他妈的果然还是尿裤子了。

第九章
B 计划

胖子的表情如释重负，我想这事也怪不得他，憋了这么久，没把膀胱撑破就不错了。只见胖子对我挤挤眼睛，我们俩这套交流方式，外人都看不懂，只有我俩能明白，他是问我既然被发现了，现在怎么办？我伸手指了指上面，示意胖子往红柱的高处爬，再爬上去一段，等我的信号再暴起发难。

随后我也变换自己在柱子后边的角度，食罪巴鲁已追踪着气味而至。我躲在柱后看得清楚，这家伙嘴上全是斑斑血迹，它的脸长得和猫头一样，甚至更接近豹子，体形略近人形，唯独不能直立行走。

我暗中窥伺，觉得它十分像是藏地常见的麝鼠，但又不像普通麝鼠，长得好似黑色小猫，不仅大得多，而且遍体皆白。传说，有些兽类活得久了，便和人类一样毛发变白。

但这时候不容我再多想，那只白色恶鬼般的食罪巴鲁，已经来到了胖子所在的红柱下面，仔细嗅着胖子流下的尿迹。由于胖子是隔着裤子尿的，所以他身上的味道更重，食罪巴鲁觉得上边气味更浓，便想抬头向上仰望。

我心想要是让这家伙抬头看见了上边的胖子，那我们出其不意偷袭的计划就要落空，于是从柱后探出身子，冷不丁对食罪巴鲁喊了一声："喂！没见过随地大小便的吗？"

白毛茸茸的食罪巴鲁被突如其来的声音吓了一跳，"噌"地回过头来，两只眼睛在月光下如同两道电光。我心说：你的眼睛够亮，看看有没有这东西亮。抬手举起狼眼手电筒，强烈的光束直射食罪巴鲁的双眼。狼眼不仅可以用来照明、瞄准，它还有一个最大的作用：在近距离正面照射时，可以使肉眼在一瞬间暴盲。

有些动物的眼睛对光源非常敏感，正因如此，它们在黑夜里才能看清周围的环境，越是这样，近距离被狼眼手电筒的光束照到时，越是反应强烈。食罪巴鲁被照个正着，立刻丧失了视力，发出一阵阵老山鸮般的怪叫声。

这招可一而不可再，我见机不可失，便对柱子上的胖子喊道："还等什么呢你？快点肉体轰炸！"

胖子听我发出信号，从上面闭着眼就往下蹦，结结实实地砸在食罪巴鲁身上。要是普通人挨上这一下，就得让胖子砸得从嘴里往外吐肠子，但这野兽般的食罪巴鲁却毫不在乎，挣扎着就想要爬起来。胖子叫道："胡司令，咱这招不灵了！这家伙真他妈结实……"话音未落，他已经被甩了下来。胖子就地滚了两滚，躲开了食罪巴鲁盲目扑击的利爪。

我们想趁它双眼暂时失去视力的机会夺路逃跑，但此处位置不好，通往护法神殿的出口被它堵住了。如果想出古格王城，只有从这一条路下山。轮回庙的另一个出口，是片被风雨蚕食的断壁，高有十几米，匆忙之中绝对下不去。想继续攻击，奈何又没有武器，我们倒不在乎像狼牙山五壮士那样用石块进行战斗，但只怕那样解决不掉它，等到它眼睛恢复过来，反倒失了先机。

我往四周扫了几眼，心中已有计较，对胖子一招手，指了指秘洞中黑色的铁门，关上那道铁门先将它挡在外边。

二人不敢发出半点声音，轻手轻脚地往秘洞方向蹭过去。但我们忽略了一点，食罪巴鲁虽然双眼被狼眼的强光晃得不轻，但这家伙的嗅觉仍然灵敏。胖子身上的尿臊味，简直就成了我们的定位器。

食罪巴鲁这时已从刚才暴盲的惊慌中恢复过来，它似乎见着活人就暴怒如雷，冲着胖子就过来了。我和胖子见状不妙，撒开腿就跑，但是身体遮住了月光，面前漆黑一片，我被那道破墙绊了一个跟头，伸手在地上一撑，想要爬起来继续跑，却觉得右手下有个什么毛茸茸的东西，随手抓起来一看，原来是只黑色的麝鼠。

胖子冒冒失失地跟在我后边，我摔倒在地，也把他绊得一个跟跄。我揪住胖子的衣领，挣扎着从地上爬起来，只见身后两道寒光闪烁，那食罪巴鲁的眼睛已经恢复了，我抬手将那只小麝鼠对准它扔了出去，被它伸手抓住，五指一攥，顿时将麝鼠捏死，塞到嘴里嚼了起来。

我想这不知是僵尸还是野兽的家伙大概有个习惯——不吃活物，一定要弄死之后再吃。这王城遗迹中，虽然看上去充满了死亡的寂静，但是其中隐藏着许多在夜晚或阴暗处活动的生物，包括麝鼠、雪蛛之类的，刚才要是按到只雪蛛，我可能已经中毒了。黑色铁门后的洞窟不知深浅，但那已是唯一的退路，只能横下心来，先躲进去再说。

我和胖子退进铁门内侧，还顾不上看门后的空间是什么样子，便急急忙忙地反手将铁门掩上。胖子见了那铁门的结构，顿时大声叫苦——这门是从外边开的，里面根本没有门闩，而且也不可能用身体顶住门，只能往后拉，有劲也使不上。

说话间，铁门被门外一股巨大的力量向外猛拽，我和胖子忙使出全身力气拽住那两扇门。胖子对我说："这招也不好使，胡司令，还有没有应急的后备计划？"

我对胖子说："B计划也有，既然逃不出去，也挡不住它，那咱俩就去跟它耍王八蛋，拼个你死我活。"

胖子说："你早说啊，刚才趁它看不见的时候，就应该动手。那现在我可就松手让它进来了，咱俩豁出去了，砍头只当风吹帽，出去跟它死磕……"说着就要松手开门。

我赶紧拦住胖子："你什么时候变得这么实诚了？我不就这么一说吗？咱得保留有生力量，不能跟这种东西硬碰硬。"我用脚踢了踢地上的两条铁链,这是我刚才跑进来的时候顺手从外边拽进来的,这两条铁链本是和门外的银眼佛像锁在一起的,是固定铁门用的,此时都被我倒拽进来,就等于给关闭铁门加了两道力臂。

但我根本没想过要通过从内部关闭铁门来挡住外边的食罪巴鲁,这铁门就是个现成的夹棍。我告诉胖子一会儿我们把门留条缝隙出来,不管那家伙哪一部分伸进来,他就只管把铁链缠在腰上,拼命往后拽,不用手软留丝毫余地,照死里夹。

门外的食罪巴鲁没有多给我们时间详细部署,它的前爪伸进门缝,已经把门掰开了一条大缝,脑袋和一只手臂都伸了进来。

时机恰到好处,我和胖子二人同时大喊一声"乌拉",使出全身蛮力,突出筋骨,拽动铁链,使铁门迅速收紧。"嘎吱吱"的夹断筋骨之声传了出来,那食罪巴鲁吃疼,想要挣扎却办不到了,脖颈被卡住,纵有天大的力气也施展不得。但它仍不死心,一只爪子不断地抓挠铁门,另外伸进门内的那半截爪子,对着我们凭空乱抓。

胖子为了使足力气,抱起银眼佛像,把铁链围到自己腰间,但这样缩短了距离,食罪巴鲁的爪子已经够到了胖子的肚子,也就差个几毫米便有开膛破肚之危。我急忙掏出打火机,点火去燎它的爪子。食罪巴鲁被火灼得疼痛难忍,但苦于动弹不得,只有绝望地哀号。

我和胖子从小就是拼命三郎,这时不知不觉地激发了原始的战斗性。对待敌人要像冬天般严酷,对方越是痛苦地惨叫,我们就越是来劲。直到打火机的燃料都耗尽了,把那食罪巴鲁烤得体无完肤,它伸进门中的脑袋和半个肩膀几乎被夹成两半了,死得不能再死了,方才罢休。

我和胖子刚才用尽了全力,在海拔如此之高的地区,这么做是很危险的。我们感觉呼吸开始变得困难,一步也挪动不得,就地躺下,吃力地喘着气。

我躺在地上,闻到这里并没有什么腐臭的气息。这个秘洞如果真是轮回宗的地狱,那我们还是赶紧离开为妙,天晓得这里还有没有其余的东西。但怎奈脱了力,如果在气息喘不匀的情况下贸然走动,恐怕会产生剧烈的高原反应，只好用一只手打开手电筒向四周照了照。

　　黑色铁门之内的空间，地上堆满了白骨，有人的，也有动物的。墙壁上有很多洞穴，有大有小，小的能让麝鼠之类的小动物爬入，大的足够钻进一头藏马熊，不过位置都很高，普通人难以爬上去。头顶正上方也是个洞窟，洞口是非常规则的圆形，像是个竖井，可能那里通着山顶的王宫，有什么人冒犯了王权，便会被卫兵从上边扔下来。

　　我正在观看地形，却听旁边的胖子对我说："胡司令，你看看这是什么皮？"

　　我奇道："什么什么皮？谁的皮？"转眼一看，胖子从身下扯出一大块黑乎乎的皮毛。我接过来看了看，不像是藏马熊的皮，也不像是人皮，毛太多了，可能是野人的皮吧。

　　随手一抖，从那皮毛中掉出一块类似人的头盖骨，像是个一半的骷髅头，但是骨层厚得惊人，不可能有人有这么厚的骨头，用手一捏，很软，又不像是骨头。我和胖子越看越觉奇怪，用手电筒照上去，见这头骨上密密麻麻的似是有许多文字，虽然不是龙骨天书的那种怪字，但是我们仍然一个字都认不得。

　　头骨的嘴远远大于正常人，我看了半晌，觉得这有可能是个面具。为什么要用这块野人的皮毛包住，扔在这铁门后的地狱里，我和胖子就捉摸不透了。看那皮毛有人为加工过的痕迹，也不知道值不值钱。

　　我们喘了一会儿气，见角落里乱窜的小麝鼠越来越多，便不敢再多停留，迅速离开了这堆积累累白骨的地方。这铁门根本不是用来拦挡食罪巴鲁的，而是为了防止从上面摔下来的罪犯没死，会从门中跑出去。斜顶上的几个大洞，才是供那种食罪恶兽进出的。要是再爬进来两只，就不好对付了。

　　胖子用那野人的毛皮将奇怪的面具重新包裹上，夹在腋下，和我一前一后爬出了秘洞。这时外边明月在天，正是中夜时分，轮回庙的地面上血迹淋漓，都是阿东被啃剩下的残肢，实在是惨不忍睹。

　　我和胖子一商量，甭管怎么说，都是一路来的，别让他暴尸于此，但

61

要是挖坑埋了又过于麻烦,干脆把他剩下的这点零碎儿都给扔到秘洞里去。

我们俩七手八脚地把阿东的残肢扔进黑色铁门,然后把那尊银眼佛像也摆了回去。偷这种东西,一定遭报应,还是让它留在密室里吧。接着又将铁门重新关上,用残砖朽木挡了个严实,这才按原路返回。

回去的路上,胖子还一味地叹息,对阿东悲惨的命运颇为同情:"我发现一个真理——英雄好汉不是人人都能当的。胡司令,还是你说得有道理,越是关键时刻,就越是得敢于耍王八蛋。"

我对胖子说:"也不能总耍王八蛋,瞎子有句话说得挺好:人活世上,多有无妄之灾,江湖之险,并非独有风波,面对各种各样不同性质的危险,咱们就要采取不同的对策。自古道,攻城为下,攻心为上。我们以后要加强思想宣传攻势,争取从心理上瓦解敌人……"

我们边走边侃,正说得没边儿没沿儿,却突然听到后边有一串脚步声,似乎有人在跟踪我们。我警觉起来,便立刻停下话头不说,回头看向身后。寂静的山峦土林,被月光照出的阴影漆黑地落在大地上,轮廓像是面目狰狞的猛兽。荒凉的高原上悲风怒号,起风了,也许刚才只是错觉。

虽然没发现什么异常,但心中惴惴,总觉得不太对劲。于是我和胖子加快步伐,匆匆赶回探险队宿营的那处堡垒,趁着无人察觉,钻回睡袋里蒙头大睡。

第二天一早,明叔就问我们有没有看到阿东那个烂仔,我和胖子把头摇得像拨浪鼓,表示没看见。我说阿东可能是觉得搬氧气瓶太辛苦,受不了那份罪,提前开小差跑路了。

胖子装得更邪乎:"阿东?他不是在北京吗?怎么会在这里?明叔你是不是老糊涂了?缺氧了吧?赶紧插管去。"

明叔只好让彼得黄到周围去找找看,最后见无结果,便也不再过问,反正就是个跟班的,他是死是活,根本无关大局。

当天向导告诉我们,今天走不了,昨晚后半夜,刮了大半夜的风,看来今天一定有场大雨。咱们队伍里牦牛太多,高原上的牦牛不怕狼,也不怕藏马熊,但是最怕打雷,路上遇到雷鸣闪电,一定会乱逃乱窜。只好多耽搁一天，等明天再出发回森格藏布。

我们一想，反正昆仑山喀拉米尔的大概位置已经掌握了，就算到了喀拉米尔也暂时无法进山，因为装备物资都还没到。等一切准备就绪，少说也要半个月的时间。而且从阿里地区到昆仑山，几乎是横跨藏地高原，路途漫长，也不必争这一两天的时间，于是就留在堡垒遗迹中。果然不到中午，天空黑云渐厚，终于下起雨来了。

众人在碉堡中喝着酥油茶干等。由于下雨，气压更低，阿香觉得呼吸困难，一直都留在里屋睡觉，其余的人商量着下一步的行动计划。然后胖子给明叔等人讲起了他波澜壮阔的倒斗生涯，把那些人唬得一愣一愣的。

我趁机把喇嘛和 Shirley 杨叫到我睡觉的石屋里，把野人的皮毛还有那副纸糊的面具拿出来给他们二人看，把昨晚发生的事也简要地说了一遍。但跟他们说阿东的死最好不要对明叔讲，免得引起误会，他可能会以为是我和胖子谋财害命宰了阿东，别自己找麻烦。

Shirley 杨听后有点生气："你们胆子也太大了，赤手空拳的就敢在深夜去古城遗迹里搞恶作剧。亏你还当过几年中尉，却没半点稳重的样子，真出点什么意外怎么办？"

我对 Shirley 杨说："好汉不提当年勇，忆往昔峥嵘岁月稠啊。昨天晚上包括之前的事，都已成为历史长河中小小的一朵浪花，咱们就不要纠缠于那些已经成为客观存在的过去了。你看看这面具上的字，能识别出来吗？这是轮回庙中唯一有文字的东西，轮回宗和魔国信仰有很多相似之处，说不定这其中会有些有价值的情报。"

Shirley 杨无可奈何地说："你口才太好了，你不应该当大兵，你应该去当律师，或者做个什么政治家。"说完，接过那副面具看了看，奇道，"这是用葡萄牙文写成的《圣经》。"

我除了擅长寻龙诀之外，还有个拿手的本领，就是别人如果问我一些我不想回答的问题，我就会假装听不见。于是我问 Shirley 杨："你还懂葡萄牙语？我说这字怎么写得像一串串葡萄。"

Shirley 杨摇头道："只能看懂一点，但《圣经》我看得很熟，这肯定是《圣经》，不会有错。"

　　加上喇嘛在旁协助，我终于可以断定，这面具是一种轮回宗魔鬼的形象。用《圣经》制成如此恐怖的面具，恐怕是和以前藏地的宗教灭法冲突有关。喜马拉雅野人的皮毛是古藏地贵族所喜爱的珍品，据说有保温的作用，如果把尸体裹进里面，还能够防腐。王公贵族们狩猎的时候，喜欢将它披在背上做披风，可以在风中隐匿人类的气味。还有一说，是这种皮毛能裹住灵魂，使之永不解脱。

　　Shirley 杨想看看这面具中有什么玄机，便将面具上干枯的纸页一层层地拆剥开来，发现在这些《圣经》经书的纸张里，竟然画着很多曲曲折折的线条——是张地图，有水路山脉，还有城堡塔楼，但不知是哪里的。

　　由于再也没有任何依据，只能根据图中的地形推测，这可能是在大鹏鸟之地的古象雄王朝的地图，也有可能是昆仑山凤凰神宫的地图——因为已经消亡了的古格王国与这两个地方之间有很深的联系，很可能保留着这两处古代遗迹的信息。有洋人偷着抄录了出来，准备去寻宝，或者干些别的什么，但没来得及带出去，便遭到不测，人被扔进了地狱，喂了食罪巴鲁，而偷绘地图的《圣经》，被做成了恶魔的脸面，用野人皮毛包裹了，一并投入地狱。但其中的详情，就非我们所能推断的了。总之，这张几乎面目全非的地图有一定的价值。

　　Shirley 杨忙着修复地图，我就转身出去，到外间倒酥油茶喝。这时外边的雨已经小多了，但雷声隆隆，似乎还在酝酿着更大的降雨，天黑沉沉的如同是在夜晚，看来明天能否转晴还不好说。胖子在外屋，坐在火堆旁，正侃得兴起，明叔、彼得黄、韩淑娜、名字叫作吉祥的向导扎西，都张大了嘴在旁边听得全神贯注。

　　只听胖子口沫横飞地说道："胖爷我把那大棺材里的老粽子大卸了八块，脑袋埋到路边，胳膊大腿分别埋在东山、西山，中间剩下一截身子，就一脚踹进了河里。"

　　胖子对彼得黄说："就你们那什么亲王，正赶上那老爷子来我们中国，满大街都是欢迎他的腰鼓队，外交部非让我去会会他，我可没工夫，嫌乱啊,就避到乡下去了,找了间据说死过十七口人的凶宅一住。胖爷就这脾气,不信那套,什么凶宅阴宅,照住不误。到晚上就开始清点从老粽子那儿摸回来的明器,'咔咔咔'刚一清点,您猜怎么着?"

明叔摇头道:"有没有搞错啊,你不告诉我们,怎么让我们猜?你到底拿了多少明器?"

胖子说:"甭提了,还明器呢,刚点了一半,外边那炸雷一个接着一个,房门自己就开了,从外边滚进来一个东西,就是被我埋在河边的那颗人头。"

明叔等人无聊之余听胖子侃大山,虽明知他是胡说八道,但这时外边的雷声正紧,这废弃的碉堡中又阴森黑暗,也不免紧张起来。

我心中觉得好笑,心想:胖子你真是好样的,你就侃吧,最好把明叔心脏病吓出来,咱们就有借口不带这些累赘去喀拉米尔找龙顶了。

我走到茶壶旁边,刚端起碗想倒些茶喝,忽听里间传来一阵女子的惊呼,好像是阿香,她不是在睡觉吗?这一下屋里所有的人都站了起来,就连铁棒喇嘛和Shirley杨也走了出来。

众人担心阿香出了什么事,正想进去看她,却见阿香赤着脚跑了出来,一头扑进明叔的怀里。明叔赶紧安慰她:"乖女别怕,发生什么事情了?"

阿香瞪着一双无神的大眼睛,环视屋内众人,对明叔说:"干爹,我好害怕,我看见阿东全身是血,在这房里走来走去。"

别人倒不觉怎样,但是我和胖子几个知道阿东已死的人,都觉得背后冒凉气。这时铁棒喇嘛走上前说道:"他中阴身了,必须赶快做中阴度亡,否则他还会害死咱们这里的活人。"

铁棒喇嘛说中阴身不是怨魂,胜似怨魂。密宗中认为一个人死后,直到投胎轮回之前的这段时间,其状态就称为中阴。

喇嘛问阿香:"现在能否看见中阴身在哪里?"

阿香战战兢兢地抬起手指,众人都下意识地退后一步,却见她的手指,直直地指向了铁棒喇嘛。

第十章
本能的双眼

铁棒喇嘛脸色突变，只叫一声"不好"，随即向后仰面摔倒。我眼明手快，急忙托住他的后背，再看铁棒喇嘛，已经面如金纸，气若游丝。我担心他有生命危险，赶紧探他的脉搏，一探之下，发现他的脉息已是时隐时现，似乎随时都有可能去往西天极乐世界。

我根本不懂中阴身是什么，似乎又不像是被鬼魂附体，一时间竟然不知该如何是好。

站在我们对面的明叔说道："阿东怎么会死掉？难道是你们谋杀了他？"说着对他的手下彼得黄使了个眼色，示意他保护自己。

一旁的胖子会错了意，以为明叔是让彼得黄动手，于是摸出伞兵刀，抢步上前，想把明叔放倒。彼得黄拔出匕首，好像一座铁塔般地挡在明叔身前。

碉堡中一时剑拔弩张，紧张的气氛就像一个巨大的火药桶，稍微有点火星就会被引爆。韩淑娜怕伤了她的干女儿，忙把阿香远远地拉开。

眼看胖子和彼得黄二人就要白刀子进去红刀子出了，我心想动起手来我们也不吃亏，对方一个糟老头子，两个女流之辈，就算彼得黄有两下子，充其量不过是个东南亚的游击队员，胖子收拾掉他不成问题，只是别搞出人命就好。

Shirley 杨以为我要劝解，但看我不动声色，似乎是想瞧热闹，便用手推了我一把。我一怔之下，随即醒悟。不知为什么，我始终都没拿明叔那一组人马当作自己人对待，但倘若真在这里闹将起来，对双方都没什么好处。

我对众人叫道："诸位同志，大伙都冷静一点，这是一场误会，而且这不是在贝鲁特，有什么事咱们都可以心平气和地商量。"我把阿东去王城遗迹偷银眼佛，被我和胖子发现，以及他是如何惨死的事说了一遍。

明叔赶紧就坡下驴："胡老弟说得有道理啊，有什么事都好商量。阿东那个烂仔就是贪图些蝇头小利，他早就该死了，不要为他伤了和气……"顿了一顿他又说道，"当务之急是这位喇嘛大师完了，快把他的尸身烧了吧，要不然，咱们都会跟着遭殃。我看的那部古经卷上，有一部分就是讲的中阴身。"

明叔告诉我们："阿东这个烂仔你们都是不了解的，别看他经常做些偷偷摸摸、拧门撬锁的勾当，但他胆子比兔子还小，他变了鬼也不敢跟各位为难。但问题是现在的中阴身，一定是被什么东西冲撞了，因为经中描写的中阴那个过程是很恐怖的，会经历七七四十九天，在这期间，会看到类似熊头人身的白色女神，手持人尸做棒，或端着一碗充满血液的脑盖碗，诸如此类，总之都是好惊的。中阴身一旦散了，就变作什么'垢'，不烧掉它，还会害死别人。"

然而明叔对此事也是一知半解，他虽然整天翻看那本《轮回宗古经》，但都是看一些有关冰川水晶尸的内容，对于别的部分都是一带而过，而且经书中对于中阴身的介绍并不甚详。

我低头查看铁棒喇嘛的情况，发觉喇嘛眼皮上似乎暴起了数条黑色的血管，于是翻开他的眼皮，只见眼睛上布满了许多黑丝，就像是缺少睡眠眼睛里会出现红丝，但他的眼睛里的血丝都是黑色的。再仔细观看，发现眼睛里的黑丝延伸到了脸部，如同皮下的血管和神经都变作了黑色，脉络纵横，直到手臂。

众人看了喇嘛的情形，都不由得直冒冷汗，什么东西这么厉害？此刻铁棒喇嘛不省人事，不可能告诉我们该怎么对付这种情况。

目前在我们这些人中，似乎也只有Shirley杨可能了解一些密宗的事情，但是一问之下，Shirley杨也并不清楚该如何解救。中阴身是密宗不传的秘要，只有锡金的少数几位僧人掌握着其中真正的奥秘，只怕铁棒喇嘛即使神志清醒，也不一定能有解决的办法。

我心中焦急，难道我们真就眼睁睁看着铁棒喇嘛死掉？他可是为了帮助我们才不远千里而来的，他要是有什么意外……还不如让我替他死。

Shirley杨对我说："老胡，你先别着急，说不定阿香可以帮助咱们。我想阿香很可能具有本能的眼睛，让她看看喇嘛身体内的情况，或许能找到办法。"

前两天在路上，铁棒喇嘛就跟我们说过，阿香这个小姑娘，拥有一双"本能的眼睛"。在密宗中，喇嘛们认为，眼睛可以分为六种境界，第一种是人类普通的眼睛，指视力正常的凡人。第二种眼睛就称作"本目"，本能的双眼——那是一种有着野生动物般敏锐直觉的眼睛，由于没有受到世俗的污染，比人类的视力范围要大许多，这种范围不是指视力的纵深度，而是能捕捉到一些正常人看不到的东西。第三种是"天目"，能看到两界众生过去未来多生多世的情形。第四种称作"法目"，例如菩萨和阿罗汉的眼睛，可以明见数百劫前后之事。第五种是"圣眼"，可以明见数百万劫前后之事。最高境界为"佛眼"，无边无际，可以明见彻始彻终的永恒。

我经Shirley杨这一提醒，才想到也许只有阿香是棵救命稻草了，当下便拿出我那副和蔼可亲的解放军叔叔的表情来，和颜悦色地请阿香帮忙看看，铁棒喇嘛究竟是怎么了。

阿香躲在明叔身后说："我只能看到一个血淋淋的人影，看样子好像是阿东，将一些黑色的东西，缠在喇嘛师傅的身上，右手那里缠得最密集。"阿香最多只能看到这些，而且看得久了就会头疼不止，再不敢多看。

我撇了撇嘴。这算什么？什么黑色的东西？等于什么都没说。但又不能强迫阿香，只好扭头找 Shirley 杨商量对策。Shirley 杨撩开铁棒喇嘛的衣袖，看了看他的右手，对我说道："刚才在看喜马拉雅野人皮毛的时候，喇嘛大师的手指被皮毛中的一根硬刺扎到了。当时咱们都未曾留意，难道这根本不是中阴身作怪，而是那皮毛有问题？"

我闻言觉得更是奇怪，蹲下身去看铁棒喇嘛的手指，中指果然破了一个小孔，但没有流血，急忙对胖子说："快进屋把皮毛拿出来烧掉，那张皮有古怪。"

胖子风风火火地跑进我们的房间，一转身又跑了出来："没了，刚刚明明是在房间里的，还能自己长腿跑了不成？只剩下几缕野人的黑毛……"

众人相顾失色，我对 Shirley 杨说："可能咱们都走眼了，那根本不是喜马拉雅野人皮，而是一具发生尸变的僵尸的皮，说不定就是那个葡萄牙神父。不过既然是黑凶的皮毛，咱们可能还有一线机会能救活喇嘛。"

自古以来摸金校尉们面临的首要课题，便是怎么对付僵尸和尸毒。我们还从没遇到过僵尸，但在离开北京之前，我和大金牙同算命的陈瞎子在包子铺中一番彻谈，瞎子说了许多我罕见罕闻的事物，例如黑驴蹄子有若干种用途……

陈瞎子虽然常说大话，但有些内容也并非空穴来风。临时抱佛脚，也只好搏上一搏了。我们的那几只黑驴蹄子，还是去黑风口倒斗的时候，由燕子找来的。屯子里驴很多，当时一共准备了八只，后来随用随丢，始终没再补充过。从云南回来，丢了七个，只有北京家里还留下一个备用的，这次也被胖子携带西来。

胖子从行李中翻了半天，才将黑驴蹄子找出来，交到我手中。我用手掂了两掂，管不管用，毫无把握，姑且一试，如果不成，那就是天意了。

我正要动手，却被 Shirley 杨挡下："你又想让活人吃黑驴蹄子？绝对不行，这样会出人命的，必须对喇嘛师傅采取有效的医疗措施。"

我对 Shirley 杨说："这古格遗迹附近八百里，你能找出个牧民来都算奇迹了，又到哪儿去找医生？我这法子虽土，却也有它的来历，而且绝不是让喇嘛阿克把黑驴蹄子吃到嘴里。现在救人要紧，来不及仔细对你说了，如果不将那具黑凶的皮毛尽快除掉,不仅铁棒喇嘛的命保不住,而且人还会越死越多。"

我最后这一句话,使众人都哑口无言,气氛顿时又紧张起来。也不知是谁发现了情况,惊呼一声,让众人看喇嘛的脸。废弃的古堡外,早已不再下雨,但沉闷的雷声隆隆作响,始终不断。石屋中的火堆,由于一直没人往里面添加干牛粪,即将熄灭,暗淡的火光照在铁棒喇嘛脸上,众人一看之下,都倒吸了一口冷气,铁棒喇嘛身体发僵,脸上长出了一层极细的黑色绒毛。

这原本好端端的活人,此刻却像要发生尸变的僵尸一般。

我对众人说道:"都别慌,这只是尸筋,要救人还来得及。你们快点燃一个小一些的火堆……还要一碗清水,一根至少二十厘米的麦管,越快越好。"

明叔也知道这铁棒喇嘛是紧要人物,有他在,许多古藏俗方面的问题都可以迎刃而解,又兼精通藏药医理,得他相助,到喀拉米尔找龙顶上的九层妖楼,就可以事半功倍,于公于私,都不能不救,当下便带着彼得黄和韩淑娜帮手救人。

我检视铁棒喇嘛右手的手掌,那里的情况最为严重,瘀肿至肘,手指上那个被扎破的小孔已经大如豌豆,半只手臂尽为黑紫,用手轻轻一按,皮肤下如同稀泥,从内而外地开始溃烂。

看铁棒喇嘛的情形,正是危在旦夕。我紧紧握着手中的黑驴蹄子,心中一直在想,如果再多有几只就好了,一只黑驴蹄子实在是太少了。刚才虽然对众人说救喇嘛还来得及,但现在看来,十分之一的把握都没有,但如果什么都不做,也只有眼睁睁看着他慢慢死去……

我正在心中权衡利弊,甚至有些犹豫不决之时,Shirley 杨轻轻拍了拍我的肩膀:"都准备好了,不过这青藏高原上哪里找得到什么麦管,向导扎西把他的铜烟袋管拆了下来,你看看合适吗?"

我从 Shirley 杨手中接过一看,是水烟袋的铜管,细长中空,刚好合用。我把铁棒喇嘛搬到他们刚刚点燃的小火堆旁,将那一大碗清水倒去一半,剩下的放在喇嘛右手下边，随后取出伞兵刀，将又老又硬的黑驴蹄子切下一小片。

众人都围在火堆旁，关切地注视着我的一举一动。Shirley 杨问我道："你还是想让喇嘛师傅吃黑驴蹄子？这东西吃下去会出人命的，就算是切成小片也不能吃。"

胖子也表示怀疑，说道："胡司令，喇嘛大叔还没断气，你真要拿他当成大粽子来对付不成？"

明叔也问："黑驴蹄子可以治病？点解？"

我一龇牙花子，对围观的几个人说："同志们不要七嘴八舌地捣乱好不好？这世上一物克一物，这是造化之理使然。铁棒喇嘛当然不是僵尸，但他现在的状况似乎是被尸气所缠，只有用黑驴蹄子烧浓烟，向创口熏燎，才会有救。你们倘若有别的办法，就赶紧说出来，要是没有，就别耽误我救人。"

Shirley 杨和胖子、明叔等人觉得莫名其妙，异口同声地奇道："用烟熏？"

我不再同他们争论，先从火堆中拨出一小块烧得正旺的干牛粪，再把一小片黑驴蹄子与之放在一起烘烧。那黑驴蹄子遇火，立刻冒出不少青烟。说来却怪，这烟非黑非白，轻轻缭绕，烟雾在火堆上渐渐升腾，除了有一种古怪的烂树叶子味，并无特别的气味，熏得人眼泪直流。

我挥了挥手，让大伙都向后退上几步，别围得这么近，以免被烟熏坏了眼睛，随后把铁棒喇嘛右手的中指浸泡在清水中，使破孔边缘的脓血化开。

我突然想到，人的中指属心，如果尸气缠住心脉，那就算是把八仙中张果老的黑驴蹄子搞来，怕是也救不了喇嘛的命。

又添加了一小片黑驴蹄子，看看烟雾渐聚，我便将黄铜烟管叼在嘴里，把烧出来的烟向喇嘛手指的创口吹去。不到半分钟，就见那指尖的破孔中有清水一滴一滴地流出，足足流了一碗有余。我见果有奇效，心里一高兴，乱了呼吸的节奏，口中叼着烟管一吸气，立刻吸进了一大口烟雾，呛得我

71

鼻涕眼泪全流了出来，直感觉胸腔内说不出地恶心，天旋地转，于是赶紧将烟管交给胖子，让他暂时来代替我。

我到门外大吐了一阵，呼吸了几大口雨后的空气，这才觉得略有好转。等我回到古老的碉堡中，铁棒喇嘛的指尖已经不再有清水流出，创口似乎被什么东西从里面堵住了，打起手电筒照了照，里面似乎有一团黑色的物体。

Shirley 杨急忙找出一只小镊子，消了消毒，夹住创口内黑色的物体，轻轻往外拔了出来，一看之下，竟然是一团黑色的毛发，都卷束打结，不知是怎么进去的。再用黑驴蹄子烧烟熏烤，便再次流出清水，隔一会儿，便又从中取出乱糟糟的一团毛发。

我见每取出一些黑色毛发，喇嘛脸上的黑色绒毛似乎就减少一些。谢天谢地，看来终于是有救了。只要赶在剩下的半只黑驴蹄子用完之前，将那些僵尸的黑毛全部清除，便可确保无虞。

喇嘛的命保住了，我悬着的心也终于放了下来。我点了支香烟，边抽烟边坐在地上看着 Shirley 杨等人为铁棒喇嘛施救。这时明叔凑过来问我，他想了解一下，那黑驴蹄子为什么对付僵尸有奇效。不久之后探险队进入昆仑山喀拉米尔，应该准备一大批带上，以备不时之需；回香港之后，他也要在家里放上一百多个。

我对黑驴蹄子的了解，最早得自祖父口中的故事。那时候我祖父经常讲那种故事，比如一个小伙子，贪赶夜路，半道住在一间破旧而没有人烟的古庙里，晚上正睡到一半，就从外边天上飞下来一只僵尸——那种东西叫作飞僵，僵尸抱着个大姑娘，可能是从别的地方抓来的，到了庙里就想吃大姑娘的肉，喝大姑娘的血。这小伙子见义勇为，把黑驴蹄子塞进了僵尸嘴里，僵尸就完蛋了。小伙子和大姑娘俩人一见钟情，然后就该干吗干吗去了。

等后来我年纪稍大，对这种弱智的故事已经不感兴趣了。那时候我祖父就会给我讲一些真实的经历或者民间传说。但他对黑驴蹄子的来历所知也不甚详，只知道是一种职业盗墓贼摸金校尉专用的东西，可以对付古墓荒冢里的僵尸。僵尸这类东西，由来已久，传说很多，它之所以会扑活人，全在于尸身上长出的细毛。按 Shirley 杨的观点来讲，那可能是一种尸菌受到生物电的刺激而产生的加剧变化。但是否如此，我们也无从得知，只知道有一些物品用来克制尸变都有很好的效果，并非只此一道。

明叔恍然大悟：“噢，这样一讲我就明白了。就像茅山术是用桃木，摸金校尉就用黑驴蹄子。按你胡老弟上次说的那句话，就是杀猪杀屁股，各有各的杀法了。”

我说：“明叔您记性真不错，其实咱们是志同道不同。都是志在倒斗发财，可使用的手法门道就千差万别了。就像你们祖上干背尸翻窖子的勾当，不也是要出门先拜十三须花瓷猫，再带上三个双黄鸡蛋才敢动手吗？”

以前我也是坐井观天，以为黑驴蹄子只能塞进僵尸嘴里，其实还有很多用途，根本闻所未闻。后来在北京包子铺中，才听陈瞎子详细说过黑驴蹄子等物的用法。

传说在早年间，有一位摸金校尉，在雁荡山干这勾当。忽遇大雷雨，霹雳闪电，山中震开一穴。往内探身一看，空洞如同屋宇，竟然是个古墓。以经验判断，其中必有宝器。于是这位摸金校尉坠绳而下，见穴内地宫中有一口巨大的棺材，启开一看，里面躺着的死者白须及腹，仪容甚伟，一看就不是寻常之辈。从尸体的口中得到一枚珠子，从棺中得到一柄古剑。欲待再看，棺木以及地宫被外边灌进来的山风一吹，便都成了灰烬，只在穴中的石碑上找到两个保存下来仍能辨认的古字"大业"，从中判断，这应该是隋代的古冢。

摸金校尉见穴中别无他物，便将古剑留下，裹了珠子便走。出去的时候，脚踝无意间被硬物磕了一下，当时觉得微疼，并未留意，但返家后，用温水洗脚，见擦伤处生出一个小水泡，遂觉奇痒奇疼，整个一条腿都开始逐渐变黑溃烂。刚好有一位老友来访，这位老友是位医师，有许多家传秘方，一看摸金校尉脚上的伤口，就知道是被尸鬃所扎，急命人去找黑狗屎——只要那种干枯发白的，但遍寻不见，正急得团团乱转，这时发现了摸金校尉家里保存的黑驴蹄子。据古方所载，用此物对付鬼气恶物也有同样的功效。便烧烟熏燎，从伤口处取出许多好像胡须的白色毛发。此后这个秘方才开始被摸金校尉所用。

我对明叔讲这些，主要是想让自己的精力稍微分散。铁棒喇嘛命悬一线，使我心理压力很大。如果黑驴蹄子不够用怎么办？这个悲观的念头，根本想都不敢去想。

这时 Shirley 杨似乎发现铁棒喇嘛有什么地方不对劲，急忙回头招呼我："你快来看，这是什么？"

第十一章
走进喀拉米尔

我的心猛然一沉，赶紧把烟头掐灭，过去观看。黑驴蹄子刚好用尽，Shirley 杨正从喇嘛指尖拔出一根黑色的肉钉，不知为何物。铁棒喇嘛的皮肤虽然已经恢复正常，但面色越来越青。一探他的呼吸，虽然微弱，却还平稳，但能否保住性命，尚难定论。

我从地上捡起肉钉看了看，后边还坠着极细小的黑色肉块，这大概就是刺破喇嘛手指的那根硬刺。此非善物，留之不祥，便随手扔进火堆中烧了。那些恶臭冲天的黑色毛发，也一根不留，全部彻底烧毁。

最后我又把阿香叫过来，看铁棒喇嘛身上确实没有什么异常了，这才放心。

当天晚上我一夜都没能合眼。第二天铁棒喇嘛方才醒转，委顿不堪，似乎在一夜之间苍老了二十岁。他的右臂已经完全不能动了，似乎视力也受到了极大的影响，最主要的是气血衰竭，经不住动作了。以他现在的状况，要想恢复健康，至少需要一年以上的时间，已不可能再进入昆仑山喀拉米尔的高海拔地区。

铁棒喇嘛也知道这是天意，就算勉强要去，也只会成为别人的累赘。

但喇嘛最担心的，就是现在再找一位天授的唱诗者太难了。最后他同我商议，还是跟我们一同前往喀拉米尔，不过不进昆仑山，在山口等候我们回来。而且在我们前期准备的这段时间里，他会尽量将世界制敌宝珠雄师大王的武勋长诗，用汉语把其中与魔国有关的内容叙述给 Shirley 杨听。好在 Shirley 杨有过耳不忘之能，一定能记下很大一部分，在凤凰神宫中寻找魔国妖塔的时候，也许会用得着。

我为了让喇嘛多休息几天，就让明叔带着他的人，先取道前往昆仑山喀拉米尔附近的尕则布青，装备也将被托运到那里。那附近有大片的荒原和无人区，有不少的偷猎者。先遣队的任务是除了从他们手中买到武器弹药之外，还要找到合适的向导、雇佣脚夫——总之有很多的前期准备工作要做。而我和胖子、Shirley 杨三人，则等铁棒喇嘛病情好转之后，再行前往。离昆仑山尚远，便已出现一死一伤，这不免为我们前方的路途蒙上了一层阴影。

明叔表示坚决反对，要行动就一起行动，不能兵分两路。我知道这老港农肯定是又怕我们甩了他单干。但怎么说都不管用，只好把胖子拨给他当作人质，明叔这才放心。

我又怕胖子不肯，只好蒙骗胖子，说派他去当联络官，明叔那四个人，由胖子负责指挥。胖子一听是去当领导，不免喜出望外，二话没说就同意了。明叔对航海所知甚广，但进山倒斗，需要什么物资、什么样的向导等等一概不知；彼得黄虽然打过几年丛林战，但他根本不明白倒斗是什么意思，也从没来过内地。所以，他们这些人自然都听胖子的。

胖子在带着明叔等人出发前握住我的手说："老胡啊，咱们之间的友谊早已无法计算，只记得它比山高、比路远。这次我先带部队去开辟新的根据地，多年的媳妇熬成婆，胖爷这副司令的职务终于转正了，但又舍不得跟你们分开，心里不知是该高兴还是该难过，总之就是五味俱全，都不知说什么好了。"

我对胖子说："既然不知说什么好，怎么还他妈说这么多？咱们的队伍一向是官兵平等，你不要跟明叔他们摆什么臭架子，当然那港农要是敢犯硌硬，你也不用客气。"嘱托一番之后，才送他们启程。

铁棒喇嘛可以活动后，就先为阿东做了一场度亡的法事，然后在我和Shirley 杨的陪同下，骑着牦牛缓缓而行，到森格藏布去搭乘汽车。

一路上铁棒喇嘛不断给 Shirley 杨讲述关于魔国的诗篇，Shirley 杨边听边在笔记本上写写画画。这样我们比胖子等人晚了二十多天，才到尕则布青。胖子和明叔早已等得望眼欲穿，见我们终于抵达，立刻张罗着安排我们休息吃饭。

我们寄宿在一户牧民家中，晚上吃饭前，明叔对我讲了一下准备的情况。牧民中有个叫作此吉的男子，不到四十岁，典型的康巴汉子，精明强干，他名字的意思是"初一"。明叔等人雇了此吉当向导，因为他是这一带唯一进过喀拉米尔的人。另外还有十五头牦牛、六匹马、五名脚夫。

从尕则布青进入喀拉米尔，先要穿越荒原无人区，那里沟壑众多，没有交通条件，附近只有一辆老式卡车，二轮驱动，开进去就别想出来。那片荒原连偷猎者都不肯去，所以携带大批物资进入，只有依靠牦牛运过去。从北京运过来的装备，都是大金牙按 Shirley 杨的吩咐购置的，已经准备妥了，随时都可以出发。

我问明叔："武器怎么样？咱们总不能只带两支雷明顿，七十多发枪弹，就进昆仑山吧？那山里的野兽是很多的。"

明叔把我和 Shirley 杨领到牧民家的帐房后边，胖子和彼得黄二人正在里面摆弄枪械。里面长短家伙都有，手枪的型号比较统一，都是偷猎者从东南亚那边倒过来的，可能是美军的遗留物资。美国单动式制式手枪M1911，型号比较老，但点四五口径足够大，性能够稳定，可以算是美军军用手枪中经典之中的经典，传奇之中的传奇，勃朗宁的杰作，绝对是防身的利器。

长枪却都差了点，只有两支型号不同的小口径运动步枪，没有真正应手的家伙，但再加上那两支霰弹枪，也能凑合着够用了。毕竟是去倒斗，而不是去打仗。

我又看了看其余的装备，确实都已万全。不仅有美国登山队穿的艾里森冲锋服,甚至连潜水的装备都运来了。昆仑山下积雪融化而形成的水系纵横交错,带上这些有备无患。最主要的是那些黑驴蹄子、糯米、探阴爪之类的传统器械。市面上买不到的工具,都是另行定制的。有了这些,便多了些信心。

我留下一些钱,托当地牧民照顾铁棒喇嘛,等我们从喀拉米尔出来,再将他接走。如果两个月还没回来,就请牧民们将铁棒喇嘛送去附近的寺院养病。藏民信仰极为虔诚,就算我不说,他们也会照顾好喇嘛。

我见一切准备就绪,便决定明天一早出发。

当天晚上,明叔请众人聚在一起吃饭。这里地处青、藏、新三地交会,饮食方面兼容并蓄。我们的晚餐十分丰盛,凉拌牦牛舌、虫草烧肉、藏包子、灌肺、灌肠、牛奶浇饭、烤羊排、人参羊筋、酥油糌粑,人人都喝了不少青稞酒。

明叔喝得有几分高,说了句不合时宜的醉话,他竟说希望这不是最后的晚餐。被他的话一搅,众人也都没了兴致,草草吃完,都回去睡觉。

第二天一早,我们便告别了铁棒喇嘛,准备集合出发。铁棒喇嘛将一条哈达披在我的肩头:"菩萨保佑,愿你们去凤凰神宫一路都能吉祥平安。"我紧紧抱住喇嘛,想要对他说些什么,但心中感动万分,一个字也说不出来。

人们驱赶着牦牛和马匹所组成的队伍,往西北方向前进。藏北高原深处内陆,气候干燥而寒冷,气温和降雨量呈垂直变化,冬季寒冷而漫长,夏季凉爽而短暂。当前正是夏末,是一年中气温最不稳定的时段。

荒凉的原野就是被人称为"赤豁"的无人区,虽然渺无人烟,但是大自然中的生灵不少,禽鸟成群,野生动物不时出没,远处的山峦绵延没有尽头。山后和湛蓝天空相接的,是一大片雪白。但距离实在太远,看不清那是雪山,还是堆积在天边的云团,只觉气象万千,透着一股难以形容的神秘。

我们走了五天的时间,穿过了无人区,即将进入的山区,是比无人区荒原还要荒寂的地区。山口处有一个湖泊,湖中有许多黑颈水鸟,在无人惊扰的情况下,便成群地往南飞。这些鸟不是迁徙的候鸟,它们飞离这片湖,可能是山里有雪崩发生，使它们受惊；还有一种原因，可能这是寒潮即将来临的征兆。有迷信的脚夫就说这是不吉的信号，劝我们就此回去。但我们主意已定，丝毫也不为之所动。

我同向导初一商量了一下，这里海拔很高，再上山的话，队伍里可能有人要承受不住。这山中有数不清的古冰川，其上有大量积雪，从山谷里走很容易引发雪崩。但初一自幼便同僧人进喀拉米尔采集药材，对这一地区十分熟悉，知道有几处很深的凹地，可以安全地通过。于是他让众人在山口暂时休息一下，二十分钟后带队前往"藏骨沟"。

Shirley 杨这一路上始终在整理铁棒喇嘛口述的资料，并抽空将那葡萄牙神父的《圣经》地图进行修复，终于逐渐理清了一些头绪。这时听说下一步要经过什么藏骨沟，她便问向导初一："为什么会有'藏骨沟'这么个地名？藏着什么人的骨？这片山脉叫作喀拉米尔，那又是什么意思？"

初一告诉众人："藏骨沟里有没有人骨，那是不清楚的。之所以叫这个名字，是因为那里是山里百兽自杀的地方，每年都有大量的黄羊野牛藏马熊，跑到那里跳下去自杀，沟底铺的都是野兽的白骨。胆子再大的人，也不敢晚上到那里去。至于喀拉米尔，其含意为灾祸的海洋，为什么要叫这个不吉的名字，那就算是胡子最长的牧民，也是不知道的。"

我同 Shirley 杨对望了一眼，都想从对方脸上寻找答案，但她和我一样，根本无法想象隐藏在这古老传说背后的真相是什么。野生动物成群结队自杀的现象世界各地都有，尤以海中的生物为多，但几乎从来没听说过不同种群的动物混合在一起结伴自杀。在这崇拜高山大湖的藏地，又怎么会以"灾难之海"这种不吉祥的字眼来命名这片山区？这些实在是有点不可思议。

向导初一解释道："藏骨沟的传说，那是多少辈以前的老人们讲的，每当满月如盆的时候，山里的野兽就会望着月亮，从高处跳进沟里摔死，以它们的死亡平息神灵的愤怒。还有的传说是这样的，凡是跳入深沟而死的动物，就可以脱离畜生道，转世为人。

"但至今还活在世上的人谁也没见过有野兽在那里跳崖，也不知道那些古老的传说是真是假。但在藏骨沟,还能看到不少野兽的遗骨,到了晚上会有鬼火闪动,而且那里地形复杂,同神螺沟古冰川相连。我们想找的四座雪山环绕之地,就在神螺沟冰川,到那里,还需要五天以上的路程。"

神螺沟的地形之复杂世间罕有,这藏北高原,本就地广人稀,生存环境恶劣,喀拉米尔附近几乎全是无人区,大部分地区人迹难至。初一本人也只进到过神螺沟采药,再往里他也没去过。喀拉米尔有的是雪山和古冰川,但被四座雪峰环绕的冰川,只有神螺沟。初一所能做的,也只是把我们引至该地。

探险队在山口休息了半个多小时,继续前进。体力透支、呼吸困难的人,都骑在马背上。向导初一将猎枪和藏刀重新带在身上,又拿出装满青稞酒的皮囊,"咕咚咕咚"灌了几大口,随后将皮鞭在空中虚甩三下,以告山神,然后对众人说道:"要进藏骨沟,先翻尕青坡,走了。"说罢,一手摇着转经筒,一手拎着皮鞭,当先引路进山。

其余的人马都跟在他后边,在大山里七转八转,终于到了尕青坡(又名尕青高)。尕青坡地名里虽然有个"坡",但和高山峻岭比起来,也不逊色多少。这里云遮雾锁,初一等一众康巴汉子还不觉得怎样,明叔就有点撑不住了。以前内陆地区的人来高原,适应不了高原反应,在高原上逗留超过六十天就会死亡。因为这里的气压会使心脏逐渐变大,时间长了就超出身体的负荷。后来虽然可以通过医疗手段减轻这种症状,但仍然有很大的危险。

我以前始终觉得有些奇怪,按说明叔这种人,他的钱早就够花了,怎么还舍得将这把老骨头扔进这昆仑山里,拼上老命也要找那冰川水晶尸?后来才从韩淑娜嘴里得知,原来明叔现在的家底,只剩下北京那套宅子和那几样古玩了,家产全被他在香港的两个儿子赌博败光了,还欠了很大一笔债。明叔想趁着腿脚还能动再搏一把大的,要不然以后归西了,他的两个儿子和干女儿就得喝西北风去了。知道这些事后,我对明叔也产生了几分同情。

我担心再往高处走明叔和阿香可能会出意外,便赶上前边的初一,问他还有多远的路程才进藏骨沟。

初一突然停下脚步,对我招了招手,指着斜下方,示意我往那里看。我顺着他所指的方向看去,周围的云雾正被山风吹散,在地面上裂开一条深沟。从高处俯瞰深沟,唯见一片空濛,难测其际。别说从这儿跳下去了,单是看上一眼,便心生惧意。如果山顶云雾再厚重一些,不知这里地形的人,肯定会继续向前走,跌进深沟摔得粉身碎骨。

这下边就是藏骨沟,我们所在的位置,就是传说中无数野兽跳下去丧命的所在,当地人称之为偃兽台。

初一把装青稞酒的皮口袋递给我,让我也喝上几口,驱驱山风的酷寒,对我说道:"我以后叫你都吉怎么样,都吉在藏语中是金刚勇敢的意思,只有真正的勇士才敢从偃兽台向下俯视藏骨沟。都吉兄弟,你是好样的。"

我喝了两口酒,咧着嘴对初一笑了笑,心想:你是不知道,刚看了那几眼,我腿肚子还真有点转筋。现在绕路下去,还能赶在天黑前出藏骨沟。我们正要催动牦牛过去,这时山风又起,头顶上更厚的云团慢慢移开,一座凛凛万仞的雪峰从云海中显露出来。这座如同在天上的银色雪峰,好像触手可及,难怪当地人都说:"到了尕青高,伸手把天抓。"

初一和那五名脚夫都见惯了,而我们这些不常见雪山的内地人则看得双眼发直,徘徊了好一阵子,直到别的云团飘过来将雪峰遮住,这才一步一回头地离去。

在藏骨沟的入口我看了一下时间,由于对行进速度估计有误,已经来不及在天黑前穿过这条深沟了,看来只能在沟外安营过夜,等第二天天亮再出发。

但入口处海拔也有四五千米,刚才翻越尕青坡的时候,有些体力不好的人高原反应强烈,虽然吃了药,也没见好转多少,必须找个海拔较低的地方让他们休息一晚,那就只有进入藏骨沟了。

向导初一说:"闹鬼还有野兽自杀这类的事都是很久远的传说了,说实话我也不相信,但是咱们晚上进去还是有危险的。那里虽然不会受到雪崩的威胁,不过两侧的山崖上如果有松动的山石,即使掉落一小块,即使脑袋上扣着铁锅，也会被砸穿，这是其一；其二是里面曾经死过成千上万的野兽，白骨累累，磷火荧荧，牦牛和马匹容易受到惊吓。牦牛那种家伙，虽然平时看着很憨厚很老实，一旦发起狂来，在藏骨沟那么窄的地方，会把咱们都踩死。"

我看了看趴在马背上的明叔一家三口，觉得比较为难。最后还是Shirley 杨想了个折中的办法：让牦牛都在前边，其余人马在后，藏骨沟中有不少枯树，在树后扎营，就会把危险系数降至最低。我们又讨论了一些细节，最后终于决定进沟宿营。

等绕进海拔不足三千米的藏骨沟，那些呼吸困难的人，终于得到喘息的机会。这里之所以叫沟而不叫谷，是因为地形过于狭窄，两侧都是如刀削斧切的绝壁，抬头仰望，只有一线天空。沟内到处是乱石杂草，其间果然有无数残骨，最多的是一些牛角和山羊角，这些东西千百年不朽。

据说与此地相连接的神螺沟，跟这里的环境完全不同。那里的原始森林茂密，珍稀植物繁多，山中尤其盛产药材，所以又有"药山"的别名。

走了约有四分之一的路程，夜幕已经降临，我们却仍没有找到适合扎营的地方，牦牛们已经开始有些烦躁。安全起见，我们只好就近找了几棵枯树集中的地方停下脚步，支起帐篷，埋锅烧水。

众人围坐在火堆边吃饭喝酒，豪爽的向导初一给大家讲西藏的民间传说。我匆匆吃了几口东西，便离开营火，独自坐到不远处的一处断树桩上抽烟。

刚抽了还没两口，烟就被走过来的Shirley 杨抢去踩灭了："在高原上抽烟，对身体危害很大，不许抽了。我有些事找你商量。"

我本来想对Shirley 杨说你怎么跟法西斯一样明抢明夺，但随即打消了这个念头。自从进了藏骨沟之后，我便有种奇怪的感觉，Shirley 杨一定也感觉到了某些不寻常的迹象，所以才来找我商议。这关系到大家的生命安全，还是先别开玩笑了，说正事要紧。

Shirley 杨果然是为此事而来，这沟中大量的野兽骨骸引起了她的注意，那些牛角、羊角、熊头的残骨看上去距今最近的年代也有两三百年之久了，如果真像传说中的一样，为什么最近这些年不再有野兽跳进沟中自杀？

我想了想，对 Shirley 杨说："古时候流传下来的传说，可能只保留了一些真相的影子，并不能当作真事看待。那些跳崖寻死的野兽，可能是被狼群包围，也可能是因为一些自然因素。"那些事虽然匪夷所思，但确实是存在于世的，不过我想至少在这里并不存在。

我祖父留给我的半卷残书，是清末摸金高手所著，里面竟然也提到了藏地的九层妖楼之结构布局，也许在过去的岁月中，也曾有摸金校尉到过九层妖楼。像那种妖塔形式的墓葬，一定有两条规模相同的龙形殉葬沟相伴，也许我们所在的藏骨沟就是其中之一。魔国的余孽轮回宗，可能也曾在这里举行过不为人知的祭祀。

我踢了踢身边的半截枯树桩，上面有个十分模糊的三眼人头鬼面，少说也是几百年前留下的，都快风化没了。我自进入藏骨沟以来，已经看到了数处类似的图腾标记。这对我们来说，应该算是个好消息，说明我们距离凤凰神宫已经不远了。

我正和 Shirley 杨研究着这条祭祀沟的布局和妖塔的位置，忽听围在火堆旁的人们一阵惊呼，声音中充满了恐慌与混乱。我急忙转头去看，眼前的场景让人不敢相信是真的——朦胧的月影里，一头体形硕大无比的藏马熊，正张牙舞爪地从千米高空中掉落下来。

第十二章
恐慌

　　藏马熊和别的熊略有区别，由于这种熊的面部长得有几分像马，看上去十分丑陋凶恶，所以才有这么个称呼。从我们头顶落下来的那只藏马熊，在月影里挥舞着爪子，翻着跟头撞在了山壁突起的石头上。

　　这藏骨沟本身就是尕青坡裂开的一条大缝，两侧的山崖陡峭狭窄，使得藏马熊在这边的山石上一磕，改变了下坠的角度，撞向了另一边生长在绝壁上的荆棘枯树。那千钧体重的下坠之力何等之强，立时将枯树干撞断，藏马熊的肚子也被硬树杈划开了一个大口子，还没等落地，便已遭开膛破肚之厄，夹带着不少枯树碎石，黑乎乎的一大堆轰然落下。

　　下边的人都惊呆了，竟然忘了躲避。

　　就在这紧要关头，有人大喊了一声："快往后躲！后背贴住墙，千万别动！"胖子和初一、彼得黄几个人终于反应了过来，拉住明叔三口以及几名惊得腿脚发软的脚夫，纷纷避向山壁边缘的古树下边。

　　几乎是与此同时，藏马熊的躯体也砸到了沟底的地面上。我和Shirley杨距离尚远，都觉得一股劲风扑面，那熊体就像是个重磅炸弹，震得附近的地面都跟着颤了三颤。再看那藏马熊，已经被摔成了熊肉饼，血肉模糊的一大团。

紧跟着上空又陆续有不少松动的碎石落下，正如向导初一在先前讲过的，从千米高空掉下来的小石子，哪怕只有指甲盖那么大，也足能把人砸死。众人紧靠着几株古树后的山岩，一动也不敢动。这时候已经无处可避，唯有祈求菩萨保佑。

好在那头藏马熊跳崖的地方距离我们稍远，没有人员伤亡。所有人都不知道究竟发生了什么事，难道那古老的传说成真了？或者那种祭祀又开始了？可就算是轮回宗也早已在几百年前灭亡，不复存于世上了，这头藏马熊……

这时从高空落下的碎石块渐渐少了，万幸的是牦牛和马匹并未受惊奔逃，都瞪大了眼直勾勾地发愣。

正当我们以为一切就此结束的时候，忽见胖子指着高处说："我的亲娘啊，神风敢死队……又来了！"

我还没来得及抬头往上看，便又有只头上有角的野兽砸落下来，头上的角刚好插进一匹马的马背，再加上巨大的下坠力，野兽连同我们的那匹马双双折筋断骨而亡。这时候才看清楚，刚才落下来的，是一头昆仑白颈长角羊。

先后又有十几头相同的长角羊从沟顶掉落下来，剩余的马匹都受了惊，几匹马长嘶着挣断缰绳，纷纷从牦牛背上蹿过，沿着曲折的藏骨沟，没头没脑地向前狂奔。

反应最为迟钝的牦牛在这时候也发了狂，跟着马匹低头往前跑。牛蹄和马蹄的踩踏声，以及牲口们的嘶鸣声，顺着深沟逐渐远去，只留下"轰隆隆"的沉闷回声。

初一等人准备吃完饭喝些酒然后再给牦牛卸载，所以有些物资还在牦牛背上，没来得及卸下来，其中最重要的就是那些生姜汁。没有生姜汁就没办法凿冰，虽然我们也有预防万一的炸药，但在冰川上用炸药等于是找死。

另外牦牛对藏民来说是十分贵重的，初一家在当地算是比较富裕的，才不过有三头牦牛、二十几头羊，如果一次丢了十头牦牛，会是一笔巨大的损失。

我们看头顶不再有野兽掉落下来，便顾不上危险，分成两队，我和向导初一，加上胖子，抄起武器，立刻出发往前追赶牛群，其余的人收拾东西，在后面跟上。

沿着曲折的藏骨沟向前，地上都是牛马践踏的痕迹，翻蹋出了不少没入泥土中的枯骨。这些残骨早已腐朽，只是偶尔还能看见一丝鬼火般的磷光闪动，可以想象很久以前这沟里一到夜晚，累累白骨间，四处都是鬼火的恐怖场面。两侧丛生的杂草都有半人多高，一些枯树断藤混杂其间，更显得萧索凄冷。

我们向前赶了很远的一程，前后都没了动静，既听不到那些牛马的奔跑声，也看不到后面那队人照明的光亮，只好先停下喘几口气。初一把他装酒的皮口袋取出，三人分别喝了几大口，以壮胆色，胖子又掏出烟来发了一圈。

我问初一藏马熊和那些长角羊跳崖自杀究竟是怎么一回事，这么多年没发生过的事，怎么愣是让咱们赶上了。

初一摇头道："我也有将近十年没进过藏骨沟了，别的人就更没来过，以前除了古时候的传说，确实没有人亲眼看到过，想不明白为什么咱们一来，就突然遇到这种怪事。"

三人商量了几句，便又顺着深沟的走势，往前寻找牦牛和马匹。这时知道短时间内是追不上了，又恐同后边的那组人距离太远，万一有什么变化来不及接应，只好放慢脚步前进。

前边的路旁杂草更密，向导初一突然警惕起来，对我和胖子指了指路边的荒草。那草丛间有一股奇怪的气味，像是尸体的腐烂夹杂着一股野兽的臊臭，腥气烘烘的有些呛人。

胖子端着一支运动步枪，我拿着雷明顿霰弹枪，初一手中的是他惯用的猎枪，这时都进入了战备状态，准备拨开杂乱的长草，看看里面有些什么。

但还没等我们靠近，草间突然蹿出一头母狼，跃在半空，直扑过来，这一下暴起伤人，是又快又狠。站在最前边的初一动作更快，也没开枪，拔出藏刀，当头一劈，"唰"的一声，以那头母狼的鼻子尖为中线，把狼头劈作两半，母狼死在当场。

我和胖子都忍不住喝彩，好刀，又快又准！

初一哈哈一笑："当年喀拉米尔打狼工作队的队长，可不是随随便便就当上的。这头狼想埋伏咱们，该着它今天倒霉。"

初一忽然止住话头，端起了猎枪，看他的意思，这草后还有其余的狼。我们举着枪拨开那大团的乱草，草后的山壁中露出一个大洞，里面有无数毛茸茸的东西。朦胧的月光照将进去，原来是一大窝狼崽子，都吓得挤在一起发抖，可能母狼也被刚才奔逃过的牛群惊了，见又有人经过，为了保护这些狼崽子，才扑出来想要伤人。这里是个狼穴。

初一向来青稞酒不离口，这时酒劲发作起来，杀心顿起，再次抽出藏刀要钻进洞去把那些狼崽子全部捅死。

刚才母狼突袭的时候，胖子没来得及表现，这时却要抢着出风头，把初一拦住说道："好钢用在刀刃上，好酒摆到国宴上。收拾这些小狼崽子还用那么费事？你们都看胖爷我的。"说着话，从怀中摸出三枚一组的雷管，就口中叼着的烟将引信点燃，一抖手就扔进狼穴。

我们赶紧都闪在边上，没过多久，便听狼穴中爆炸声起，冒出一股浓烟。

等烟散尽后，我们进狼穴进行最后的扫荡，把没死的都给补上一刀。这个山洞空间大得惊人，竟然还有很多铜器的残片，看来是一处隐在藏骨沟中的祭礼场所，但由于后来被这些狼所占据，很多东西和标记都毁了，已经无法辨认。我们在这洞里发现了大量的动物遗骸，有一些还没被啃净，这才恍然大悟，原来这藏骨沟特殊的地形被这些狼给利用了。由于狼并不适应在高海拔山区奔跑，很难追上猎物，所以就想方设法将猎物赶至尕青坡的沟顶，如果不是事先知道，很难在远处发现山坡中裂开一道深沟，跑到跟前想停住已经来不及了。被从草原驱赶到山区的狼群，基本上销声匿迹，走投无路了，想不到它们竟然靠这条古代祭祀沟的遗迹生存了下来。

从狼穴出来之后，胖子和初一展开了热烈的讨论。这么看来，那只倒霉的藏马熊，肯定是在饿狼们赶长角羊的时候，稀里糊涂地被裹在了其中。

藏马熊面临绝境的时候，疯狂起来，十几头饿狼未必动得了它，不过那是在走投无路的时候。这只藏马熊大概想远远避开狼群，结果掉进了深沟，摔成了熊肉馅饼。

我也想插嘴跟他们侃上几句，但忽然想到：糟糕，在尕青坡上打围的饿狼，不知数量有多少，但它们一定会从我们来的方向绕回藏骨沟。这是因为据初一所说，这藏骨沟的前边与神螺古冰川相连，那一带冰川陡峭，只有这条路可以进去，所以狼群回来拖那些摔死的长角羊，不可能从前边那个方向过来。

跑到前边去的牦牛和马匹，应该不会受到狼群的攻击，但后面那些人毫无准备。我曾经跟藏地的恶狼打过交道，那些家伙神出鬼没，实在是太狡猾了，如果明叔他们遭到偷袭，难保不会有伤亡。我把这想法对胖子和初一说了，三人立刻掉头往回走，毕竟人命关天，暂时顾不上去管那些牦牛了。没想到刚走出不远，就见灯光闪烁，Shirley 杨等人已经跟了上来，原来他们听到这里有爆炸声，以为我们遇到了什么危险，就赶着过来接应。

我见两组人会合到一处，这才把心放下。这时却见初一已经把枪举了起来，他枪口所指的方向，出现了数头恶狼。那些家伙就停留在武器射程以外的距离不再前进。夜色下，只能隐约看见它们绿莹莹的眼睛和模糊的轮廓。

有枪的人都举起了枪，准备射击，我急忙拦住他们：“这些狼是想试探咱们的火力，咱们只有两支运动步枪可以射击远距离目标，不要轻易开枪，等它们离得近了，再乱枪齐发。”反正我们人多枪多，在山区的狼聚集起来，最多不过几十头而已，只要事先有所防范，也不用惧怕它们。

这时远处突然出现了一个白色的影子，毛发在夜风中抖动。我心中一沉，立刻想起了在大凤凰寺破庙中的那个夜晚，与狼群激战的场面历历在目，就好像是昨天发生的事情一样。他妈的，不是冤家不碰头，想不到一隔十年，在这藏、青、新交界的昆仑山深处，又碰到了那头白毛狼王，它竟然还活着。刚才我们宰了那么多狼崽子，双方的仇恨是越来越深了。

我低声对胖子说：“你在这儿开枪有把握吗？擒贼先擒王，打掉了狼王，这些狼就不会对咱们构成威胁了，最好能一枪干掉它。"

胖子笑道："小儿科！胡司令你就等着剥这张白毛狼筒子吧。"说着话，已经举起了手中的运动步枪，瞄准的同时把手指扣在扳机上。

我心中一喜，如果能在这里解决掉它，也算去了我一块心病。但就在胖子的运动步枪随目标移动，即将击发之际，白狼已经躲进了射击的死角，另外几头狼也跟着隐入了黑暗。胖子骂了一声，不得不把枪放下。

那些狼知道在这狭窄的沟中冲过来是往枪口上撞，便悄然撤退。我心里清楚，它们一定恨我们恨得牙根痒痒，现在的离开，只是暂时的退避，一有机会，它们就会毫不犹豫地进行攻击。

但是我们追也追不上，只好整队继续向前，寻找那些跑远了的牦牛。在藏骨沟中跋涉许久，人人都觉得困乏疲惫，最终在沟口的一个山坡上找到了那些牦牛，它们都在那里啃草。

向导初一和五名脚夫见牦牛们安然无恙，都欣喜若狂，忘记了疲劳，匆匆跑上山坡，我们则慢慢地走在后边。我一爬上山坡，顿时呆住了，眼前的一幕似乎比从天上掉下来一只藏马熊还要离奇，牦牛旁边倒着六个人，正是初一等人，他们都像是受了巨大的惊吓，倒在地上，全身瑟瑟发抖。

别人倒也罢了，初一这种挥刀宰狼连眉头都不皱的硬汉，怎么也吓成这样？但看他们的姿势，不是混乱中横七竖八地倒下，而是都冲着一个方向，脸朝下俯卧在地，全身一阵阵地哆嗦。我更是觉得奇怪，莫非他们不是恐慌过度，而是在膜拜什么？但是从他们登上藏骨沟出口的山坡到现在还不到一分钟，这么短的时间里，能发生什么呢？

我心中想着，加快脚步，刚一踏出狭窄的深沟，便立时怔在了当场。只见北面的天空上，亮起一道雾蒙蒙的白光，光线闪动摇曳。这道奇异的光芒刚好围绕着雪峰的银顶，一瞬间似乎产生了如同日月相拥、合和同辉的神圣光芒。这是我很久以前就听说过的，昆仑山中千年一现的宝顶佛光啊，只有有缘的人才能得见。

我也被这神圣的景象慑服，虽然不信教，也想赶紧跪在地上参拜。这时后边的人陆续上来，还没等他们看清楚，那神奇的光芒就已消失在了夜幕之中。明叔等人只看见半眼，都捶胸顿足，追悔莫及。

Shirley 杨也瞥见了一眼，告诉众人说："你们别后悔了，这根本不是千年一现的佛光，刚才那只是云层中产生的同步放电现象，雪山下的云团过厚，在夜晚就会产生这种现象，一千年才出现一次的佛光，哪儿有这么容易碰到。"

但是初一等人坚信那就是佛光圣景，见到的人都会吉祥如意。初一告诉我们，这种小佛光在喀拉米尔很常见，不过真正的千年大佛光，要在他遥远的老家云南卡瓦博格雪山顶才有，据说只在大约一千年前出现过那么几秒钟，被画在"十相自在图"[①]中，流传了下来。有活佛预言，在最近十年中，还会再出现一次，到时候很多朝圣者都会不远万里地去神山下膜拜。

刚才拜过了佛光，脚夫们都显得兴高采烈，吆喝着把牛马聚拢起来，检点物资装备，所幸并未损失多少，于是继续前进。等天亮后找了处平缓的山坡扎营，休息了一天一夜，养足了精神气力，就准备进神螺沟冰川了。

那些恶狼始终没现踪迹，但它们不知在哪里正窥伺着我们，所以我们一刻也不敢掉以轻心，尤其是我们即将要进入一片更加危险神秘的地域——神螺沟。

神螺沟冰川是世间独一无二的低海拔古冰川，最低的海拔只有两千八百米。冰川从两座大雪山之间穿过，延伸到下边的原始森林中，有数公里长。冰川下密密麻麻的原始森林，古木参天，生长着数不清的奇花异草，拥有高山寒漠带丰富的动植物资源。

进入神螺沟的森林，高原缺氧酷寒的问题可以得到解决，但是新的难题也随之而来——这种地方根本没有道路，牦牛和马匹都不可能从冰川下去，而且还要过一道大冰坎。

看来只有把补给扎营在这里了。本来的计划是只留下两名脚夫看守物资，其余的人都负重进入冰川，但与狼群的遭遇，构成了潜在的威胁，留

[①] 藏传佛教中，十相自在图是一种极具神秘力量的图符，它由七个梵文字母加上日、月、圆圈十个符号组成。图符中的五种颜色象征着宇宙中的五种基本元素：水、火、风、地、空。十个符号又象征着人体的各个部位与物质世界的各个部分，其间有一套复杂的辩证关系。

守的人少了，无法保护营地和牲口。

我也不想让初一等当地人跟着进山，因为前面不知还会有什么危险，实在不想连累他人，但是初一执意要去帮忙，挖魔国的妖塔是积累功德的事，如果成功了，初一就不打算送他的小儿子去寺庙里当喇嘛修行了。见到了宝顶佛光，更增添了他的信心。我们商量了很久，最后只好留下五名脚夫看守牛马，他们人人都有猎枪，是打狼的好手，再给他们留下一些炸药雷管。

其余的八个人组成一队，里面穿潜水服，外边罩冲锋衣，戴上登山头盔等护具，分配了一下武器弹药。两支运动步枪分别给胖子和Shirley杨使用，我和彼得黄用霰弹枪，初一用猎枪，除了阿香之外，人手一支M1911。背上必要的物资装备，整点完毕，便开拔出发。

神螺沟冰川的门户，便是当地人俗称的大冰坎，下去的时候是非常容易的，都是四十度与六十度之间的冰坡，抓着绳子，好像滑滑梯一样就行了，但回来时恐怕要费些力气。

初一把我们带到一个方便下坡的位置。这大冰坎看起来很平缓，其实里面有很多脆弱的冰缝和冰洞，人的体重一压上去，就会把薄薄的冰壳压破，掉到下面摔死。只有初一当年跟僧人们进神螺沟采药时，发现的一条狭窄区域是相对安全的。

我们设置了三条长索垂到冰坎下面，由初一打头，率先溜了下去，其余的人依次而下，很顺利就到了冰坎下的神螺沟里。

我下去后举起望远镜向远处看了看，林海雪山，茫茫无尽。这片冰川应该属于复合型，主体是古冰川，其中也有各个时期雪崩形成的现代冰川。整片冰川被森林分隔包围，冰漏、冰洞、冰沟以及大冰瀑数不胜数，在海拔更低的森林中，融化了的冰水汇聚成溪，天晓得那妖塔埋在哪里。

这里虽然并不全是雪崩的危险区域，但有些地方是不能发出太大动静的，那会惊醒银色的雪山神明。所以向导初一建议众人，把武器的保险全部关上，在得到安全确认之前，谁也不要开枪，如果有野兽袭击，就用冷兵器招呼它。

我们沿着冰川进入森林，边走边参照地形。轮回宗直到几百年前，还曾经常派人来举行祭祀，也许会留下些遗迹。据那本《轮回密传经》上所说，具体的位置应该在四座雪山环绕的冰川里，那里就是密宗风水中所谓的凤凰神宫。

我们在森林里走了大约两天时间。这天继续前进，路上初一给我们讲了些神螺沟的传说，还有他当年来这里采药的经历。在佛教传说中，这里以前是一片内陆海洋，海底有一只巨大的海螺，变化成了妖魔，法力通神，附近的生灵饱受荼毒，直到佛祖用佛法将海洋升腾为陆地高山，才使其降服。海螺魔神愿意皈依佛门，最后成为佛教的护法神。而它成佛后，留下的海螺壳，就化为这古老的神螺沟冰川。

这传说并不载于任何经书，可能只是前人杜撰出来的，不过这倒符合普通佛教传说的特性。佛教是最具有包容性的宗教，不管什么妖魔鬼怪，只要肯放下屠刀，就能立地成佛，所以在佛教传说中吸纳了很多各地的魔神作为护法。

说话间走到一处大冰瀑前，初一让众人先停止前进，指着那处冰瀑说："前边那块冰坂，刚好是在冰瀑的下边，冰瀑上是一座雪山的主峰。十几年前我在上边发现了一株八十八味珍珠灵芝草，就攀着冰瀑上去采，但这里地形绝险，不但八十八味珍珠灵芝草没摘下来，我还险些掉下来摔死。你们想找四座雪山围绕之地，前边就是了，我上去采药的时候亲眼看到过，这里刚好有四座巨型雪峰环绕。喀拉米尔的雪山很多，东一座、西一座，连在一起的却不容易找，我所见所知，仅此一处而已。但这盆地里面，我以前也没敢进去过，因为传说这是灾祸之海的中心，咱们进去的时候要加倍小心。"

我也看出来这里气象非比等闲，单看这大雪山上千万吨的积雪，就让人心生寒意。好在冰川相夹的林带很宽，绕过冰瀑，从森林里穿行而入，只要不出什么太大的意外，就不会引起雪崩。

森林的尽头是一片高低起伏的冰川，海拔陡然升高，冰川在雪线以上。看样子在几千几万年前，这里不是高山冰湖就是一块高山盆地。四周果然有四座规模相近的高耸雪峰，这就是天地之脊骨的龙顶了，供奉邪神的妖塔很可能就冻结在这片冰川之中。

众人见终于有了着落，都振奋精神，迫不及待地往前赶，想一鼓作气，在天黑前找到九层妖楼。这里的冰滑溜异常，都跟镜子面似的。彼得黄一向在南方，从来没到过这种冰天雪地的地方，走得稍快就连滑了几个跟头，摔得他尾巴骨都要裂了，只好让胖子和初一架着他走。

刚要再继续前进，我一点人数不对，少了一个韩淑娜。这冰川上全是冰缝和冰斗①、冰漏，要是真掉进去可就麻烦了。冰斗还好办，掉进冰漏捞都没办法往上捞，而且冰上没有足迹，想顺着来路往回找也不容易。但在大雪山的下边，也不敢喊她的名字，就算是阿香也没有透视能力看到冰层下的情况。

众人只好留下彼得黄在原地观望，其余的人散开队形，按来路往回排查，然后改变角度，换了两个方向才发现一个被踏破的冰斗。我用狼眼手电筒向里照了照，这冰斗深有七八米，韩淑娜正掉在里面，昏迷不醒，我们低声呼唤她的名字也没有任何反应。

谁也不知道为什么她会偏离路线从这里经过，明叔见老婆掉在下面生死不明，急得团团乱转。我劝慰他不用担心，这里不算太深，她穿着全套的护具，最多是掉下去的时候受惊过度晕过去了，下去把她拉上来就行，不会出大事。

我收拾绳索准备下去。Shirley 杨向里面先扔了一根冷烟火，以便看清楚地形，免得踏破了与此相连的冰缝。没想到落下去的冷烟火照亮了冰窟的四壁，众人往下一看，都"啊"了一声。冰壁中封冻着很多身着古衣古冠的死人，都保持着站立俯首的姿势，围成一圈，好像这些古尸都还活着，正低头盯着昏迷不醒的韩淑娜。

我们所见到的，只是最外边的一层，在冰层深处还不知有多少被冻住的尸体。

---

① 冰斗，地理专用名词，指冰川中的空洞间隙，形状似盆如斗。

第十三章
雪山金身木乃伊

我们站在冰层上往下看,看来这冰斗并非大自然的产物,冰壁中封冻着的尸体都摆出一个神秘的姿势,站立低首俯视着斜下方。胖子看后笑骂:"临死还不忘捡钱包。"

我对他们摆了摆手:"别议论了,得赶紧下去把韩淑娜救上来。不管怎么看,这冰斗都透着很重的邪气,绝非善地。"

于是众人赶忙放下绳索,我抄起冰凿拽着登山绳滑进冰斗,随后Shirley 杨也跟着下来。我们俩顾不上看四周冰壁中的死人,赶紧先查看韩淑娜的伤势。她身体上没有明显的外伤,就是脸上被坚冰划了几道浅浅的痕迹,人只是昏迷了过去。

我拿出硝石,在她鼻端一擦,韩淑娜立刻打了个喷嚏,清醒了过来。我问她有没有受伤,韩淑娜摇了摇头。原来刚才她鞋带松了,蹲下重新绑好,已和众人拉开了距离,当时大伙见终于找到了龙顶,都十分兴奋,一时间没注意到有人掉队了。韩淑娜赶上来的时候,一脚偏离了路线,踩破冰壳掉了进来,见这里黑乎乎的,就打开手电筒照亮,正准备发信号求救,但还没等开口,就发现周围全是古代的冰尸。虽然她平时接触过很多古尸,但在这种特殊的环境下，毫无思想准备，当时就被吓晕了。

我看韩淑娜没受伤，就放下心来，举着狼眼手电筒看了看四周冰层中的尸体。这些尸体不像是在献王墓天宫中见到的铜人，可能都是活着的时候冻在冰壁里的，鲜活如生。里面一层挨着一层，站得满满当当，很难估算数量，但是能看见的就有数十具，虽然穿着的都是古衣古冠，但并不是魔国的服饰。

Shirley 杨给韩淑娜钩上快挂，准备让在上面的明叔胖子等人将她拉上去。两人低头准备的时候，忽然都惊呼了一声，分别向后跃开，好像见到地上有毒蛇一样。

我忙低头往下看，用手电筒照着脚下平整光滑的冰面。只见里面有个朦胧的黑色人影，蜷曲着缩成一团，横倒着冻在冰层中。打眼一看，还以为是个超大的冷冻虾仁。

我对 Shirley 杨说："这有什么可怕的？就是冻着的死人而已，不过怎么会摆了个这么奇怪的姿势？"

Shirley 杨耸了耸肩说："我根本没看清下面是什么，刚刚是被韩姐吓了一跳。"

韩淑娜说道："刚才一看这下面的人影，好像蜷缩成一团，我就想到了胎儿的样子，可是猛然间想到世上哪儿有这么大的胎儿，所以吓得向后跳开。"

我让韩淑娜先上去，她在这儿也帮不上什么忙，只能添乱。等她上去后，我和 Shirley 杨在冰斗中商量了几句，认为这里可能是轮回宗教主的墓穴。埋有邪神妖塔的冰川，一定是后世轮回宗信徒眼中的圣地，他们的历代宗主信徒大概死后也都葬在此地，这冰斗就是其中一处。地下这蜷缩的黑色影子，大概就是其中一位教主，周围这些人是陪葬的信徒。冰川下环绕着九层妖楼，还不知有多少这样的冰窟墓葬。不妨把这冰下的教主尸体挖出来，看看他的陪葬品中有什么信息。

二人商议完毕，也从冰斗中爬回上面，把计划对众人讲了一遍。我们现在所处的位置，是在四座雪峰的交汇之处，交汇的冰川形成了一大片又厚又深的冰舌。这里地形凹凸不平，冰沟冰缝纵横。由于建造妖塔的时候密宗甚至还没有成形的风水理论，所以无法使用分金定穴的办法。与其大海捞针一样在冰舌上排查，还不如先挖这轮回宗教主的墓穴，以此来确定妖塔的确切位置。

明叔等人没有这方面的经验，自然是我说什么就是什么了。安排已毕，在刚才那冰斗旁边插了支风马旗作为标志，就地支起帐篷，由彼得黄和向导初一负责哨戒，防止狼群来偷袭。明叔和韩淑娜负责探险队的饮食，我带着阿香、Shirley 杨和胖子，吃过饭后，就进冰斗中开工。

这时天色将晚，远处的森林中传来一阵阵野狼的哀嚎，看来狼王也聚集了狼群，尾随而至了。我听到狼嚎，就想起格玛军医，恨得咬牙切齿，嘱托初一等人小心戒备，然后搬着器械，下到冰斗之中。

明叔就在上面挂起了荧光灯照明。他是倒腾古尸的老手了，见到这冰层下有具姿势如此诡异的尸体，也是猎奇心起，说不定这就能挖出一具价值连城的冰川水晶尸，于是和韩淑娜一起在上面观看。

把阿香带在身边，可比点蜡烛方便多了，不过阿香胆子很小，为了预防她吓傻了说不出话，我们还是按老规矩，在东南角点燃了一支牛油蜡烛。

胖子按我所说的，把生姜汁灌在一个气压喷壶里，先给地面的冰层喷了几下，接下来需要做的只是慢慢等着姜汁渗透进去。

四周冰壁中封冻着的尸体，都低着头注视着我们将要挖开的冰面，好像是一群围着我们看热闹的人，一言不发地冷眼盯视。胖子说："这太他妈别扭了，要不咱们找块布把这四周的冰壁都挡上，实在是看得人心里发毛啊。"

我对胖子说："你又不是大姑娘，还怕被人看？你就当那些死尸不存在就是了……"我虽然这么说，但也感觉这冰斗里邪得厉害，从来没见过这种陪葬方式，而且墓主没有棺材，还摆得跟个大虾仁似的冻在下面，稍后究竟会挖个什么东西出来，还真不好说。

Shirley 杨大概看出来我有点犹豫，就对我说："轮回宗保留了很多魔国的邪教传统。在英雄王说唱诗篇中，魔国是一个崇拜深渊和洞穴的国家，四周的陪葬者做出俯视深渊的姿势，这大概和他们的宗教信仰有关系，不用大惊小怪。"

这时生姜汁已经渗透得差不多了，我们便用冰凿风钻开挖。生姜汁是坚冰的克星，万年玄冰都可以迎刃而解。这道冰层也并没有多厚，不多时，就挖掉一个方形冰盖，再下面就没有冰了。我们发现在冰层下粘着鱼鳔，尸体就裹在其中。

一看尸体，大伙都觉得有几分惊讶，阿香吓得全身直抖，Shirley 杨只好将她搂住，问她是否发现了什么东西，阿香摇了摇头，就是觉得这尸体实在太恐怖了。

我转头看了看蜡烛，正常地燃烧着，看来没什么问题，这才沉住气观看冰下露出来的尸体。破冰之前，我们看到的是个黑影，但这时一看，那尸体十分巨大，全身都是白色的，不是尸变那种长白毛，而像是全身起了一层厚厚的硬茧，有几处地方白色的茧壳脱落，露出金灿灿的光芒，似乎里面全是黄金。

尸体双手抱膝，蜷缩成一团，这可能也和轮回宗的教义有关。轮回宗认为人死亡后将进行转生，所以将死者摆回母体中胎儿的姿态。

明叔在上面也看得清清楚楚："哎呀，这是雪山木乃伊啊！不得了，不得了，这具雪山金身木乃伊就值一百多万啊！只不过年代太近了，要是再久一点，跟冰川水晶尸也差不多了。"

我抬头问明叔："什么是雪山金身木乃伊？"对于这些"骨董"，我们谁也没明叔和他的媳妇所知详熟。

明叔为了看得更清楚一些，也下到冰斗里。他拿着放大镜看了半天，伸手在尸体白色的茧壳上摸了摸，舔了舔自己的手指："不会错，绝对是雪山金身木乃伊。"

这种尸体的处理方式非常复杂，先要将死者摆好特定的姿态，装进石棺，在里面填满沼盐，停置大约三个月的时间，等待盐分完全吸入身体各个部分，取代尸体中全部的水分，腌渍妥善之后，再涂抹上一层类似水泥的物质——此物质由檀木、香料、泥土以及种种药品配制而成。

然后此物质便逐渐凝固硬化，尸体上所有一切凹陷或皱缩的部分，例如眼睛、两腮、胃部都会自行膨胀起来，形成自然和谐的比例。再于外部涂抹上一层熔金的漆皮——这就是金身，最后还要再用沼盐包裹一层。只有身份极高的人才有资格享受这样的待遇。

我和胖子都听傻了，没想到粽子还有这么复杂的制作过程。明叔说咱们动手把雪山金身木乃伊搬上去吧。待我们动手时却发现无法移动，尸体和下面的冰层冻成了一体，极为结实，用手电筒向深处照了照，冰下似乎有很多东西，但是隔着冰层看得不太清楚。

于是我们再次取出喷壶，把生姜汁喷洒在冰层上，等了一会儿，估计差不多了，于是一冰钎打了下去。不料顺着冰钎穿破的冰层，突然冒出一道长长的巨大蓝色火柱，带着刺破耳膜的尖啸声，直从冰斗的最深处蹿上了天空。

按轮回宗经书所载，蓝色的火焰与其他的火焰不同，轮回宗称之为"无量业火"，是传说中能把灵魂都烧成灰烬的烈火。谁也没有预料到，这雪山金身木乃伊下边，会藏着如此古老而又狠毒的陷阱。

幸亏胖子眼明手快，在火焰喷射而上的一瞬间将明叔推开，我和Shirley杨也拽着阿香向后闪避。众人都缩到冰窟的角落里，只觉得舌头尖发干，好像全身的水分都在急剧蒸发。

无量业火喷射而上的尖锐呼啸声，在狭窄局促的冰窟里，听起来格外惊心动魄。我们现在什么也做不了，只能盼着这股鬼火尽快散尽，如果再没有新鲜空气进来，根本没有人能支撑多久。

无量业火的呼啸之声终于止歇，大家互相看了看，好在没人受伤，只有明叔没戴登山头盔，刚才慌乱中，脑袋被冰壁撞了一下，幸无大碍。

冰斗中的那具金身木乃伊，已被无量业火烧成了一团黑炭，众人惊魂未定，都无心再去看它，忽听上面有人大呼小叫，听声音是向导初一。

可能是狼群趁着天黑摸上来了，但是怎么没人开枪？我顾不上多想，抢先爬上冰面，只见彼得黄与初一正在手忙脚乱地抢救韩淑娜。我走近一看，心中顿时一颤，韩淑娜的脸都被无量业火烧没了。可能当时她正俯身向下看，结果刚好被无量业火烧到脸部，鼻子、眼睛都没了，嘴唇也烧没了，黑炭般的脸上，只剩下两排光秃秃的牙齿和里面漆黑的舌头，十分吓人。

韩淑娜倒在地上，一动不动，初一对我摇了摇头，看来她当场就死了。

我见韩淑娜死得如此之惨，也觉得心下黯然，拿了张毯子，把尸体遮住，免得让明叔看见了这惨状无法接受。

这时明叔等人也陆续爬了上来，明叔看了看我们几个人，又望了望地上盖着毯子的尸体，刚想问他老婆哪里去了，却发现毯子下露出的大弯鬈发。韩淑娜脸部烧没了，但那无量业火却避开了她的头发。明叔一看头发，便已知道发生了什么，晃了两晃，差点晕倒，彼得黄赶紧将他扶住。

我对 Shirley 杨使了个眼色，让她把阿香先带到帐篷里。虽然不知道阿香跟她干妈感情怎么样，但就凭她的胆子，看到那没有脸的尸体，非得吓出点毛病来不可。

我也不忍看明叔伤心过度，但又想不出怎么劝慰，只好把初一叫到一边，跟他商量能否把明叔、阿香、彼得黄先带回去。这龙顶冰川危机四伏，他们继续留在这里，难保不再出别的危险。

初一为难地说："都吉兄弟，现在恐怕想走都走不掉了。你看看这天上的云有多厚，咱们在喀拉米尔山口，看到那些黑颈水鸟远飞而去，看来真的是有寒潮要来了。雪山上一山有四季，天气变得太快，没人能够预测，一年中只有在风速低、没有雨雪的日子能进冰川。五月份是最合适的，现在是九月中旬，按理说也是一个吉祥的时间，但雪山上的天气是不能用常理来推测的，天气说变就变了，不出两个小时，就会降下大雪。"

这里虽然不至于大雪封山，但龙顶冰川的地形非常复杂，这里在远古时代可能是一个巨大的山间湖泊，所以才有"灾难之海"的名称。后来经过喜马拉雅造山运动，海拔上升，气温降低，整个湖演变成了大冰川，加之偶尔的雪崩，冰川越来越厚，里面的地形也越来越复杂。

夏天的时候，很厚一层冰川都会融化，冰层的厚度会降低许多，所以韩淑娜才会踏破一个冰斗。在气温低的季节里，这种情况是不会发生的。而现在龙顶冰川中，许多纵横交错的冰缝和冰漏、冰斗，都暴露了出来。

进来的时候没下雪还好说,但是山里一旦出现寒潮,大雪铺天盖地地下起来,不到两三个小时,就会把冰川覆盖,冰下脆弱的地方却还没冻结实,掉下去就完了。即使是最有经验的向导,也不敢在这个时候带队涉险。何况狼群也跟着进了山,万一出现状况,它们肯定会来趁火打劫。想往回走,就必须等到雪停了,冰川彻底冻住之后再离开。

我和初一正在说话,就觉得脸上一凉,这雪说话间就已经下了起来。我忙回去把众人聚集起来,说明了目前的处境。要离开,最少需要等到两天以后。而且我和胖子、Shirley 杨三人已经有破釜沉舟的决心了,不把魔国邪神的妖塔挖个底朝天绝不罢休,别说下雪了,下刀子也不撤退。

明叔老泪纵横,净说些个什么他和韩淑娜真心相爱,"山险不曾离身边,酒醒常见在床前"之类的话。我和胖子以为他伤心过度,开始胡言乱语了,正想劝他休息休息,没想到明叔突然来这么一句:"总不能赔了夫人又折兵,这回就顶硬上了,不挖出冰川水晶尸就不回去。"然后嘱托我们,他如果有什么意外,一定要我们把阿香带回去。

我见明叔执迷不悟,也无话可说,心想我和胖子、大金牙这些人又何尝不是如此。很多时候,之所以会功败垂成,不是智谋不足,也不是胆略不够,其实只不过是利益使人头脑发昏。虽然都明白这个道理,但设身处地,真正轮到自己的时候,谁也想不起来这个道理了。毕竟都是凡人,谁也没长一双能明见始终永恒的佛眼,而且我们以前也实在是太穷了。

等我们商议完毕,已经是将近午夜时分了,雪开始下大了,远处的狼嚎声在风雪中时隐时现。我们把韩淑娜的尸体放在了营地旁边,盖了一条毯子。胖子和彼得黄负责挖一些冰砖,垒在帐篷边缘,用来挡风和防备狼群的偷袭。

我和 Shirley 杨再次下到冰斗中,希望能找到一些线索,确认九层妖楼的位置,但愿能在明天天黑之前把它掘开。

魔国的坟墓,都有一种被密宗称为达普的身有无量业火的透明瓢虫,接近的人都会被无量业火烧成灰烬。我们进藏之前,已经想到了应对之策:这酷寒的高原上,水壶里的水很快就会结冰,根本无法使用,而灌满生姜汁的气压喷壶，足以把达普的鬼火浇灭。

不过这安放轮回宗教主金身的冰窟中突然出现的巨大蓝色火柱，却在我们意料之外。经Shirley杨查看，这种火柱可能是一种古老的机关，轮回宗不会使用魔国的鬼火，只是模仿着那种无量业火造了一种人工的喷火机括。金身下是个密封的空间，里面装了大量的秘药，积年累月的绝对封闭环境，使秘药与停滞其内的空气相混合，形成了一种特殊的气体，触动雪山金身木乃伊，冰层一破就会使它燃烧。墓主宁肯尸身烧成灰，也不想被外人惊扰。

在冰窟的最深处，被火焰融化的冰墙后，有一个更大的冰窟。我们在里面发现了一间隐蔽的冰室，看样子是用来放教主陪葬器物的。最中央摆放着一个三层灵塔，象征着天上、地下、人间，灵塔高有一米五，都是黄金制成，上面嵌满了各种珍珠，众宝严饰，光彩夺目。

Shirley杨在四周放置了几根荧光管照明，我用探阴爪撬开塔门。灵塔中层有十多个类似于嘎乌的护身宝盒，以及红白珊瑚、云石、玛瑙之类的珍宝。下边代表地下的一层，都是些粮食、茶叶、盐、干果、药材之类的东西。上层有一套金丝袍服，以及镂空的雕刻。

我们看到灵塔最高处的雕刻漆绘与古格遗迹中轮回庙的银眼壁画类似，用异兽来表示方位坐标。中间则有个裸身半透明的女子，那应该就是冰川水晶尸了。从这陪葬灵塔的摆放位置以及那册古经卷中的描述可以推测，供奉邪神的妖塔，就在这冰斗以西，不超过三十米的范围内。龙顶冰川上，少说有一百甚至几百处轮回宗历代教主的墓穴，我们所发现的只是其中之一。这些墓穴都是按密宗的星图排列，拱卫着魔国自古遗留下来的九层妖楼。不用再多找了，有了这一个参照物，配合经卷中的记载，明天一定可以找到最终的目标。

这间冰室的墙壁上刻着许多恶鬼的形象，看样子灵塔中的财宝都受了诅咒。按我的意思，就是虱子多了不咬，账多了不愁，就算是把这些珍宝都倒出去也无所谓，不过眼下大事当前，也没心思去管这些黄白之物。于是我和Shirley杨将那灵塔按原样摆好，返回冰川之上。

我让众人轮流休息，由我和向导初一值第一轮班。我们两人趴在冰墙后，一边观察四周的动静，一边喝酒取暖。不久前还若隐若现的狼踪，此时已经彻底被风雪掩盖，初一说狼群如果不在今晚来袭击，可能就是退到林子里避雪去了。

我见初一对狼性十分熟悉，又听他说曾担任过喀拉米尔打狼工作队的队长，不免有些好奇，便出言相询。

初一讲起了他以前的经历。新中国成立前，他家世世代代都是为头人干活的。他七岁那年，狼群一次就咬死了几十只羊。这种现象十分反常，头人以为是有人得罪了山神，便将他爷爷活活地扒了皮，还要拿初一去祭神，于是全家就逃到了千里之外的喀拉米尔定居下来——路上他父亲也被追上来的马队所杀……

初一每说一段，就要沉默半天，我见他不太想说，也就不再追问。这时夜已经深了，地上的积雪渐渐变厚，火光中，可以看到不远处的积雪凸起一块，那是摆放韩淑娜尸体的地方。我忽然发现那团雪动了一动，忙把手中的霰弹枪握紧，举起手电筒照了过去，心中暗想可能是饿狼摸过来偷尸体了，但马上发现不是那么回事。韩淑娜正手足僵硬地从雪堆里慢慢爬出来，手电筒的光束穿过风雪中的夜幕，刚好照在她那张没有了脸皮并且焦黑如炭的脸上，只有她那两排裸露的牙齿最为醒目。

第十四章
妖奴

韩淑娜那张被无量业火烧成黑洞一般的脸,对着我吃力地张了张口,似乎是想要发出什么声音,然而那没有嘴唇的口,只能徒然张着。

我想叫身边的初一看看这是怎么回事,喀拉米尔山区以前有没有过这种先例,被烧死的人还会发生尸起。但一转头,却发现原本一直在和我说话的初一不见了,只有寒夜中的冷风夹杂着大雪片子"呼呼呼"地灌进冰墙。

我心中似乎也被风雪冻透了,全身突然打了个冷战,坐起身来。一抬眼,初一就抱着猎枪坐在我身边,举着他的皮口袋,喝着青稞酒。再往放置韩淑娜尸体的地方看去,上面的积雪没有任何痕迹。原来我刚才打了个瞌睡,这么短的时间里,竟然做了个噩梦。

若说是日有所思,夜有所梦,也不奇怪,但那梦境中的恐慌感真的很真实,也许是有某种微妙的预兆?

初一在旁边将皮酒囊递给我:"刚刚说着话你就睡着了,我看你今天是累坏了。我把酒烫热了,你喝上两口,青稞酒的神灵,会帮你缓解疲劳的。"

我接过酒囊猛灌了两大口,站起身来,还是想要再去确认一下——我必须亲眼看到那雪丘下韩淑娜的尸体没有变化才能安心。

谁知我刚一起身，忽然听得冰墙后"嗖"的一声长鸣，一枚照明弹升上了夜空。这是我们扎营时，为了防止恶狼偷袭，在外围设置的几道绊发式照明弹。照明弹都被安置在了几道冰丘后边，那是从外围接近营地的必经之地。

照明弹上有一个小型的降落伞，可以使它在空中悬挂一段时间。寒风吹动，惨白的照明弹在夜空中晃来晃去，把原本就一片雪白的冰川照得白光闪闪，晃人双目。

就在这白茫茫的雪雾中，十几头巨狼暴露在了照明弹刺眼的光亮之下。这些狼距离我们垒起的冰墙最近的只有十几米远，它们果然是借着鹅毛大雪的夜幕过来偷袭了。扎营的时候，我曾经分析过这里的冰川结构，这个季节已经有很长时间没下过雪了，轻型武器的射击声并不容易引起雪峰上的积雪崩塌。于是我索性就拽出M1911，向后一拽套筒，抬枪射击。初一也举起他的猎枪，对准潜踪而至的恶狼，一弹轰了出去。

在雪原上悄然接近的群狼，可能是想要等到冰墙下再暴起发难，不料触发了照明弹。那夺目的光亮使它们不知所措，趴在雪地上成了活靶子。

胖子等人听到枪声，也立刻抄起武器跑出来相助，长短枪支齐发，立时就打死了十几头狼，剩下三头巨狼见状不妙，掉头便向回蹿，也都被胖子用步枪一一撂倒。狼尸在冰墙前横七竖八地倒了一片，白茫茫的雪地上出现了斑斑点点的血迹。

就在最后一头狼被胖子射杀的同时，悬在半空的照明弹也逐渐暗淡，冰川又被黑暗覆盖，只能听见狂风吹雪的哀鸣。这片位于龙顶冰川的凤凰神宫，风都聚集在下面。雪山与雪山之间的间隙，都是吸进狂风的通风道，而越向上，风力将会越小，到了雪峰顶上，基本上就没有风了。这片冰川好比一个口大底窄的喇叭形风井，加上大雪飘飞，附近的能见度很低。

胖子蹲在冰墙下避风，对我说道："胡司令，这回咱给狼群来了个下马威，谅它们也不敢再来。总算是能睡个安稳觉了，我这就先回去接着睡了，有什么事你们再叫我。刚刚正做梦娶媳妇，刚娶了一半就让你们吵醒了，回去还得接着做续集去……"

我告诫胖子不要轻敌，等到胜利的那一天再睡觉也来得及。现在还远远没有结束，等把白毛狼王的狼皮扒下来，挂在风马旗上的时候，它们群狼无首，就不足为患了。

这时初一说道："都吉兄弟说得对，这些狼非常诡诈，需防备它们在这里吸引咱们的注意力，而另外有别的狼从后面绕上来。一旦和恶狼离得近了，就不能用枪了，那会误伤自己人。"

向导初一这一提醒，我们都觉得有这种可能。初一太了解狼群的习性了，以刚才这次小规模的接触判断，狼群一定会分兵抄我们的后路。我们的营地扎在轮回宗教主墓穴旁边，两侧的远端都有冰沟，不易通过，虽然前后都设置了装有照明弹的机关，但也不能全指望它。

众人稍一合计，决定与其在这里固守，被搅得整夜不宁，还不如迎头兜上去，在狼群从后边发起进攻前，就打它个冷不防。

初一估计："后边是狼群的主力，而且它们从那边过来是逆风，枪声和人的气味都会被它察觉，恶狼们一定是想趁咱们取胜后麻痹大意，散开休息的时候，突然扑上来。咱们要出其不意，就要迷惑它们，而且要行动迅速，一旦让它们察觉到有变化，今夜就很难消灭这批恶狼了。"

Shirley 杨说："狼的感知能力很强，咱们又是顺风，很容易暴露，要怎么做才能迷惑它们？"

初一不答，翻身跃出冰墙，把最近的一具狼尸拖了回来，让众人都往自己额头上抹一些狼血。按照当地人的传说，万物中，只有人的灵魂住在额头一带，恶狼是修罗饿鬼，它的鼻子和眼睛感觉不到人体，只能看到人的灵魂。而且人和动物死后需要一昼夜的时间灵魂才会离开肉体，所以死亡不久的狼血中也带有狼魂，用它涂抹在额头，遮住人的灵魂，就可以迷惑狼群了。

我心想这传说虽然未必是真的，但抹上气息很浓的狼血，确实可以隐蔽人的气味。于是按初一所说，用伞兵刀插入狼颈。这狼刚死没几分钟，并未冻住，血还冒着热气。

每个人都用三根手指蘸血，在各自的额头上横着一抹，然后带着武器，关闭了身上携带的光源,悄然摸向后面的冰坡。这冰坡大约位于龙顶冰川的正中央,类似的高低起伏的冰坡在这片古冰川上有很多。开始的时候我们并未留意,只是觉得这个隆起的冰坡能起到遮挡风雪的作用,故此在坡下扎营。直到我与Shirley杨在冰斗中确认了九层妖楼的位置,才觉得这冰坡非比寻常,很可能就是埋有冰川水晶尸的地点。

众人把明叔和阿香裹在中间,趴冰卧雪,俯在冰坡的棱线以下。我们的装备足以应付极地的环境。这龙顶海拔并不高,而且有言道"风后暖,雪后寒",真正的寒潮要在降雪后才会来临。狼群也会在雪停之前退进森林,否则都会被寒潮冻死。这时虽然下着大雪,却并不算太冷,不过纵然如此,趴在冰上的积雪中,也够受的。

我把手向下一压,示意众人停住,我和初一两人蒙住嘴,只露出额头上的狼血,然后先将头探出冰坡的棱线,观看坡下动静,如果狼群来偷袭,这里将是必经之地。

黑沉沉的大地上,只有漫天飞舞的雪片,我看了半天,什么也没发现,天上铅云厚重,没有半点光亮,能见度实在太低了。这时候初一扯了扯我的衣袖,手指缓缓指向坡下。我顺着他的手凝神观看,只见在风雪夜幕之中,有几丝小小的绿光在微微闪动。由于雪下得很大,若不是初一指点,几乎就看不到绿光了。

我打开微光手电筒,对着身后的胖子等人晃了两晃,意思是发现潜伏的狼群了,准备作战。这时趴在地上的向导初一突然跃了起来,冲下冰坡,直向那黑暗中的几丝绿光奔去。

我并不知道他为什么这么做,难道是发生了什么突然的变化?但总不能任由他孤身涉险,于是我拎着M1911,举起狼眼手电筒跟着他跑了过去。身后传来胖子和Shirley杨等人的呼叫声:"快回来!你们俩干什么去?"

初一奔到一处,停下脚步,我跟着站定,正要问他怎么回事,却发现雪地中倒着七八头巨狼,狼颈都被锋利的牙刀切断,鲜血汩汩流出。有几头还没有断气,用恶毒的眼神盯着我们,但流血太多,已经动弹不得了,死神随时都会降临到它们身上。我们在冰坡棱线上看到那些碧绿的狼眼,就是它们的。

初一蹲下去看了看狼颈上的伤口："是那头白毛狼王干的，它们今夜不会再来了。"说完用藏刀把还没死掉的狼一一捌死，和我一同回到冰坡后边。

我们把情况向众人一说，大伙都觉得莫名其妙。显然我们一开始估计得很准确，狼群想从后边偷袭，但不知发生了什么，狼王一连咬死这么多同类，然后悄然撤退。就连非常熟悉狼性的向导初一，也不明所以。

Shirley 杨踩了踩脚下的冰坡，对众人说道："这冰层下十有八九便是咱们要找的九层妖楼。魔国的风俗，只有国主与邪神死后才能入塔安葬。像轮回教的教主教众，那些地位颇高的神职人员，都不够资格，只能在圣地四周的冰窟里下葬。在世界制敌宝珠雄师大王的说唱长诗中，白狼是魔国的妖奴，世界制敌宝珠雄师大王曾率领军队，同狼王带领的狼群恶战过多次。

"魔国虽然灭亡了很久很久，但国君与狼群的古老契约可能还没有失效，狼群依然背负着古老的诅咒。也许狼王发现这里是供奉邪神的妖塔，不得不放弃原有的计划，并咬死了几头狼来进行牺牲祭祀，这与美洲印第安人关于狼群的古老传说有几分相似，但昆仑山喀拉米尔是否也存在着这种事？"

听 Shirley 杨这么一说，我想起在昆仑垭大凤凰寺鬼母的墓室中，曾经有一张巨大的狼皮，以及驱使狼奴的壁刻，所以 Shirley 杨说的这种可能性应该是存在的。

既然狼群今夜不会再来袭扰，就可以安心睡觉了，明天还要挖掘冰川水晶尸，于是众人便返回营地休息。

我突然想起那个噩梦来，总觉得不确认一下韩淑娜的尸体，十分不妥，但这件事最好还是让明叔知道为好，免得引起什么误会。我劝明叔最好连夜将她的尸体焚化，只把骨灰带回去。

明叔这时候已经蒙了，正想答应，向导初一却极力反对："韩淑娜死亡到现在，还不到一昼夜，她的灵魂尚未离去，以烈火焚烧尸体，她的灵魂也会感到业火煎熬之苦，对死者不好，也会给大家带来灾难。"

俗话说入乡随俗，虽然我们不信这套规矩，但不好反驳。众人只好来到韩淑娜的尸体前，我问明叔能不能不用毯子盖住尸体，而是卷起来裹住，这样做只有好处没有坏处。明叔沉默了一下，才缓缓点了点头。

我把尸体上隆起的积雪拨开，伸手刚一碰那毯子，心中顿时凉了半截：毯子空空地架成拱形，盖在下面的尸体不翼而飞了。我猛地揭掉毯子，下边不知什么时候，出现了一个不算太大的冰窟窿，而窟窿下面则有条巨大的冰隙。

难道韩淑娜的尸体掉到下面去了不成？众人都抢着围上来观看，我举着狼眼手电筒往下照射，发觉在深不见底的冰渊下，有个人影一晃，闪进了黑暗的地方。我急忙将手电筒的光束追踪过去，只见在冰缝间那垂直般的冰壁上，有个女人用手脚悬爬在那里，虽然背对着我们，但她的头发已经表明了她就是韩淑娜。

胖子举起步枪就想射击，我将他拦住，对着下面大喊一声："韩淑娜，你要去哪儿！"

韩淑娜显然是听到了我们的声音，也感觉到有数把手电筒正照着她，缓缓地从冰壁上回过头来。她原本被烧成黑炭的脸不见了，取而代之的是一片惨白，但她那张大白脸上只有两排牙齿，没有眼睛和鼻子。

韩淑娜从冰渊垂直的绝壁上回过头来，脸上白蒙蒙的一片。她和我们之间的距离，已经接近狼眼光束射程的极限，我为了看得更清楚一些，全身都趴在冰窟边缘，用力将手电筒向下探，虽然看得模糊，但我已经感觉到，在冰壁上的那个"女人"，已经不是人类了。

明叔也举着手电筒往下看，但是一见到韩淑娜的那张脸，竟被吓得呆住了，手脚顿时软了，手中的手电筒翻滚着掉进了冰缝，要不是彼得黄拉着他，险些连人都掉到下面的冰缝里去了。

突然长了一张白脸的韩淑娜，被掉落的手电筒所惊，迅捷地爬向黑暗的冰渊下边，很快就消失在了黑暗中。

我们俯身看那把掉落的狼眼手电筒，希望能看出这条冰渊的深浅，但只见手电筒掉下去之后，就变成了一个翻动着的小亮点，越来越小，最终竟被吞进了下面的一片漆黑之中。我和胖子见这冰渊深不见底，不免联想起那个鬼洞。

就在这时，Shirley 杨把一捆登山绳用快挂固定在了身上，对我说："咱们赶紧跟上去。"看她的架势，似乎是要下到冰渊中去追韩淑娜。我一转念，便已明白了 Shirley 杨的意思，韩淑娜的尸体，不知道发生了什么变化，虽然她一看到众人就逃进了冰渊深处，但那个方向，正好是斜插入冰坡下的九层妖楼，难道她是直奔冰川水晶尸而去？

我们必须在事态恶化之前找到韩淑娜！我也立刻准备绳索，同 Shirley 杨打开身上所有的光源，坠索而下，但冰渊中的冰面滑溜异常，根本没有支撑点可以立足。身上的蓝色荧光管与战术射灯，在如镜子一样的冰壁上，反射出奇特而迷离的光线，使人不知身在何方，刚下到十几米的深度，就感觉快要丧失方向感了。

我们不得不暂时停下来确认位置。这道狭窄的冰渊似乎无边无际。

Shirley 杨说下边至少还有几百米的深度，最深处可能就是灾难之海那个湖泊残存的水脉了。明叔的手电筒掉进了水里，所以才会消失不见。她说话间已经把一支荧光管扭亮了，扔向冰渊的下方。隔了很久，那蓝色的荧光才在视线里消失。我们把耳朵贴在冰壁上，能隐隐约约听到流水的声音传上来。

韩淑娜是往斜下方移动的，我们垂直下降，要想追上她，就必须横向摆过去。我们试了一下，但这冰壁太滑，难以做到，最后只有依赖工具，想用登山镐凿住冰壁，借力向内侧移动，但刚凿了一下，就发现碎冰不断地往下掉落，这冰渊有要裂开的迹象。

龙顶冰川处于一个特殊的海拔高度，属于低海拔冰川，每年有两三个月的表面消融期，但最中间这厚达几百米的冰层，始终不会改变。

但我们来的时机并不太合适，刚好赶上消融期的末尾和寒潮来临的前期，正是主体冰川最脆弱的时间段，加上冰川里有无数天然冰斗、冰漏、冰裂缝，以及上百处轮回宗的墓穴，可以说这冰层跟那马蜂窝差不多。平常的日子还好说，九月份是最容易崩溃的时候，虽然几千年来没有发生过大的地质变动，但这灾祸的海洋随时都可能发生让人意想不到的灾难。

不过任何事物都有它的两面性，冰川的脆弱期，对于挖掘深处冰层下的九层妖楼，又是十分有利的，倘若在寒潮之后动手，那就非常吃力了。

上面的明叔、胖子等人担心我们的安全，大声呼喊着让我们回去，说别追了，太危险了。

他们这么一喊不要紧，上面的声音被风灌下来，我和Shirley杨觉得这整个冰壁都在颤动，赶紧用手电筒打信号，让他们千万别在冰窟窿那里喊话了，否则这冰壁万一裂开发生冰崩，我们都得被活埋在这寒冷漆黑的冰渊里。

我们在冰壁上的移动速度比预想中的还要慢，而且根本不可能横向移动，加上这冰渊里的环境过于漆黑复杂，兵贵神速，失了先机，就没办法追上了。Shirley杨无奈地对我摇了摇头，看来不得不放弃追击了，还是先上去再想办法吧。

我们抽动登山绳，准备回到冰窟窿上面，于是用手电筒对着上面的人画了几下十字，胖子等人会意，便在上面协助，我和Shirley杨逐渐上升，由于冰壁上停不住脚，贴近的时候用脚一蹬，身体就会不由自主地悬在空中转上一圈。

我转身的时候，突然看见侧面黑暗的冰壁上趴着一个女人。她的一半身体藏在冰壁上的缝隙里，只探出一小半身体，脸上白乎乎的一片，只有两排牙齿，看她的头发和身上黄色衣服，正是韩淑娜。

我本以为她已经到冰渊深处去了，没想到离我们不远的冰壁上有条不起眼的缝隙，韩淑娜就躲在了其中。在我们放弃追踪，准备返回的时候，她又突然出现，想做什么？

我一拉Shirley杨的胳膊，二人同时停下。Shirley杨也看到了从冰缝中爬出来的韩淑娜，同样感到十分意外。我之前将狼眼手电筒缠到了手臂上，这时举起胳膊来，直对着韩淑娜照了过去。

在漆黑寒冷的冰渊中，即使是狼眼手电筒，也只剩下了不足二十米的能见度,但这个距离,恰好可以照到韩淑娜所在的冰缝。"韩淑娜"——在我们搞清她是什么之前,姑且仍然这么称呼她——似乎对狼眼手电筒的光束照射没有任何反应,趴在冰缝上探出半个身子,便一动也不动了。

由于韩淑娜的脸上没有了五官,两排牙齿虚张着,所以我们也看不清她的表情是哀是怒,双方就这么僵持在了半空。我逐渐有些沉不住气了,那家伙根本就不可能是人,似乎也不是关节僵硬的尸体,不过不管她是什么,绝对没有善意。

我拽出 M1911 准备一枪打过去,还没打开保险,便觉得有人轻拍我的肩膀,Shirley 杨在我身后说:"不能开枪,会引起冰壁崩裂的。"

没等我把手枪收起来,那个没有脸的韩淑娜突然像全身通了电一样,蹿出了藏身的冰缝,张开手脚,像个白色的大蜥蜴一般,"唰唰"几下迅速向我爬了过来。

我和 Shirley 杨见状不妙,这时不敢怠慢,赶紧全力向下拉动套索里的登山绳,快速将身体升上冰渊,最好能将韩淑娜引到冰川上。

我们上升的速度虽快,但韩淑娜在冰壁上爬动的速度更快,在离冰面还有不到五六米的时候,她那张白森森的大脸,已经可以够到 Shirley 杨的鞋子了。冰川上的众人看得真切,胖子和初一两个人不顾明叔的阻拦,举枪探进冰窟中齐射,枪弹都打在了韩淑娜的脸上。

我回头往下一看,只见韩淑娜白乎乎的脸上被打开了两个洞,她的身体也被子弹的冲击力向下掼去,掉落了数米,挂在冰壁上,抬起没有眼鼻的脸向上张望,脸上的两个洞旋即又愈合了。这时冰渊果然被枪声震动,碎冰不停地落下,韩淑娜似乎是为了躲避掉落的坚硬冰块,身影一闪,就躲进了冰缝之中。

我和 Shirley 杨趁机爬到上面,再往下看的时候,上面坍塌的一些大冰块已将那冰缝堵死。我们想要再从这儿进去找韩淑娜已经不可能了。但这冰川下的缝隙纵横复杂,谁知道她还会从哪里钻出来,而且枪弹对她似乎没有什么作用。

在这个风雪交加的夜晚,发生了太多难以想象的事情。然而午夜才刚刚过去，距离天亮还有很长一段时间。风雪什么时候会停，难以预料，看来今夜是别想睡安稳了。

众人堵住冰窟，回到帐篷中取暖，折腾了半宿，虽然疲惫，但是都睡不着了，围在一起议论着韩淑娜。彼得黄说："可能她没被烧死，只是受了重伤，埋在雪中又活了过来……"

胖子说："怎么可能？老黄说话别不经过大脑思考好不好。咱们都亲眼看到了，脑袋烧没了三分之一，这样要是还不死，那天底下恐怕就没死人了。看她一脸白花花的东西，多半都是白毛，这肯定是变成雪山僵尸了，非常不好对付。"

我觉得事情不会这么简单。Shirley 杨问阿香有没有看到什么特别的地方，才得知阿香根本就没敢睁开眼去看。

众人各说各的理，讨论了很久都没个结果，最后向导初一忽然一拍巴掌——藏地喇嘛们论禅的时候，经常会做这个动作，表示突然醒悟，或者加深记忆什么的。初一年轻时经常跟喇嘛去山里采药，也养成了这么个习惯，显然是他此刻想到了什么。

于是我们就停下不再说话，初一对众人说："一定是被雪弥勒缠上了。两年前还曾有地勘院的同志们在昆仑山摩竭崖遇到过这种事，不过喀拉米尔一带却还没有过先例。昆仑山雪弥勒比恶鬼还要可怕，她的尸体会越长越大……"

初一正要讲述以前雪弥勒在昆仑山祸害人畜的事情，却忽然停住了口，在这一瞬间，他的表情似乎也僵化了，和他坐在一侧的明叔、阿香、彼得黄也是如此，都一齐盯着我们身后的帐篷上方，好像那里有什么可怕的东西。

我急忙回过头往后看，只见帐篷的帆布上，从外边压进来两个巨大的手印，中间还有个巨大的圆印，像个没有五官的人脸压在上面，都比正常人体的比例大出一倍，似乎有个什么东西正想从外边用手撑破帆布，钻进帐篷里来。那两只大手实在大得吓人，帐篷被压得直响，很快就要塌了。

第十五章
灵盖的诅咒

帐篷快要被外边的巨人撑破了，难道这就是向导初一所说的"雪弥勒"？

为了避免开枪把帐篷射破，我顺手抄起放在地上的一支登山杖捅了过去，谁知登山杖上没有任何感觉，那张大脸竟似有形无质，只有凹下来的帆布被杖头戳了回去。

明叔慌了手脚，打算爬出去逃跑，我赶紧拽住他的腿，把他按倒在地。外边那雪弥勒是什么东西，除了听初一说过一点之外，谁都不了解。好在这帐篷还能暂时拦住它，冒冒失失地跑出去，那不是往刀尖上撞吗？

胖子学着我刚才的样子，抄起一根在冰川上定位用的竖旗，对着那张脸捅了两下，见没什么作用，便随手抓起一把雷明顿，也顾不上打烂帐篷，抵在那张脸上，近距离发射了一枪，帐外那东西被霰弹击中，势头稍减。

帐顶的帆布被刚刚这一枪射成了筛子，从中露出很多白色的东西，与外边的积雪差不多，好像在帐外的那家伙是个巨大的雪人。

胖子不断地射击，彼得黄和初一等人也各自掏枪射击，但起不到任何作用。忽然，帐篷的支撑杆断裂，整个帐篷立刻倒了下来，七个人全被蒙在了底下。

我心想这回完了,这帐篷散了架,里面的人胳膊压大腿,别说想跑出去了,就是想挣扎着站起来都十分困难。心里虽然这么想,但身体没停,竭尽全力推开压在我身上的一个人,迅速从帐篷底下钻了出去。

还没站起身,我就已经把M1911拔出,但外边冷风呼啸,雪片乱舞,什么东西也没有。这时初一、Shirley杨和胖子等人也先后从帐篷底下爬了出来,举枪四顾,却不见敌踪。

还是向导初一熟悉这雪原冰川的环境,对准了一个方向,开枪射击,我们也都顺着他的枪口瞄准。夜晚已经过去了,龙顶冰川上已不再是漆黑一片,天上浓墨般的乌云以及四周大雪峰的轮廓变得依稀可见,只见一个巨大的白色人影,顶风冒雪向白茫茫的远处奔跑。

那就是刚才袭击帐篷的雪弥勒,要不是初一眼毒,在这茫茫白雪之中,很难发现它的踪影。我和胖子、初一三个人一边开枪,一边踏雪从后追了上去,急得Shirley杨在后边连喊:"别追了,小心雪下的冰裂缝……"但她的声音,很快就被刮向身后的风雪淹没了。

冰川上的积雪已经没到小腿肚子,跑出不到十几米,只见那个巨大的白色身影忽然向下一沉,从雪原上消失了。我们随后追至,发现这里也有个很深的冰窟,似乎与先前的冰渊相连,也通向冰坡下的九层妖楼。

雪弥勒一旦藏到这里面去,我们就拿它没办法了,只好在冰窟边上骂了几句,悻悻而回。我和胖子问初一,怎么那雪弥勒刚占了上风,反倒先逃跑了?它究竟是个什么东西?怎么不到几个小时的时间,竟把一个女人的尸体变成了那副样子?

初一说:"现在没时间讲这些事了,咱们这些汉子还好说,但队伍里还有两个姑娘和一位老同志。这回帐篷也没了,不能让他们就这么顶着风雪站在冰川上,先找个避风安全的地方安定下来,再说那雪弥勒的事不迟。尽管放心,天一亮它就不会出来了。最要命的是如果等到今天晚上雪还不停,那狼群也就不会退走,给咱们来个两面夹击,可也够我们受的。"

我们回到帐篷倒掉的地方,天已经大亮了,但大雪兀自下个不停。往远处走是很危险的，附近只有几座起伏不平的雪丘，根本没有什么地方可以容身。

Shirley 杨说："现在只有一个去处——直接挖开九层妖楼，至少先挖开最上边的一层，咱们都到那里去避过这场风雪。在那里点起火堆，这样气流会向上升，把入口处的雪挡开，足以避免在雪停之前入口被雪盖住。而且狼群怕火，也不敢轻易来犯。"

我们连称此计甚好，这冰天雪地在外边冻得难熬，都想尽快挖开九层妖楼，管它里面有什么鬼鸟，哪怕只是到里面睡上一会儿解解乏也好，等养足了精力，一口气挖出冰川水晶尸，然后趁着寒潮封冻冰川，便可以收队撤退了。

众人说做就做，把装备物资都转移到了雪坡背风的一侧，挖开一大块积雪，露出下面的暗蓝色冰层，依旧把生姜汁刷到冰面上，等渗透了开挖。

初一趁空讲了一件两年前听说的事情，虽然同样发生在昆仑山的深山里，只是离喀拉米尔很远。

藏民中流传着一个古老的恐怖传说：在雪山上，每当黑夜时分，便会有种生存在冰下的妖怪，聚集在一起掠取刚死不久的尸体。它们钻进尸体的衣服，尸体就会变成白色，如果继续扑咬活的人畜会越胀越大，随后会因消耗而萎缩，如果两三天内吃不到死人，就会散开，钻进冰川下藏匿起来，直到再找到新的死人。这种东西喜欢钻雪沟和冰坑，只在深夜出没，七百多年前，曾一度酿成大灾，害死人畜无数。在寺庙的经卷中有一套《至尊宗喀巴大师传》，对此事有很详细的记载。

我问初一道："原来雪弥勒不是一个东西，而是一群？很多聚集在一起？"

初一点头道："没错，最多时一个尸体上会附着十几个。它们吸收了尸体内的血肉，变得肥胖起来，像是整团整团的肥肉，远远看上去像是个胖乎乎的雪人，当地人才管它叫作'雪弥勒'。雪弥勒成灾是年头很久的事了，人们都逐渐遗忘了。

"但两年前有件事闹得很凶，死了不少人。当时一支地质队进了昆仑山，结果从雪里挖出几个白花花胖乎乎的大雪人，还没等地质队的人搞清楚状况，就被那些白色的人形扑进了雪窝子。全队十个人，只活着逃回了两个。"

地质队员们遇害的那片区域，不久前刚发生过雪崩，有一支多国登山队在那里与外界失去了联络。寺里年长的僧人说，地质队遇到的那些胖雪人，可能就是被雪弥勒缠上的登山队员的尸体。刚好上面要发动人去找那支失踪的登山队和地质队员的尸体，于是附近的牧民和喇嘛，加上军队，总共去了百十号人，在雪山里找了整整五天，无功而返。

雪弥勒唯一的弱点就是只能在夜里出来，白天即使有雨雪也不敢现身。此外，《至尊宗喀巴大师传》中提到过，这种东西还特别怕大盐。

初一对我们说："可现在咱们没有大盐，盐巴也很少，雪弥勒晚上一定会再来。狼群肯定也藏在附近某条冰沟中避风雪，等着机会偷袭。看来今晚这冰川上会有场好戏。"

胖子握着运动步枪说："可惜就是家伙不太趁手，而且这一带环境对咱们十分不利，否则胖爷一个人就敢跟它单练，什么雪弥勒，到我这儿就给它捏成瘦子。"

眼下似乎只有先挖开这冰层下的妖塔，看看里面的环境如何，也许可以作为依托工事。

不消片刻，生姜汁已经渗进了冰面，众人当下一齐出力，把冰层挖开。五六米之下，就挖出了大块类似于祁连圆柏一类的木头，是方木、圆木、夯土组合结构。在这里动手，土木作业反倒比挖掘坚冰还要麻烦，但好在人多手快。工具齐全，不到半个小时，就挖开了妖塔的第一层。

为了防备这冰层下也有无量业火和达普鬼虫，我们做了充分的准备，但出人意料，第一层妖塔什么也没有。进到里面一看，就像是个土木构建的低矮房间，以黑色的木料、灰白的夯土为主。在这一层中，只有一块巨大的冰盘摆在地上，冰盘薄而透明，表面刻着一个神像，看来要再往下挖，就得把这块冰盘打碎才行。

Shirley 杨看了看那神像，是个人身狼首、身披战甲的武将形象。狼首是白色的，铠甲是银色的，这个形象似乎在哪里见过。正思量间，明叔等人也都陆续下到塔中。

为了早些找到合适的地方休息，初一和胖子已经用冰凿开始敲打那块冰盘，但一听声音却不像冰，再摘下手套用手一摸——是一大块圆形水晶。

明叔也在旁边看着胖子等人干活，这时战术射灯都聚在了盘面上。明叔一见人身狼首的形象，脸上忽然变色，急急忙忙地取出轮回宗那本经书，指着这水晶盘上的狼首魔神说："这块冰山水晶石不能破坏，这里面有魔国白狼妖奴的诅咒，一打碎了，诅咒就出来了。"

我摇头不信，《十六字阴阳风水秘术》中有讲解九层妖楼的布局，我在火山里也见到过，这一层不可能有什么机关。这水晶的圆盘，应该是一种叫作"灵盖"的塔葬装饰，每一层连接的地方都有。

不过我还吃不太准"诅咒"和"机关"之间有什么区别，这种时候就算相信明叔的话也晚了，刻着狼首妖奴的水晶盘已经被刚刚那几下子凿得裂开了，只需再轻轻一碰，就会碎掉。

只一愣神的工夫，水晶灵盘的裂纹已经扩大到了极限，哪怕轻轻走动一下，都会使它破碎。比起歹毒的机关，无形的诅咒更让人吃不了兜着走。

Shirley 杨走到近前，轻轻将灵盖水晶盘敲成无数碎片，我知道她一贯慎重，这么做一定是有十足的把握，于是便放下心来。

圆盘形的冰山水晶石碎裂之后，果然什么也没有发生。胖子不断抱怨明叔大惊小怪，这么一惊一乍的，容易把人吓成心肌梗死，这可比诅咒和机关的杀伤力还要大。

Shirley 杨对我们说道："明叔讲的没错，不过顶层这个水晶盘是假的，真正有诅咒的水晶盘在最深处。这座供奉邪神水晶尸的妖塔，在世界制敌宝珠雄师大王的说唱长诗中也提到过。银色的妖奴白狼王，名为'水晶自在山'，它侍奉在塔底邪神的身边，一旦有人接近，妖狼的大军就会从天而降，将入侵者吞没。"

狼神"水晶自在山"是魔国的妖奴，西藏最早的神话体系中也有相关传说。"水晶自在山"生前也是一头白色的巨狼，是昆仑山所有恶狼的祖先，但它这个称号是死后才得到的。传说其被莲花生大师所杀后，尸体化为一块巨大的冰山水晶石，所以才被称作"水晶自在山"。

这块由白狼妖奴尸体所化的水晶自在山之中，埋藏着妖奴亡魂恶毒的诅咒，任何妄图接近的人，都会死无葬身之地。魔国是崇拜深渊与洞穴的民族，作为邪神象征的冰川水晶尸，肯定在九层妖楼的最底层。Shirley 杨提醒我们，挖到最深处的时候，一定要小心，不要损坏了水晶自在山而引火烧身。

这片龙顶冰川以前曾是个巨大的湖泊，而妖塔的位置，可能正好是位于湖中的湖心岛上。妖塔周围是冻土或者岩石，再外层就是深厚的冰川，其底层甚至可能与雪弥勒藏身的冰渊相连，越往下挖就越是危险。

我们部署妥当，按部就班地又挖开两层。这里没有陪葬的死者，只有一些堆成玛尼堆的牛头，都只有花白的头骨与牛角。这应该是对牛的崇拜，因为牦牛在高原全身都是宝，在古藏地，不论哪个部族，唯有在这一点上比较统一。

与先前冰斗中轮回宗教主陪葬灵塔奢华盖世、富可敌国相比，九层妖楼里却什么都没有，不免让我们有些失望。这时大家疲惫至极，于是返回妖塔的顶层，生了火取暖吃饭，然后抓紧时间钻进睡袋里睡觉。

下午两点，我就把他们都叫了起来，要赶在天黑前挖到最深处，如果速度够快的话，我们可以赶在寒潮来临之前撤出龙顶冰川。

众人各自装备工具武器，明叔从包里取出他祖传的十三须花瓷猫，仔细数了数那瓷猫的十三根胡须，并不曾少得半根，然后摆在地上，带着阿香一起拜了两拜。

我和胖子好奇地在旁边看热闹，我问明叔："瓷猫的胡须没断，是不是说明咱们能马到成功，全身而退？"

明叔说："那是当然了，这个东西很灵验的，一定是马到成功，全身而退，所以祖宗们才有'全须全影'一说。"

明叔说完就把十三须花瓷猫交给阿香，让阿香好好收起来，他自己去背包里找那面刻着"天官赐福，百无禁忌"的天官铜印，准备在挖到冰川水晶尸的时候使用。

我看见这枚印才想起来,这印是假的,不管用。好在 Shirley 杨在从北京出发前,托人从美国送回来一套三十六根的"星官钉尸针"——这是唐代摸金校尉使用的古物,后来流落到海外,有这套东西,应该也能凑合着应付了。

我走神之际,众人都已经准备完毕,我和胖子、彼得黄、初一四个人分作两组,一组挖一层,轮流交替,估计三个小时之内,就能挖到第九层。

第三层中挂满了星纹图案的无字鬼幡,星纹分成五种颜色:红、蓝、白、绿、黑,又以黑色鬼幡最多,蓝色的最少。按后世轮回宗对魔国的记述,这些颜色分别有不同的象征意义,红色代表鲜血,蓝色是天,白色是山脉,绿色是水源,黑色则代表深渊。从这些鬼幡颜色的差别中,也可以看出魔国信仰与其他宗教的不同,在他们的世界观、宇宙观中,黑色越多,洞穴越深,力量也就越强大。

我让胖子把这些看得人眼花缭乱的鬼幡全部扯掉,留着烧火,然后当先下到第四层。这层堆着无数刻有不同符号的卵石,可能就是传说中的经石,对考古的人来讲可能有价值,在我们眼中就是成堆的烂石头。看了一层又一层,似乎除了那作为灵盖的冰山水晶石之外,再没有任何有价值的东西。本以为会有些关于魔国那个眼球神殿之类的线索,但实地一看,不由得产生了一些失望的情绪。

就这么一层一层地挖开,直到第八层的时候,才发现这层与上边诸层迥然有异。这层也有个水晶灵盖,刚揭开灵盖的时候,没发现什么,一下去就觉得不对,四周有很多人影。我赶紧举起狼眼手电筒查看,另一只手也抽出了 M1911。

只见十九具高大的男性古尸,都保持着坐姿,环绕一圈坐在周围。由于这妖塔始终被古冰川封冻,这些尸体都与活人无异,只是脸部黑得不同常人,装束更是奇特,与献王墓天宫里所摆设的铜人像十分接近。

Shirley 杨跟在我后边下来,看到这些打坐的古尸,对我说:"可能是冰川水晶尸入葬后,自愿殉亡的祭司护法之类的人。小心这层有埋伏!"

我打个手势,让正要下来的胖子等人停住,请阿香用她那双"本能的眼睛"来看一看，这层有没有什么不干净的东西。阿香都快吓哭了，极不情愿地看了看那十九具古尸，摇头表示什么也没有。

我仍然不敢大意，说不定这些死在妖塔里的护法尸体中，都藏着那种能把灵魂都烧成灰的虫子，那才是真正的无量业火，身体碰上一点，就绝对无法扑灭。

这座最重要的九层妖楼，挖起来实在过于顺利，越是这样，越是让人觉得祸机暗藏。反正这也是第八层了，准备的生姜汁还有很多，于是我让胖子留下一些备用的，其余的全喷到那些古尸身上，又把水壶里的水都集中起来，将整个第八层都洒遍了，到处都是湿淋淋的，这才觉得可以放心挖最深层的邪神尸体了。

黑折子、撬棍、冰钎齐上，把漆黑的大木板启开，下面显露出一个方形的空间，也都是用木、土、石所构筑的。我们往下边接连扔了七八个荧光管，这块空间才稍微亮了起来。

我们谁也没敢贸然下去，就在开出的洞口边观望。明叔急于看他日思夜想的冰川水晶尸是什么样子，所以他挤在了最前边，看了许久，越看心里越凉，这下面哪里有什么邪神的尸体。

最底层只有两个大小相同的圆形水晶，一个是白色，一个是蓝色，摆在石台上面，被荧光管一照，流光溢彩，可以看到上面有天然形成的星图，除此之外就没别的东西了。这两块天然晶体，显然不可能是冰川水晶尸，也不会是藏有诅咒的水晶自在山，因为它们只有拳头大小。

胖子赶紧安慰明叔，虽然没找到正主，但这两件行货看上去也值不少银子，不算空手而回。

我对明叔说："下边这层空间太暗了，咱们在这里看，难免有所疏漏，还是下去看看才能确定，也许冰川水晶尸就藏在什么地方。既来之，则安之，不翻个底朝天不算完。"

于是众人陆续下到妖塔的最深层，再下面就是塔基了。这种墓塔不像是寺庙里的佛塔或地宫，此处应该已经是最后的空间了。

众人把那蓝白两色的水晶搬开，发现这石台是活动的。

胖子一个人就把石台推在一旁，下边有个很浅的冻土坑，里面有一大块很薄的水晶石。水晶上面有一层层水纹般的密集天然纹理，刻着一个狼首人身的神将，面目凶恶狰狞，头戴白盔，身穿银甲白袍，手持银缨长矛，做出一个凌空跃下的姿势，凛然生风。

Shirley 杨一看，赶紧告诉大伙谁也别乱动，这就是藏有妖奴诅咒的水晶自在山，虽然不知那传说中的诅咒到底是什么，但是水晶石中的波纹非常奇特，似乎妖奴是被锁在其中。这块水晶一裂开，整个龙顶的雪山和冰川，都有崩塌的危险……

第十六章
先发制敌

　　龙顶的地形，虽然属于复合雪山冰川冻土，但是目前正处于一年两个多月的消融期末尾，海拔又相对较低，所以山顶的积雪消融了不少。而且四座雪峰环绕得并不紧密，不会轻易拢音，再加上风雪对声音的稀释，所以我们逐渐发现在雪原上开枪的响声是不容易引起雪崩的。不过假如风雪一停，再降两天雪，雪峰上的积雪又达到了满负荷，那时就变得很危险了。

　　Shirley 杨说这块水晶自在山里面密布的鳞状波纹可能是一种积压在里面的特殊声波，这块水晶石一破，马上就会引发大规模雪崩。另外这白狼妖奴的姿势也说明了一切，带着白色的毁灭力量从天而降，这也符合古神话传说中对雪崩、冰崩场面的描述。

　　没经历过雪崩的几个人，并不知道那意味着什么。向导初一得知可能发生雪崩，脸上的肌肉不由自主地紧绷了起来。在喀拉米尔，雪崩是很常见的，有时响晴白日的时候，在山外会听到天边雷声滚滚不断，那就是山里雪崩的声音。从古到今，已不知有多少人畜被神明白色的愤怒所吞没，在雪山脚下生活的人们，天生就对雪峰的狂暴和神圣有种复杂的敬畏之心。

　　我想起刚参军时遇到的大雪崩，那种白色怒涛般的毁灭力量，至今记

第十六章 先发制敌

忆犹新。望着那水晶自在山上的狼神，我自言自语道："这他娘的简直就是个定时炸弹……"

明叔这时候似乎想孤注一掷了，举着手电筒去照水晶石下的物体，想看看那具让人垂涎已久、价值连城的冰川水晶尸到底什么样。狼眼的光束射在晶体上，还没等我和胖子看清楚，明叔突然吓得一缩手，那把狼眼从手中滑落，眼看着就要砸到水晶自在山薄薄的表面了。

我们的心跟着那手电筒往下掉，但都来不及伸手去接，眼睁睁地看着它落在了水晶石上。那声音也不算大，但足以把心理防线撞出一道大口子。明叔两腿一软，差点没瘫到地上。

塔底静悄悄的，一点声音都没有，似乎所有人的呼吸都在这一刻冻结了，直到看清楚水晶自在山没被砸裂，这才长出了一口气。我对大伙说："没关系，不管怎么说，这也是块石头，比咱们想象中的结实多了。"

我捡起掉落在地上的手电筒对明叔说："明叔啊，您可真是我亲叔，手电筒今天您都掉了两回了，下回拿紧点行不行？您要是手脚不听使唤，就干脆别亲力亲为了，还是让老黄给您打着手电照亮吧。"

明叔解释道："不是不是……我也是跑过船见过大风大浪的人，又怎么会这么不够胆色。我刚刚看到那水晶下的东西，是活的，还……还在动啊。"边说边掏出天官铜印，问我道，"这宝印怎么用？"

我完全没有听到明叔后半截的话，什么东西在动？难道那冰川水晶尸活转过来了不成？我们闻听此言，越发觉得心里没底，只好硬着头皮再次去看自在山里面的东西，越看心跳越快，这里面竟然真有活的东西……

"水晶自在山"这名字里虽有个"山"字，其实远远没有山那么大，往大处说，顶多只有个洗澡的浴盆大小，椭圆形的，四周有几条弧形黄金栏，是用来提放的。它横着放在塔底的坑中，象征着雪峰崩塌之力的白狼妖奴就刻在正面朝上，从上方俯视，有些像是个嵌在眼眶里的眼球。

如果仔细看的话，就在这晶体外壳之内，有很多水银一样的东西在缓缓流动。这水银的阴影线条分明，刚好是一个女子。在水银人形的身体中，有一些深红色的东西微微发光，好像是人体的心肝脾肺等内脏。

由于被外边这层水晶石裹着，我们无法看清那水银般流动的人形真面目是什么样子的，也许只是光学作用，或者内部的人形也是一块晶莹剔透的液体水晶。这八成就是明叔要找的那具冰川水晶尸。

至于是真正人类的尸体，还是同外边的这层水晶自在山一样，是一种象征性的器物，不打开看看，是没办法知道的。我这次之所以会同意明叔一道进昆仑山，只是希望从这九层妖楼中，找到利用毫尘珠消除身上诅咒的办法，但这被我寄予厚望的妖塔，竟然什么信息也没有。现在只剩下邪神的尸体没看，我早已经做好了不到黄河不死心的准备，于是招呼众人动手帮忙，把水晶自在山从坑里抬出来。

明叔希望运出喀拉米尔再打开，这样就不用担心引起雪崩了，想砸想切都可以任意施为。

我说："这绝不可行，虽然这种冰山水晶石比我们想象的要结实很多，不是那么轻易就会碎裂，但是用登山绳绑定金栏，逐层地往上吊，等于是在脑袋上顶着个炸弹玩杂耍。何况不仅要搬到顶层的雪原上，还要穿过冰天雪地的神螺沟，那简直比登天还难。想把冰川水晶尸取出来，只有冒险在塔底进行，这样做虽然看似危险，其实比运出去要安全许多。"

我把明叔说服后，眼看天也快黑了，今晚雪停之前，狼群一定会发动总攻。它们在雪沟里忍饥挨冻，现在差不多也到极限了，这妖塔一旦被挖开，狼群就没了顾忌，而且这水晶自在山是狼群祖先圣物，它们不会容忍人类随意惊动它。今天晚上双方必须有一方死个干净才算完。

于是众人都回到九层妖楼的第一层，把火堆的燃料加足，让明叔和阿香留在此处，其余的人都返回大雪掩埋的冰川上。两处距离很近，有什么情况，也来得及救应。初一临上去的时候，把所有的盐巴都给了明叔，如果雪弥勒钻出来，就将盐撒出去泼它。

外边的天已经黑透了，雪渐渐小了，看样子不到半夜，雪就会停。众人把从塔中挖出的黑木堆积起来，作为防御圈，各自检查武器弹药。

我把霰弹枪和手枪的子弹装满。是时候和那只白毛老狼算一笔总账了，其实我们之间的恩怨已经很难说清了，在大凤凰寺，正是狼王咬死了徐干事，从而救了我一条性命，但也是它带领群狼围攻我们，把格玛的肠子都掏了出来，我又和胖子等人在藏谷沟宰了许多狼崽子，这些事理都理不清了，既然冤家路窄，就只能用一场你死我活的决战来结束。

周围雪原上死一般寂静，彼得黄等得焦躁，忍不住问初一："狼群当真会来吗？怎么一点动静都没有？"

初一对彼得黄点了点头，他自幼便对狼十分憎恨，这时候恶战在即，由于兴奋，眼睛都充血了。在山地雪野中，初一的直觉甚至比狼还敏锐，只见他举起酒囊来喝了一大口青稞酒，然后抽出藏刀，把嘴里的酒全喷到刀刃上，低沉地对众人说了一声："来了。"单手举起猎枪，"乓"的一声枪响，只见不远处白色的雪地上，飞溅起一团红色的雪雾，一头全身都是雪的巨狼被枪弹击中，翻倒在地。

四面八方的雪地里，几乎同时蹿出数十头恶狼，卷起大量的雪雾疾冲而至。这一瞬间，我们的眼睛似乎都产生了一种错觉，好像整个雪坡突然抖动沸腾了起来。

我们人数虽少，也缺少冲锋枪的火力，但不乏一等一的射手，而且狼群数量有限，在此之前，已经折了二十多头，现在只剩下六七十头。我们当即乱枪齐发，白色的雪地上立刻绽放出无数鲜红的血花。

狼群对我们的火力估计非常精准，如果先前它们埋伏得太近了，恐怕会被我们发觉，太远了又冲不到近前，所以都埋伏在了三五十米的区域内，似乎是准备以牺牲十几头狼为代价，快速冲到近距离混战，那时我们的枪械就发挥不出太大作用了。但这些计划都被初一的敏锐打乱了。

狼群与我们之间的距离越来越近，在射杀了第一拨的三十余头巨狼之后，我们五个人手里的长枪弹药告罄，第二拨恶狼已如白色的旋风一样扑到近前。

第二拨的数十头饿狼已在瞬间冲到面前，我和胖子、Shirley 杨、彼得黄四人来不及给枪支装填弹药，纷纷举起手枪射击，几乎是一发一倒，将冲到面前的狼一一射翻，沉稳的射击声使人勇气倍增，抵消了近战中的恐惧。

初一则用猎枪的前叉子戳倒一头恶狼，然后撒手放开猎枪，用藏刀乱砍。一头老狼躲避稍慢，被闪电般的刀锋切掉了半个鼻子，疼得呜呜哀嚎，初一再次手起刀落，把它的狼头剁了下来。

　　从初一打响第一枪开始，不到两分钟的时间，地面上已经倒了一片狼尸，里面混杂着几头还没完全断气的恶狼，不时冒着白色蒸气般的喘息。

　　众人长出了一口气，紧绷的神经松弛了下来。眼前的景象非常惨烈，这回喀拉米尔的狼可基本上能算是给打绝了。不过如果不是初一先发制敌，雪地上横七竖八的尸体，可能就不只是狼尸了。

　　然而，就在我们刚刚从激战的紧张状态中脱离出来，稍微有些放松的时候，一个白色幽灵般的影子，突然出现在了初一身后——狼王已经扑住了初一的肩膀。没有人看清白毛狼王是从哪里冒出来的，想开枪射击，却发现空膛手枪还没来得及装弹。

　　这头白毛独眼老狼真是快成精了，它似乎眼睁睁地看着群狼被全部射杀，硬是伏在雪地中一动不动，直到看准了机会，才攻其不备。它应该也知道，一旦现身，虽然能咬死一两个敌人，自己也绝对活不了。但它似乎是受到了它的祖先水晶自在山的召唤，甘愿舍弃生命，全力一击，直扑那打扰它祖先灵魂的牧人。

　　白狼行如鬼魅，就连初一也没有防备会有这么一手，还以为狼王已经在混战中被打死，现在想还击已经来不及了。就在这连一眨眼都不到的时间里，白狼扑倒了初一，和他一同滚进了妖塔顶层的窟窿。

　　与此同时，我也给M1911换上了弹匣，冲上去跳进妖塔。胖子等人紧跟在后，到了顶层一看，明叔指着下面一层说："快，他们滚到下面去了……"

　　我急得脑袋都快炸开了，一层一层地追下去，最后在底层找到了初一和狼王的尸体。狼王死死咬住了初一的脖子，初一手中的一柄剥狼皮的短刀，全插进了狼王的心脏。狼王一身银光闪闪的白毛，已经被鲜血染红，从妖塔顶上缠斗着摔到底下，血都已经流尽了，早已没了呼吸。

　　初一为人勇敢豪迈，虽然同我和胖子相处时间不长，但彼此之间很对脾气，极为投机。我心如刀割，忍不住要流出泪来，颓然坐倒在地，望着初一和狼王的尸体发愣。

其余的人也都十分难过，Shirley 杨握住我的手安慰道："想哭的话，就哭出来才痛快一些。"

我摇了摇头，心中好像在淌血，眼泪却流不出来。那种痛苦，不是大哭一场就能减轻的，现在只是不想同任何人说话。

明叔也安慰我道："初一兄弟所杀的狼王，是白狼妖奴的后代，他的死亡是功德无量的。壮士阵前死，死得其所，咱们为他祈福，祝福他早日成佛吧。人死为大，咱们还是按他们的风俗，先将他的后事好好料理了。"

我对明叔点点头，让他们去收殓初一的尸体。我现在脑子里像是烧开了锅，只想先静一静。

明叔让彼得黄与胖子把初一和狼王的尸首分开，他们正好砸在水晶自在山上，也不知有没有砸破。胖子抹了抹眼泪和鼻涕，拦住众人说道："且慢，初一是我兄弟，他走得壮烈，我得先为他念上两句追悼词。"

明叔等人无奈，只好闪在一旁，任由胖子为初一举办追悼会。胖子叹了口气，对着初一的尸体哽咽着说："吾辈以战斗的生涯，欲换取全人类的幸福，愿将这鲜血和眼泪，洒遍天下自由的鲜花……"

胖子唠唠叨叨地说了很多，这才使心中悲戚之情略减，让彼得黄过来帮忙收殓。刚一抬开狼王的尸体，发现狼尸已经砸碎了水晶自在山，略一碰，"哗啦"一声，碎成了若干残片。众人都倒吸了一口凉气，提着心，支起耳朵聆听外边的动静，大气也不敢喘一口。

过了片刻，妖塔上的冰川始终静悄悄的，难道 Shirley 杨判断错了，水晶自在山里根本就不是什么会使雪峰崩塌的声波？也许在冰川里冻得年头久了，失灵了？不管怎么说暂时先松了口气。

水晶自在山里露出了一具全身透明的女尸，皮肤下流动着银色光芒，里面的骨骼内脏都是深红色的，好像玛瑙。这不像是真人的尸体，而更像是一件巧夺天工的艺术品，这就是冰川水晶尸吗？好像也没什么了不起的地方。

我不管明叔怎样去看他的宝贝，同胖子一起把初一的尸体搬到第八层。

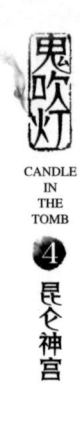

我俩突然觉得精疲力竭，有点喘不过气来，可能是伤心过度，岔了气，于是停下暂时休息休息。

胖子对我说："我说胡司令，咱们能不能到上一层去休息，守着这黑头黑脸的十八罗汉，让人浑身起鸡皮疙瘩啊。"

我现在虽然有点大脑缺氧，但是却清楚地记着，这层有十九具坐姿的护法尸体，怎么胖子说是十八罗汉？我立刻警觉起来，一具一具数了一遍，真的只有十八具，六个一排，一共分为三排弧形排列。我明明记得有一排有七具尸体，是我记错了，还是有一具消失了？

我想过去看看发生了什么变化，这时Shirley杨带着阿香跟了上来，明叔等人也随后跟上。他和彼得黄已经将冰川水晶尸用绳子绑好，假发丘印用胶带贴到了水晶尸的脑门上，正准备用绳子把它吊上来，那对一蓝一白布有天然星图的水晶球也都给捎上了。

我问Shirley杨这第八层是不是一共有十九具尸体，Shirley杨点点头："没错，总共十九具，怎么了？"

我担心阿香听到害怕，就低声对Shirley杨说："不知道什么时候，少了一具。我先过去看看是怎么回事，你们赶紧上去，咱们尽快离开这鬼地方。"

我拍了拍登山头盔上那被撞歪的战术射灯，一手握住黑驴蹄子，一手举着M1911，摸索上前，查看那些高大的古尸。我发现在这层木塔漆黑的角落里，出现了一个大裂缝。这些古尸都倚着墙，难道有一具尸体掉进去了？怎么偏赶这个时候作怪？没等走近，便听到一阵动静，好像那缝隙中有根大木头在挪动。

我过去探头往下一看，塔角破裂的大缝斜斜地向下，好像是个无底的深渊。一个莽莽撞撞的白色胖人形，正在缓缓地拨开黑色木料，似乎想给自己腾出个空间，以便能爬进妖塔。

是那吃了韩淑娜尸体的雪弥勒！我见那家伙没发现我，赶紧往后一缩身，想找胖子要些炸药，给它扔下去，把下边的洞窟炸塌，将其压到底下。

我正要招呼胖子，却听明叔和彼得黄同时大叫"不好"。他们已经把

第十六章 先发制敌

冰川水晶尸顺利地提上了第八层，但也就在这时，突然从下面传来一阵密集的碎裂声，片刻就响成了一片。我顿时醒悟，糟了，那水晶自在山并非无效，而是要等到邪神尸骨被升到某个特定的位置，才会引发它内部的声波振动，也就是说从理论上，根本没有任何人能把冰川水晶尸带出去。

一阵阵闷雷般的声音从上面传来，雪峰上的千万吨积雪，很快就会覆盖龙顶冰川，再过不到半个小时，寒潮就会封冻这些积雪，不到明年冰雪消融之时就别想出去。

明叔和彼得黄都吓得面如土色，两人抬着的冰川水晶尸掉在了地上，"隆隆"雪崩声如同万马奔腾，震得地面都在颤动。我担心明叔他们自乱阵脚，忙对他们喊道："别慌，都躲到塔中的墙角去，那里比较结实……"但是这一会儿的工夫就连我自己都已经听不到自己的声音了。

不知是谁的狼眼手电筒落在了地上，刚好滚到那具古怪的冰川水晶尸头边，光束照到了嘴上，那水晶女尸的嘴忽然大张开来……

我顾不上再管上面的雪崩，下意识地就从携行袋中掏气压喷壶，要是有那种能燃起无量业火的鬼虫出来，就用生姜汁先喷它几下。

冰川水晶尸的口中，果然飞出一只小小的瓢虫，我对准它喷了两下，竟然半点作用都没有。这时我已看清楚了，这只从水晶女尸嘴中钻出的达普，虽然与那种蓝色的虫子形状完全一样，而且也是通体透明，但全身是银白色的，如同一粒微小的冰晶振翅悬在半空，稍做停留，就朝距离它最近的彼得黄飞去。

彼得黄不知厉害，伸手想把它拍死，我出声制止，但声音都被雪崩淹没了，想救他根本就来不及。只见彼得黄一巴掌将冰晶般的小虫拍在地上，他的手上立刻结满了一层冰霜。彼得黄连做出惊慌表情的时间都没有，亮晶晶的冰霜就蔓延到了他全身，冻得梆硬的身体随即倒在地上，摔成了无数冰尘。一点冰冷的寒光，从中飞出。

第十七章
乃穷神冰

我想起在大凤凰寺见到的鬼母壁画，当时曾听铁棒喇嘛说那画已经残破，其原貌应该是蓝白两色为主，象征着鬼母拥有无量业火与乃穷神冰两种可以粉碎常人灵魂的邪恶力量。在古藏地的传说中，并没有"魔国"这个称呼，而是称其为北方的妖魔，只有世界制敌宝珠雄师大王的诗篇中，才称其为"魔国"。

从冰川水晶尸口中钻出的冰虫，大概就是那种所谓的"乃穷神冰"了。只见彼得黄被乃穷神冰冻住的尸体摔成了无数冰尘，未等尘埃落定，便从中飞出一个冰晶般的瓢虫，在空中兜了半个圈子，振翅飞向距离最近的胖子。

胖子趴在地上，把彼得黄的惨死之状看了个满眼，知道这种冰虫犀利，沾上就死，碰上就亡，当下不敢怠慢，抬起M1911，连瞄准的动作都省了，抬手便打。

此时龙顶冰川隆隆的雪崩轰鸣声愈演愈烈，吞没了世间一切的声响。我想出声制止胖子，但无论是枪声还是喊叫声，都被雪山的暴怒所掩盖。

昏暗的木塔中，被枪火闪得微微一亮，枪口射出的一颗子弹，击碎了空中的冰虫，擦着对面明叔的登山头盔，射进了妖塔的黑木中。明叔惊得两眼一翻晕倒在地，也不知是死是活。

冰虫被击中，在空中碎成了十几个小冰晶，都落在我面前的地上，蠕动了几下，便纷纷生出翅膀，看样子很快就会飞起攻击塔内的活人。刚才只有一只冰虫就险些使我们全军覆没，若是变成十几只，在这低矮狭窄的木塔里，根本就无法抵挡，人人都将死无葬身之地。

我急中生智，抓起地上背囊边的酒壶，猛喝了一大口，一手打着了打火机，将口中的烈酒对准地上的那十几只冰虫喷去，一片火光掠过，满以为能将它们烧个干净，却发生了最意想不到的情况。

地上的冰虫，身体突然由闪烁的银白色转为幽暗的蓝色，也就是变成了我曾经遇到过两次的那种火虫。

我和 Shirley 杨、胖子三人都看得毛骨悚然，脑门子上的青筋直蹦，难道这塔中真有邪神的力量存在不成？

无量业火的气息顷刻散播到了塔中的各个角落，虽然鼻中所闻都是火焰的焦灼之气，但身体却感觉奇寒透骨，我们几乎完全窒息了。地上的十几只达普鬼虫，已经盘旋着飞了起来，在黑暗的空间中，带动起一道道阴森的蓝色曳光，随即就要散开，扑向周围的五个活人。

就在这令人窒息的一刻，大量的积雪从塔顶的窟窿里直灌下来，顺着我们挖开的通道，一层层地向九层妖楼内砸落。最后可能塔顶被大块雪板盖住，积雪便停止倾泻而入，这么短短的一瞬间，上面几层可能都被积雪填满了，落进第八层的雪，把空中的达普压在了里面。

我见机不可失，急忙对 Shirley 杨打了一个手势，让她赶紧把阿香带到最底层去。这第八层已经不安全了，这种虫子忽冰忽火，而且又不是常理中的冰与火，似乎是死者亡灵从地狱里带回的能量，根本无以应对，只能在大踏步的撤退中寻找对方的弱点了。但下面不会再有退路，这点我也心知肚明，只能拖一刻是一刻了。

我与胖子拖着明叔和所有的背囊紧跟着爬到底层，地面的震动和声响逐渐平息，这些迹象表明大规模的雪崩已经结束了，龙顶冰川已被四座雪峰上滚下来的积雪盖了个严严实实。不过当务之急，并非去想怎么出去，而是急于找东西堵死与上层妖塔之间的缝隙，挡住那些鬼虫下来的通道。

胖子想去搬地面的石台，我一把将他拉住："你想学董存瑞，举着石台堵上面的窟窿？快找些木头板子来。"不管是无量业火，还是乃穹神冰，这两种能量只能作用于有生命的东西，只要不留缝隙，应该能暂时挡住它们。

我和胖子手忙脚乱地找了些塔中黑色圆木，把通道堵了个严实。Shirley 杨用北地玄珠在明叔鼻端一抹，明叔打个喷嚏，苏醒过来，一睁眼先摸自己脑袋，确认完好无损，才松了口气，神色极为委顿。

我知道明叔和阿香这回算是吓坏了，于是安慰他们说："咱们这里应该是很安全的，那些达普鬼虫虽然厉害，但不碰到人，就跟普通的小虫一样，没什么威胁，凭它们的力量也不可能推开封堵的木头。"

胖子附和道："蚍蜉撼树，那是自不量力，咱就跟它们耗上了，早就做好打持久战的准备了……"

话音未落，头顶就传来一阵巨响，无数断木碎雪掉落下来。我和胖子刚好站在下方，多亏戴着头盔，饶是如此也被砸得有点晕头转向，急忙向后躲避，心想难道是我们赶工的工程质量不行，刚堵上就塌方了？还是上面几层的积雪松动了，在塔内又形成了一次小范围雪崩？

再看掉下来的东西，黑色的是木头，白色的是积雪，中间晶莹之光流转不定的就是那具冰川水晶尸。尚未细看，头顶上轰然之声再次发出，众人抬头一看，一个白乎乎的人形，正从上面用力爬将下来。我们这才想起，妖塔外层还有个雪弥勒，由于雪崩的混乱，几乎把它忘了。

我抓起霰弹枪，顶在雪弥勒的头上就轰，但那家伙浑然不觉，子弹根本奈何不了它。它大头朝下，不停地往下蹿，但身体太胖，被卡在了上方的窟窿里，不过这家伙力气很大，这土木结构的妖塔困不住它，挣脱下来只是时间问题。

这次终于看清了雪弥勒的面目，不过它根本就没有面目，就像是块人脸形的白色肉皮，上面有很多密密麻麻的白色圆圈收缩、起伏，根本让人不知从何下手。

我忽然想到初一生前说这家伙怕大盐，我们的盐巴都在明叔那里，急忙找明叔去要。明叔说："完了，这次真的死定了，盐巴都放在塔顶没带下来。"

胖子急得直跺脚："明叔你让我说你什么好啊！你你……你整个就是我们这边的意大利人①。"这句话本来是我们去新疆的时候，Shirley 杨用来形容胖子的，说胖子简直就是我们这边的意大利人，现在胖子总算找着机会，把这顶帽子扣给了明叔。

我刚想喝止胖子，还不赶紧想辙，都这节骨眼儿了还有心情在口头上找便宜，难道等会儿雪弥勒爬将下来，咱们就跟它练摔跤不成？

但话未出口，却忽听 Shirley 杨说道："你们快看上面，它不是爬不下来……是冻住了。"

我们闻言抬头观看，只见头顶的雪弥勒结了一层冰霜，但雪弥勒性耐酷寒，虽然冻住了，却还能不断挣扎着想要摆脱。猛然间，它身体上厚厚的白色肉皮忽然张开，像是一只白色的大鸟展开了翅膀，随时都要凌空扑击而下。我们吃了一惊，作势要躲，但那展开的皮忽然就此冻结了。

白花花的肉皮里面赫然露出一副血淋淋的人类骨架，一看那人骨的骷髅头，便知道是韩淑娜的，来不及再看第二眼，就已经被冰霜覆盖。想要四散逃开的雪弥勒，被乃穷神冰不上不下地冻结在了半空，终于一动也不动了，可能稍微碰它一下，就会如同彼得黄一般碎成雾状的冰尘。

但如果没有外力去惊动它，它可能就会永远在冰川下保持着这个样子。两层妖塔之间的通道，给堵了个严丝合缝。

我们从这惊心动魄的一幕中回过神来，醒悟到必须赶紧从塔侧打条通道，否则这狭窄的封闭环境很快就会把人憋死。

这时候塔底忽然传来一阵翅膀振动声，我们早就被这声音吓掉了魂，

---

① 二战时德国与意大利结为法西斯国家联盟。在北非战场上，意大利的部队成事不足，败事有余，他们的战绩成为德国人取笑的对象。后来美军参与北非战事，一开始也打了不少败仗，被当时的英国人戏称为"我们这边的意大利人"。再后来这句谚语就在西方流传开来。

觉得全身的汗毛上都像是挂满了霜,立刻循声望去,黑木板堆中露出了冰川水晶尸的脑袋,它口中还有达普鬼虫,不是一只,而是一群。大群的达普,即将携带着能冻碎灵魂的乃穹神冰飞将出来!

胖子离水晶尸最近,他眼明手快,从携行袋里取出个黑驴蹄子,趁那些达普还没出头,抢先塞进了冰川水晶尸的口中,又赶紧把手缩了回来,冰川水晶尸体内寒光隐隐闪了下,就此没了动静。

明叔在旁看得心惊肉跳,紧紧搂住阿香,问我道:"胡老弟,那……那铜印怎么不管用?是不是咱们用的方法不对啊?"

我坐倒在地,无奈地摇了摇头:"这还不都怪你!把战略大方向搞错了,误导了我们,险些被你害死!那天官铜印是专门镇伏尸变的,任它什么尸魔尸妖,也百无禁忌。可这冰川水晶尸根本不是尸体,别说把铜印扣到脑门上了,就是按到屁股上也没用。"

我把责任推得一干二净,多亏胖子冒险使出黑驴蹄子战术,把鬼虫堵了回去。不过眼下似乎是没什么危险了,但这冰川水晶尸也许造得与真人一样,共有七窍,虽然从口中出不来,却说不定又会从屁眼之类的什么地方钻出来,最保险的办法,应该是用胶带一圈圈地把尸体裹个严实,好像埃及木乃伊那样,裹成个名副其实的大粽子。

我打定主意,深吸了两口气,就去翻找胶带。装有胶带的背包掉在白毛狼王与冰川水晶尸之间,我硬着头皮走过去想把背包拖到离这两个魔头远一些的地方,但手还没碰到背包的带子,就听Shirley杨和胖子同声惊呼:"老胡,快躲开!"

我心知不妙,想纵身跳开,但脚下被些黏糊糊的液体滑了一下,脸朝下摔倒在地,脸部也蹭到了许多腥气扑鼻的黏液。

我顺手在脸上一抹,腰上一用力,翻过身来,只见那具冰川水晶尸整个都裂开了,暗红透明的脏器掉到了外边。一群冒着寒光的冰虫,如同一阵冰屑般的银色旋风,从尸体中飞出,全部向我扑来。

我瞪大了眼睛望着那些扑来的冰虫,再也来不及躲避抵挡,其实就算来得及,也没有东西可抵挡。这回真要光荣了,想不到竟然死在这里,永别了,同志们……

但就在这时候,冰虫忽然在空中停了下来,并没有像干掉彼得黄那样干脆利索。我心里隐约觉得不对,但此刻生死之间的距离比一根头发丝还细,脑子都完全蒙了,搞不太清楚发生了什么,难道这些带有乃穷神冰的飞虫……

在塔底远端的 Shirley 杨脑子转得极快,见我愣在当场,忙出言提醒:"老胡,是狼王的血,你额头上沾到了狼王的血……"

这句话如同乌云压顶之时天空划过的一道闪电,我立刻醒悟过来,刚才我被地上的狼血滑倒,脸上蹭了不少,当时我并没有来得及想那些充满血腥味的黏液是什么,随手在脸上抹了一把,无意中把狼王的鲜血抹到了额头上。

初一生前曾经说过,在藏地传说中,人和野兽死亡之后,一昼夜之内,灵魂不会离开血液和肉体,万物中,只有人类的灵魂住在额头,如果用刚死的狼血盖住,就可以隐匿行踪。而且这只刚被初一所杀的狼王,全身银白色的皮毛,表明了它是昆仑山群狼祖先水晶自在山的后代,血管里流着先王的血液。水晶自在山与乃穷神冰同样是守护这座妖塔的护卫,冰虫们一定是把我当作了白狼,所以才停止了攻击。

当然这些念头只是在脑中闪了一下,根本没时间容我整理思绪,那阵冰屑般闪烁的旋风盘旋在上,看样子马上就要改变目标,扑向明叔和阿香。我立刻把携行袋里的几只黑驴蹄子拿出来,在地上抹了抹狼血,分别扔给明叔、胖子、Shirley 杨等人。我自己也不清楚当时为什么不拿别的,而单拿黑驴蹄子,大概是觉得这东西沉重,扔过去比较利索。

此时千钧一发,就连一贯闲心过盛、对什么都满不在乎的胖子也顾不上说废话了,双手并用,把狼王的鲜血在自己额前抹了又抹。

达普鬼虫,无论是无量业火还是乃穷神冰,它们在每次选定目标之前,都要在空中盘旋几圈,也就是这么个空当,给了我们生存下去的机会。当成群的冰虫盘旋起来之后,发现没有了目标,便纷纷落回那碎裂开的水晶尸上,身上的银光逐渐变暗,在水晶尸的碎片上爬来爬去。

塔底中央的一大块区域都被它们占了，我们五个人紧紧贴着塔墙，谁也不敢稍动。我知道蓝色的火虫怕水，同理推断用火一定可以烧死这些冰虫，但不知是一种什么神秘的力量控制着它们，可以随时在冰与火两极之间进行转换，简直就是天衣无缝，如果不找出这种力量的来源，我们仍然摆脱不了当前的困境。

我一直觉得这塔底似乎有什么不对的地方，但那个变化或者迹象实在太过微小，以至十分难以察觉，即使看见了，也有可能被忽视。一时间形成了僵局，我们都无法行动，这狼王的鲜血也不能抵挡一世，这样下去，只有被憋死或被冻成冰棍的区别而已。而且看情形，似乎想延迟到明天再死都不可能了。那些鬼虫半透明的身体中，再次出现了阴冷的寒光，它们似乎已经发现冰川水晶尸损坏了，想四散飞离，那将形成最可怕的局面。

我四处打量，想寻找那个微妙的线索，最后把视线停留在了明叔身边。明叔贴着塔墙，吓得脸色都变青了，在他身边，掉落着两个水晶球，现在一只暗淡无光，另一只水晶球白色的寒光比以前明亮了许多。

Shirley 杨也留意到了这一点，同我对望一眼，什么也不用说就已经达成了共识。Shirley 杨掏出手枪，对着那枚暗淡无光的水晶球开了一枪，将其击成碎片。这一枪十分冒险，没人能保证击碎了这枚水晶球，妖塔中所有的达普鬼虫，就只能保持乃穹神冰的形态了，但蠢蠢欲动的冰虫，已经没有时间再让我们过多考虑了。

Shirley 杨刚将水晶球击碎，我就对胖子喊道："王司令，快用火焰喷射器！"

胖子闻言，从他身后的背囊中迅速掏出丙烷喷射瓶，对准地上成群的冰虫就喷。由于这密封的空间空气本就不多，胖子也不敢多喷，火舌一吐，便立刻停止，塔底的冰虫还没等飞离冰川水晶尸的残片，就一同烧为了灰烬。

我见奏效，那颗悬在嗓子眼的心才算落回原处，但此时人人都觉得胸口憋闷，来不及回想刚才的事，就立刻动手将塔底的黑木撬开。我先前在妖塔第八层，看到雪弥勒爬上来的地方，是塔外侧的一条倾斜的大裂缝，似乎可以下到深处。估计这冰川中所有的裂缝，都与最大的冰渊相连。龙顶上崩塌下来的积雪，很快就会被席卷而来的寒潮冻结，凭我们的装备与人力，想从上面挖出去势比登天，只好向下寻找生路。

我凭记忆找准了方位，动手撬动塔底的木板，一撬之下却又有了一个惊人的发现：此处的黑木，明显不是原装的，而是有人拆下来后，重新安上去的；外边的也不是夯土，而是回填的普通冻土，简直就像是个被修复的盗洞，不过看那痕迹，也绝非近代所留。

有了这条古老的秘密通道，再往外挖就容易了。我们很快就挖到了一条斜坡，这里人工修凿的痕迹更加明显，但从手法上看，应该不是盗墓贼所打的盗洞。斜坡的冻土上，有一层层的土阶，最下面可能连接着冰渊的深处。这显然不是匆忙中修凿的，当然更不可能是雪弥勒那种家伙做的，但这究竟是……

我让明叔等人尽快离开妖塔，钻进下方的斜坡。别人都还好说，只有阿香被刚才那些情景吓得体如筛糠，哆哆嗦嗦地不肯走动。这里十分狭窄，也没办法背着她，明叔和 Shirley 杨劝了她半天，始终也挪动不了半步。

我只好对胖子挤了挤眼睛，胖子立刻明白了，吓唬阿香道："阿香妹妹，你要不肯走，我们可不等你了。说句肺腑之言，当哥的实在不忍心把你这如花似玉的大姑娘扔在这里，你大概不知道这塔底下有什么吧？你看到那烧得黢黑的水晶女尸了没有？它死后只能住在这儿，哪儿都去不了。在这阴曹地府里的生活是很乏味的，只能通过乱搞男女关系寻求精神上的寄托。等夜深了，埋在附近的男水晶尸就来找女水晶尸了，不过那男尸看到女尸被烧成了这丑模样，当然就不会和它乱搞了，但你想过没有，那男尸会不会对你……"

阿香被胖子从我这儿学得的一套"攻心为上，从精神上瓦解敌人"的战术吓坏了，不敢再听下去，赶紧抓住 Shirley 杨的手，紧紧跟着爬进了塔外的坡道。

我对胖子一招手，二人架起明叔，也随后跟上。在黑暗中爬至一处略为平缓的地方稍做休息，Shirley 杨对我说："以你的经验来看，这古冰川深处，会通向什么地方？"

我说："既然这里以前是个高山湖泊，也许下面有很深的水系亦未可知，不过这条在冰川下的坡道绝对有什么古怪。唯一的一种可能，就是轮回宗挖的。不过他们在这冰川里修了很多墓穴，又大兴土木从下面挖通了妖塔，而且这工程量似乎远不止于此，莫非轮回宗想从冰川下挖出什么重要的东西？"

Shirley 杨说："铁棒喇嘛师父给我讲了许多世界制敌宝珠雄师大王长诗中有关于魔国的内容，结合咱们之所见，我有个大胆的推测：这冰川深处，是通往魔国主城——恶罗海城的'灾难之门'。轮回宗是想把这座神秘的大门挖通。"

第十八章
血饵红花

"恶罗海城"又名"畏怖壮力十项城",它与"灾难之门"都是只存在于昆仑山远古传说中的地名,从未载入史册,只是传说隐藏在昆仑山最深处,难道它们真的存在过吗?献王墓壁画中的那座古城,也许描绘的就是恶罗海城,不过这北方妖魔的巢穴,与新疆沙海深处的无底鬼洞之间,又有怎样的联系?能否在那里找到巨大的眼球祭坛,我们目前还没有太大的把握。

传说中,那古老邪恶的恶罗海城也同精绝古城一样,在一天夜里,突然神秘地消失了,所以强盛的魔国才就此一蹶不振。那里究竟发生了什么灾难或变故,都还属于未知数。

我忽然想起张赢川所说的:"终则有始,遇水而得中道。"中道是指中庸之道,正途,也可以理解成安全保身的道路。雪崩压顶,身陷绝境,却又柳暗花明,发现了一条更为神秘的通道。这条漫长狭窄的斜坡,通向龙顶冰川的最深处,那里也许有湖泊或者暗河,有水就一定有路。想到这里,顿时增添了信心。

众人在这缓坡中休息了大约半个钟头,由于担心妖塔附近不安全,就动身继续向下。这修筑有土阶的冻土隧道在地下四通八达，密如蛛网，我们不敢乱走岔路，只顺着中间的主道下行，不时能看到一些符咒、印记，其中不乏一些眼球的图案。

Shirley 杨对我说："轮回宗如果只想挖通'灾难之门'，那就没有必要一直把隧道挖进九层妖楼。而且看这隧道里的状况，都不是同一时期修建的，可能修了几百甚至上千年，这可能与他们相信深渊是力量的来源有关。但你有没有想过，轮回宗的人为什么要挖开妖塔？"

我想了想说："这事确实蹊跷，供奉邪神的妖塔是不容侵犯的，会不会是轮回宗想从里面取出什么重要的东西？除了冰川水晶尸，那塔中还会有什么？"

我们边走边商量，但始终没研究出个所以然来。隧道向斜下方延伸了一段之后，便与垂直的冰渊相接，冰壁虽然稍微倾斜，但在我们眼中，这种角度与直上直下没有什么区别，根本没办法下去。

这里已经可以看到冰渊的底部了，最深处无数星星点点的淡蓝色荧光，汇聚成一条微光闪烁的河流，在冰川下蜿蜒流转，如同倒视天河。众人都忍不住赞叹："真美，简直像银河一样！"

下面可能有水晶，或者是水下有水母一类的发光生物，所以才会出现这样梦幻般的奇景。

隧道口有些残破木料的遗迹，几百年前，大概有木桥可以通向下方，但年代久了，便坍塌崩坏了。我目测了一下高度，这里已经是冰川的最底部了，距离那荧光闪烁的河流有三十多米的距离，这个高度，可以用长绳直接坠下去。

我对众人说既然有活水，就必然会有出路，咱们可以用登山绳下去。

明叔却提出异议："这冰壁比镜子面还要光滑，三十多米摔下去也能把人摔烂了。还是再找找有没有别的路，用绳子从冰壁上滑下去实在是太危险了。"

胖子往下看了看，也觉得眼晕，连忙赞同明叔："小心驶得万年船，后边隧道有这么多分支，一定还有别的出口。当然胖爷我倒是无所谓，就算摔扁了，大不了二十年后又是一条好汉。但咱们现在扶老携幼的，得多为明叔他们的安全着想。"

我提醒胖子说："王司令你可不要站错了队，放着捷径不走，非要去钻那些隧道，一旦在里面迷了路转不出来怎么办？明叔他们的事咱们就没必要管了，反正按先前的约定，九层妖楼也掘开了，冰川水晶尸也找到了，以后咱们就各走各的了，要是能留得命在，回北京之后，咱们再把账目结清了。明叔你回家后把你的古董玩器都准备好，到时候我们可就不客气了。"

我这么说只是吓唬吓唬明叔，明叔果然担心我们把他和阿香甩在这里不管，思前想后，还是跟着三名摸金校尉才有可能从这冰川里出去，而且这次行动损兵折将，把老本都赔光了，也许在下面的"灾难之门"里，能找到些值钱的东西。当然这些要以活下来为前提条件，于是表示绝对不能分开。

我见把明叔搞定了，就动手准备绳索，长绳配合登山镐，当先降下。冰渊之下的河谷两边，有不少散落的黑色朽木，河岸边大量的冰山水晶石矿脉，闪映着河中淡蓝色的荧光，不需要使用任何光源，也有一定的能见度。

我见没什么危险，就发信号让上边的人跟着下来，等到胖子最后一个大呼小叫地滑下来，已经耽搁了不少时间。从挖掘木塔、同狼群恶战直至到达冰渊深处，大伙只休息了不到半个小时，这时难免都饥饿难耐。

Shirley 杨对我说："必须找个地方休息一夜，让明叔和阿香恢复体力，否则再走下去，真要累出人命了。"

我点头答应，于是众人在附近找寻可以安营的地点。这里河水非常平缓，而且水质极清，水中有不少淡水水母，荧光都是它们发出来的。不过这种生物看起来虽然很美，但实际上非常危险，如果大量聚集，其发出的生物电可以使大型动物瞬间麻痹。Shirley 杨告诫众人尽量远离河畔，一定小心不要碰到河水。

河谷似乎没有尽头，沿着水流的方向走，不久，在布满水晶石的峭壁下，我们发现了一个洞穴，自然就当成了最理想的宿营场所。

洞口宽敞整齐，有人工修凿过的痕迹。打起手电筒，向洞穴里张望，一片晶光闪动。洞中也有大量的透明结晶体，但其中似乎极为曲折幽深，看不清深浅。

这儿不像野兽出没之所，但安全起见，我还是带着胖子先进去侦察了一番。深入洞中到不了五六步就有个转弯，其后的空间有二十多平方米，看来这里确实很适合宿营。

我和胖子举着狼眼手电筒在洞中各处乱照，地上有些古旧的石台，角落里堆放着一些白花花的牛头，石台上有尊一尺多高的黑色人形木像。我心中一动，这里八成是轮回宗祭祀的地方，这黑色的小木人，似乎与铁棒喇嘛提到过的邪教的"黑虎玄坛"一样。

我叫胖子把阿香等人叫进来，让阿香看看这洞穴里有没有什么不干净的东西。阿香进洞看了一遍，说："没有，死的活的都没有，那黑色的小木人也没什么。"

既然一切安全，而且众人也已经非常疲惫，再往前找，也未必有比这里合适的地方，于是就在洞中休息，生起火来准备吃的。

这水晶洞穴最里面的石壁上还有些天然的小孔，有拳头大小，不过即使小孩也钻不进去。我们用石头将这些洞都堵上，防止有蛇虫之类钻进来。

众人围在火旁吃饭，唯独明叔唉声叹气，食不下咽，让阿香取出他那只祖传的十三须花瓷猫来，不住地摇头，捡起块石头，一下子将瓷猫砸了个粉碎。

胖子在旁看得可惜，对明叔说："您老要是不想要了，您给我啊，这大花猫也有几百年历史了吧？好赖它也是个玩意儿，砸了多可惜。要说砸东西，'破四旧'的时候，我砸得比您多，可是现如今呢，不是也有点后悔了吗？"

我对明叔说："记得不久前您还拜过这只花瓷猫，据说这东西很灵验，它的胡须一根也没断，可为什么咱们在妖塔中折了这么多人手？莫非没看皇历，犯了冲？"

明叔长叹一声，说出实情："像我这种跑了这么多年船的人，最信的就是这些事情，也最怕那些不吉利的兆头，年纪越大，这胆子反而就越小。

为了图个彩头，这只祖宗传下来的瓷猫，被我用胶水把胡须都粘死了，掰都掰不断。"越说越生气，好像有点跟自己过不去，挥手把破碎的瓷猫拨到墙边。

说来也巧了，那瓷猫身体碎了，可猫头还很完好，滚到墙边，刚好正脸冲着明叔，火光映照下，那对猫眼炯然生光，似有神采，好像活了一样，这使明叔更加不舒服，喃喃地骂了一句："老瓷猫都快成精了，我让你瞪我！"说着话又捡起那块石头，想走过去将花瓷猫的猫头砸烂。

我想阻拦明叔，这是何苦呢，犯得上跟个物件发火吗？但还没等我开口说话，明叔的身体却突然僵住，站在那里一动不动了。

他背对着我们，我不知道他看到了什么。我一招手，胖子已经把枪顶上了膛，Shirley 杨把阿香拉到稍远的角落里。

我站起身来，看明叔两眼直勾勾地盯着那猫头，便问明叔怎么回事。明叔战战兢兢地说："胡老弟,那里有蛇啊,你看那边。"明叔在南洋的时候，曾被毒蛇咬过，所以他十分惧怕毒蛇。

我心想刚才都检查过了，哪里会有蛇，再说蛇有什么好怕，向着明叔所指的方向一看，原来那瓷猫的猫头旁，有一个被我先前用石块堵住的孔，石块正微微晃动，似乎里面有东西要从中拱出来。

我将明叔护在身后，把工兵铲拔了出来，不管从里面钻出的是蛇还是老鼠，一铲子拍扁了再说。Shirley 杨等人也都举起手电筒，从后边往这里照着。

那石块又动了几下，终于掉落在地上，我抡起工兵铲就拍，但落到一半，硬生生地停了下来——不是蛇，而是一条绿色的植物枝蔓，一瞬间就开出一朵海碗大的红花。

这里怎么会长出花来？我还没搞清楚怎么回事，只听阿香在后面忽然惊叫一声。我被她的惊叫声吓得差点把工兵铲扔在地上，我从没想过女人害怕到了极点会发出这样的动静。

Shirley 杨忙问阿香怎么回事，是不是看见什么……东西了。

阿香拼命往后躲："我……我看到那石孔里长出来的是……是一具男

人的尸体，上面有很多的血。"说完就捂住眼睛，不敢再看那朵鲜艳的红花了。

我们对阿香的眼睛十分信任，觉得有她在身边，会少了很多麻烦。但这次我不得不产生一些怀疑，那朵鲜艳欲滴的红色花朵，虽然长得奇怪，却绝对是植物，怎么会是尸体？这两者之间的区别，未免也太大了一些。

只有明叔对阿香的话毫无疑虑，我和胖子却不太相信了，都转头去看阿香，她这话说得莫名其妙，哪里有尸体？哪里又有什么人血？

Shirley 杨指着从石孔里长出的红花，对众人说道："你们看，它结果了。"

我急忙再看那朵红花，就在我转头之间，它竟然已完成了开花结果的全部过程。嫩绿的枝蔓顶端，挂着一个好像桂圆般的球形果实。我和胖子、明叔、Shirley 杨都是走南闯北，正经见识过一些稀奇事物的人，但都从未见过这样古怪的植物。

看样子这石壁上的孔洞，就是被里面生长的植物顶破形成的。孔道是弯曲的，无法直接看清里面的情况，但后面似乎另有一个空间。那究竟是什么样的地方，可以不需要阳光水分，也能生长植物？

我戴上手套，轻轻把那枚果实摘了下来，剥开外边的坚壳，里面立刻流出一些暗红色的液体，好像是腐烂的血液，臭不可闻，最中间有一小块碎肉，竟似人肉。

果实一摘下，那绿色的枝蔓就在瞬间枯萎，化成了一堆灰色的尘土。我赶紧把手中拿着的肉块扔到地上，对众人说道："这八成是生人之果的血饵啊。"

风水秘术中有一门名叫"化"，其中内容都是一些关于风水阴阳变化的特例。在风水形势特殊的地点，会发生一些特异之事。我们所说的龙顶冰川，是当地人称为神螺沟冰川的一部分，虽是世间少有的低海拔冰川，但玉峰夹持，雪山环绕，是昆仑山中的形势殊绝之地。昆仑本为天下龙脉之起源，神螺沟又是祖龙的龙顶，其生气之充沛，冠绝群伦。其实生气聚集的穴眼并非祖龙才有，只不过极其罕见。正是由于生气过旺，葬在龙顶一些特殊地点中的尸体会死而不朽。生气极盛之地的不朽尸，被称为"玄武巨尸"，那里的洞穴、地下甚至还会发生一些奇特的变化，例如不断长出"血饵"的"生人之果"。

我们现在位于冰渊的底层，海拔只有一千多米，已经基本上没有冰了，到处都是水晶石矿脉。在这里发现的黑虎玄坛应该是个神灶之类的设施，是魔国灭亡后，由后世轮回宗修建的，主要用于祭拜妖塔中的邪神。

我本以为按惯例，那黑色的小木人像就是某种神的象征，但我忽略了密宗风水与青乌术存在很大的差异。在内地，也许有个神位神像就够了，但现在想来，轮回宗也许真的会弄那么一具尸体来献祭，在这生气汇聚之地，证实其永生不灭的教义的神迹。

我把这些事对Shirley杨等人说明。我们有必要找到洞穴后边那个空间的入口，进去探查一番，运气好的话，说不定可以找到关于恶罗海城或者"灾难之门"的线索，至少再向前行，也不必如盲人摸象般地为难了。

我又告诉明叔这种地方生气很旺，不会有什么危险，尽管放心就是。如果不愿同往，那就和阿香一起留在这儿等我们回来。

明叔现在对我和胖子倚若长城，哪里肯稍离半步，只好答应带着阿香同去。于是众人在洞穴中翻找，希望找出什么机关秘道，可以通向后边长出生人之果的空间。

明叔问我道："只有一事不明，我在进藏前，也做了很多关于密宗风水的功课。魔国修筑妖塔的时候，密宗还没有形成风水理论，定穴难免不准。看这座黑虎玄坛的位置，似乎是与九层妖楼相对应，这里真的就是生气最旺的吉穴吗？万一稍有偏差，赶上个什么妖穴、鬼穴，咱们岂不是去白白送死？"

我心想明叔这老油条又想打退堂鼓，于是应付着对他说："风水理论虽然是后世才有的，但自从有了山川河流，其形势便是客观存在的，后人也无外乎就是对其进行加工整理，归纳总结，安插个名目什么的。龙顶这一大片地域，是天下龙脉之源，各处生气凝聚，哪里会有什么异穴，所以您不要妖言惑众。我和胖子都是铁石心肠，长这么大就不知道什么是害怕，您这么说只能吓唬吓唬阿香。"

明叔讨了个没趣，只好退在一旁不复多言。这晶石洞穴里有许多石台，摆放得杂乱无章，我们将其一一挪开，最后发现一个靠墙的石台后有个低矮的通道，里面是半环状的斜坡，绕向内侧洞穴的上面。众人戴上防毒面具，弯着腰钻进通道。

这段通道并没有多长，绕了半圈，就见到一个更大的穹顶洞穴，大约一百平方米，出口处是个悬空的半天然平台，向下俯视漆黑一团，看不见底。

我其实也是由那长出人肉的花朵来推测是血饵，除此之外，并不太了解这种东西，因为谁也没见过，更不知道会不会有什么危险。不过临阵退缩的事我从来不做，若不探明此秘、穷尽其幽，将来一定会后悔莫及。

那生长血饵的尸体，似乎就在下面。这里静悄悄的，除了我们的呼吸声之外，就没有别的动静了。

由于头盔上的灯光照射的距离有限，所以众人都俯身趴在石台上，想用狼眼往下探照地形，但手电筒的光束，只照到平台下密密麻麻的血饵红花。植物非常密集，枝蔓像爬山虎一样，在壁上攀附，深处的东西都被遮盖住了。

我低声把阿香叫过来，让她先从石台向下看看，是否能找出这血饵的根茎所在，那里应该就是玄武巨尸的所在。

在Shirley杨的鼓励下，阿香壮着胆子看了看，对我们点了点头确认。她透过血饵红花的缝隙，看到下面有一个高大的人形，所有的植物都是从那具尸体中生长出来的，也就是说，那些血饵是尸体的一部分。

这下面也许是个摆放尸体的祭祀坑，肯定还有其余的祭品。我于是让胖子找几支荧光管扔下去，照明地形，看看有没有能落脚的地方。

胖子早就打算下去翻找值钱的明器，听我这么一说，立刻扔下去七八支蓝色的荧光管，平台下立刻被蓝色的光芒照亮，无数鲜血般红艳的花朵密布在洞底，有不少已经长出了血饵果实。从上面往下看，像是个花团锦簇的花圃，只不过这花的颜色单调，加上蓝色荧光的衬托，显得阴郁、沉重，好像都是冥纸糊制的假花，并无任何美感可言。

花丛的边缘有一块重达千斤的方形巨石，是用一块块工整的冰山水晶石料砌起来的，我们离得远，巨石表层又爬上了不少血饵红花，只能从缝隙中看到似乎有些符号图形之类的石刻。巨石的下方压着一口红木棺材，迎面的挡口上破了一个大窟窿。

这种地方怎么会有这样的棺材？我看那块巨大的方形冰山水晶石颇为古怪，就打算从平台上下去看个究竟。刚要动身，手腕突然一紧，身边的阿香紧紧抓住我的手，眼中充满了惊恐之色。不用她说，我也知道，她一定又看到什么东西了。Shirley 杨好像也听到了什么动静，将食指放在唇边，对众人做了个噤声的手势。我当即打消了立刻下去的念头，屏住呼吸趴在石台上，与众人关闭了身上所有的光源，静静注视着下面发生的事情。

刚刚扔下去的几支荧光管还没有熄灭，估计光亮还能维持两分钟左右，只听一阵轻微的响声从下方的石缝中传出，蓝幽幽的荧光中，只见一只绿色的小狗——无法形容，只能说这东西的形状很像长绿毛的"小狗"——慢悠悠地从石缝里爬出。这东西没有眼睛，也许是常年生活在地下世界，它的眼睛和嗅觉已经退化了，并没有注意到四周环境的变化，也没发现石台上有人。

它不断吞吃着血饵果实，十分贪婪。随着它一路啃过去，失去了果实的枝蔓纷纷枯萎成灰，不一会儿下边就露出一具两米多高的男性尸体。

我在上面看得心跳加快，那究竟是个什么东西？正想再看的时候，荧光管的光芒逐渐转为暗淡，消失在了黑暗之中。我忽然觉得手背上发痒，用手一摸，顿时感觉不妙，手背上像是长出了一根植物的嫩芽。

第十九章
蜕壳龟

手背上只是有点痒，也不觉得疼，但用手指捏住了一拔，疼得我险些从平台上倒翻下去。我急忙拧开头盔上的射灯，靠近手腕的地方，竟长出了两三个小小的黑绿色肉芽，一碰就疼得像是往下撕肉，整个胳膊连着骨髓都被带着一起疼，我急忙再检查身上其余的地方，都一切正常。

这时Shirley 杨和胖子等人也打开了光源，我让他们各自看看有什么不妥的地方，但除我之外，Shirley 杨、明叔、胖子都没事。

这事也真奇了，众人自到这黑虎玄坛，未曾分离半步，怎么单单就我身上异常？再不想点办法，怕是也要长出血饵红花了。

正在此时我发现阿香倒在我身边不省人事，她的鼻子正在滴血，沾到血的半边脸上布满了绿色的肉芽，手上也有。阿香有时候看到一些不想看的东西，鼻子就会流血。适才在外面的洞穴里，她刚看到血饵红花，鼻子便开始淌血。这种现象以前也有过，并未引起我们的重视。

现在才明白，原来血饵这种传播死亡的植物在空气中散播着无形的花粉，一旦触碰到鲜血，就会生长发芽。从阿香看到它的第一眼起，就已经中招染上血毒了。

想必刚才阿香抓住我的手腕的时候，把血沾到了我的手背上，随后她就昏迷了过去，我当时还以为是她看到了下面的什么东西，哪里想到出此意外。

Shirley 杨想帮阿香止血，我赶紧告诉 Shirley 杨千万别接触血液，用手指压住阿香的上耳骨，也可以止住鼻血。左边鼻孔淌血压右耳，右边鼻孔淌血压左耳，但无论如何不能沾到她身上的血。

血饵在阴阳风水中被解释为生气过盛，尸体死而不腐，气血不衰，积年累月下来，不仅尸体慢慢开始膨胀变大，而且每隔十二个时辰便开出肉花。死人倒罢了，活人身体中长出这种东西，只能有两种选择：第一是远远逃开，离开这生气太盛的地方，血饵自然就不治而愈了，但这片地域为祖龙之源，只依赖开"11号"，一时间难以远通；再就是留在这里，等到这被称为生人之果的血饵开花结果，那活生生的人就会变成胀大的尸体了。

明叔看他干女儿三魂悠悠，七魄渺渺，性命只在顷刻之间，便哭丧着脸说："有没有搞错啊，这回真的是全完了，马仔和保镖没了，老婆没了，冰川水晶尸也没了，现在连干女儿也要死了……"

我对明叔说："先别号丧，我手上也长了血饵，你舍不得你的干女儿，我也舍不得我自己。眼下应该赶紧想办法，藏族老乡不是常说这样一句谚语吗——流出填满水纳滩的眼泪，不如想出个纽扣一样大的办法。"

明叔一听还有救，赶紧问我道："原来你有办法了？果然还是胡老弟胸有成竹、临危不乱，不知计将安出？还请明示，以解老朽愚怀。倘若真能救活阿香，我愿意把我干女儿嫁给你，将来咱们就是一家人了……"

我并未答话，心中冷哼了一声，老港农生怕我在危险之时丢下他不管，还想跟我结个亲，也太小看人了，这种噱头拿去唬胖子，也许还能有点作用。

想不到胖子一点也不傻，在旁对明叔说："明叔，您要是真心疼阿香，还舍得带她来西藏冒这么大的风险？您那俩宝贝儿子怎么不跟着来帮忙？不是亲生的确实差点。"

胖子说起话来没有任何顾忌，刚刚这几句话，果然刺到了明叔的痛处。明叔无可辩驳，脸上青一阵红一阵，显得十分尴尬。

我用胳膊肘撞了胖子一下,让他住口别说了。人非圣贤,都是有私心的,这也怪不得他。

Shirley 杨见我们不顾阿香的死活,在石台上都快吵起来了,一边按住阿香的耳骨止血,一边对我们说:"快别争了,世间万物循环相克相辅,蝮蛇周围五步之内必有解毒草。下面那绿色的小动物以血饵为食,它体内一定有能解血饵毒性的东西,或者它是因为吃了这洞穴中别的一些东西……"

我点头道:"若走三步路,能成三件事;若蹲着不动,只有活活饿死。胖子你跟我下去捉住那长绿毛的小家伙。"说完将两枚冷烟火扔下石台,下面那只小狗一样的动物正趴在地上吃着尸体上最后的几枚果实,再不动手,它吃完后可能就要钻回缝隙里去了。

胖子借冷烟火的光芒看清了下面的情况,想图个省事,掏出手枪来就打。我想拦他已经晚了,匆忙中一抬他的胳膊,胖子一枪射进了洞壁上。

子弹击得碎石飞溅,这一下震动不小,那只似乎又盲又笨的小动物也被惊动,掉头就向回爬。我对胖子说:"别杀它,先抓活的。"边说边跳下石台,刚好落在下面的男尸身上,拦住了小狗的去路。

这石台不算太高,胖子倒转了身子,也跟着爬到下面,与我一前一后将那绿毛小狗夹在中间。二人都抽出工兵铲来,这东西看似又蠢又笨,只知道不停地吃生人之果,但四肢粗壮,看样子力气很足。此时它感觉前后被堵,在原地不断转圈,蛇头一般的脸上长着一张大嘴,虚张虚合着散发出一股腥臭。

这只小兽全身都是肉褶,遍体布满绿色的硬毛。从来没听说世上有这种动物,我和胖子先入为主,总觉得这东西有可能是僵尸,也许是某种野兽死后变成的僵尸,既然黑绿腥臭,必然有毒,不过体形仅仅如同普通的小狗大小,看来要活捉它,倒也并非难事。

那小兽在原地转了两圈,对准胖子,张口乱咬着硬往前冲。胖子抡起工兵铲拍下,正砸在它头上。那小兽虽然皮肉甚厚,但被工兵铲砸中,也疼得发起狂来,蹿上来将胖子扑倒在地。胖子把黑驴蹄子向前一塞,塞进

第十九章 蜕壳龟

它的嘴里。

那狗状动物从没尝过黑驴蹄子的滋味，也许不太好吃，不断甩头，想把黑驴蹄子吐出来。胖子用脑袋顶住它的嘴，两手抓住它的前肢，双方各自用力，僵持住了。

我从后边用胶带在这小怪物的嘴上缠了十几圈，又用绳子把它腿脚捆上。

我把胖子从地上拽起来，胖子对我说："这东西比想象中好对付多了。大概它天天除了吃就是睡，根本就没别的事儿做，不过这到底是个什么东西？我看它可不像是条狗。"

明叔和Shirley杨见我们得手，立刻带着阿香从石台上下来。我手背上的那些血饵肉芽已经又长大了一倍。阿香的情况比我严重得多，若不尽快施救，怕是保不住命了。

胖子踢了一脚被我们捉住的动物："这家伙能当解药吗？看它长得这么丑，备不住身体里的血肉都有毒，难道是要以毒攻毒？"

Shirley杨说："这种动物是什么我也不清楚，但不外乎两种可能性：一是它体内分泌的东西可以化解毒性，再不然就是它居住的环境或者吃的别的食物可以中和毒性，在这洞穴附近搜索一下，或许能有收获。"

我们不敢耽搁，分头在洞底查看。

我走到那巨大的冰山水晶石下，石上刻有大量的密宗符号。我还没顾得上看那石上的图形有些什么内容，便先发现石下有个奇怪的东西。原来我们在上面看，这里像是压着一口红木棺材，而其实是大水晶下有一个红底黑纹的空龟壳。被石头压得年代久了，那巨龟可能早已死亡腐烂尽了。

明叔也看到了这个空空的龟壳。红底黑纹的龟甲极其少见，传说"凤麟龙龟"为四灵兽，其中的龟，就是指壳上颜色变为暗红的千年老龟。明叔若有所思，回头看了看那被胖子捉住的动物，急忙对我说道："这次发达了……那东西不是狗的僵尸，而是蜕壳龟。阿香有救了。"

我见明叔过于激动，有点语无伦次，便让他冷静些，把话说清楚了，什么发达了有救了？

明叔顾不上再说，先把龟壳用铲子切掉一块，和水捣碎了涂抹在我和阿香长有血饵的地方。一阵清凉透骨，皮肤上的麻痒疼痛立刻减轻了不少。

看阿香脱离了危险，明叔才告诉我们说，以前彼得黄当海匪的时候，截住了一艘客船，但奇怪的是船上的人都已经死光了，船舱中众多的尸体上，长出许多菇状的血藻。海匪们在船上打死了一只大水蜥一样的动物。有不少人碰到尸体的血液，命在旦夕。海匪老大熟识海中事物，知道这船上可能藏有什么东西，于是命人仔细搜索，果然在货舱中找到了一只被货柜夹住的龟壳。能蜕壳的老龟一定在水中吃过特殊的东西，变成精了，害死了船上所有的人。它爬过的地方，死者身上都会长出肉花肉草。

龙顶下面的深渊里，大概生气过旺，所以一具尸体上才可以反复生长血饵。

这龟的壳是宝贝，所有的毒症皆可医治，世间难觅。这一整只龟壳，已不能说是天价了，简直是无价之宝。当时海匪之间为争夺这件东西，自相残杀，死了不少人，彼得黄也险些把命送掉。也就是在那时候，明叔在海上救了彼得黄，才从他口中知道有这种蜕壳龟。后来带人回去再找的时候，海匪的船已经爆炸沉没了，只好败兴而归。

现在看到这水晶石下压着的空龟壳，纹理颜色都非寻常可比。看来人还是要积善德，当初举手之劳救了彼得黄一命，现在却也因此救了自己的干女儿。救人一命，胜造七级浮屠，多做善事才有好报啊。

胖子一听这东西那么值钱，赶紧动手想把龟壳全挖出来。我心想明叔说到最后又把话绕了回来，对我进行旁敲侧击。也许他在香港南洋那些地方，人与人之间缺乏足够的真诚，但总这么说也确实很让我反感，以后还要找机会再吓他个半死，于是暂时敷衍明叔说："不见山上寻，不懂问老人，全知全能的人很少，一无所能的人更少，还是您这老江湖见多识广，我们孤陋寡闻都没听过这种奇闻……"

我心不在焉地同明叔谈话，眼睛却盯着那块巨大的方形冰山水晶石，只看了几眼，上面的图形便将我的眼睛牢牢吸住，难道云南的献王曾经来过这里？

巨大的方形冰山水晶石被平均分为五层，每一层都有一些简易的石刻。大量的密文与符号我看不懂，但是其中的图形却能一目了然。最上边一层，刻着很多恶毒的杀人仪式，这些仪式与云南献王的蛊术十分相似，都是将人残忍地杀害后，用某种特别的东西附着在人体上，把死者的怨念转化为某种力量。

我顾不上再往下看，赶忙招呼 Shirley 杨过来看这块冰山水晶石。Shirley 杨闻言将阿香交给明叔照料，走到水晶石下凝神观看，隔了一阵才对我说："献王的蛊术本就起源于藏地，这石上记载的蛊术，远远没有献王的蛊术花样百出，神鬼难测。这里可能是蛊术最古老的源头，还仅仅是一个并不完善的雏形，但是蛊术的核心——将死亡的生命转化为别的能量——已经完全体现出来了。后来献王蛊术虽然更加繁杂，却也没能脱离这个原始框架。"

Shirley 杨说，其实刚看到雪弥勒被乃穷神冰冻住的时候，就觉得似曾相识，那种东西实在像极了蛊术。下到冰渊深处后，看到地下河中大量的淡水水母，就怀疑那雪弥勒的原形便是一种水生吸血水母，在高山湖转变为古冰川的大灾难时期，逐渐演变进化成了在雪原冰层中生存的状态，它们惧怕大盐，可能也与此有关。也许古代魔国或者后世轮回宗，就是根据这些生物的特性，发明了"蛊"这种遗祸百世的邪术。

这洞穴中的玄武巨尸，从某些角度上来讲，也符合"蛊"的特征。

再看冰山水晶石的第二层，上面是一个女人，双手遮住自己的脸；第三层是一条头上生眼的巨蛇；第四层中最重要的部分，被人为地磨损毁坏了，但是看那磨损的形状，是个圆形，也许以前也是个眼球的标记；最下边的一层，则最为奇特，只刻着一些好像是骨骸的东西。

我指着这层对 Shirley 杨说："这块大石头分成数层，从上至下，每一层都有不同的内容，这好像与精绝古城那座象征地位排列的黑塔一样。"

Shirley 杨又向下面看了看："这的确是一种排列，但与精绝古城的完全相反。从世界制敌宝珠雄师大王诗篇中对魔国的描述来看，这水晶石上的标记应该象征着力量或者能量，而非地位，顺序是从上至下，越向下力量越强大。"

虽然与精绝国存在着某种差异，但仍然有紧密的联系，单凭这块巨石就能断言，精绝的鬼洞族与魔国崇拜深渊的民族之间一定有着极深的关联，也许鬼洞族就是当年北方妖魔或轮回宗的一个分支。

这证明我们确实在一步步地靠近"眼球诅咒"的真相，只要找到魔国的恶罗海城，说不定就能彻底做个了结。但恶罗海城一定比精绝更加险恶，事到如今，只能去以命赌命了。

随后我和Shirley杨又在洞穴中找到了一些其余的水晶碑，上面没有太多的文字，都是以图形记事。从其中的记载可以得知，压住蜕壳龟的冰山水晶石，就是轮回宗从"灾难之门"中挖出来的一小部分，其上的石刻都是恶罗海人所为。那"灾难之门"本身是一堵不可逾越的巨大水晶墙，在魔国遭到毁灭的时候，"灾难之门"封闭了与外界唯一的通道，后世轮回宗将它挖开一条通道，是为了等待转生之日的降临。

搜遍全洞，得到的信息也就这么多了。可依此推断，将"灾难之门"中的一块巨石放在洞中，作为祭祀的场所，是用来彰显轮回宗挖开通向魔国之门的功业，洞穴中的尸体和灵龟都是特殊的祭品。估计沿着这条满是水母的河流走下去，就必定能找到那座水晶大门，恶罗海城也应该在不远的地方。

这时胖子已经把灵龟壳挖了出来，那具膨胀的尸体由于被蜕壳龟吃尽了生长出的血饵，已形如枯木，估计要到明天这个时候，它才会再次胀大变为生人之果。被我们生擒住的蜕壳龟，此刻再一看，已经一动不动，死了——大概是由于被胶带缠得太紧，窒息而亡。这东西并非善物，全身是毒，留之不祥。于是胖子把它的尸体与那能长出血饵的男尸扔在一处，倒了些易燃物，一把火烧成了灰烬。

我看这洞中已再没什么价值了，于是带着众人回到外侧的洞穴。阿香的伤势已经无碍，但失血过多，现在最需要充足的休息。其余的人也已经疲惫不堪，加之终于肃清了附近的隐患，便都倒头大睡。

冰川下的深渊无所谓白昼与黑夜，直到睡得不想再睡了，才起来打点

第十九章 蚧壳龟

准备继续沿着河走。

我把武器弹药和食品装备都检查了一遍，由于这里海拔很低，于是把冲锋服都替换下来，不能扔掉防寒的装备，因为以后可能还要翻山出去。另外由于明叔和阿香两人只能背负一人份的物资，其余的就要分摊给我和胖子，所以尽量轻装，把不必要的东西扔掉，只带必需品。

明叔正和胖子讨价还价，商量着怎么分那块龟壳。二人争论起来，始终没个结果，最后胖子发起飙来，把伞兵刀插在地上，那意思明摆着："懒得跟你掰扯了，港农你就看着办，分完了不合我意，咱就有必要拿刀子再商量商量。"

明叔只好妥协，按胖子的分法，按人头平分，这样一来胖子分走五分之四，只留给明叔五分之一。

明叔说："有没有搞错啊肥仔，我和我干女儿应该分两份，怎么只有五分之一？"

胖子一脸茫然："明叔你也是个生意场上的聪明人，怎么睡了一夜，醒来后就净说傻话？阿香那一份，不是已经让她自己治伤用掉了吗？喀拉米尔的云是洁白的，咱们在喀拉米尔倒斗的人，心地也应该纯洁得像雪山上的云。虽然我一向天真淳朴，看着跟个傻子似的，但我也知道饿了萝卜不吃，渴了打拉不喝，您老人家可也别仗着比我们多吃过两桶咸盐粒子，就拿我真当傻子。"

明叔一向在南洋古玩界以精明著称，常以小诸葛自居，做了很多大手笔的买卖，但此刻遇到胖子这种混世魔王——你跟他讲道理，他就跟你装傻充愣，要是把他说急了，那后果都不敢想，无可奈何，只好自认倒霉。

胖子吹着口哨，把灵龟壳收进了包里。明叔看见胖子那一脸得意的表情，气得差点没背过气去，只好耷拉着脑袋去看他干女儿。

我走过去把明叔拉到一边，对他讲了现在面临的处境："明叔你和阿香比不得我们，我们这次做好了回不去的打算，而你们有三个选择：第一是沿着河岸向上游走，但那里能不能走出去，概率是对半分的；第二，留在这黑虎玄坛的洞穴里，等我们回来接你们，但我们能不能有命回来，有多大机会，我也不清楚；最后是跟着我们一起往下游走，穿过'灾难之门'，那门后可能是恶罗海城，这一去绝对是凶险无比，九死一生，我不一定能照顾得了你们父女，生命安全没有任何保障。究竟何去何从，得你自己拿主意。"

我对明叔说，如果愿意分头走，那就把灵龟壳都给他，明叔一怔，赶紧表明态度："绝对不分开走，大伙是生是死都要在一起，一起去'灾难之门'，将来阿香嫁给你，我的生意也都要交给你接手，那灵龟壳自然也都是你的，咱们一家人还说什么两家话？不用商量，就这么决定了。"

我心中叹了口气，看来老港农是认定我们要扔下他不管，不论怎么说，总以为我们是想独自找路逃生。看来资本主义的大染缸，真可以腐蚀人的灵魂。从昨天到现在，该说的我也都对他说过数遍了，话说三遍淡如水，往下游走是死是活，就看各人的造化了。

第二十章
鱼阵

我只好带上明叔和阿香，沿着布满水晶矿脉的河流不断向下游前进。一连走了三天，发光的淡水水母渐渐稀少。最后这狭长的深渊终于有了尽头，巨大的山体缝隙被一道几百米高的水晶墙拦住，墙体上都是诡秘的符号和印记，一如先前看到的那块冰山水晶石。不过墙实在是太大太高了，人在这宏伟的壁下一站，便觉得渺小如同蚂蚁。巨墙上面隐约可见天光耀眼，这一定就是传说中的"灾难之门"了。

水晶墙的墙基没在河里，河水穿墙而过。现在是昆仑山水系一年中流量最丰沛的时期，看来那条被挖开的隧道就在水下，若在平时，"灾难之门"上的通道，可能都会露在水面上。由于不知道这通道的长短，潜水设备也仅有三套，不敢贸然全队下去，我决定让大伙都在这里先休息，由我独自下水探明道路，再决定如何通过。

胖子却拦住我，要自告奋勇地下水侦察通道的长短宽窄。我知道胖子水性极佳，便同意让他去水下探路。胖子自恃几十米长的河道也足能一口气游个来回，逞能不用氧气瓶，只戴上潜水镜就下到水中。

我在岸上掐着表等候，时间一秒一秒地过去了，水面静静的毫无动静，我和Shirley杨开始有些沉不住气了。一分钟了还没回来，八成让鱼咬住屁股了。正要下水去找他，却见水花一分，胖子戴着登山头盔的脑袋冒了出来，抹了一把脸上的河水："这水晶墙的通道很宽，也并不长，但他妈的对面走不通了，水下的大鱼结成了鱼阵，数量多得数不清，堵得严严实实的。"

鱼阵在内地的湖泊里就有，但这里没有人迹，鱼群没有必要结为鱼阵防人捕捉，除非这水下有什么不为人知的东西，正威胁着它们的生存。

除了我和胖子，其余的人都没听说过鱼阵之事。在我们福建沿海，多有这种传说，内地的淡水湖中也有，但不知为什么，最近二十年就极少见了。鱼阵又名"鱼墙"，是一种生物学家至今还无法解释的超自然鱼类行为——水中同一种类的鱼大量聚集在一起，互相咬住尾巴，首尾相连，一圈圈地盘踞成圆阵，不论大小，所有的鱼都层层叠叠紧紧围在一起，其规模有时会达到数里的范围。

淡水湖中的鱼类结成鱼阵，一是为防"乌鬼"捕捉；二是抵御大型水下猎食动物的袭击，因为在水下远远一看，鱼阵好像是个缓慢游动着的黑色巨大怪物，足可以吓退任何天敌；不过也有可能是由于气候或环境的突变，鱼群受了惊吓，结阵自保。

众人在河边吃些东西，以便有体力游水，顺便策划如何通过水晶墙后的鱼阵，这件事十分伤脑筋。

Shirley杨找了张纸，把胖子所说的水下情况画在上边。"灾难之门"在水下有条七八米宽的通道，约二十米长，出去之后的地势为喇叭形，前窄后宽，数以万计的"白胡子无鳞鱼"就在那喇叭口结成滚桶式鱼阵，堵住了水下通往外界湖泊的去路。白胡子鱼是喀拉米尔山区水中才存在的特殊鱼类，其特点是体大无鳞，通体皆青，唯有须子和嘴都是雪白的，所以才得了这么个名字。胖子说"灾难之门"后边的白胡子鱼，大大小小不等，平均来说一尾都有半米多长，那巨大的鱼阵翻翻滚滚，根本就没法从中穿过。

Shirley杨说："白胡子鱼虽然不伤人，但种群数量庞大，是一种潜在的威胁。咱们从水下穿过的时候，倘若落了单，就有可能被鱼群围住，失去与其他队员的联系。咱们应该设法将鱼阵事先击散，然后才能通过。"

我对众人说："自古渔人想破鱼阵，需有鬼帅出马，但咱们身在昆仑山地下深处，上哪儿去找鬼帅？而且就算真有鬼帅可以驱使，怕是也对付不了数万条半米多长的白胡子鱼。"

明叔等人不知道什么是"鬼帅"，忙问其详。我让胖子给他们讲讲。胖子说："你们知不知'乌鬼'是什么？不是川人对黑猪的那种称呼。在有些渔乡，渔人都养一种叫鸬鹚的大嘴水鸟，可以帮助渔人下水捉鱼，但是得提前把它的脖子用绳扎上，否则它捉着鱼就都自己吃掉了，这种水鸟的俗名就叫'乌鬼'。"

凡是养"乌鬼"捕鱼的地方，在一片湖泊或者一条河道的水域，不论有多少鸬鹚，都必有一只打头的"鬼帅"。"鬼帅"比寻常的鸬鹚体形大出两三倍，那大嘴比钢钩还厉害，两只眼睛精光四射，看着跟老鹰差不多。有时候渔人乘船到湖中捕鱼，但是连续数日连片鱼鳞都捉不到，那就是说明水下的鱼群结了鱼阵。这时候，所有的渔民就要凑钱出力，烧香上供祭祀河神，然后把"鬼帅"放进水里，不论多厚的鱼阵，也架不住它三冲两钻，便瓦解溃散。

但这里的白胡子鱼体形硕大，非是内地湖泊中寻常的鱼群可比。这种鱼在水里游起来，那劲头能把人撞一跟头，恐怕纵有"鬼帅"也冲不散这里的鱼阵。

借着胖子给大伙说话的工夫，我已经打定了主意，既然已到了魔国的大门前了，就绝没有不进反退的道理，没有"鬼帅"，但我们有炸药，足以把鱼群炸散。但从水下通道潜水穿过，必须五个人一次性过去。这是因为我看这道巨大的"灾难之门"并非一体成型，而是用一块块数米见方的冰山水晶石人工搭建的，不仅刻满了大量的图形符号，而且石块之间有很多缝隙，可能是水流量大的时候冲刷出来的，也可能是修建的时候故意做下，以减轻水流对墙体的冲击。爆破鱼阵用的炸药不能太少，太少了惊不散这么多的白胡子鱼，但炸药多了又会把一部分水晶墙破坏。这堵巨墙是上古的遗迹，说不定牵一发动全身，"灾难之门"就此崩塌，将会产生连锁反应，两分钟之内，从主墙中塌落下来的石块会把通道彻底封堵。在此之前约有一分半钟的时间应该是相对安全的，只有抓住连锁反应之前的这一点时机从门中穿过，而且一旦过去了，就别想再从原路返回。

我把可能要面临的危险同众人说了，尤其是让明叔提前有个心理准备，现在后悔了往回走还来得及，一旦进了"灾难之门"，就没有回头路了。

明叔犹豫了半天，咬着牙表示愿意跟我们同行，于是我们装备整齐，下到水中。三个氧气瓶，胖子自己用一个，由他去爆破鱼阵，Shirley 杨同阿香合用一个，我和明叔合用一个。明叔大半辈子都在海上行船，水性精熟，在水下跟条老鱼一样；阿香虽然水性平平，但有 Shirley 杨照顾她，绝对可以让人放心。

喀拉米尔山底的河水非常独特，又清又白，这里的水下少有藻类植物，最多的是一种吃石硅的透明小虾，构成了独特的水下生态系统。进到水底，打开探照灯，只见四下里白光浮动，水下的石头全是白色的。

一片碧绿的水晶墙上有个将近十米宽的通道，用水下探照灯向通道前方照射，对面的水域显得十分混浊，无数白胡子鱼一条衔着另一条的鱼尾，组成的鱼墙无边无际，蔚为壮观，把连接外边的河道堵得死死的。水流的速度似乎并未因此减缓，可能在地下更深处隐藏有其他分支水系。

我和明叔、Shirley 杨、阿香四人停在洞口边等待时机，胖子带着炸药游过通道，他的身影很快就消失在了鱼阵前的浊水之中，过了很久还没回来。也许在水下对时间容易产生错觉，每一秒钟都显得很漫长。我举起探照灯不断往那边照着，正自焦急，看见对面水中灯光闪动，胖子正急急忙忙地游回来。

胖子边往这边游边打手势，看他那意思是炸药不太好放，所以耽搁了时间，马上就要爆炸。这时明叔也在通道口往那边看，我赶紧把他的脑袋按下去，伸出胳膊，把拼命往这边游的胖子拽了过来。

几乎就在同时，水下一阵晃动，那堵水晶墙好像也跟着摇了三摇，强烈的爆炸冲击波，夹带着破碎的鱼尸向四周冲散开来。我们伏在墙底，透过潜水镜可以看到一股浓烈的红雾从"灾难之门"里冲了出来，谁也没料

第二十章 鱼阵

到爆炸的威力这么强。胖子手指张开横摆："炸药大概放得有点多了……"

由于时间紧迫，冲击波刚一过去，我们就把身体浮向水面，想尽快从通道中冲过去。我刚把头抬起来，还没等看清通道中的状况，潜水镜就被撞了一下，鼻梁骨差点都被撞断了，我赶紧把身体藏回墙后。无数受了惊的白胡子鱼从通道中冲了过来，这些结成鱼阵的大鱼，爆炸之时的精神状态都很亢奋，用生物学家的话讲，它们处于一种"无我"的境界，这时候被宰了都不知道疼，所以很难受外力的干扰而散开。但强烈的爆炸冲击力，使它们忽然从梦游的状态中惊醒过来，顿时溃不成军，瞪着呆滞的鱼眼，拼命乱窜。

一股股的鱼潮好像没有尽头，如泄洪一般，似乎永远都过不完。我心道不妙，本来以为鱼群会向另一个方向退散，但是完全没想到，这些鱼完全没有方向感，仍然有大批钻进了"灾难之门"的通道。现在时间已经过去了一分半钟，鱼群再过不完，我们就会丧失进入恶罗海城的唯一机会了。

正在这时，从通道里喷涌出来的白胡子鱼已竭，我们争分夺秒地游进通道。这里的河水被鱼鳞鱼肉搅得一片混浊，人身处水中，直欲呕吐，而且能见度几乎为零。好在通道笔直，长度也有限，我们含住了一口气，奋力向前。

身体不时受到撞击，还有不少掉队的白胡子鱼像没头苍蝇似的乱窜。这些大鱼在水底下力量奇大，混乱之中，明叔背着的充气背囊被一尾半米多长的大青鱼撞掉，明叔想游回去抓住背囊，我和胖子在水下拽着他的腿，硬把他拽了回来，这时候回头等于送死。

不到二十米长的距离总算撑到了头，我最后一个从通道中钻了出来，这里的湖水很深，水流也很大，虽然还有无数裹在鱼阵最里面的大鱼没有来得及逃开，但水下能见度好了许多。这时"灾难之门"上的冰川水晶石开始逐渐崩塌，几块巨大的碎石已经遮住了来路。

我打个手势，让众人赶紧轮流使用氧气瓶换气，然后全速往斜上方游。然而大伙刚要行动，都不约而同地愣住了，只见最后一层鱼阵已经散开，一条体长十几米的巨型白胡子鱼从中露出。它似乎没有受到爆炸的惊吓，

161

木然地浮在水中，头顶殷红，两鳃雪白，须子的长度更是惊人，几米长的鱼须上挂满了小鱼，这条老鱼的年龄已经难以估计了，它大概是这湖中的鱼王。

虽然我们都知道这些白胡子鱼不会袭击人，但癞蛤蟆跳到脚面上，不咬也吓一跳。这条大鱼实在太大了，我们都看傻了，不知道这是鱼还是龙。这里就是没有龙门，要是有龙门，这老鱼怕就真能变为龙了。就在我们这么一愣神的工夫，这条白龙般的白胡子鱼摇头摆尾地游向了湖水的深处，隐去了踪迹。众人被它游动激起的水流一带，这才从震惊中回过味来，互相帮扶着，向水面上浮起。

一出水面，我们看到外边的环境与先前那雪原地底相比完全是另一个世界，身后的"灾难之门"嵌入万仞危崖，头上的天空被大片浓厚的云雾封锁，几千米的雪山在云中隐现，四周山环水抱，树林茂密，望之郁郁葱葱，若有佳气。距离我们最近的地方有一座山坡，上面的树林中，有一条宽阔蜿蜒的道路从林中伸出。路面平滑如镜，连接着湖面，山林茂密，却看不清这条路连着哪里。

明叔见有道路，顿时喜出望外，对我说："咱们就近游过去，那条路也许能通山外……"

我也正有此意，刚要答应，忽听 Shirley 杨急切地说："不行，那条路的路面太光滑了，绝不是什么人工修出的道路，而是被某种猛兽长年累月踏磨出来的。咱们赶快向远处那块绿岩游去，现在就过去，快快快，千万别停下来！"

第二十一章
风蚀湖的王

明叔还在犹豫，觉得 Shirley 杨有些小题大做，放着路不走，非要爬那块陡峭的岩石。我和胖子却知道 Shirley 杨在这种事上一向认真，从来不开玩笑，她既然着急让大伙远远躲开，一定是发现了危险的征兆。我经她这么一说也已经看出来了，山上那条路的确是太光滑了，连根杂草都没有，肯定不是人走的路。

我们在湖中的位置，距离那条光滑如镜的道路很近，不管从上面冲下来什么猛兽，在水中都无法抵挡。我连忙拉住明叔和阿香，手脚并用，游向左侧湖边的一块绿色岩石。

这湖边虽然山林密布，但能上岸的地方不多，唯有那平滑异常的道路，其余两面都是看不到顶的峭壁。此外也就是左边有一大块深绿色的巨岩，高有十几米，想爬上去且得使些力气。

我们游到绿岩下方，刚伸手触摸到冰凉的石壁，耳中便听到山上道路的远端传来了一阵阵碎石摩擦的声音，好像有什么庞然大物正迅速从山林深处爬出来。众人心头一沉，听那声音来得好快。能用身体把山路磨得如此光滑的，不是巨蟒大蛇，就是"龙王鳄"一类栖息在昆仑山深处的猛兽，甭管是什么，都够我们喝一壶的。于是我们赶紧拿登山镐钩住绿岩往上攀爬。

但绿岩上生了许多苔藓，坡度又陡，登山镐并不趁手。Shirley 杨的飞虎爪又在背囊里取不出来，只好找了一条登山绳系个绳圈，使出她在得克萨斯州学的套马手艺，将绳圈套在了一块突起的石头上。

看明叔那身手一点都不像五十来岁的人，跟只老猿一样，不愧是在海上历练了多年的老水手，逃起命来比谁都利索，"噌噌"几下就拽着绳子，抢先爬上了绿岩中部的一个天然凸台。我和胖子还有 Shirley 杨在下面托着阿香，将她推向上边，明叔伸手把阿香拽上去。

协助 Shirley 杨爬上岩石时，那块套着绳子的石头已经松动了，胖子一扯，连绳子带石头都扯进了水里。等 Shirley 杨重新准备绳索的时候，我和胖子只听得身后"哗啦"一阵猛烈的入水声，有个东西已经从山中蹿下，钻入了湖中。

Shirley 杨和明叔从岩石上放下登山绳接应我们，明叔在高处看见了那水里的怪物。他一向有个毛病，可能是帕金森综合征的前期征兆，一紧张手就抖得厉害，手里不管拿着什么东西都握不牢，早晚要弹弦子。此刻也是如此。他手里拿着岩钉想把它固定在岩缝中，突然一哆嗦，岩钉掉进了水里。

我和胖子的手刚抓住登山绳，没想到还没来得及用力，整团的绳子和岩钉就掉了下来。我和胖子在下面气得大骂明叔是我们这边的意大利人，怎么净帮倒忙！

Shirley 杨想再拿别的绳子，却发现已经来不及了，她指着水面对我说："先到水下的岩洞里去躲一躲。"

我和胖子虽然不知道从水中过来的怪物究竟是什么，但肯定不好惹，那家伙转瞬就到，无奈之下只好闭住气沉入湖底。这湖并不深，湖水清澈，水底的岩石都呈白色。湖底有一些渗水孔，另外还有几处很深的凹洞，可谓是"百孔千疮"。此处的地貌，都是被水淹之前被风蚀形成的，是一个特殊的风蚀湖。千万年沧海桑田的变化，使这块巨大的风蚀岩沉到了湖底，

第二十一章 风蚀湖的王

也许这风蚀湖的寿命一到,下面的风孔就会全部塌陷,而这片从山中流出的湖水,就会冲到地下的更深处,形成一个地下瀑布。

水中的各种鱼儿都乱了营,除了数量最多的白胡子无鳞鱼之外,还有一些红鳞裂腹鱼,以及长尾黑鲆寸鱼。不知是因为刚才"灾难之门"附近的爆炸,还是突然入水的怪物,这些鱼显然受了极大的惊吓,纷纷游进洞中躲藏。白胡子鱼可能就是鲶鱼的一个分支,它们在长成之前,并不适应地下的环境,慌乱中钻进"灾难之门"的鱼群,又纷纷游了回来,宁可冒着被水怪吃掉的危险,也舍不得逃离这水温舒适的风蚀湖。

我刚沉到水里,就发现在慌乱的鱼群中,有一条五六米长,生有四短足,身上长着大条黑白斑纹,形似巨蜥的东西,像颗鱼雷似的,在水底铆足了劲朝我们猛撞过来。

我脑中猛然浮现出一个猛兽的名字——斑纹蛟。斑纹蛟生性喜热惧寒。一九七二年在昆仑山麦达不察冰川下施工的兄弟部队,曾经在冰层里挖出过这种猛兽冻死的尸体,有人想把它做成标本,但后来不知出于什么原因没能成功。当时我们还特意赶了几百里山路,去那里参观过。真是不得了,这东西比龙王鳄还狠,而且皮糙肉厚,连来福枪也奈何它不得。

胖子和我见斑纹蛟来势迅猛,微微一怔,立刻沉到湖底一块竖起的异形风蚀岩下,斑纹蛟坚硬的三角形脑袋猛撞在岩石上,立时将雪白脆弱的风蚀岩撞成了无数碎块,趁势向上破水而出。

我心中一惊,不好,它想蹿出水去袭击绿岩上的Shirley杨和明叔三人。忽见水花四溅,白沫横飞,斑纹蛟又重重地落回湖中,看来它仅凭在水中一跃之力,还够不到岩石上的猎物。斑纹蛟紧接着一个盘旋俯冲下来,但它似乎没有固定目标,在湖中乱冲乱撞,来不及逃散的鱼群,全被它咬住嚼碎。

我趁机拿过胖子的氧气瓶吸了两口,同他趁乱躲进湖底的一个风洞里。这里也挤着很多避难的鱼类,如今我们和鱼群谁也顾不上谁,各躲各的。很快我就明白了那只斑纹蛟的企图,它在湖中折腾个不停,是想把藏在风洞里的鱼都赶出来,那些白胡子鱼果然受不住惊吓,从风洞中游出来四处乱窜，斑纹蛟就趁机大开杀戒，它好像和这群鱼有血海深仇似的，绝不是单纯地为了饱腹。

白胡子鱼先前结成鱼阵，可能就是要防御这个残暴的天敌。

清澈透明的湖水很快就被鱼的鲜血染红了，湖中到处都是被咬碎的鱼尸。我和胖子躲在风洞里看得惊心动魄，想借机逃回绿岩下爬上去，但爬上去至少需要半分钟的时间，倘若半路撞上这只杀红了眼的斑纹蛟——它在水中的速度比鱼雷还快，如果不能依托有利地形躲避，无论在水中或陆地都没有丝毫存活下来的可能，只好在水底忍耐着等候机会。

胖子带的氧气瓶中也没剩下多少氧气了，正没理会处，湖底却突然出现了更为惨烈的场面。追赶着鱼群乱咬的斑纹蛟，刚好游到我和胖子躲避的风洞前，这时只见混杂着鲜血的水中白影闪动，那条在湖底的白胡子老鱼，已经神不知鬼不觉地出现在斑纹蛟身后，它扭动着十几米长的身躯，甩起鱼头，狠狠撞到了斑纹蛟全身唯一柔软的地方——小腹。斑纹蛟在水中被撞得翻出一溜儿跟头，怪躯一扭，复又冲至，一口咬住白胡子老鱼的鱼脊。这种白胡子鱼虽然没鱼鳞，但它身上的鱼皮有种波纹状肉鳞也十分结实，尤其这条老鱼身躯庞大，肉鳞更是坚硬。

斑纹蛟仗着牙尖、皮厚、爪利，白胡子老鱼则是活得年头多了，经验丰富，而且身长体巨，肉鳞坚固，被咬上几口也不会致命，双方纠缠在一起，一时打得难解难分，整个湖里都开了锅。不过从山腹间注入的水很多，加上湖底的一些漏底风洞渗水量也不小，所以阵阵血雾随流随散，风蚀湖中的水始终明澈透亮。

我和胖子看得明白，这是二虎相争，是为了争夺在风蚀湖的生存空间。它们为什么打得你死我活？也许是因为风蚀湖的独特水质，也许是天敌之间的宿怨，这我们就无法知道了。但想逃回湖面就得趁现在了，二人分头将氧气瓶中最后残存的氧气吸了个精光，避开湖中恶斗的斑纹蛟和白胡子老鱼，摸着边缘的风蚀岩，游上水面。

Shirley 杨在绿岩上俯瞰湖中的情景，远比我们在水下看得清楚，她见我们趁乱浮上，便将登山绳放下，这次没敢再让明叔帮忙。

我攀上岩石的时候，回头向下看了一眼，老鱼已经占了上风，正用鱼头把那斑纹蛟顶到湖底撞击。斑纹蛟嘴里都吐了血沫，眼见不能支撑。等我登上岩石，却发现情势急转直下。从那山道上又爬出来一条体形更大的斑纹蛟，白胡子老鱼只顾着眼前的死对头，对后边毫无防备，被从后掩至的斑纹蛟一口咬住鱼鳃，拽进了风蚀湖深处的最大风洞之中。

看来这场争夺风蚀湖王位的恶战已经接近了尾声。胖子抹了抹脸上的水说："明叔把装食品的背囊丢在水晶墙后了，等它们咬完了，咱还得抓紧时间下去捞点鱼肉，要不然今天晚上咱们全得饿肚子了。"

我对胖子说："水下太危险了，别为了青稞粒子，滚丢了糌粑团子。我那包里还有点吃的，咱们可以按当年主席教导咱们的办法，忙时吃干，闲时吃稀，不忙不闲的时候，那就吃半干半稀。大伙省着点吃，还能对付个三两天。"

胖子说："有吃糌粑的肚皮，才有想问题的脑袋。一会儿我非下去捞鱼不可。这深山老林里哪儿有闲着的时候，指不定接下来还碰上什么，做个饿死鬼到了阴曹地府也免不了受气。"

Shirley 杨注视着湖中的动静，显然是觉得湖下的恶战还远未结束，听到我和胖子的话，便对我们说："这里的鱼不能吃。当年恶罗海城的居民都在一夜间消失了，外界没人知道发生了什么。关于恶罗海城毁灭的传说有很多，其中就有传说讲城中的军民人等都变为了水中的鱼。虽然这些传说不太可信，不过藏地确实自古便有不吃鱼的风俗，而且这么大群体的白胡子鱼也确实古怪，咱们最好别自找麻烦……"

风蚀湖中的湖水中，忽然出现了数以万计的白胡子鱼，密密麻麻地挤在一起，它们似乎想去水底解救那条老鱼。

这时天色渐晚，暮色苍茫，为了看得清楚一些，我爬上了绿岩的最上层，但这道绿岩后边的情景，比湖中的鱼群激战更令人震惊。岩后是个比风蚀湖水平面更低的凹地，一座好像巨大蜂巢般的风蚀岩古城，少说也有十几层，突兀地陷在其中。它的周围也全是白花花的风蚀岩，上面的洞穴数不胜数。这一带与周围葱郁的森林截然不同，几乎是寸草不生。蜂巢般的城顶，

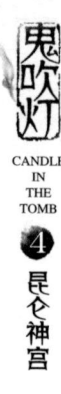

有一个巨石修成的眼球标记。难道这就是古代传说中的恶罗海城？我没体会到一丝长途跋涉后抵达目的地的喜悦，相反觉得全身汗毛都快竖起来了，因为令人胆寒的是，这座城中竟然灯火通明，却死气沉沉。

暮霭笼罩下的恶罗海城，城内无数星星点点的灯火，在若有若无的薄雾中显得分外朦胧，好像古城中的居民已经点燃了火烛，准备着迎接黑夜的到来。而城中却是死一般的寂静，感觉不到一丝一毫的生气。只看了几眼，我就已经出了一身的冷汗。传说这座城中的居民都莫名其妙地消失了，而且后世轮回宗也灭绝数百年之久了，这城中怎么可能还有灯火的光亮？可以容纳数万人的城中，居然没有半点动静，看来它不是"死城"，就是一座"鬼城"。

就在我吃惊不已的时候，其余的人也陆续攀到了绿岩的顶端，他们同我一样，见到这座存在着死与生两重世界的古城，半天都说不出话来。

传说罗马时代的庞贝古城是由于火山喷发毁于一夜之间，后来的考古发掘，发现城中的居民死亡的时候都还保留着生前在家中正常生活的样子，庞贝城的姿态在那毁灭的一瞬间永远凝固住了。

然而我们眼前的古城，里面的居民似乎全部从人间蒸发了，只有蜂巢般的恶罗海城，灯火辉煌地矗立在暮色里。它保存得是那样完好，以至让人觉得它似乎挣脱了时间的枷锁，在这几千年来从未发生过任何改变。这城中究竟发生过什么灾难？

我们难免会想到这城是"鬼蜮"，但问了阿香之后，却得到了否定的答案。这座魔鬼的巢穴，是确确实实存在着的，并非死者亡灵制造的"鬼蜮"。

我们正要商量着怎么进城，忽听岩下的风蚀湖中湖水翻腾。这时天尚未黑透，从高处往下看，玻璃般透明的风蚀湖全貌历历在目，白胡子老鱼与那两只斑纹蛟的恶斗已经分出了胜负，成千上万的白胡子鱼为了帮助它们的老祖宗，奋不顾身地在水下用身体撞击斑纹蛟。

白胡子鱼的头顶上都有一块殷红的斑痕，那里似乎是它们最结实的部位，它们的体长平均都在半米左右，在水中将身体弹起来，足能把人撞吐血。那对斑纹蛟虽然猛恶顽强，被十条八条的大鱼撞上也不觉得怎样，但架不住上万条大鱼的狂轰滥炸，加上老鱼趁势反击，斑纹蛟招架不住，只好蹿回了岸上的树林里，把树木撞得东倒西歪，顷刻间消失了踪影。

遍体鳞伤的老鱼浮在湖中，它身上被斑纹蛟咬掉了不少肉鳞，鱼鳃被扯掉了一大块。它的鱼子鱼孙们围拢过来，用嘴堵住了它的伤口。白胡子鱼越聚越多，不消片刻，便再次结成了鱼阵，黑压压的一大片，遮住了风蚀湖的湖面。

我见那鱼阵缓缓沉向湖底，心想白胡子鱼与斑纹蛟之间肯定经常有这种激烈的冲突，斑纹蛟似乎想将这些鱼赶尽杀绝，而非单纯地猎食果腹，但鱼群有鱼王统率，斑纹蛟虽然厉害，也很难占到什么便宜。难道它们之间的矛盾，仅仅在于都想抢夺这片罕见的风蚀湖吗？这湖泊究竟有什么特殊之处？这其中也许牵涉到很多古老的秘密，但眼前顾不上这些了，趁着天还没彻底黑下来，先进恶罗海城。

第二十二章
牛头

Shirley 杨问我是否要直接进城。城中明明是有灯火闪烁，却又静得出奇，诡异的种种迹象让人望而生畏。

我对 Shirley 杨说："不入虎穴，焉得虎子。既然阿香说这城中没有什么不干净的东西，我想咱们三十六败都败了，到现在也没有什么好怕的。只不过这座古城，确实从里到外都透着股邪气，而且似乎隐藏着一些难以想象的秘密。咱们只有见怪不怪，单刀直入了。"

于是众人带上剩余的物品，觅路进城。

大蜂巢一样的古城深陷在地下，围桶般的白色城墙似乎只是个摆设，没有太多军事防御的功能，但规模很大，想绕下去颇费力气。城中飘着一缕缕奇怪的薄雾。这里的房屋全是蜂巢上的洞穴，里面四通八达，我们担心迷路，不敢贸然入内，只在几处洞口往里看了看，越看越是觉得心惊肉跳。

这城中没有半个人影，但是十家里有七八家已经点着灯火，而且那些灯不是什么长明永固的灯火，都是用野兽的干粪混合油脂而制成的古老燃料，似乎都是刚刚点燃不久。而且城池洞穴虽然古老，却绝不像是千年古迹那样残破，洞中的一些器物和兽皮竟都像是新的，甚至还有磨制了一半的头骨酒杯。这城里的时间仿佛真的凝固住了，其定格的一刻，似乎就是城中居民消失的那一瞬间。

我们商量了一下，黑夜里在城中乱转很容易迷路，而且这座恶罗海城中的街道，包括那些政教、祭祀的主要建筑，可能都在大蜂巢的深处，这城中千门万户，又与寻常的城池结构完全不同，眼下最稳妥的办法，是等到天亮在外围看明白蜂巢的结构，找条捷径进入深处的祭坛，绝不能在城中鲁莽地瞎撞。该耍王八蛋的时候自然是不能含糊，但该谨慎的时候也绝不能轻举妄动。

我们本打算到城墙上去过夜，但经过墙下一个洞口的时候，胖子像是嗅到了兔子的猎犬，吸着鼻子说："什么味儿这么香？像是谁家在炖牛肉，这可真是搔到了胖爷的痒处。"

听胖子这么一说，我也好像闻到了煮牛肉的肉香，就是从那个洞屋中传出来的。我正发愁食物所剩不多，不敷分配，刚才在风蚀湖湖边说还能对付个两三天，那是安慰大伙，其实还不够吃一顿的。此刻闻到肉香自然是得进去看看，当下和胖子两人带头钻进了洞屋，里面的石釜中，确实正煮着烂熟的牦牛肉，"咕嘟"地冒着热气，真可谓是香熏可口，五味调和。

胖子咽了咽口水，问我说："胡司令，咱真是想什么来什么，虽说酥油香甜，却不如糌粑经吃，糌粑虽好，但又比不上牦牛肉扛饿。这锅牛肉是给咱预备的吧？这个……能吃吗？"

这没有半个人影的古城中，竟然还煮着一锅刚熟的牛肉，实在难以用常理去揣测。我想起了刚当知青插队那会儿，在那座九龙罩玉莲的牛心山里，吃那老太太的果子，这莫非也是鬼魂之类布的鬼市？这些牛肉都是些青蛙、蚯蚓变的，吃了就得闹肚子？想到这些，我不免犹豫起来，虽然十分想挑煮得稀烂的大块牛肉吃上一顿，但理智告诉我，这些肉来路不明，还是不吃为好。看着虽然像牛肉，说不定锅里煮的却是人肉。

明叔此时也饿得前胸贴后背了，跟胖子俩人直勾勾地盯着锅里的牦牛肉，这一会儿工夫，他们俩大概已经用眼睛吃了好几块了。

我问 Shirley 杨对这锅肉有没有什么看法，Shirley 杨摇头摇得很干脆，又同阿香确认了一遍,这锅煮着的牦牛肉,确实是实实在在不掺半点假的。

胖子听阿香这么说,再也等不及了,也不怕烫,伸手捏了一块肉吞进嘴中:"我舍生取义,先替同志们尝尝,肉里有毒有药都先往我身上招呼。"他边吃边说,一句话没说完,就已经将七八块牛肉吃到肚子里了,想拦都拦不住。

我们等了一下,看他吃完确实没出什么问题,这时胖子已经造掉了半锅牛肉,再等连他妈黄花菜都凉了。既然没毒,有什么不敢吃的,于是众人横下心来,宁死不当饿死鬼,便都用伞兵刀去锅里把牛肉挑出来吃。

我吃着吃着突然想起一件事来,对明叔说:"明天天一亮,我们就要进那大蜂巢的深处,那里面有什么危险不得而知,料来也不会太平。你和阿香还是留在城外比较安全,等我们完事了再出来接你们。"

明叔嘴里正塞着好几块牛肉,想说话说不出来,一着急干脆把肉囫囵着硬生生咽了下去,噎得翻了半天白眼,这才对我说:"咱们早晚都是一家子人,怎么又说见外的话?我和阿香虽然没多大本领,多少也能帮帮你的忙……"

以前明叔说要把阿香嫁给我,都是和我两人私下里商议的,我从来没答应过。这时明叔却说什么早晚是一家人,Shirley 杨听见了,马上问明叔:"什么一家人?你跟老胡要攀亲戚吗?"

明叔说:"是啊,我就看胡老弟人品没的说,男大当婚,女大当嫁,我这当前辈的自然要替他们操心了。我干女儿嫁给他就算终身有托,我死的时候也闭得上眼,算对得起阿香的亲生父母了。"

我赶紧打断明叔的话:"几千年来,中国劳动人民的血流成了海,斗争了失败,失败了再斗争,直到取得最后的胜利,为的就是推翻压在我们中国人民身上的三座大山。我革了半辈子的命,到头来还想给我安排封建制度下的包办婚姻?想让我重吃二遍苦,再遭二茬罪?我坚决反对,谁再提我就要造谁的反!"

胖子刚好吃得饱了,他本就唯恐天下不乱,听我们这么一说,马上跟着起哄,对明叔说:"明叔,我亲叔,您甭搭理胡八一,给他说个媳妇,这是天上掉馅饼的好事，他却愣嫌掉下来的馅饼不是三鲜的。您不如把阿香匀给我得了。我爹妈走得早，算我上你们家倒插门行不行？以后我就拿您当亲爹孝敬，等您归位的时候，我保证从天安门给您号到八宝山。向毛主席保证，一声都不带歇的，要多悲恸就……就他妈有多悲恸。"

胖子拿明叔打诨，我听着差点把嘴里的牛肉全喷出去。正在这时一声牛哞从洞屋的深处传来，打断了众人的说笑声。本来牦牛的声音在藏地并不奇怪，但在这寂静的古城中听到，加上我们刚吃了牛肉，就足够让人头皮发麻。

我让 Shirley 杨留下照顾明叔和阿香，对胖子一挥手，二人抄起武器，举着狼眼摸进了洞屋的深处。进来的时候我曾粗略地看了里面一遍，结构与其余的洞屋差不多，只不过似乎多了道石门，这时走到石门边，便觉得情况不对。

石门上滑腻腻的，有一个带血的人手印，似乎有人手上沾满了血，走的时候匆匆忙忙把石门带上了。用手一摸，那血迹似乎还很新鲜。

我对胖子点点头，胖子退后两步，向前冲刺，用肩膀将石门撞开，我跟着举枪进去，里面却仍然没有人踪。只见四周的墙壁上到处都是鲜血，中间的石案和木桩也都是鲜红的，上面是一堆堆新鲜的牦牛肉，有几张血淋淋的牛皮上还冒着热气，像是刚刚从牛身上剥下来的。这里是城中的屠宰场。

我和胖子刚吃过煮牛肉，这时候都觉得有些恶心，忽然发觉头上有个什么东西。猛地一抬头，一颗比普通牦牛大上两三倍的牛头，倒悬在那里。牛头上没有皮，双目圆睁，血肉淋漓，两个鼻孔还在喷着气，多半截牛舌吐在外边，竟似还活着，对着我和胖子发出一声沉重的闷哼。

胖子举枪想打，我匆忙之中看那牛头虽然十分怪异，却没有要伤害我们的意思，便先将胖子拦住，仔细看看这牦牛头是怎么回事。

牦牛在活着的时候就被剥掉脸皮，然后再行宰割，这种行事我们曾经在轮回庙的壁画中见到过，倒没什么奇怪的。作为一种古老的传承，这象征着先释放灵魂，这样肉体就可以放心食用了。

这间屠房中有个大木栏，两边前后都可以伸缩活动，这样把牛夹在其中，任它多大的蛮力，也施展不得，屠夫就可以随意宰割了。

那牦牛头的身子就被夹在那血淋淋的木栏之中，牛身的皮并没有剥去，牛尾还在抽动，无头的空牛腔前，落着一柄斩掉牛头的重斧。那颗牛头则被绳子挂到了半空，牛眼还在转动，似乎是牛头刚被斩落的一瞬间，这里的时间忽然凝固住了不再流逝，而这只牦牛也就始终被固定在了它生命迹象即将消失的一刻。

身首分离，而生命迹象在几秒甚至几分钟之内还未消失的事儿，在生物界十分寻常。鸡头被砍掉后，无头的鸡身还能自己跑上好一阵子。古时有死刑犯被斩首，在人头刚一落地的时候，如果有人喊那死刑犯的名字，他的人头还会有所反应，这是由于神经尚未完全死亡。

不过那只是一瞬间的事。从我和胖子发现这还没死干净的牦牛头到现在，它就一直保持着介于生死之间的状态，难道它就这么停了几千年？不仅仅是这头倒霉的大牦牛，整座恶罗海城中的一草一木，包括点燃的灯火、未完成的作品、被屠宰的牦牛、煮熟的牛肉、石门上未干的血手印，都被定格在了那最后的几秒钟，而整座空城中连半个人影都没有，这一切都与毁灭恶罗海城的灾难有关吗？那是一种什么样的灾难，才有如此恐怖的力量？

想到我们刚才吃的，可能是一锅煮了几千年的牛肉，不免有点反胃。这城中的种种现象实在太不可思议了，还是先撤到城外比较安全，等到明天天亮之后再进那蜂巢般的主城。于是我和胖子叫上 Shirley 杨等人，带上东西按原路往回走。

我抬头看了一眼天空，夜幕早已降临，但这座恶罗海城中的光线，仍然是和我刚发现这里的时候相同，如同处在黄昏薄暮之中，虽然有许多灯火，但看起来十分朦胧恍惚，也许连古城毁灭之时的光线都永远地停留了。要不是阿香确认过了，我一定会认为这是座鬼城。

第二十三章
X 线

我边走边把屠房中的情况对 Shirley 杨简要说了一遍。Shirley 杨却认为这里不是失落在时间的轨道以外那么简单。比如锅里煮的熟牛肉，的确烂熟可口，吃光了它，它自己也不会再重新出现。城中的一切都固定在了某一时刻，如果不受外力的影响，它始终不会发生任何变化。外边的天空由昏暗变成漆黑，手表的时间也很正常，这说明时间依然是正常流逝的。另外还有一点最容易被忽略：恶罗海城中的事物，并非是静止不动的，只能说它永久地保留着一个特定的形态，绝非是时间凝固的原因，所以可以暂时排除时空产生混乱这种可能。为了便于称呼，姑且将恶罗海城中像永恒一样的瞬间称为"X 线"——一个完全停留在了"X 线"上的神秘古城，"X"表示未知。

想解开"X 线"之谜，就一定要弄清楚恶罗海城在最后的时刻发生了什么。也许要等到天亮之后，在那蜂巢城堡的深处，才能找到答案。

我被这座古城里的怪事搞得要抓狂了，此时听了 Shirley 杨的分析，发现她的思路非常清晰，看来人比人得死，货比货得扔。不过也许我这辈子就是当领导的材料，所以没长一个能当参谋人员的头脑。

我们从城墙外围爬回到了风蚀湖边的绿岩之上，回头眺望夜色中的恶罗海城。它静静地陷在地下，依然闪烁着无数灯火，城中的光线却依然如黄昏般昏暗，看来到了明天早上，城中也依然是这个样子。

一番来回奔波，明叔和阿香都已体力透支。山林中有斑纹蛟出没，我们不敢下岩，只好在绿岩上找个避风的地方休息，准备歇到天明，便进那座主城一探究竟。

于是轮流守夜。第二天天亮的时候，我发现 Shirley 杨早已经醒来，正专注地翻看我们在轮回庙中发现的那本《圣经》地图。头顶上的云层很厚，透过云隙射下来的阳光并不充足，四周被绝壁险峰环绕的山谷中十分昏暗。岩下的恶罗海城就像是与这个世界完全隔绝了一样，依然如故，灯光闪闪，静得出奇，整座城停留在了"X 线"上。

Shirley 杨说她有种预感，如果今天找不出"X 线"的秘密，恐怕大伙就永远离不开这"灾难之门"后的山谷了，这里根本就是处绝境。

Shirley 杨手中这张地图破损得十分严重，是葡萄牙神父窃取了轮回宗的机密想去掘宝，但未等成行，那神父便由于宗教冲突被杀了。我们始终分辨不出图中所绘制的地形究竟是大鹏鸟之地还是凤凰神宫，便问 Shirley 杨，现在是不是有了什么新的发现。

Shirley 杨说："与附近的地形对比来看，可以断定《圣经》地图就是凤凰神宫——恶罗海城的地图，但是尽了最大努力，也只把那葡萄牙神父偷绘的图纸复原出不到百分之三十，而且还是东一块、西一块，互不连接……不过如果时间许可的话，我可以根据这里的环境，把地图中缺失的部分补充完整。"

如果有了古城的地图，哪怕是只有一部分作为参照，那对我们来说也绝对是个极大的帮助。我打起精神，把胖子、明叔、阿香一一唤醒，把剩下为数不多的食物分给大伙当作早餐。吃完了这顿，就没有任何储备了，除了下湖摸鱼，就只有去城里煮牛肉吃了。

再次进城的时候，明叔又同我商量，不进城也罢，不如就翻山越岭找路出去，那座古城既然那么古怪，何苦以身犯险。

我假装没听见，心想我和胖子、Shirley 杨三人，为了找寻凤凰胆的根源，付出了多大努力，好不容易到了这里，怎肯轻易放弃？宁死阵前，不死阵后！当即快走几步，抢先进了城。

除了被我们碰过的东西，其余的东西没有任何变化，甚至连城中那层淡淡的薄雾也还是那样。胖子直接到屠房里，割了几大块"新鲜"的牦牛肉备用。

昨天夜里，本想等到天亮，看清那高大蜂巢的结构再直捣黄龙。但城中的光线依然昏暗，在蜂巢下抬头往上一看，主城内的灯火，就像是静静附着在蜂巢上的千百只萤火虫。

露在上面的大蜂巢仅是半截，更大的部分深陷在地底。按照魔国的价值观，重要的权力机构应该都在地底。于是我们绕着城下走，找到最大的一个洞穴进入蜂巢内部。里面的洞穴之密集，结构之复杂，真如蜂窝蚁巢一般，不免让人质疑里面的居民是人还是昆虫。

想当初在二十世纪六十年代末期到七十年代初期，全国深挖洞、广积粮，那种人防设施我也挖过，但比起这地下的恶罗海城来，只是小巫见大巫。这些洞穴有很多是天然形成的，否则单以人力和器械，很难想象可以做出这种工程。

我们找到最大的一条通道走向地底，这里的通道与两侧的洞窟中，都有灯火照明。每向前走一段，Shirley 杨就用笔将地形记在纸上。她画草图的速度极快，一路走下去，也并未耽搁太多的时间，就绘制了一张简易实用的路线图。

我不时用狼眼手电筒去照射两旁的洞屋，大部分没灯火的洞屋中都是空空如也，还有些洞中，潮湿的地方聚集着许多比老鼠还大的蟑螂，用枪托捣都捣不死。越往深处走，洞屋的数量越少，规模却是越来越大。

巢城地下的尽头，是两扇虚掩着的大石门，通道的左右两侧还各有一道门洞，门洞上分别嵌着一蓝一白两块宝石。用手电筒往里一照，左侧的洞内，有数十平方米见方，穹顶很高，深处有个石造的鬼头雕像。鬼头面目丑恶狰狞，下颌刻着一排七星瓢虫的图案，四个角落里燃着微弱的牛油灯，最中间的地面上并排放着黑牛、白马两样被蒸熟了的祭品，另一边门洞里的东西也差不多。

Shirley 杨翻出地图，其中的一块残片上有"冰宫"与"火宫"这两个地点，与这里完全一样，然而地图上应标有通道尽头大石门里面的地方，却已损坏了，只有在地图缺损的边缘，可以看到一点类似动物骨骼的图案。记得在轮回宗的黑虎玄坛中，那水晶砖的最下层也有类似的图形，这些骨骼与恶罗海城中居民消失有关吗？

我满腹狐疑地推开了尽头处的石门，一进去就立刻感到一阵恶寒直透心肺，心想这殿里的邪气可够重的，又阴又凉，与上边几层的环境截然不同。眼前所见，是一间珠光宝气的神殿，不过殿中虽然多有灯火，却都十分昏暗，殿堂又深，看不太清楚里面的情况。

这时 Shirley 杨和胖子也随我进了石门。我正想往前走，发现明叔和阿香站在外边没有跟进来，便对他们招呼道："走啊，还站着等什么？"

阿香躲在明叔背后，悄悄对明叔耳语，明叔听了满脸都是惊慌。我越发觉得奇怪，便走回去问他们搞什么鬼。

明叔突然拔出手枪指着我："别过来啊，千万别过来，再过来我开枪了。你……你背上趴着个东西。"

我停下脚步，站在明叔和阿香对面七八步的距离，面对着明叔指向我的枪口，我已经明白了，一定是阿香说我被那种东西上身了，我同她无冤无仇，她不可能陷害我啊。难道就是由于我没答应娶她？不过阿香性格好像很好，应该不至于陷害我，但女人的事谁说得准。我脑子开始有点混乱，但突然想到，莫非我身上真有什么东西？我怎么没感觉到？

我马上在心中默念："理论和实践相结合的作风，是和人民群众紧密地联系在一起的作风，以及自我批评的作风。"没问题，我还是我，可以放心了。

明叔对我说："胡老弟啊，你我交情不薄，我看你前途无量，所以才有意将阿香许配给你。不过你现在真的有问题了，阿香的眼睛不会看错。"

这座恶罗海城远远超出了人类的常识和想象，什么事都有可能发生，而且我知道明叔的老婆和保镖、马仔死后,他已经成了惊弓之鸟,为了他自己的安全,他是绝对敢开枪的。

但明叔刚举起枪的时候,我身后的胖子和Shirley杨也将两支运动步枪瞄准了他的脑袋。我对后边的胖子一摆手,让他们冷静一些,如果有一方沉不住气先开枪,不管是谁倒在血泊中,那都是非常可怕的自相残杀。

明叔刚才确实紧张过度,这时候他那个号称"小诸葛"的头脑慢慢恢复了过来,当前的局面他自然看得出来,哪怕他再有一丁点出格的举动,胖子和Shirley杨就会毫不犹豫地用子弹在他脑袋上开两个窟窿。他想要把手枪放回去,却又觉得有些尴尬,想说些片儿汤话圆场,也吞吞吐吐地说不出来了,过了半天才解释拔枪是想打我背上的东西。这世上哪儿有岳父大人开枪打自己女婿的事。

胖子和Shirley杨的枪口,已使明叔的心理防线崩溃了,再借他个胆子他也不敢开枪了。我于是直接问阿香,到底怎么回事,究竟看到我背上趴着什么东西。

阿香说:"胡大哥,我很害怕,我刚才确实看到你背上有个黑色的东西,但看不清是什么,好像是个黑色的旋涡。"

"黑色的旋涡?"难道是身上的眼球诅咒开始有变化了?但阿香为什么没看到Shirley杨和胖子身上有东西?我赶紧用手指着自己的后颈问阿香:"是这里?"

阿香摇头道:"不是的,在你的背包里面……现在也还在的。"

我急忙把身后的背包卸下来,发现背包的两层拉链都开了,好像是在通道尽头的时候,胖子从我的包里掏过探阴爪,准备探查石门后有没有机关,他没把背包顺手拉上。阿香的眼睛只能看到没有遮盖的区域,即使不是直视,或没有光线。但我的背包里能有什么东西?

我把里面的东西全抖了出来,阿香指着一件东西说:"就是它……"

这时Shirley杨也过来观看:"凤凰胆!"这枚珠子本来与献王的头颅合成了一体,后来被我们带回北京,经过巧手工匠切剥,也难以尽复原观。这时一看,发现它表面上那一层玉石竟然在逐渐融解消失,露出了里面的珠子。它本身就有一种能吸引混沌之气的能量，阿香看到的就是那个东西。

看来凤凰胆一定是受到了这座神秘古城的某种影响，也许和那使时间凝固住了的"X 线"有关。有这颗珠子在手，也许我们就有了开启那扇尘封着无数古老秘密之门的钥匙。

胖子见我们没有什么意外，便趁这机会过去把明叔的武装解除了，顺手把他的瑞士金表和那块润肺美玉也搜出来，捎带着给一并没收了。明叔这回算是在胖子手里有短了，一声都没敢吭。

我和 Shirley 杨对着凤凰胆观察了一番，这颗代表长生不灭的轮回之眼，与这恶罗海城的秘密，还需要在城中继续寻找。于是我们把珠子重新装好，对明叔和阿香稍微解释了一下，这是一场误会。这座恶罗海城中，连个鬼影都没有，让他们不用担心。如果还是不放心想要分道扬镳的话，那就请自便，自己身上都长着腿，没人拦着。

随后我们走进了石门后的大殿，这里只有一进，石柱上都有灯火，墙上满满当当地绷着几百张人皮。以前看见的壁画都是绘在墙上，或者砖石之上，而这里竟然是用红、白、黑、蓝四色将城中的重要事件文在了人皮上。这也是我们在恶罗海城中所见到唯一有记载的绘卷。

殿中还有一些大型祭器，最深处则有一些裸体女性的神像。Shirley 杨只看了几眼就说："这些人皮上记载的信息太重要了。虽然符号不能完全看懂，但结合世界制敌宝珠雄师大王说唱长诗中与魔国战争相关的那一部分内容，和殿中记载的魔国重大事件，就能了解那些鲜为人知的古老历史，绝对可以解开咱们面临的大部分难题。"

我们所掌握的信息资料虽然不少，但到现在为止，都是些难以联系起来的碎片，只有 Shirley 杨才能统筹运用。这方面我也帮不上太大的忙，只能帮着出出主意。

于是就让明叔和阿香在殿中休息，胖子负责烤些牛肉给众人充饥，我和 Shirley 杨去分析那些人皮上的绘卷，逐渐理出了一条条的线索。

恶罗海城作为魔国的主城，其政权体系完全不同于别的国家。魔国鼎盛时期的统治范围覆盖昆仑山周边，历代没有国王，直接由他们供奉的主神"蛇神的遗骨"统率，所有的重大决策都由国中祭师通过向蛇神之骨进行祭祀后，再占卜所得。在那个古老的时代，占卜是很严肃重大的活动，不能轻易举行，其中要间隔数年乃至十数年才能举行一次。

魔国没有国王，这也是城中没有王宫而只有神殿的原因。所谓的王室成员，都是一些掌握着话语权的巫师，但这些人的地位在国中要排到第五之后。

在魔国的价值观中，蛇神之骨是最高神；仅次于这邪神的是其埋骨的洞穴；再次之的，则是那种头顶生有一只黑色肉眼的"净见阿含"（巨目之蛇）。

绘卷中描绘最多的就是魔国传说中经常提及的鬼母。魔国的宗教认为，每一代鬼母都是转生再世，不能以面目示人，永远都要遮挡着脸部，因为她们的眼睛是足可以匹敌"佛眼"的第六种眼睛"魔眼"。佛眼无边，魔眼无界，也并非每一代鬼母都能有这种妖瞳。

在鬼母之下的，才是掌握一些邪术——类似蛊术原始形态的几位主祭师。当然那时候的蛊术远没有献王时期的复杂，不能害人于无形，主要是用来举行重大祭祀。

他们的葬俗也十分奇特，只有主祭师才能有资格被葬入九层妖楼。在昆仑垭的大凤凰寺的遗迹中，我所见到的魔国古坟，应该是一位鬼母的土葬墓穴，而第一位鬼母——被视为邪神之女的"念凶黑颜"已经被葬在了龙顶冰川的妖塔里。这些名词都多次在格萨尔王的传说中被提及。

在一些描绘战争的场景中，甚至还可以看到狼群等野兽的参与，其中那头白狼大概就是水晶自在山，不过白狼王与达普鬼虫的地位很低，仅相当于妖奴。那个时期流传下来的古老传说，基本上都是将一些部落的特点以及野兽的特点加以夸大神化，封为山川湖泊的神灵，这就如同中国夏商之前的传说。

在格萨尔王的传说中，由于"北方妖魔"（魔国）的侵略，岭地、戎地、加地三国曾经多次面临灭族之厄，终于在高原上出现了一位世界制敌宝珠雄师大王，加上莲花生大师的协助，带领三国联军，踏入北方的雪域斩妖除魔，一举覆灭了魔国。魔国的突然衰弱，很可能就是由于恶罗海城出现了毁灭性的灾难。但在这些人皮上，并没有对这件事情的记载。

这时胖子招呼我们："有屁股就不愁找不着地方挨板子，先吃了饭再说吧。"

我也觉得腹中饥火上升，便把这些事暂时放下，过去吃东西。回头一看 Shirley 杨仍然在出神地望着最后几张人皮，我叫了她好几次，这才走过来。

但 Shirley 杨没去拿胖子烤的牛肉，而是直接走到阿香身边，似有意似无意地，用手拨开阿香的秀发，看了看她的后颈。这时候她的脸色已起了微妙的变化，又去看明叔的后脖子，明叔不知道她想干什么，只好让 Shirley 杨看了一眼后颈。

我一看 Shirley 杨紧咬嘴唇的表情，就知道大事不好。她在做重要的判断和决定之前，都有这个习惯动作。果然 Shirley 杨对我说："我想咱们都被阿香的眼睛给骗了，这座城确实是真实的，但这里根本不是恶罗海城，这里是无底鬼洞……"

第二十四章
真实的恶罗海城

Shirley 杨很有把握地认为,我们所在的这座大蜂巢古城,并非真正的恶罗海城,而是无底鬼洞,并让我和胖子看看明叔父女的后颈。

我心想古城与鬼洞之间的差异未免也太大了一些吧?不过时间凝固的恶罗海城与深不见底、充满诅咒的鬼洞,都是凌驾于常识之外的存在,所以也并没有感到过于惊奇。

我过去扒开明叔后脖子的衣领,果然看到他后颈上有个浅浅的圆形红痕,像是从内而外渗出来的一圈红疹,只不过还非常模糊,若非有意去看,绝难发现。我又看了看阿香的后颈,同明叔一模一样。

这是被无底鬼洞诅咒的印记,虽然只是初期,还不太明显,但在一两个月之内,就会逐渐明显,生出一个又似旋涡又似眼球般的印记。受到这种恶毒诅咒的人,也与我们一样,在四十岁左右,血液中的血红素会逐渐减少,血管内的血液慢慢变成黄色泥浆,把人活活折磨成地狱里的饿鬼。

但明叔等人最近一个多月始终是和我们在一起,不可能独自去了新疆塔克拉玛干的黑沙漠,难道他们父女当真是由于见到了这座蜂巢古城,才染上这恐怖的诅咒的吗?

明叔一头雾水，不知道我们在说什么，但是听到什么"诅咒""鬼洞"之类的字眼，便立刻有不祥的预感，忙问我究竟。我一时没空理会他，便让胖子跟他简单地说说，让他有个精神准备。胖子幸灾乐祸地一脸坏笑，搂住明叔的肩膀："这回咱们算是一根绳上拴的蚂蚱了，走不了我们，也跑不了你们，想分都分不开了。《我给亲人熬鸡蛋》里怎么唱的来着？噢，对了，这叫'不是一家人，胜似一家人'啊，您猜怎么着，它是这么这么着……"

胖子在一边添油加醋地给明叔侃了一道无底鬼洞的事迹。我则把Shirley 杨拉到一旁，问她究竟是怎么发现这些事情的，为什么说大伙都被阿香的眼睛给骗了。

Shirley 杨将我带到最后几张人皮壁画前，指给我看上边向蛇神之骨献祭的仪式——原来蛇神埋骨的地方，就是我们在黑沙漠扎格拉玛神山下见到的鬼洞。

这些人皮壁画并未明确地指出蛇神之骨是在西域，但结合世界制敌宝珠雄师大王的长诗，就不难做出这样的判断。在昆仑山遥远的北方，有一处藏有宝藏的僧格南允洞窟，里面有五个宝盒，分别被用来放置蛇神的骨骸。蛇神的两个神迹，一个是身体腐烂得只剩骨架，但它的大脑依然保存着"行境幻化"的力量；另外一个则是蛇头上的那颗巨眼，可以使它的灵魂长生不灭，在天地与时间的尽头，它会像凤凰一样，从尸骨中涅槃重生，并且这个巨眼还可以作为通向"行境幻化"之门的通道，也就是佛经中描述的第六种眼睛——"无界妖瞳"。

如果用科学来解释，恐怕这"行境幻化"就是美国堪萨斯特殊现象与病例研究中心的专家们一直研究的虚数空间。神话传说中凤凰胆是蛇神的眼睛，但没有人亲眼见过。虚数空间里是否真的有蛇骨，那是无法确认的，也许蛇骨只是某种象征性的东西。

在人皮壁画最后的仪式描绘中，魔国的先祖取走了蛇骨的眼睛，并且掌握了其中的秘密，然后远赴昆仑山喀拉米尔，建立了庞大的宗教神权。每当国中有拥有鬼眼的鬼母，便要开启眼中的通道，举行繁杂的仪式，将

第二十四章 真实的恶罗海城

俘虏来的奴隶用来祭祀蛇骨。凡是用肉眼见过"行境幻化"的奴隶，都会被钉上眼球的印记，然后像牲口般地圈养起来，直到他们血液凝固而死。魔国的人认为，那些血都被"行境幻化"吸收了，然后由信徒吃净他们的肉。只有固守这样信仰的人，才被他们认为是修持纯洁的男女信徒，在本世将获得幸福、欢乐还有权力，在来世也会得到无比的神通力，这与后世轮回宗教义的真谛完全一样。

魔国附近的若干国家，无数的百姓都沦为了蛇骨祭品，但魔国中的祭师大多善于驱使野兽和昆虫，各国难以对敌。直到格萨尔王与莲花生大师携手，派勇士潜入魔域，将那颗转生的宝珠凤凰胆用计夺走，加之不久以后，魔国的主城恶罗海城神秘地毁灭，双方力量立时发生逆转，联军（长诗中称其为"雄师"）扫荡了妖魔的巢穴。世界制敌宝珠雄师大王的事迹，在雪域高原说唱诗人的口中传唱至今。

凤凰胆很可能在那个动荡不安的时代流入了中原，如果周文王占卜此物为长生不灭之物，也可以说是有道理的。

到此为止，凤凰胆的来龙去脉基本上算是搞清楚了，但我们所在的恶罗海城又是什么？这里的人都到哪儿去了？为什么城中的时间凝固在了一瞬间？

Shirley 杨说："恶罗海城中的居民去了哪里，大概只有他们自己清楚。老胡我记得你在九层妖楼中和我提过，那具冰川水晶尸似乎少了些什么。轮回宗的人不辞辛苦，挖开了妖塔与'灾难之门'，这些都是为了什么？但当时局面混乱，咱们没有来得及细想。现在回忆起来，那具冰川水晶尸，没有眼睛和脑子。"

我只模糊地记得，冰川水晶尸皮肉都是透明的，只有五脏六腑是暗红色，好像鲜红的玛瑙。轮回宗原来是将它的头脑包括妖瞳都取了出来，放入了"灾难之门"后边。轮回宗找不到蛇骨埋葬之地，却可以设置一条通道，或者说是镜像。

Shirley 杨说，她一直看到人皮壁画中最后的仪式部分，才明白究竟。轮回宗想继续祖先的祭祀，开启了一座本已消失于世的古城。这座城是鬼母生前的记忆。举个例子来说，在那屠房里，刚刚被斩首的牦牛，煮熟的牛肉，门上未干的血手印，也许并非发生于同一时段，这些都是在鬼母眼中留下深刻印象的碎片，通过妖瞳在"虚数空间"里构造的一座记忆之城。

连铁棒喇嘛都承认阿香有着野兽一样敏感的双眼，这使我们对她产生了一种盲目的依赖与信任。她根本不能分辨出这通过记忆建立在"虚数空间"中的古城。虽然只是鬼眼利用鬼洞的能量创造出来的镜像之城，但它同样是客观真实存在的。如同黑沙漠中那个没有底的鬼洞，看到它的人都会成为蛇骨的祭品。可以随时离开，但临死的时候，你还是属于这里的，到天涯海角都逃不开、甩不掉。鬼洞是个永无休止的噩梦！

这时明叔被胖子一通猛侃，唬得魂不附体，走过来又同我确认，我把Shirley杨的话简单地对他讲了一遍。明叔哭丧着脸对我说："胡老弟啊，真没想到会是这个样子，我做牛做马，像条狗一样辛辛苦苦打拼了一辈子，想不到临死也要像条狗，成了什么蛇骨的祭品。唉，我也就算了，可怜阿香才有多大年纪，我对不住她的亲生父母，死也闭不上眼啊。"

我对众人说："虽然明叔同阿香被卷了进来，而且这座城也并非真正的恶罗海城，但事物都有它的两面性，如果不到这里，咱们也无法见到这些记录着魔国真相的人皮壁画，这说明咱们还是命不该绝。那么然后呢，然后……"

Shirley杨接口说："然后只要找到真正的恶罗海城遗迹，在最深处的祭坛里，举行相反的仪式，用凤凰胆关闭'行境幻化'，这个诅咒也就会随之结束。我不相信世界上有什么诅咒，我想这种鬼洞的诅咒，很可能是一种通过眼睛来传染的病毒，一种只存在于那个'虚数空间'中的病毒。切断它们之间的联系，是消除它最直接最有效的途径。"

明叔一听还有救，立马来了精神，忙问如何才能找到真正的恶罗海城遗迹，这才是重中之重，能否保命，全在于此了。

我此刻也醒悟过来。一个环节的突破，带来的是全盘皆活。我马上招呼众人快向上走，回到城边的绿岩上去。于是大伙抄起东西，匆匆忙忙按原路返回。

第二十四章 真实的恶罗海城

绿岩的两侧，一边是笼罩在暮色中的恶罗海城，但那是鬼母的记忆；而绿岩的另一边，是清澈透明的风蚀湖，湖中的大群白胡子鱼，以及湖底那密密麻麻的风蚀岩洞，都清晰可见。

传说中恶罗海城就位于"灾难之门"后边，真实的恶罗海城，应该与那记忆中的古城完全一样，全部是利用天然的巨大风蚀岩建成。此时众人望着湖底蜂巢般的窟窿，已经都明白了。由于魔国崇拜深渊和洞穴，所以城下的洞窟挖得太深了，真正的恶罗海城已经沉入了地下，被水淹没，几千年沧海桑田，变成了现在这处明镜般的风蚀湖。至于城中的居民变为鱼的传说，应该是无稽之谈，说他们都在地陷灾难的时候死掉喂了鱼还差不多。传说蛟鱼最喜戏珠，那些凶猛的黑白斑纹蛟，之所以不断袭击湖中的鱼群，大概是想占了湖底的珠子，也许轮回宗的人就是将鬼母的眼睛放在了湖底。

当然在见到之前，还只是全部停留在猜测阶段，不过有一点可以肯定，想找到更深处的祭坛，就要冒险从中间最大的风洞下去。

站在绿岩上向下看，风蚀湖底最大的风洞中一片漆黑，不知道究竟有多深，对比那座由记忆碎片拼接成的影之城，不难看出湖底最大的洞窟，就是被位于蜂巢顶端那颗巨大的石眼砸出来的。在恶罗海城倒塌陷落的时候，那枚重达千斤的巨石将主城的顶壁穿破，直接贯穿下去。通过我们刚才在城中看到的结构，下面纵然崩塌了，那石眼也不会陷进去太深，而且湖水并没有形成强力的潜流或漩涡，只是从城池废墟的缝隙间渗透下去，这些迹象都说明湖水并不算深。但如果想进入比蜂巢更深的神殿和祭坛，那就要穿过随时会倒塌的风蚀岩洞，可以说下去的人是要把脑袋别到裤腰带上去玩命的。

这时明叔颈后的印记比刚才要深得多了，看来留给我们的时间非常有限。像他这个年纪，除非和陈教授一样，远远地逃到大洋彼岸，否则留在古城遗迹附近，恐怕是活不过两三天的。

明叔老泪纵横，对我们唠唠叨叨，不下去是死，下去的话更是拿脑袋往枪口上撞。湖中鱼群虽然不伤人，但那两条黑白斑纹蛟指不定什么时候

187

就突然蹿下来，它们那种狂暴凶残的猛兽，一旦在水下冲击起来，绝非人力可以抵挡，而且谁能保证地下深处没有更危险的事物？他越想越觉得腿软。

我和胖子、Shirley 杨忙着做下水前的准备，没空去体会明叔复杂的心情。除了保留必要的武器炸药以及照明器材、燃料、药品、御寒的冲锋衣之外，其余的东西全部抛弃。按照我们的判断，因为原址已经被水淹没了，所以冰川水晶尸的脑子肯定是被轮回宗埋在了影之城的下方，而它的双眼应该是在恶罗海城真正遗址的正下方，不过最大的可能是，它们已经被吞进鱼王的肚子里去了。当然这些并不重要，只要顺着废墟潜入地下深处的祭坛就可以了。但魔国的祭坛，在经过了如此漫长的岁月之后，是否还能在地底保留下来，仍然是个未知数。

我对胖子和 Shirley 杨说："咱们进藏前，我请我师兄起了一课，遇水方能得中道。以前我对此将信将疑，现在看来，无不应验，此行必不落空。"

胖子说："芳香的花不一定好看，能干的人不一定会说。我就什么也不说了，等找到了地方你们就瞧我的。鬼洞妖洞我不管了，反正咱们不能空手而回，有什么珍珠玛瑙的肯定要凿下来带回去。甭多说了，这就走，下水。"说完按住嘴上的呼吸器和潜水镜，笔直地跳进了风蚀湖，激起了一大片白珍珠一般的水花，惊得湖中游鱼到处逃窜。

Shirley 杨对我说："当初如果不是我要去新疆的沙漠，也不会惹出这许多事来。我知道你和胖子很大方，抱歉和感激的话我都不说了，但还是要嘱咐你一句，务必要谨慎，最后的时刻，千万不能大意。"

我对 Shirley 杨点了点头，她也由绿岩跳入湖中。我对身后的明叔与阿香嘱咐了几句，让他们就在此等候，等我们完事后一定回来接他们，随后也纵身从岩上跃下。湖里的鱼阵还在水晶墙附近缓缓移动，并没有因为三人接连落水而散开。

第二十五章
掉落

刚与胖子、Shirley 杨在湖中会合,还没等展开行动,明叔带着阿香也溜到了水里。我对明叔说:"这可真添乱,你们在上面待得好好的,下来搅和什么?咱们又没有那么多的氧气瓶。"

明叔拽着阿香,边踩水边对我说:"哎呀……别提了,刚才在上面看到,那林子里又有动静,怕是那两条斑纹蛟起了性子,又要到湖里吃鱼了,我就想在上边提醒你们,但腿有些发软,没站稳,就掉下来了。"

我回头望了望风蚀湖边的林子,只有山间轻微的风掠过树梢,不见有什么异常的动静,随即明白过来。事情明摆着,明叔这死老头子担心我们下去上不来,找到祭坛后另寻道路走脱,撇下他不管——他有这种担心不是一天两天了。

既然他们下来了,我也没办法,总不能让他们泡在水中不管。但他们只有潜水镜,没有氧气瓶,只好还按先前的办法,众人共用氧气瓶。于是让大伙聚拢在一起,重新部署了一番,从那个被巨大石眼砸破的风蚀岩洞下去,哪儿往下渗水渗得厉害就从哪儿走。

我们刚要下去,湖中的鱼群突然出现了一阵骚动,那些非白胡子鱼的鱼类像是没头苍蝇般地乱窜，一旦逃进湖底的岩洞中，就再也不肯出来，而上万条结成鱼阵的白胡子鱼也微微战栗，似乎显得极为紧张。

我立刻感到不妙，心中暗想：看来这位明叔不仅是我们这边的意大利人，除了帮倒忙，他还有衰嘴大帝的潜质。

刚有这个念头，湖中那鱼阵就已经有一部分散开了，似乎是里面的白胡子老鱼伤势过重，挂不住这些鱼了，而有些白胡子鱼感到它们的祖宗可能快不行了，斗志也随即瓦解，但还是有一部分紧紧衔成一团，宁死不散，不过规模实在是太小了。

我估计这鱼阵一散，或者阵势减弱，山后的斑纹蛟很快就会蹿出来，它们是不会放过咬死这条老鱼的机会的。稍后在这片宁静的风蚀湖里，恐怕又会掀起一阵血雨腥风，一旦双方打将起来，倘若老鱼被咬死，那想再下水就没机会了。

机不可失，我赶紧打个向下的手势，众人一齐潜入湖底。剩余的鱼阵正向湖心移动，我们刚好从它的下方游过。密集的白胡子鱼，一只只面无表情，鱼眼发直，当然鱼类本身就是没有表情的，但是在水底近距离看到这个场面，会觉得这些白胡子鱼像是一队队慷慨赴死、即将临阵的将士，木然的神情平添了几分悲壮色彩。

湖下不太深的地方就是蜂巢顶端的破洞，刚刚潜入其中，湖中的水就被搅开了锅，一股股污血和白胡子鱼的碎肉、鱼鳞，都被向下渗的暗流带进风蚀岩两侧的洞内。

胖子对我打了个手势，看来上边已经干起来了，又指了指下面，下行的道路被一个巨大的石球堵死了，不过已经看不出石眼的原貌，上面聚集了厚厚一层的透明蜉蝣，以及各种处于生物链末端的小虾小鱼，只能从侧面绕下去了。于是众人轮番使用呼吸器，缓缓游向侧面的洞口，越向深处，就感觉水流向下的暗涌越强大。

在一个岩洞的通道里，Shirley 杨逐步摸索着，确认哪个方向可行。直接向下是最危险的，这千万年的风蚀岩承受着巨大的压力，早已不堪重负，指不定头顶的石眼什么时候会砸下，被拍下就得变成一堆肉酱。安全起见，

第二十五章 掉落

只有从侧面迂回下去最为保险。

最后我们潜入一个百余平方米的大风洞里，这里像是以前古城的某处大厅，有几分像是神殿，顶壁已经破了个大洞，但里面储满了水，水流相对稳定，似乎是只有上面那一个入口。别的路都被岩沙碎石封堵，虽然水流可以渗过，但人却过不去。众人只好举着照明探灯在水下摸了一圈，氧气所剩不多，再找不到路的话，就是死路一条。

正在无路可走，众人感到十分焦虑之时，大厅中的湖水突然变得混浊，我抬头一看，顿觉不妙。那条十几米长的老鱼，正被两只猛恶的斑纹蛟咬住不放，挣扎着向我们所在的湖底大厅里游来。

斑纹蛟都是四五米长的身躯，虽然跟白胡子老鱼相比小了许多，但怪力无穷，身体一扭，就扯掉一大条鱼肉。那条老鱼遍体鳞伤，垂死挣扎，拖着这两个死对头沉了下来，不时地用鱼身撞击水底的墙壁，希望能将它们甩掉。此时双方纠缠在一起，翻滚着落入水下神殿。

在这些水下的庞然大物面前，人类的力量实在是微不足道。我对众人打个手势，赶快散开，向上游去，这神殿虽然宽敞，却经不住它们如此折腾。但在水底行动缓慢，不等众人分散，老鱼已经带着两条斑纹蛟倒撞到殿底。

神殿底部也是雪白的风蚀岩，那条体大如龙的白胡子鱼，受伤发狂后的力量何等巨大，它的鱼头又坚硬无比，直接将地面撞出了一个大洞。然而这神殿底层也很坚固，鱼头刚好卡在其中无法行动，想冲下去却使不上劲，想抽回来又不可能，只有拼命乱摆着鱼尾，一股股浊血将水下神殿的湖水都快染红了。

一切计划都被打乱了，我们怕在混乱中被它的鱼尾甩中，分散在四处角落躲避。由于已经散开，又是在水下，我根本没办法确认其余的人是否还活着，众人只能自求多福了。

两头黑白斑纹蛟见老鱼被困，欣喜若狂，在水下张牙舞爪地转圈，正盘算着从哪儿下口结束鱼王的性命。它们被水中的血液所刺激，跟吸了大烟一样，显得有些兴奋过度。这一折腾不要紧，竟然发现了这殿中还有人，其中一只在水下一摆尾巴，像个黑白纹的鱼雷一般，蹿了过去。

191

这时殿底的窟窿四周开始出现裂缝，混浊的血水跟着灌下，能见度立刻提高了不少。我用水下探照灯一扫，只见蹿出来的斑纹蛟直扑向不远处的 Shirley 杨和阿香。她们二人共用一个氧气瓶，都躲在殿角想找机会离开，但已经来不及了，我想过去救援，又怎能比那鱼雷还快的斑纹蛟迅速，而且就算过去，也不够它塞牙缝的。

形势万分危急，突然水下潜流的压力猛然增大，那颗卡在蜂巢中间的千钧石眼终于落了下来。扑向 Shirley 杨与阿香的那头斑纹蛟，也被这突如其来的巨石吓傻了，竟然忘了躲闪，被砸个正着。这湖水的浮力有限，巨石的下坠本身就有上面整湖的水跟着下灌，砸到斑纹蛟之后连个愣都没打，紧跟着将水下的殿底砸穿，这殿中所有的事物都一股脑地被巨大的水流带着向下冲去。

我在水里只觉得天旋地转，身体像是掉入了没有底的鬼洞，下面是个大得难以想象的地下空间，只能闭住口鼻，防止被激流呛到。恍惚间，我发觉下面有大片的白色光芒，似乎是产生了光怪陆离的幻觉，也不知其余的人都到哪儿去了。

我们的身体落入一个湖中，这里的岩石上隐约有淡薄的荧光，但看不太真切，头上有数百个大小不等的水柱，透过头顶的各处岩洞倒灌入湖中。忽然一只有力的手将我拉住。我定神一看，原来是胖子。见了生死相随的同伴，顿觉安心不少，我们拍亮了头盔上的射灯，寻找另外三个人的下落。

由于这里的水还在继续向东边的深涧里滚滚流淌，稍一松懈，就有可能被冲下去。我和胖子只好先游到附近的岸上，扯开嗓门大喊了半天，但都被水流冲下的声音淹没了。明叔、阿香、Shirley 杨都下落不明。

我和胖子一商量，肯定是被水冲到下游去了，赶紧绕路下去找吧，活要见人，死要见尸。这地下的世界，地形地貌之奇特，实属我们平生所未见，刚一举步，就见一只大蜻蜓般的水生蜉蝣，全身闪着荧光从头顶飞过。它竟然有六寸多长，像是空中飞舞着的白色幽灵。

就这么一走神，加上失散了好几个人，心神有些恍惚，没注意看脚下是一个碎石坡，二人踩到上边收不住脚，翻滚着滑落下去，还没等反应过来，

第二十五章 掉落

就已经凌空落下。我们摔下七八米，落在一个蓬蓬松松的大垫子上，一时头昏脑涨。好在这地方很软，摔下来也不疼，但是突然发觉不太对，这手感……竟然是掉到了一块肉上。我们赶紧让自己的神志镇定下来，仔细一看，不是肉。我和胖子对望了一眼："这他妈八成是蘑菇啊……十层楼高的帝王蘑菇。"

这地下的庞大空间中，水边有无数飞舞的大蜉蝣，它们的生命很短暂，从水中的幼虫生出翅膀后，大约只能在空中活几分钟的时间，这时它们的身体将散播出一种特殊的荧光粉，死后仍会持续发光一段时间，所以整个地下都笼罩在一层朦胧神秘的白色荧光之中。

随着在地底的时间渐久，我们的眼睛已经逐渐适应了这种暗淡的地底荧光，看周围的东西也不像刚开始那么模糊了。我看了看身下那个软软的大垫子，似伞似盖，中间部分发白，周围是漆黑的，确实是个罕见的大蘑菇，直径不下二十米。

这种菌类在地下潮湿的地方生长极多。看到身下这只大蘑菇，我和胖子都立刻想起在兴安岭插队的时候，到山里去采木耳，刚刚下过雨，竟然在山沟里看到一只比树都高的蘑菇，长在林子里，当时我们惊叹不已。屯子里的人说那是"皇帝蘑菇"，运气好的话，每年八月可以见到一两次。不过这东西长得快，烂得也快，早上刚看见，不到晌午可能就没了。而且长有皇帝蘑菇的森林附近都很危险，因为这东西味道太招摇，颜色又不同，其性质也千差万别，又因其稀少，很少有人能尽知其详。所以大伙看见了也只能当看不见，既不敢吃，也不敢碰，绕路走过去。

我和胖子说，这只蘑菇没有咱们在兴安岭见过的个头大，但也不算小了，应该与皇帝蘑菇是一类的。从地下湖边的碎石坡滚下来，想再爬回去几乎是不可能了，那个碎石坡实在太陡，而且一踩一滑，根本立不住脚，只好先从这只皇帝蘑菇上爬下去。

第二十六章
球虾

我们从那筛子般的洞顶被水冲到地底,和另外的几个人失散了。我最担心的就是斑纹蛟。在风蚀湖底一场混战,两只斑纹蛟的其中一只,似乎被掉下来的千钧石眼砸死了,但仍然还有一只,包括那条白胡子鱼王,应该也都被激流冲到了地下湖中。如果 Shirley 杨、明叔、阿香中有人跟它们碰上,必定凶多吉少。

想到这些,我和胖子不敢怠慢,顾不上身上的酸痛,从皇帝蘑菇的顶端爬到边缘向下观看地形。高大的皇帝蘑菇底下,长满了无数高低错落的地菇,颜色大小都参差不齐,望下去就像是一片蘑菇的森林。许多长尾蜻蜓般的大蜉蝣,像一群群白色的幽灵在其中飞舞穿梭。

远处是地下湖的第二层,我刚落入湖中的时候,感觉水流向东涌动的力量很强大,原来这巨大洞穴中的地下湖分为两层,之间有很大的落差。最上面穹顶般的洞顶上有无数洞眼,大则十几米,小则不到一米,上边的湖水以及山中的地下水,都从那些洞眼中灌注下来,所有的水柱全部流入上面的一层地下湖。这里是个倾斜的锅底,东边的地势较低,一层水满之后,形成一个大水帘,倾泻到下方的第二层地下湖里。那片湖规模更加庞大,水势大的区域,黑一块白一块,难辨其全貌。

如果其余的人还活着,就很有可能是被水流冲到地下湖的第二层去了,皇帝蘑菇就生长在距离第二层地下湖不远的地方。我们居高临下,想从高处寻找失踪的 Shirley 杨等人,但只见到水里不时跃起几条大鱼,哪里见得到半个人影。我让胖子留在这里瞭望,自己下去先沿着湖边找上一圈再说。

正要用伞兵刀扎着蘑菇下去,却见下面的湖中游上来一个人,虽然看不清面目,但看那身形,肯定是明叔。只见明叔爬上了岸,吃力地走了几步,向四周看了看,便径直走入了皇帝蘑菇下的蘑菇森林中,似乎也是想爬到高处看明地形。

我对胖子说,这老港农命还真够大的,他既然是奔这边来的,就由胖子暂时照顾他,我再去湖边找其他的两个人,最后在这最为明显的皇帝蘑菇附近会合。

我正要动身下去,却突然看见明叔在高高矮矮的蘑菇中走了十几米,大概是由于连惊带吓,疲劳过度,脚底下迈不开步子,绊倒在地,摔了个狗啃泥,躺在地上翻了个身,揉着胳膊很久也不起身,似乎是有点自暴自弃了。

按说明叔摔着一跤,本也不算什么,但他身子沉重,惊动了附近的一个东西。我和胖子在高处借着惨淡的荧光,发现离他不远处的那片蘑菇忽然一阵乱动,里面有个全身黑壳的东西在慢慢蠕动。那黑壳是一层接一层的圆弧形,身子很长。我心里"咯噔"一下,不好,像是条大蜈蚣!要真是蜈蚣,那得多大的个头?

明叔四仰八叉地躺在地上,嘴里一张一合似是在自言自语,可能又在怨天尤人,但对附近的危险完全没有察觉。我和胖子想在皇帝蘑菇上喊他小心,但声音都被附近水流的声音遮盖了,不在近前说话根本听不到。

我的那支霰弹枪已经在风蚀湖底的混战中丢了,只剩下手枪。胖子身上的东西却没怎么损失,运动步枪始终背在身上,这时举枪想要射击。我忙按住他的枪身,步枪的射程虽然能够及远,但口径不行,在这里开枪无济于事,就算是打明叔附近的地方给他示警,也未必能够救他。一旦让他看见那条大蜈蚣，肯定吓得两腿发软，半步也跑不出去，我只能赶紧冲下去救他。

但蘑菇森林中全是密密麻麻的蘑菇，在高处虽然能看见明叔和那条大蜈蚣，但一下去视线必被遮挡，必须由胖子作为瞭望手，在高处用手语为我指明复杂的地形，并且在关键时刻用步枪进行掩护射击。

当然这是争分夺秒的行动，根本来不及把这些计划进行部署。我只对胖子说了一句看我信号行动，就将伞兵刀插在皇帝蘑菇上，从倾斜的伞盖上向下滑落。下面也有些很高大的蘑菇，呈梯形分布，遇到斜度大不能落脚的地方，我就用伞兵刀减速，很快就下到了底部。这里也没有地面，底下满满一层，全部都是手指大的小蘑菇，附近则都是一米多长的大蘑菇。

我回头望了一眼上面的胖子，胖子把步枪吊在胸前，挥动着两只胳膊，打出海军通信联络用的旗语。这都是以前在福建学的，很简单，也很直观。看他的动作是表示对方移动缓慢，然后指明了方向。

我对他一挥胳膊，表示收到信号。这时蘑菇森林中出现了一层淡淡的雾气，我担心蜈蚣放出毒来，从携行袋里掏出防毒面具戴上，双手握住M1911，压低枪口，快速向明叔的位置接近。

在胖子指示了几个方位之后，我找到了躺在地上的明叔，不远处有"喊喊嚓嚓"的声音，好像无数脚爪乱挠，听得人心里发怵，而且这里水声已弱，更是格外令人心慌。

我悄悄接近，想把明叔拽起来，立刻跑路，明叔突然见到防毒面具，也吓了一跳，但随即知道是自己人，瞪着呆滞的双眼冲我笑了笑，想挣扎着爬将起来，但两条腿似乎变成了面条，怎么也不听使唤。我急于离开这片危机四伏的区域，于是对他做了个噤声的手势，示意他不要发出任何动静，然后将他背了起来。

但还没等迈动步伐，就听身后的明叔忽然发出一阵大笑，我当时心里就凉了半截，这王八×的老港农没安好心！帝国主义殖民地统治下的老资本家怎么会有好人，这次真是太大意了。

我立刻双脚一弹，向后摔倒，把明叔压在背下，这一下使足了劲，估计能把老港农压个半死，但明叔的笑声兀自不停，听声音已经有点岔气了，那笑声比妇人哭号还要难听十倍。

我心想这港农死到临头了还笑得出声，突然记起一句诗来，"魔鬼的宫殿在笑声中颤抖"。他妈的，临死前放声大笑是革命者的特权，你个老资本家凭什么笑，让你尝尝胡爷这双无产阶级的铁拳，给你实行实行专政，看你还笑不笑得出来！但随即发觉不对，明叔那种笑是不由自主发出来的。

我急忙用枪顶住明叔的脑袋，仔细一看，明叔已经笑得上气不接下气了，全身都在抽搐，嘴里都吐白沫了，再笑下去恐怕就要归位了——他这是中毒了。

我四下里一看，发现明叔刚才摔倒的地方有一簇簇与众不同的小蘑菇，上面有层绿色的粉末，他十有八九摔倒的时候在上面舔了一口，这是不是就是传说中的笑菇？这粉末竟然如此厉害，沾到口中一点就变成这样，这么笑下去不出几分钟，就能要了人命。

我急中生智，赶紧猛抽了明叔几个耳刮子，又掏出北地玄珠放在他鼻端。这北地玄珠的气味非常刺激，明叔一闻之下，猛打了几个喷嚏，这才止住笑声，但脸上的肌肉都笑抽了筋，一时恢复不过来，鼻涕眼泪流了一脸，真是狼狈到了极点。

这时一颗步枪子弹射在了我附近的蘑菇上。我猛一回头，看到胖子在皇帝蘑菇上举着枪不断挥动，好像在通知我们赶快撤离。

附近的一片大蘑菇一阵晃动，那条全身黑色甲壳的大蜈蚣钻了出来，明叔的位置刚好暴露在它的面前。我急忙向后退了几步，扯掉防毒面具，先对皇帝蘑菇上的胖子打个不要开枪的信号，然后惊慌地对明叔说："明叔，你身后这蜈蚣怕是要把你吃了。你舍身救我，我一辈子也不忘，回家后一定给你多烧纸钱。你是救人而死，一定可以成正果，我先恭喜你了。"

明叔惊得呆了，忙回过头去看身后，两眼一翻就要晕倒。我赶紧把他拉起来，对他说道："行了，不跟您老人家开玩笑了，那家伙一露头，我就看出来了，不是蜈蚣，是只生长在地下的大球虾，是吃素的和尚。当年我们师不知道在昆仑山地下挖出来过多少只，很平常。"

明叔听我这么说，这才仔细看身后那东西，五六米长的一只节肢类球虾。这只又胖又粗的大甲虫头前长着一对弯曲坚硬的触角，用来感应探路，全身都是黑色，只有脚爪是白的，粗胖的身躯下也有蜈蚣那样的百足。这东西很蠢，只吃地下的菌类。

明叔长出一口大气，抹了抹汗，这条老命算是又从鬼门关里捡回来了，勉强对我苦笑了一下。我问他有没有见到Shirley杨和阿香。

明叔刚要回答，忽听一阵脚爪挠动的声音，我们扭头一看，见附近那只球虾的身体缩成了一团，一节节的圆弧甲壳将它包成了一个大轮胎的样子。我脑门子上的青筋一蹦，这是御敌姿态，在附近一定有某种巨大的威胁。我抬头去看高处的胖子，胖子已经不用旗语了，抡起胳膊就一个动作："危险，快向回跑！"

在起伏错落的蘑菇森林中，虾球突然缩成了一团，站在皇帝蘑菇上的胖子也不断抡起胳膊，打出紧急撤退的信号。我见状急忙一把揪住明叔的胳膊，倒拖了他向后边走。

身后传来一阵阵蘑菇晃动的声响，听声音至少是三面合围，只有湖边那个方向没有。我也顾不得回头去看究竟是什么东西，只管向胖子所在的位置一路狂奔。胖子始终没有开枪，这说明那些东西离我们尚远，或者没有追击上来。等我们攀着梯形蘑菇山，回到皇帝蘑菇上的时候，明叔立刻倒了下去，"呼哧呼哧"像个破风箱似的喘作一团。

我和胖子拿出望远镜，顺着来路向回望去，就在刚才那片蘑菇丛林的空地上，出现了数百只形态好像小狐狸或雪鼠的"地观音"。这种家伙皮毛胜似银狐，齿爪锋利，擅长打洞，又因其叫声似虎，所以学名叫作"雪獓"。不过它们只能在有温泉或地热的区域里生存，生性狡猾残忍，在喀拉米尔也有人俗称它们为"地狼"，或者叫"地观音"。很多当地人家中都有这种动物毛皮制成的生活用品，价值极高。东北也有，不过数量少，毛皮样子也不如昆仑山的，更像是黄鼠狼。

大群"地观音"像是一道白色围墙，将那只球虾紧紧围住，它们好像纪律森严，谁也没有轻举妄动，只是沉默地趴在周围。不多时，从队中爬出一只银毛"地观音",似乎是这些"地观音"的首领。只见它抬着前爪人立起来,用爪子推了推那一动不动的球虾,然后围着它转了两圈,便又回归本队。

这时,其余的"地观音"纷纷上前,接近球虾后,在极近的距离张开嘴,顺着球虾紧紧缩住的硬壳缝隙吹气。没一会儿的工夫,那球虾似乎耐不住痒一般,把缩紧的甲壳伸展开来,没有半点反抗,被数十只"地观音"推翻过去,仰面朝天,只能任其宰割。

由于距离太远,虽然这洞中到处都有荧光,但光线也都被地下空间的黑暗吸收减弱了,我和胖子无法看清那些"地观音"使的是什么邪招,只见那可怜的球虾像只大虾一般,顷刻间就被剥去了壳,露出里面半透明的肉来。那群"地观音"剥了球虾的肉,扛在身上,抬向远处的角落里去了。

我和胖子面面相觑,趴在皇帝蘑菇上,半天都说不出话来。那成百上千的"地观音",我们倒不在乎,只是刚刚那一幕,却绝不是"地观音"这种野兽能做出的行为。它们的习性都是三五成群,很少有这么多聚集在一起,而且又井然有序,最不可思议的是它们剥了球虾之后,并不争食,好像是在举行什么仪式一般,将食物运到别处。可这些家伙并不像白蚁那样有储藏食物的习惯,这种行为太反常了。

胖子想了半天说:"也许它们知道最近物价上涨幅度比较大,想囤积点紧俏物资,这就是一群搞投机倒把的。"

我摇了摇头,突然产生了一种不祥的预感。在那些记载着古老仪式与传说的人皮壁画和世界制敌宝珠雄师大王的事迹里,都不止一次提到魔国的祭师可以驱使野兽,统领妖奴。这种事也不是不可能,古时一些已经失传的药草和配方,确实可以控制野兽的简单行为。

我感到那些"地观音"很不寻常,它们一定受到某种力量的控制,那些食物也不是给自己吃的,也许在那地下祭坛附近,有某种守护祭坛的东西,这些奴才可能都是给它运送食物的。如果 Shirley 杨和阿香误入祭坛,她们势单力孤,那可就麻烦了。

眼看大群"地观音"远远离开,它们大概又去捕别的食物了。明叔也总算把那口气喘匀实了。我问他能不能自己走动，要是走不了，就留在这里等着我们，我们得到第二层地下湖去找失散的那两个人了。可能这皇帝蘑菇上有种特殊的物质，一般的生物不敢接近，留在这里应该还是比较安全的。

明叔立刻表明态度，被水从神殿里冲下来的时候，他没看见其余的人，仗着自己水性精熟，大江大洋也曾游过，才没喝几口水保下这条命来。现在当然是要一起去找，阿香要是有个三长两短，他死不瞑目。

于是我们从皇帝蘑菇上下来，迂回到地下湖边。这里的大蜉蝣更多，不仅空中，地上也全是未能蜕壳的幼虫尸体，整个区域笼罩在一片死亡的荧光之中。

湖边还有几条巨大的天然隧道，地下湖的湖水分流而入，形成一条条庞大的暗河。这还只是暴露出来的，加上隐藏在地下更深处的水系，造就了这里错综复杂的巨型水网。

有件事不用说大伙也清楚，我们现在基本上已经迷路了，根本不敢离开双层地下湖太远。四周全是未知的区域，完全陌生的地质地貌，包括那些从没见过的古怪昆虫，那筛子般的弧顶，下来容易，上去难，没有可能再从那里回去，想到这些便觉得有些忧心忡忡。Shirley 杨身上带着照明弹和信号枪，按理说应该通过这种工具跟我们取得联系，但迟迟不见动静……我实在是不敢往坏处去想。

这片地下湖甚大，我们沿着湖走了很久，才走了不到小半圈，但始终不见 Shirley 杨和阿香的踪影。胖子倒是还撑得住，什么时候都那个德行，就是饥饿难耐，看见什么都打算捉了烤烤吃掉。而明叔则是又累又饿，像个泄了气的皮球。于是我给他们鼓了鼓劲，说这地下湖里肯定有好东西，早就听说龙顶有西王母炼的龙丹，说不定咱们走着走着，就能捡上一锅，吃一粒身轻如燕，吃两粒脱胎换骨，吃一把就与天地同寿了。

胖子说道："胡司令，你又来唬我们，我听这套说辞怎么有点像算命的陈瞎子卖大力丸时侃的？你现在也甭提什么龙丹仙丸，能给我来把炒黄豆，我就知足了。"

第二十六章 球虾

我对胖子说："你这是小农主义思想，小富即安，炒黄豆有什么吃头？我真不是蒙你们，这片地下湖绝不是一般的水，这是什么地方？在风水中这是龙顶，这些水都是祖龙的脑浆子，不信你下去喝两口试试，比豆汁营养价值还高，随便喝几口也能解饱。"

明叔一听我们说到吃的东西，咽了口唾沫，不以为然地说："豆汁那是很难喝的啦，想当初我在南洋，什么没喝过？当然是什么都喝过了。我们那里也很注重风水的，但是难道风水好的地方，水就有营养？没有这个道理啦，胡老弟你这可就有点乱盖了。"

我心想这港农刚才不是吓得跟三孙子似的吗？于是对明叔说："风水一道，不得真传，终是伪学，您老人家对这里边的门道才了解多少？我实话告诉你吧，这地下湖的水不仅好喝，而且还值大钱，中国的龙脉值多少钱，这湖就值多少钱。并不是有昆仑才有龙脉之发，没有这片湖，昆仑祖龙就什么都不是。古人有个很恰当的比喻——'无襄阳荆州不足以用武，无汉中则巴蜀不足以存险，无关中河南不能以豫居，形势使然也'。由于风与水本身就是客观存在的，同样，没有这些地下水，昆仑山也就不配为龙首了。虽然除了古代魔国的信徒，可能外人没见过这片地下水系，但在几乎所有的风水理论中，都已经论证了它的存在，这就叫天地之造化，阴阳之同理。"

一番阔论，把明叔侃得哑口无言，但这一分散注意力，也就不觉得过于疲乏了。饿就只能忍着，等把下落不明的 Shirley 杨和阿香找到，才能想办法去祭五脏庙。我们沿着地下湖的边缘绕了快一圈了，越走心里越凉，生不见人，死不见尸。我们望着黑气沉重的湖中，生怕她们都已经喂了大鱼了，或者是被冲进了更深的地方。这黑咕隆咚的上哪儿找去？

正当我们焦急不已，打算到那几条暗河河道里去找的时候，突然从下层地下湖的中心，升起了一枚照明弹。照明弹悬在空中，把湖面照得一片通明，四周受惊的蜉蝣曳着光尾向各处飞散，流光乱舞。这时的景象，就如同在黑暗的天幕里爆开的烟花一样光芒灿烂。

我和明叔、胖子三人惊喜交加，惊的是我们绕着地下湖搜寻未果，原来在黑暗的湖心有个小小的湖心岛，确实出人意料；喜的是既然那边打出

201

照明弹，就说明 Shirley 杨至少还活着，也许阿香就在她身边，但借着惨白的光亮，湖中的小岛上只有隆起的一个锥形山，却不见半个人影。光线逐渐变弱，没等我们仔细看，那光线就消失在了湖中的黑暗里。

明叔一惊："既然没有人，那照明弹是谁打的？而且为什么隔了这么久才发信号？"这一连串的疑问，无外乎就是想说也许湖中的小岛上有陷阱，这是引大伙上钩，贸然前往，难免被人包了饺子，还是应该从长计议。

我没有理睬明叔的猜测，趁着照明弹还悬在半空并未全熄灭，举起望远镜仔细看了看湖中的地形。岛上确实没人，但是我留意到刚才那颗照明弹射上来的角度是垂直的，而不是我们通常采用的弧线发射法；另外高度也不对，这说明照明弹是从水平面以下打上去的。湖中那个岛上一定有个洞口，她们有可能陷在其中。事不宜迟，我们应该尽快泅渡过去支援她们。

三人对身上的装备稍一整理，拿出仅剩的一个探照灯，一刻也没敢耽搁，便拼命游到湖心岛上，但却发现这孤零零的湖中小岛附近不仅没人踪，就连地面也没有任何洞穴的痕迹，只在一块岩石后边，掉落了一把打光了子弹的 M1911，弹壳散落在四周，似乎曾经发生了一场激战，而手枪的主人当然就是 Shirley 杨。

这片岛有小半个足球场大小，中间隆起，像个喇叭似的倒扣下来，地形非常奇特。我看了看脚下的岩石，对胖子和明叔说："这是个地下死火山，上面是火山口，她们如果还活着，有可能掉进火山口了。"说完抢先跑了上去，胖子拖拽着明叔跟在后边。

跑出没几步，我就发现火山岩中散落着不少朽烂的硬柏，附近的石堆也可以看出是人为堆积的，难道死火山的山腹里，就是恶罗海城的地下祭坛？正走着，忽然看到地上掉着一只断手，血迹未干，那是只女人的手，手指上戴着个吉祥的指环，是铁棒喇嘛送给阿香的。

第二十七章
击雷山

我俯身捡起地上的断手,可以肯定这就是阿香的右手,齐腕而断,看断面上齿痕参差,是被巨大的咬合力硬生生咬断的。只有 Shirley 杨身上带有照明弹,这样看来她和阿香应该是在一起的,她们一定遇到了什么凶残的猛兽,最后退避到死火山的火山口里求援。

胖子拖着疲惫不堪的明叔从坡下跟了上来。与此同时,锥形山的上边,转出一只红色的火蜥蜴,它吐着尺许长的舌头,还保留着后冰川时期的古老特征,有数排锋利的牙齿。

我和胖子立刻拔枪射击,一阵乱枪打去,火蜥蜴被子弹撞得连连后缩,但它的皮肉之坚硬,仅次于斑纹蛟,轻武器虽然能射伤它,却都不足以致命。胖子从包里摸出三枚一组的拉火式雷管,当作手榴弹朝它扔了出去。

火蜥蜴被子弹连续击中,本想后逃,但见弹雨忽止,便又挺身前冲,胖子扔出去的拉火式雷管刚好投在它的头上,反撞落到了地上,它前冲势头不减,正好就扑在了雷管之上。

由于是在靠近火山口的位置突然遭遇,距离极近,而且拉火式雷管说炸就炸,炸石门的雷管威力很强,这么近的距离爆炸有可能同归于尽。我赶紧将明叔按倒，头顶处一声巨响，爆炸的气浪将火蜥蜴冲上了半空，很多碎石落在了我们身上，幸亏有登山头盔护着头上的要害，但暴露在外的手臂都被蹭了几条口子出来。

刺鼻的硝烟散去，那条火蜥蜴倒翻在十几米外的地方，被炸得肠穿肚烂。我刚想对胖子说，你打算玩儿命不要紧，但是最好离别人远点，别拉着我们给你垫背，但这时候，发现明叔两眼发直，盯着阿香的那只断手。我心中黯然，也不知道该怎么劝他。人的肢体断了，如果在短时间内进行手术，还可以接上，但在这种与世隔绝的环境中，怎么可能进行手术？再说这断面不是切面，也根本无法再接，甚至还不知道她现在是否还活着。

明叔愣了好一会儿才问我："这……是我干女儿的手？"也不等我回答，便垂下头，满脸颓然的神色，似乎十分痛心，又似乎非常自责。

胖子也看到了那只断手，对我撇了撇嘴，我知道他的意思是，十分为难，明叔怎么办？我对他摆了摆手，越劝越难过，什么也别说了，赶紧架着明叔上山。

于是我和胖子一人一边架着明叔的胳膊，跟拖死狗一样把他拖到锥形山的顶端，山口附近有大量的黑色火山沙。火山岩由灰白变黑，再形成沙状结晶，至少需要几百万年的时间。死火山也可以说是大自然中的一具尸体，踩着它走，切实地接触到这些亘古的巨变，会使人产生一种莫名的失落感。我甚至有些畏惧了，总是担心看到死火山的山腹里有她们的尸体。

不过路再长也有尽头，到了山顶就要面对现实。火山口比我想象的要小许多，岁月的侵蚀使得洞口坍塌了很大一部分，剩余洞口的大小也就像个工厂中的大烟囱，难怪那只火蜥蜴爬不进来。往内一张望，底下有些绿色的荧光，那种光线我们很熟悉，是荧光管发出的。我对下面喊了几声，等不及有人回答，就爬了下去。

死火山的倒喇叭口里有很多石头与黑木的井式建筑，可能是祭师通行用的，一直从底下码到顶，虽然木料已朽，但方形巨石还很坚固。我三下两下蹿到山底，只见 Shirley 杨正抱着阿香坐在角落中。我见她们还活着，"扑通扑通"直跳的心才稍稍平定了下来。

阿香的断腕处已经由 Shirley 杨做了应急处理，我问 Shirley 杨有没有受伤，阿香的伤势是否严重。

Shirley 杨对我摇了摇头，她自己倒没什么，但阿香的情况不容乐观。白胡子鱼王与斑纹蛟在水底神殿的一场混战，把殿底撞破，整个风蚀湖里的水都倒灌进了地下。Shirley 杨被涌动的激流卷到了第一层地下湖，刚露出头换了口气，就发现阿香从身边被水冲过，伸手去拉她，结果两人都被水流带入了第二层地下湖，不等上岸就遇到了水里 King Sala-mander（蜥蜴王）。阿香被它咬住了手，拖到湖中的火山岛上，Shirley 杨追了上去，在抵近射击中救下阿香。由于没有弹药了，她只好退到山上的火山口里，这才发现阿香的手已经不知什么时候被咬断了，便急忙给她包扎，但没有药品，不能完全止血，束手无策，等稳定下来，才想起来发射信号求援。

这时明叔和胖子也分别下来，胖子见众人都还活着，便用嘴叼了伞兵刀，重新爬上去，想从火蜥蜴身上割几块肉，烤熟了充饥——实在是饿得扛不住了。

明叔看了阿香的伤势，脸都吓白了，对我说："胡老弟啊，你可不能因为阿香少了只手就不要她了。现在医学很发达，回去安上只假手，戴上手套什么也看不出来，她一定能给你生个儿子……"

我对明叔说："她手没伤的时候，我就没答应娶她做老婆，我的立场不是已经表明了吗？我坚决反对包办婚姻，我爹我妈都跟我没脾气，您老现在又拿这个说事儿，这倒显得我好像嫌弃她少了一只手似的。我再说一次，阿香就是三只手，我也不能娶她，她有几只手我都不在乎。"

明叔说："哎呀，你就不要推托了，到什么山砍什么柴，你们就到香港去恋爱一段时间，那就不属于包办婚姻了。既然你不嫌弃她的手，难道你还嫌她长得不够漂亮吗？"

Shirley 杨微微皱着眉说："什么时候了还争执这些事？你们怎么就从来不考虑考虑阿香是怎么想的？在你们看来难道她就是一件谈生意的筹码？别忘了她也和你们一样有独立的意识，是个有喜怒哀乐的人。赶快想办法给她治伤，再不抑制伤势恶化，恐怕撑不过今天了。"

我和明叔被 Shirley 杨训了一顿，无话可说，虽然知道救人要紧，但在这缺医少药的情况下，想控制住这么严重的伤势，却又谈何容易。阿香的手臂已经被 Shirley 杨用绳子紧紧扎住了，暂时抑制住流血，不过这也不是长久之计，时间长了这条胳膊也别想保住了。

我苦无良策，急得来回踱步，一眼看见了胖子放在地上的背囊，心中一动，总算是抓住了救命稻草。这时候胖子也回来了，搞回来几大片蜥蜴肉。我心想胖子和明叔这俩意大利人，不帮不忙，越帮越忙，于是让他们俩去给大伙准备点吃的，由我和 Shirley 杨为阿香施救。

Shirley 杨拆下了阿香手腕上的绷带，由于没有酒精，我只好拆了一发子弹，用火药在创口上燎了一下，然后把胖子包里那几块蜕壳龟的龟壳找出来，将其中一部分碾碎了，和以清水，敷在创口处，又用胶带贴牢，外边再缠上纱布。

Shirley 杨问我这东西真的能治伤吗？我说反正明叔是这么说的，能蜕壳的老龟都有灵性，而且不会远离蜕下的龟壳，还会经常用唾液去舔，所以这龟壳能入药，除了解毒化瘀，还能生肌止血。他的干女儿这回是死是活，就看明叔有没有看走眼了，如果这东西没有他所讲的那种奇效，咱们也无力回天。虽然不是直接的致命伤，但阿香身子单薄，没有止疼药，疼也能把她活活疼死。

阿香刚刚被火药燎了一下，已经从昏迷中苏醒过来，疼得呜呜直哭。我安慰她道："伤口疼就说明快要愈合了。少了只手其实也不算什么，反正人有两只手。以前我有几个战友踩到反步兵地雷——那些雷很缺德，专门是为了把人炸残，而不致命，为的就是让伤兵成为对手的负担。结果他们受伤了之后，照样回国参加英模报告会，感动了万千群众，也都照样结婚，什么也没被耽误。"

我胡乱安慰了阿香几句，这才坐下休息，顺便看了看这里的地形。死火山是天然的，但在古时候都被人为地修整过。底下的空间不小，我们所在的中央位置，是一个类似石井的建筑，但有石头门户，越向四周地势越窄，底部与上面井口的落差并不大。死火山虽然位于地下湖之下，但里面很干燥，没有渗水的迹象。

胖子生起一堆火来，连筋骨带皮肉地翻烤着火蜥蜴。借着忽明忽暗的火光，我看见石壁上刻着很多原始的符号，像是漫天散布的星斗，其中一片眼睛星云的图案，在五爪兽纹的衬托下，正对着东方。Shirley 杨曾和我说过，《圣经》地图上有这个标志，恶罗海城真正的眼睛祭坛肯定就在离这儿不远的东面。世界制敌宝珠雄师大王的说唱诗文中，管这个地方叫作"玛噶慢宁墩"，意为"大黑天击雷山"，"大黑天"是传说中控制矿石的一种恶魔。

我想同 Shirley 杨确认一下，便问她这里是不是"击雷山"。没想到这句话刚出口，旁边的明叔突然"哎哟"了一声，胖子问他什么事一惊一乍的。

瞬间明叔脸色都变了，追问究竟，才知道原来明叔这人不是一般地迷信，尤其对批命八字更是深信不疑。他本名叫"雷显明"，一听这地名叫"击雷山"，那不就等于击他吗？

我跟胖子都不以为然，不失时机地讽刺他大惊小怪。明叔却郑重其事地说："你们后生仔不要不相信这些，这人的名字啊，往小处说事关吉凶祸福，往大处说生死命运也全在其中了。"

明叔见我们不相信，就说："那落凤坡的事太远，远的咱们就不说了。军统的头子戴笠你们都知道吧，那也是国民党内的风云人物了。他年轻的时候请人算过八字，测为火旺之相，需有水相济，于是他请人取了个别名叫'江汉津'，三个字全有水字旁，所以他在仕途上飞黄腾达啊。"

我对明叔说："是啊，飞黄腾达没飞好，结果坐飞机掉下来摔死了。改名有什么用？您就甭操那份心了。"

明叔说："不对不对，你们只知其一，不知其二。戴笠还取过很多化名，因为他们军统都是搞特工的，有时需要用化名联络。他就曾经用过洪森、沈沛霖等等化名，就连化名里都要有水。你们说是不是见鬼了，唯独他坐飞机掉下来的那天，鬼使神差地非要用'高崇岳'这个名字，见山不见水，犯了大忌了，结果飞机就撞到山上坠毁了。收尸的那些人一打听，才知道，飞机撞上的这山叫'戴山'，残骸掉进去的山沟叫'困雨沟'，分明就是收他命的鬼门关。所以这些事,真的是宁可信其有,不可信其无。"

胖子问道:"那什么你先别侃了,军统特务头子的事你怎么知道得这么清楚?你到底是什么的干活?坦白从宽,抗拒的话我们可就要对你从严了。"

明叔赶紧解释,他跟戴笠没有任何关系,这些都是当年做生意的时候,听算命先生讲的,但后来一查,果不虚言,句句属实,所以很信这些事。这样的例子数不胜数。劝我们不行就赶紧撤吧,要不然非把老命留在这儿不可。

我对明叔说:"一路上你也看见了,这地下哪里还有别的地方能走?咱们只有摸着死火山东边的地道过去,寄希望于祭坛附近能有个后门什么的。不过那也得等到咱们吃完东西,休息一下再行动,现在哪儿都去不了。"

明叔觉得反正这山里是不能待了,他坐立不安,恨不得赶快就走。他走到东面的石门前,从缝隙中探进头去张望,但刚看了没几眼,就像看见了什么可怕的东西,突然把门关死,用后背紧紧顶上,脑门子上出了一层黄豆大的汗珠,惊声道:"有人……门后有人,活……活的。"

第二十八章
白色隧道

看到明叔那煞白煞白的脸色，我心里不禁打了个突，他所说的门后有人，我倒不觉得有什么可怕，大不了兵来将挡、水来土掩也就是了。我自始至终最担心的一件事，就是明叔的精神状态。自打进藏以来，接二连三地出现伤亡，使他成了惊弓之鸟，而且这"大黑天击雷山"的地名，偏又犯了他的忌。明叔虽然也算是在大风大浪中历练过多少年的老水手了，但多疑是他的致命弱点。

在这个世界上有许多事情，不能尽信，又不可不信。但过度的迷信，只会给自己带来无法承受的精神压力，即便是有再大的本事，也会被自己的心理压力限制住，施展不出来。

此刻我已经无法判断明叔的举动是真是假了，也许他只是庸人自扰，自己吓唬自己，但稳妥起见，我还是走到石门边查看究竟。

明叔见我打算把石门打开，连忙再次对我说："门后有人，千万不能开啊！看来那边的祭坛是不能去的，胡老弟我看咱们还是想办法另找出路。"

我抬手把明叔拨开，对他说道："几百上千年没有活人进出的地方，怎么可能有人？再说咱们现在走的是华山一条路，不管里面有什么，都有必要冒险闯上一闯，否则……"我本来想告诉明叔今天再不进祭坛，其余的人倒还好说，你这老头子八成是死定了，但转念一想还是别说这件事了，再给他增加点刺激，也许他就要和陈教授一样变成精神病了。

我敷衍了明叔几句，将他劝在一旁，便来到地底石门之前。进了这死火山山腹中的神庙至今，我还没来得及仔细看这唯一的门户。这道并不厚重的石门十分古老，底部有滑动的石球作为开合机关，门上没有任何多余的装饰点缀，只在石板上浮刻着两只巨大的人眼。眼球的图腾在精绝城以及恶罗海城中，可以说遍地皆有、屡见不鲜，但石门上的眼球浮雕却与众不同。以往见到的眼睛图腾，都是没有眼皮的眼球，而这对眼睛，却是眼皮闭合在一起的。

古城中的先民们，认为眼睛是轮回之力的根源，但闭目状的眼睛浮雕又代表了什么？我微微一愣，并未多想其中的奥秘之处，便已拉开了石门，小心翼翼地探出半个身子，去看门后的动静。石门后是一处幽深的天然山洞，有大量火山大变动时期形成的岩石结晶体，散发着冷淡的夜光，在黑暗的地下世界里，犹如一条蜿蜒的白色隧道。隧道并非笔直，数十米便转入了视线的死角，难以判断出它的长度。

我见这门后的山洞虽然有些怪异，属于十分罕见的地质结构，但并非如明叔所言，哪里有半个人影？看来老港农大概真的已经精神崩溃了。正要缩身回去，突然听到白色隧道的远处，传来一阵缓慢的脚步声。

这石门后的区域似乎极能拢音，脚步声虽远，但耳朵一进入门后，便听得清清楚楚。不会错，那缓缓迈动的步伐声，是一个人的两条腿发出来的，听起来格外沉重，似有千钧之力。每一步落地，我的心脏便也跟着一颤。

如雷般的脚步声由远而近，节奏越来越急促，似乎在白色隧道的尽头，有一个巨人狂奔而至，落地的脚步声震人心魄。我心跳加快，一股莫名的惊恐从心底涌出，竟然遏制不住，再也不敢往隧道中张望，急忙缩身回来，"嘭"的一声，用力把那道石门紧紧关闭，而脚步声几乎也在同时戛然而止。

我长出了一口气，发觉身上已经出了一层白毛汗，一时心驰神摇，就连自己也想不明白,刚刚为什么对那脚步声如此恐惧,心中暗想真是他妈的活见鬼了,那山洞里肯定有什么东西。

我很快就让自己镇定下来,调匀了呼吸节奏,把耳朵贴在石门上侦听。门后却又静得出奇,良久良久,也没有什么异常,仿佛那隧道中只有一片寂静的虚无,任何有生命的东西都不存在。

明叔在我身后,见了我的样子,便知道我和他第一次推开石门后的遭遇相差无几,但仍然开口问我怎样,看见了什么。

现在我们这拨人又累又饿,还有人受了重伤,可以说是强弩之末,在进行休整之前难有什么作为。那石门后虽然不太对劲,但似乎只要关起门来,在这火山山腹中还算安全,不如暂不言明,免得引起大伙的慌乱,有什么问题都等吃饱了肚子再解决。于是我对明叔摇了摇头,表示什么也没有,装作一切正常的样子,拉着他的胳膊,将他拽回胖子烤蜥蜴的地方。

明叔现在走也不是,留也不是,提心吊胆的,两眼全是红丝,坐在火堆旁又对我说开了名字和命运、地名之间的迷信因果,劝我带大伙早些离开这"大黑天击雷山"。

我无动于衷,只顾着吃东西填饱肚子,但明叔就好像中了魔障似的说起来没完没了。他先说了几件近代的著名事件,见我没任何反应,便越说越远,最后说起在后周显德六年,周世宗柴荣起大军北上伐辽,以取幽州,真龙天子御驾亲征,士气大振,加之兵行神速,契丹军民上下无不惊慌。辽兵望风而逃,连夜奔窜,周军势如破竹,连下两州三关,分别是莫州、瀛州,淤口关、瓦桥关、益津关。眼看着就能收复幽州了,却不料在过瓦桥关的时候,柴荣登高以观六师,见三军雄壮,龙颜大悦。当地有许多百姓夹道迎接,世宗柴荣看此处地形险恶,占据形势,便问当地一个老者,此地何名。答曰:"历代相传,唤作'病龙台'。"柴荣听了这个地名,立刻神色黯然,当晚一病不起,不得不放弃大好形势退兵,失去了收复幽州的时机,而他本人也在归途中暴病而亡。可见这名称与吉凶……

我听明叔说了半天,有些事没听过,但有些又好像真有其事,但这恐怕都是心理作用,有道是国家积德,当享年万亿;人为善举,可得享天年。

古代皇帝还都称"万岁"呢，也没见哪个能活过百年，可见都是他妈的扯淡。我觉得不能再任由明叔说下去了，我们听者无心，他说者有意，结果只能让他自己的神经更加紧张，于是对胖子使个眼色，让他拿块肉堵住明叔的嘴。

胖子会意，立刻把一块有几分烤过火了的肉递给明叔："爬雪山不喝酥油茶，就像雄鹰折断了一只翅膀……当然酥油茶咱们是喝不上了，不过这肉还算够筋道。我说明叔，您老也甭想不开了，想那么多顶蛋用，甩开大槽牙您就啃，吃饱了好上路。"

明叔对胖子说："肥仔你不会讲也不要乱讲好不好，什么吃饱了好上路？那岂不成了吃断头饭，这谁还吃得下去……"但把肉拿到手中，闻到肉香扑鼻，确实也饿得狠了，话说一半便顾不上说了，气哼哼地大口啃将起来，看那破罐破摔的架势，真有几分豁出去了，是死是活听天由命的悲壮。

我心里明白如果一个人在短时间内情绪起伏剧烈，绝不是什么好兆头，但此时此地只能干着急，却没有咒念。不过好歹算是把明叔先稳住了，趁这工夫我去找Shirley杨商量一下对策。

Shirley杨正在照料阿香。那龟壳确有奇效，阿香的伤口竟然在短时间内愈合了，只是由于她失血过多，十分虚弱，此刻昏昏沉沉地睡了过去。

我把通往祭坛的石门之事对Shirley杨详细讲了一遍。Shirley杨对石门后的白色隧道从未听闻，以前收集的所有资料中，都没有提到这条通道。但可以预想到一点，喀拉米尔这片区域一定有它的特殊之处，否则恶罗海人也不会把鬼洞的祭坛特意修在这里了。我们讨论无果，看来眼下只有先休息几个小时，然后进入白色隧道，走一步看一步。除此之外，没有别的选择。

于是众人饱餐一顿，按预先的布置轮流休息。明叔吃饱之后，也没那么多话了，把心一横倒下就睡。但是众人各怀心事，只睡了四个钟头，便谁也睡不着了。Shirley杨在阿香醒过来之后，给她吃了些东西。我把剩余的武器重新分配，胖子缴获明叔的那支M1911手枪，给了Shirley杨。这时我才发现，我们仅剩下三支手枪、一支运动步枪了，弹药也少得可怜，平均每人二十几发子弹，没了子弹的枪械还不如烧火棍好使。武器装备的损失大大超出了预期，给前方的去路蒙上了一层不祥的阴影。

事到如今，也只有安慰自己没有过不去的火焰山，硬着头皮往前走了。Shirley 杨看了看石门上紧闭的双目雕刻，想了半天也没有头绪。于是众人分别将手中武器的保险打开，处于随时可以击发的状态，然后把石门向后拉开。但因有前车之鉴，谁都没敢越雷池半步，仍然站在门外窥视里面的动静。而门后的隧道中，除了洞穴深处微弱的白色荧光，没有其余的动静。

这次将石门从门洞中完全拉开，我才发现门的背面也有闭目的眼睛浮雕，还另有些古怪的眼球形图案，都是闭目的形态。中间分为两格，各为眼睛的睁与合，睁开的那一部分，背景多出了一个黑色的模糊人影。我看得似懂非懂，好像其中记载的就是这条天然隧道的秘密。

Shirley 杨只看了几眼，便已领悟了其中的内容："太危险了，幸好刚才没有冒冒失失地走进去。这条结晶矿石形成的天然隧道，就是传说中的邪神'大黑天击雷山'。这是进入恶罗海城祭坛的唯一道路，没有岔路，任何进入的人，都必须闭上眼睛通过，一旦在隧道中睁开眼睛，那将会……将会发生一些可怕的事情。"

我问 Shirley 杨在这条白色结晶石的隧道中睁开眼睛到底会发生什么事。Shirley 杨说那就不知道了，石门上的浮雕只起到一个警示作用，很笼统，也很模糊。人的眼睛会释放洞中的邪神，至于睁开眼睛究竟会看到什么，石门上并没有相关的记载。

Shirley 杨想了一下又说："传说'大黑天击雷山'是控制矿石的邪灵，当然那只是神话传说，大概就如同雪崩之神水晶自在山一样。构成这段隧道的，很可能是一种含有特殊元素的结晶岩。人体中隐藏着许多秘密，尤其是眼睛，存在着某种微弱的生物电。举个例子来说，某些人对别人的目光非常敏感，甚至有人在背后注视，也会使其察觉，这种微妙的感应就来源于此。我想这条白色隧道一定不简单，也许一旦在其中睁开眼睛，就会受那些元素的影响，轻则丧失神志，重则可能丧命。"

Shirley 杨的意思是如果想进隧道，就必须保证在到达祭坛之前不能睁开眼睛，否则后果不堪设想。我想她这是从科学的角度考虑，虽然难免主观武断了一些，但且不论那"大黑天击雷山"究竟是什么，入乡随俗，要想顺顺当当地过去，最好一切按着古时候的规矩办。

闭着眼睛，等于失去了视力，在这样的情况下穿过隧道，是非常冒险的，而且谁都没有过这种经验。我们商议了一下，还是决定冒险一试。由胖子打头阵，将那支步枪退掉子弹，倒转了当作盲杖，明叔与阿香走在相对安全的中间，不需跋山涉水，阿香自己也勉强能走，我和 Shirley 杨走在最后。我仍然担心有人承受不住黑暗带来的压力，在半路上睁开眼睛，那就要连累大伙吃不了兜着走，于是在进入石门前，用胶带把每个人的眼睛贴上，这才动身。

由于没有足够的绳索，只好让后边的人扶着前边人的肩膀，五个人连成一串，紧紧靠着隧道左侧，一步步摸索着前行。

我暗地里数着步数，而明叔则又紧张起来，唠叨个不停。我心想让他不停地说话也好，现在都跟瞎子似的，只有不断地说话，并且通过手上的触感，才能感觉到互相之间的存在。

这次闭上眼走入隧道，却没有再听到深处那惊心的脚步声。Shirley 杨说，在科罗拉多大峡谷的地底，也有一种可以自己发出声音的结晶石，里面的声音千奇百怪，有类似风雨雷电的自然界声响，也有人类哭泣发笑、野兽咆哮嘶吼一类的声响，但是要把耳朵贴在上面,才可以听到,被称为"声动石"。这条隧道可能也蕴含着类似的物质，干扰人的听觉。

人类可能对黑暗有种本能的畏惧心理，众人边走边说，还不时互相提醒着不要睁眼，分担了一些由于失去视力而带来的心理压力。但谁都不知道距离隧道的尽头还有多远，隧道中潮湿腐臭的气息逐渐变浓，四壁冷气逼人，我们每个人都感到极其压抑。

这时前边的胖子开始骂了起来，抱怨在这隧道里，全身上下每一根汗毛都觉得别扭。原来不仅是我有这种感觉，所有人都一样，那是一种很奇怪的感觉。

只听明叔说："杨小姐你刚刚说被人盯着看的那种感觉，会使人觉得很不舒服，我好像现在也有那样的感觉。你们有没有感到有很多人在死死地盯着咱们看？上下左右好像都有人。"

我听到前边的 Shirley 杨说："是有这种感觉，但愿这只是目不见物带来的错觉……不过这洞里好像真的有些什么。"

这时四周出现了一些响动，听声音竟然是毒蛇游走吐芯的动静，我们不由自主停下向前的脚步。我感到手指发麻，不知是不是因为把手搭在 Shirley 杨肩膀上的时间过长导致的。我忽然产生了一种可怕的念头，很糟糕，先是视觉在迫不得已的情况下被限制，随后听觉、嗅觉和触觉也有异状。进入隧道后，我们的五感在逐渐消失。

第二十九章
黑暗的枷锁

众人都不约而同地感到,这里有着某种不寻常的存在,于是暂时停在白色隧道中间,借机活动一下发麻的手臂。此时,人人自危,都有些犹豫不决,不知是该进还是该退。

我开始怀疑这段通往祭坛的隧道根本就是一个陷阱,里面的东西在不断干扰我们的视、听、触、嗅、味五感。始终保持固定姿态而产生的疲劳,使人的肢体酸麻,失去原本敏锐的感觉,而那咸鱼般的腥臭也使人心思紊乱。

眼睛贴着胶带,完全没有方向感可言,一旦过于紧张,稍微离开隧道的墙壁,就很可能转了向,失去前进的参照物,这非同儿戏。但又不敢轻易扯掉胶带去看隧道中的事物。我只好提醒走在前边的众人:第一,无论发生什么,必须靠着左侧的墙壁,不要离开;第二,谁也不准擅自扯掉眼睛上的胶带,也不要自己吓唬自己,自乱阵脚。

我听到队伍最前边的胖子对我说:"老胡,这洞里有蛇啊,你们听到了没有?还他妈不少呢。再不摘掉胶带就要出人命了,难道咱就干等着挨咬?我是肉厚,身先士卒虽然不打紧,但本司令浑身是铁又能碾几颗钉?

根本架不住毒蛇咬上一口的。"

在正常的情况下遇到毒蛇，我们自是有办法对付，但如今五个人等于如同五个瞎子，要是这隧道里真有毒蛇，我们基本上等于是摆在案板上的肉，只有任其咬噬的份了。

我把食指竖在唇边，对胖子说："嘘……别出声，仔细听，先听听是不是当真有蛇。"连明叔等人也都屏住呼吸，静静地倾听四周的动静。有人说瞽者，耳音强于常人数倍，因为一个身体机能的丧失，会使另一个机能加倍使用，所以变得更加发达。不过我们现在只是自行遮住眼睛，并非真的失明，所以不知是暂时将全部身心都集中在耳朵上，还是这条白色隧道中有独特结构能产生特殊拢音效果，总之就连一些细微的声响，都似乎是被无形地放大了，听得格外清晰，益发使人心中不安。

细听之下，前后都有窸窣不断的声音，还有"咝咝咝咝"的毒蛇吐芯声，数量之多，难以想象。也许它们数量不多，但是声音被这条隧道扩大了很多倍，给人一种如潮水般涌至的错觉。听声可知，蛇群似乎正在迅速地向我们靠近。不知前面的几个人如何，离我最近的 Shirley 杨已经有些发抖了。蛇鳞有力的摩擦声，以及蛇芯吞吐时独有的金属锐音，都不同于任何其他种类的蛇，这声音很熟悉——只有那种精绝黑蛇才有。

我们曾在沙漠中见过一种身体短小，头上长着一个肉瘤般怪眼的黑蛇，极具攻击性，而且奇毒无比，人被咬到任何部位，都会在短短的数秒钟之内毒发身亡。去新疆的考古队员郝爱国，就死在这种罕见毒蛇的毒牙之下，当天在扎格拉玛山谷中的残酷情形，至今仍然历历在目，想忘也忘不掉。

那时我们并不知道这种蛇的名称种类，直到在恶罗海城的神殿中，才知道在古老的魔国，曾经存在着这种被称作"净见阿含"的黑蛇，是鬼洞的守护者。

如果在这条通往祭坛的白色隧道中遇到黑蛇"净见阿含"，也当属情理之中。但我们事先又怎会想到，在这条需要闭着眼才能安全通过的隧道里，竟然会有如此之多的毒蛇。

我想起沙漠中的遭遇，微微一分神，就这么一会儿工夫，毒蛇似乎已经到了脚边，大家的呼吸也跟着都变得粗重起来，紧张的心情可想而知。众人都记得石门上的警告，绝不能睁眼，否则将会发生非常可怕的事情。那是恶罗海城祭师的规则，恐怕一定也是基于某种不为人知的原因。现在只能冒险相信它了，不到最后时刻，绝不能轻易打破这一古老的禁忌。

我突然想到如果有人沉不住气扯掉眼睛上的胶带，明叔也许是第一个。阿香虽然胆子不大，但好在比较听话，于是扶着前边 Shirley 杨和阿香的肩膀，摸到胖子身后的明叔身边，用一只手抓住了他的胳膊，他要万一有什么不合时宜的举动，我尽可以提前制止。

Shirley 杨在后边提醒我们说："倘若真是头顶生有肉眼的黑蛇，以它们的攻击性，早已扑过来咬人了，但听声音，蛇群的移动速度并不快，这里面一定有问题，先不要摘掉眼睛上的胶带。"

我对 Shirley 杨说："世上没有不咬人的毒蛇，也许是这些家伙刚吃过点心，暂时对咱们没有什么胃口……"说到毒蛇咬人，我忽然想到在精绝古城中所见到的一些壁画，壁画描绘了毒蛇咬噬奴隶的残忍场面，奴隶们无助地瞪视着双眼……对了，好像所有被蛇咬的奴隶都是瞪着眼睛，死不瞑目，几十幅壁画都一样，仅仅是一种巧合吗？还是壁画中有特殊的含义？或许是我记忆有误，壁画中奴隶的眼睛并非全是瞪视的……那些情景又突然在脑海中模糊起来。但我仍然隐隐约约感到，说不定正是因为我们没有睁开眼睛，周围的毒蛇才不来攻击我们。可能黑蛇头顶那肉瘤般的怪眼，感受到活人眼中的生物电，才会发现目标，所以在白色隧道中绝不可以睁开眼睛。这就是"大黑天击雷山"的秘密？

这个念头只在脑中一闪而过，却更加坚定了不能睁眼。我将明叔的右臂夹住，又把他的另一条胳膊塞给胖子，与胖子把他夹在中间。明叔大惊，以为我和胖子要把他当作抵御毒蛇的挡箭牌，忙问："做什么？别别……别开玩笑，没大没小的，你们到底打算怎么样？"

胖子不放过任何找便宜的机会，哪怕只是口头的便宜，当下顺口答道："打算当你爷爷娶你奶奶，生个儿子当你爸爸，哟……有条蛇爬到我脚面上来了……"黑暗中传来胖子将蛇踢开的声音。中间的明叔忽然身体发沉，如果不是我和胖子架住他，他此刻惊骇欲死，恐怕就要瘫倒在地了。

我也感觉到了脚边蠕动着的蛇，这种情形，不由得人不从骨子里发怵。进入这条白色隧道，就如同面对一份全是选择题的考卷，需要连续不断地做出正确判断，有时甚至连思考的余地都没有，而且只能得全对，出现任何一个小小的选择错误，都会得到生与死的即时评判，是不能挽回的。我们此刻所要立即做出选择的是——在群蛇的围攻下，是否要扯掉眼睛上的胶带，能不能冒险破坏那千年的禁忌？我有点按捺不住了，抬了抬手，却终究没有扯掉胶带。

这时只听得明叔声音发颤："蛇啊，毒蛇……毒蛇爬到我脖子上了，救命啊胡老弟。"我也正心神恍惚，夹着明叔的胳膊稍稍松了，感到明叔突然抽出了他的右臂，大概是想用手拨开爬上他脖子的毒蛇。

我不等明叔的胳膊完全抽出，便再次紧紧抓住他的手："没关系，别管它，这他妈的都是幻觉，不是真的。毒蛇不可能凭空钻出来，现在前后都是蛇，咱们一路过来的时候可没感觉到有蛇……"话音未落，我的登山头盔上"啪"的一声响，由头顶落下一物，冰凉滑腻，"嗞"的一声，顺着头盔滑到了我的后肩。那种冰冷的恐惧立刻蔓延至全身，这不可能是"大黑天击雷山"让人产生的错觉，百分之二百是货真价实的毒蛇。

我顾不上再握住明叔的胳膊，赶紧用登山镐拨掉后背的毒蛇，忽听胖子大骂："港农是不是你，老不死的你怎么敢把蛇往我身上扔！身上的皮肉起绺了找练是不是？"可能明叔也趁机抽出手来，甩掉了身上的毒蛇，却不料甩到了胖子身上。

Shirley 杨和阿香在不断拨开身旁的毒蛇。我们最初是一列纵队贴着隧道墙壁前进，后来改为前三后二，两列横队推进，这会儿受到毒蛇的干扰，队形一下子乱了套。

也不知是谁撞了我一下，向边上踉跄了几步，脚下踩到团软乎乎的东西，不用看也知道是条蛇，我赶紧缩脚转身，等站稳了才感觉到，已经分不清东西南北了。

这时我听到胖子在附近喊道："受不了啦，老子当够瞎子了，老子要睁眼看看！"我赶紧顺着声音摸过去，按住他的胳膊，叫道："千万不能扯掉胶带，那些蛇如果当真有意伤人，咱们恐怕早就死了多时了。你不看它们，它们就感觉不到咱们的存在，不会发动攻击。"

其余的人听到我和胖子的叫喊声，也都循声摸了过来，众人重新聚拢。明叔惊魂未定，喘着粗气说："胡老弟真不愧是摸金校尉中的顶尖高手，临危不乱，料事如神啊。大伙万万不可睁眼，从现在开始你怎么做，我们就跟着怎么做。"

Shirley 杨低声对我说："这隧道里危机四伏，而且人的自制力都有其极限，咱们的眼睛在这里反而成了累赘，多停留一分钟，便多一分危险，必须尽快往前走。"

要想继续前进，就必须找对方向，但现在完全丧失了方向感。为今之计，只有先找到一面墙壁作为依托。四周群蛇的游走声响彻耳际，保守估计有几百条。我拉着众人向一边摸索，遇到地上有蛇，便轻轻踢到一旁，斜刺里摸到冰冷的隧道墙面。

刚刚站定，便听隧道一端传来一串脚步声，距离非常之远，我赶忙伸手摸了摸周围的四个人，Shirley 杨、阿香、明叔、胖子都在，那是什么人跟在我们后边？又或是迎头赶来？

脚步声由远而近，置身在白色隧道之中，听那声音更是惊心动魄，带着回声的沉重步子越来越快，越来越密，每一下都使人心里跟着一颤。我们此时跑也跑不掉，看也看不见，一时竟无计可施，五个人紧靠在一起。我把伞兵刀握在手中，冷汗涔涔不断。

隧道中的群蛇也被那脚步声惊动，窸窸窣窣一阵游走，竟全然不知所终。我忙在墙壁上摸索，摸到在距离地面很近的位置，有一些拳头大小的洞穴，里面似乎很深，手放在洞口，能感到一丝丝微弱的冷风，这些蛇八成都钻进里面去了，我们想躲避却也钻不进去。

我对 Shirley 杨说："当真是结晶石里……天然就存在的动静吗？我听着可不太对劲。"盲目地迷信科学原理，与盲目地迷信传统迷信，本质上其实差不多，都会使人盲从，思维陷入一个僵化的模式。我并非不相信

Shirley 杨所说，但设身处地地来看，确实可能与她推测的相去甚远。

说话间，那声音已经到了身畔，我还能听见胖子咬牙的声音，可想而知，所有人都紧张到了极点。但那轰然而响的脚步落地之声，却忽然停了下来，由于白色隧道的地形特殊，加之又出人意料，我们竟没听出那东西落脚在哪里。好像某个东西正在附近一个角落里站定了，盯着我们看，不知道它究竟想做什么。这一刻猛然间静得出奇，远比有什么东西直接扑过来要恐怖得多。

我们的神经紧绷，处于高度戒备状态，过了好一阵都没有动静，侧耳聆听，除了我们的心跳呼吸外，没有别的什么响动。大伙这才稍微有几分放松，心想大概 Shirley 杨说得没错，别再疑心生暗鬼了，这阵突然传来如倾盆暴雨般的脚步声，至少吓退了那些毒蛇。

我摸索着再次清点了一遍人数，阿香哭哭啼啼地问我能不能把胶带扯掉，眼泪都被封在里面，觉得好难过。

我斩钉截铁地拒绝了她的要求，想哭就等出了隧道再哭，便同胖子、Shirley 杨研究往哪边走。

白色隧道虽然不宽阔，但它不是笔直的，人手总共才有多大面积，一点点地摸索，根本无法判断哪些地方有转弯。虽然这里可能没有岔路，摸着一侧的墙壁走，最起码能回到起点，但我们都不想走回头路。

胖子说："依本司令愚见，咱们得想个辙，得往高处走。因为从死火山里面进去的时候，石门是对着西边开的，这就等于是从第二层地下湖底部，往高处的第一层地下湖底部走。祭坛肯定是在古城遗迹的正下方，越向西地势越高，高的那边就是西。"

我想了想，忽然有了计较，便对胖子说："你知道是愚见就不用说了。向西边走肯定没错，但是你们不要忘了，从龙顶冰川到这白色隧道，恶罗海城有一个最大的特点，这些人崇拜深渊，咱们始终是在不断向下，越向深处也就越接近咱们的目标。所以我敢用脑袋担保，这条隧道虽然通向西面的第一层地下湖底，但却是倾斜向下的，应该往下走。"

Shirley 杨说："向下走这个前提是肯定的，但咱们不能用眼睛去看，而且即使白色隧道向下延伸，这坡度也是极小的，凭感觉很难察觉，咱们又怎么能判断出哪边高哪边低呢？"

我说这也好办，还是老办法"遇水而得中道"，说着取出水壶，将里面的水缓缓倒向地面，摸摸水往哪边流，就知道哪边低了。

片刻之间解决了方向问题，于是众人重新整队，和先前一样，摸索着继续向里走。在这里想快也快不起来，只能一步一蹭向前挪动，隧道中那串神秘的脚步声时有时无，似乎是在紧紧跟着我们，我在心中里暗骂了一通，却对它毫无办法，天知道那是什么鬼东西。这时候只好发扬乐观主义精神，往好的方面想，也许就是"声动石"里的天然声响在作怪。

又走出三四百步，仍然没有抵达尽头，但至少说明我们前进的方向是正确的，否则百余步便又回到出口了。这条白色隧道很长，走得时间久了，仍然不能习惯其中的环境。长时间受到黑暗的压抑，对任何人的心理承受能力都是考验，何况附近还有个鬼魅般如影随形的东西。

走着走着，我忽然想到一件紧要的事情，忙对前边的Shirley杨说："从进隧道开始，我就忽略了一个细节：石门上有这条隧道的禁忌，必须闭着眼睛才能进入，但我和明叔……早在咱们一同进来之前，就已经从石门后把脑袋探进去看过隧道了，那肯定是已经越过了门的界限，也就是在一开始，就已经破坏了这里的规矩。肯定没错，当然这都是明叔带的头。"

Shirley杨闻言微微一怔："那么说咱们所想的都偏离了方向，如果白色隧道中真有什么邪灵，或者其他邪恶的东西，它早就被释放出来了？为什么咱们没有受到真正的袭击？"

Shirley杨心念动得很快，刚说完心中的疑问，便已经自己给出了答案："咱们是……祭品。那些黑蛇不来袭击，当然可能是与咱们闭着眼睛有关，更可能是由于咱们都被钉上了祭品的标记。"

我叹了口气，身为一个魔鬼的祭品，自行走向邪神的祭坛，会是一种什么样的心情？

我正心中暗自叫苦，前边的胖子停了下来，只听他问道："胡司令，那个什么祭坛是方的还是圆的？我这儿已经走到头了，你过来摸摸，这些石头很奇怪。"

我过去摸到胖子，然后顺势摸了摸前方的石壁，那形状像是绞在一起的麻花，凭两只手根本无法辨认地形。我想扯掉胶带看看，反正已经是祭品，又已经探进头来看过了，要死早死在隧道口了，但忽然心念一动，打起了明叔的主意。

以我对明叔的了解，他是一个多疑、有几分谋略、城府很深的商人，当然在险象环生的地方，他境界不够的一面就暴露出来，显得很做作，但他绝对是知道利害关系的。如果五个人中，先有一个人承受不住压力扯掉胶带，也许不会是明叔，但第二个就一定非他莫属，这次要不捉弄捉弄他，胡某人也就不姓胡了。

我悄悄取出未用的胶带，暗中扯掉一截，轻轻贴在脑门子上，然后又把刚才对 Shirley 杨说的那番话，详细地对众人解释了一遍："现在摘不摘胶带，已经没有什么意义了，至少我和明叔已经破坏了隧道中的禁忌，反正这里已经到了尽头，我就先带个头，睁开眼睛看看有没有什么危险。"说着靠近明叔，把脑门上的胶带用力撕了下来，疼得我直咧嘴，当然这是故意让明叔听得清清楚楚。

明叔听到我扯下胶带，却没什么危险发生，便跟着效仿。我听到他扯胶带揉眼睛的声音，又隔了一会儿，大概他的眼睛已经从黑暗中恢复过来，只听他讶异地对我说："有没有搞错啊，你不是已经扯掉胶带了吗？胡八一呀胡八一，你个衰仔坑老拐幼啊，这损招连狐狸精都想不出来。"

我心中偷乐，也跟着摘掉了胶带，一时间眼睛看周围的东西还有些朦胧，却听明叔突然不再抱怨我，转而惊声说道："不对呀，杨小姐不是讲那脚步声是什么声动石里发出的吗？那那那……那咱们身后的是什么？"

我的眼睛看得还不太清楚，只觉得四周有淡淡的白色荧光，使劲睁着眼向我们后边看去，数米开外，依稀看到有个黑黢黢的影子。

第三十章
可以牺牲者

明叔腿脚利索,"噌"的一下蹿到了我的身后:"胡老弟,你……你看见没有?那究竟是什么东西?好像就是它一直跟着咱们,一定不怀好意。"

我对明叔一摆手,示意他不要再说话,跟着拔出枪来,对准了后边那团黑色的影子。不远处那团黑影在我眼中也逐渐清晰了起来,好像是一只黑色的手,比胖子的脑袋还要大上两号。我感到持枪的手开始发抖了,自从进入隧道以来便六神无主,不知为什么,心里始终很虚。

这时 Shirley 杨和胖子也分别扯下贴在眼睛上的胶带。白色隧道中不需光源,便可以看清附近的事物,但在这种暗淡的荧光环境中,眼中所看到的东西,也都略显朦胧。只见距离我们十余步开外,是个隧道弧,坡度倾斜得比较明显。隧道在这里像是被什么力量拧了一把,形成了一个"8"字形,就在"8"字形中间比较靠近顶上的部分,白色的墙壁上赫然呈现出一只巨大的黑手。

不过这只手的形状并不十分清晰,我没敢贸然过去,只站在原地摸出狼眼手电筒,用强光去照。手电筒的光束落在黑手之上,原来那只手并非是在隧道中,而是贴在墙面之内,与我们隔着一层墙。白色隧道只有一层很薄很晶莹却很坚固的外壳，至少顶端是这样。在通壁洁白光润的墙体上，那黑手的阴影分外扎眼。目力所及之处，全是白的，唯独那手掌黢黑一团，但那段隧道曲折，看不到还有什么别的东西。

难道隧道中时有时无、忽快忽慢的脚步声，就是那只手发出来的吗？不过人手不可能有如此巨大，难道是什么野兽的脚掌？我记得从隧道一路经过的途中，会不时感到头顶有凉风灌下。可能每隔一段，顶上便有缺口，再联想到那地下蘑菇森林里的大群"地观音"，这祭坛附近肯定存在着某种猛兽，寸步不离地守护着禁地，注视着每一个进入隧道的人。石门浮雕上所指的闭目通过，是给祭师的指示，而被无底鬼洞所诅咒的人们，在这里是不被当人看待的，只不过是一群牛羊猪狗一样的蛇骨牺牲品。

明叔在后边压低嗓子悄声问我怎么办，我对他说："还是别找不自在了，这东西就是跟着咱们，可能不往回跑它就不会有什么举动。我说的只是可能，不信您老就过去试试，过去练趟一十八路扫堂腿，看看它有没有反应。"

Shirley 杨看见隧道转弯处的外侧贴着只一动不动的黑色大手，自然也觉得惊奇。我把情况简单地对大伙一说，幸亏咱们判断对了高低方向，否则一旦走了回头路，怕是已经横尸在隧道里了。现在没别的选择，别管后边有什么，只能接着向前走。

于是众人怀着忐忑的心情转身向前，尽头的石壁已在近前，但刚一挪步，就听整条隧道里"嘭"的一声巨响，如闷雷一般。我心中也随之一颤，急忙回头去看，只见后方的隧道顶上又多了一只黑色大手，我们一停住，它便不再有动静，但显然在刚才我们前行的一瞬间，它也跟着迈了一步。隧道非常拢音，声音格外震撼人心，"击雷山"可能就是由此得名。

现在睁开了眼睛，反而觉得更为恐慌。眼睛上贴着胶带的时候，至少还能自己安慰自己——那都是石头里的声音。可现在明知道后边实实在在地跟着个什么东西，却还要故意视若无睹，实在是有些勉为其难。

胖子说："咱们现在有点像是南斯拉夫电影里被押送刑场就义的游击队员，后边跟着纳粹党卫军的军官。"

我说："胖子你这比喻很不恰当，你这不是咒咱们有去无回吗？要说咱们是上江州法场的宋江、戴宗还差不多，还能指望着黑道同伙，像什么浪里白条之流的来劫法场。"

这时众人的心情都十分压抑，虽然我和胖子嘴上装作不太在乎，但心里明白，这条路怕真是有去无回了。事到临头，反而心平气和了下来。隧道确实已经到了尽头，四周墙上都是一只只睁眼的符号。这里所有的结晶石都以一个不可思议的角度扭曲起来，虽然天然造化可以说是鬼斧神工、千姿百态，但这里的地形仍然是太特别了。

一大块麻花形状的花白岩石，从地面突兀地冒出一米多高，无法形容它是个什么形状，似方似圆，有些地方又像是些复杂的几何图形。石体彻底地扭曲了，而且不是往一个方向，有的部分顺时针，有的部分又逆时针，所以摸起来像是麻花。外边有些又黑又碎的腐烂木屑，可能在以前有个木质结构围绕着这块怪石，可以蹬着爬到上边。

我攀住顶端向里一看，这原来是个斜井的井口，深处白茫茫的一片，看不到底。井口里面有台阶，但都快磨损成一条斜坡了，以前不知有多少奴隶俘虏，被当作祭品从这里驱赶下去。

大伙一商量，走吧，里面就是十八层地狱也得下去，这一劫无论如何是混不过去了。于是胖子把登山头盔和身上剩余的装备紧了紧，又是由他打头阵。我看他爬上去的姿势别扭，但没来得及提醒他，他就已经大头朝下，斜着扎了下去。

然后是明叔、Shirley 杨和阿香，他们陆续跟着下去。白色隧道里就剩下了我一个人，心中立刻觉得空落落孤零零的，于是赶紧再次爬上井口。在下去之前，我抬头看了一眼隧道深处那黑色的手印，猛然间发现，不知在何时，两手之间出现了一张脸的阴影，鼻子和嘴的轮廓都能看出来，但这张脸只有下半部分，唯独没有眼睛和额头。

黑色的面孔在结晶石中竟然越来越清晰，好像它根本就是在隧道中的石头里。面孔的上部也在逐渐浮现，就在快看清它的眼睛之时，我的脚在石坎上一滑，一下子没有站稳，趴在斜坡上滑进底部。

井下的这条通道很宽敞，倒喇叭，口窄底大，像是一个极大的地下天然晶洞。整体是圆弧形，斜度大约有四十五度，开始的地方有一些微微突起的台阶，下斜面上则有无数人工开凿的简易石槽，用来蹬踩，又浅又滑，加之磨损得过于厉害，大部分都快平了，一旦滑下去就等于坐了滑梯，不到尽头，便很难停住。我头上脚下趴在地面顺势下滑，洞里的水晶石比镜子面还光，四面八方全都是我自己的影子，加上下滑的速度很快，眼都快要花了。

我担心如果下方有比较突出的石阶，会把胸前的肋骨挫断，赶紧翻了个身，将后半空的背囊垫底下，遇到过于光滑的地方，便用登山镐减速。也不知滑落了多深，水晶斜坡终于平缓下来。

我刚从洞中滑出，便发现只有阿香和 Shirley 杨站在洞口，胖子与明叔不见了。

Shirley 杨听到后边的响声，急忙转过来扯住我的胳膊，帮我止住下滑的趋势。看到前边数米远处，地形转折为向下的直角，我心里一沉：胖子和明叔别再掉到悬崖下面去了。顾不得身上撞得酸疼，刚一起来，便先看 Shirley 杨的脸色，希望能从她的目光中，得到那两个人安然无恙的消息。但 Shirley 杨面有忧色，对我摇了摇头。她在胖子和明叔之后下来，由于惯性的作用，也险些掉到下面去，多亏她眼明手快，用登山镐挂住了附近的一块大云母，才没直接摔下去，然后又拦住了跟着下来的阿香。

我更是担心，忙到地层的断面处查看，只见我们身处之地是一个大得惊人的水晶矿洞，数十米高的穹顶上不时渗下水滴，仿佛湖水悬在头顶。水晶石脉纵横交错，头顶上全是一丛丛向下载张的晶体，人在下边一动，上面就有无数影子跟着乱晃，像是进入了倒悬的镜子迷宫。我们站在入口的一个平台上，脚下尽是白茫茫的云气。这些像白雾，又像水蒸气般的云气，是造山运动导致结晶体异化而产生的石烟，比晶尘密度要低，无嗅无味，凝而不散，而且都保持着恒久的高度，将洞穴从中间一分为二，截为两层，下边如同是个白云聚成的湖泊。由于看不见下面的情况，被石烟一遮，这洞窟显得又扁又宽，不过却并不怎么让人觉得压抑。

在这片云海中浮出一座黄玉般的山体，入口处的平台与玉山的顶端，有一条石径凌空相连。那是一个半化石半植物般的粗藤，被修成了一段通行用的天梁，我踩了踩，很坚固，站在上面向下看，云生足底，根本无法见到下面的地形。是深渊？是水潭？或者也如同头顶，都是密集的结晶体？胖子和明叔肯定是没停住，掉到下面去了。我问阿香能不能看见下面，却见阿香的眼睛由于之前被胶带贴住，泪水都把眼睛泡肿了，看人都模糊，更别说看别的东西了，现在什么也指望不上她了。

我和 Shirley 杨向下喊了几声，没有回应，更是忧虑。我正寻思着从哪儿下去找人，却忽听云层底下传来胖子的喊声："胡司令，快点放绳子下来接我，屁股都他妈的摔成八瓣了。"

我一听胖子这么说，顿时放下心来，从声音上可以判断，下面没有多深，我们离胖子头顶不远。我对胖子说："我上哪儿给你找绳子去？现找树皮搓一条也不赶趟了。你能不能自己找地方爬上来？对了，明叔怎么样了？是不是也掉到下边去了？"

只听胖子在浓重的石烟下喊道："港农的登山头盔掉了，一脑袋撞到了下边的水晶上，谁知道他是死是活！这地方就中间有层云气，下边这鬼地方都是镜子似的石头，我一动膀子，四面八方都跟着晃。我现在连北都找不着了，一动就撞墙，更别说能找着地方爬出去了。我说你们赶紧找绳子，明叔掉下来的时候都快把这地方砸塌了，说不定一会儿我们就得沉湖里去喂王八了。"

我一听明叔脑袋撞到了石头上，而且下面还有崩塌的危险，知道情况不妙。但登山索都在途中丢失了，哪儿有绳索可用。

Shirley 杨突然想到可以用身上携带装备的承重带与武装带，每个人身上都有，可以拆开来连在一起，而且足够结实，于是赶紧动手。把承重带垂下去之后，也让胖子把他和明叔的所有绳子带子，反正是结实的都使上，跟我们的带子连在一起，先把胖子的背包和步枪吊了上来，随后把明叔捆住吊了上来。

明叔满脸是血，我伸手一摸不太像血液，不由得立刻叫苦："糟了，明叔归位了，脑浆子都流出来了。"阿香一听她干爹脑浆子都流出来了，鼻子一酸又哭了起来。

Shirley 杨说:"别乱说,这就是血,血红素开始产生变化了。他还有心跳,可能只是撞晕过去了,还是先给他包扎上再说。"

我边给明叔包扎边劝阿香说:"别哭了,流这点血死不了人,最多落下个脑震荡……轻微脑震荡。"

胖子在底下等得焦躁:"我说你们还管不管我了?要给明叔号丧也先把我弄上去啊,咱们一起哭多好。"

我这时才想起来,胖子非比明叔这身子骨,想把他吊上来可不那么容易。于是我垂下承重带:"我可拉扯不动你,只能起到协力的作用,你得发挥点主观能动性。"

胖子在下边扯了扯绳子叫道:"我虽然全身都是那什么主观能动性,但我也不是喷气式飞机,不可能直接蹦上去。"

我把承重带扯向石径天梁边上的石壁上,胖子有了方向的指引,忽高忽低地在底下摸爬,从水晶迷宫里转了出来,扒住石壁上凹陷突起的位置,加上我和 Shirley 杨在上边用力拽他,总算爬了上来。他摔得不轻,虽是戴着护膝护肘,尾巴骨却也疼得厉害,半天缓不过来。

明叔那边的血也止住了,我摸了摸他的脉搏还算平稳,但不尽快到祭坛里去解除身上的诅咒,恐怕他会第一个归位。所谓同病相怜,我也不能丢下他不管。于是众人稍微喘了口气,由胖子背上明叔,踩着悬在云上的天梁走上淡黄色的石峰。这里地形是个很工整的半圆形,顶上一线旗云飘摇不定,给人一种山在虚无缥缈间的神秘感。头顶的晶脉中,不时有鬼火般的亮光闪烁,忽生忽灭,多达数百,望之灿若星汉。

淡黄色的山上,颜色略深的地方,隐隐似一副苍老的面孔,但不可能是人为修的。在近处也看不出石峰是什么地质结构,像玉又像化石,偶尔还能听到深处流水的清脆响声。"寻龙诀"中形容祖龙顶下有龙丹一说,看来并非虚言。这座地下奇峰,可能就是风水术士眼中那枚生气凝聚的龙丹。

我不时回头看看身后的情况,白色隧道中的手印没有跟着进来,但来路算是彻底断了，眼下顾不得再去想回去的时候怎么对付它。最后在隧道中所见的那一幕，我没有对众人说，免得增加他们的压力。

天梁的尽头直达山腹。内部空间不大，地上有两个水池，壁上都刻着狰狞的恶鬼，两侧分列着数十尊苍劲古旧的白色石人像，比常人身材略高，每人都捧着一只大海碗一样的石盎。我记起人皮壁画描绘的仪式中，剜出人的眼球，就装在这样的器具里，于是往那石盎里看了看。石盎里却什么也没有。

这时胖子把明叔放在地上休息，明叔醒了过来，但有点神志不清，糊里糊涂的，问什么也不说，就会摇头，连他自己的干女儿也不认识了。

祭坛中还有几处略小的洞窟，宗教色彩极为浓重。我把献王的人头——那颗凤凰胆掏了出来，问 Shirley 杨有没有找到使用的方法，夜长梦多，最好尽早了结掉这件生死攸关的大事。

Shirley 杨正在凝视前方，那里四周都是古怪离奇的雕刻，地面上有个人形的凹槽，是张开四肢的样子，似乎是个行刑的地方。年深日久杀人太多，被积血所浸，石槽里已经变为暗红色，看看都觉得残忍。

我连问两遍 Shirley 杨才回过神来，她脸色阴郁，深吸了好几口气也没说出话来，指着那些石板，示意让我自己看看。

我虽然对于这些古老的神秘仪式不太熟悉，但这里的壁刻很直观，竟连我也能看出个八九不离十，只看了几眼，也觉得呼吸开始变得困难。我指着那黑红色的人形石槽问 Shirley 杨："想举行仪式，至少需要杀死一个活人作为牺牲品，没有这个牺牲者，咱们谁都不可能活着离开。可谁又是能随随便便牺牲掉的呢？难道要咱们抽生死签吗？"

第三十一章
死亡倒计时

我和Shirley杨在"人形行刑坑"边观看四周记载的仪式场景，越看越觉得触目惊心。那些古老的雕刻图案虽然构图简单，但带给人心理上的冲击，却丝毫不亚于亲眼看到。有活生生的人在面前被生剐活剥，壁画中的一笔一画都似鲜血淋漓。

但比杀人仪式壁画更为残酷无情的，是我们必须要面对的现实，铁一般的规则没有任何变通的余地。想要举行鬼洞仪式，就至少需要一个人作为牺牲者，没有牺牲者的灵魂，就像是没有空气，蜡烛不能燃烧。

壁画中线条简单朴拙的人形，可以清楚地区别出祭品与祭师。整个祭祀蛇骨的过程，都由两名祭师完成，他们身着异服，头戴面罩，先将一个奴隶固定在墙壁上，用利器从头顶开始剥下奴隶的皮，趁着奴隶还没彻底死亡，再将他放置于地面那个行刑的石槽中杀死，随后一名祭师抱着已死的祭品，进到祭坛有两个水池的地方，那里才是祭祀蛇骨的最主要场所。不论要进行何种方式的仪式，都要将死者与凤凰胆同时沉入分别对应的两个水池里，这似乎是为了维持某种力量的平衡。

杀人仪式的场面太过残酷，我看了两遍，就觉得全身不适，鼻子似乎

231

能闻到浓重的血腥恶臭，心里感到又恶心又恐怖。我问Shirley杨："除此之外，就没有别的途径了吗？"如果说为了活命，同伙间自相残杀，不管从道义上来讲，还是从良心上来考虑，都是无论如何不能接受的。同伙同伙，说白了就是一起吃饭的兄弟搭档。都在一口锅里盛饭吃，谁能对谁下得去黑手？把枪口对准自己的战友，那即使侥幸活下来，也必将落入万劫不复的境地。能摆脱鬼洞的诅咒，却永远也摆脱不掉对自己良心的诅咒。

Shirley杨显然也产生了极重的心理负担。我安慰她说："目前还不算死局，咱们再想想别的办法，一定能有办法的。"我嘴上虽然这么说，但其实心里完全没底。只是暂时不想面对这个残酷的问题，能拖延一刻也是好的。

举行剥皮杀人仪式的石槽和墙壁，都令人不忍多观。我们回到了有两个水池的大厅，只见阿香正坐在明叔身边按着断手轻轻抽泣，明叔双目无神，垂着头倚墙而坐，而胖子则蹲在地上，正在观看一个古怪的水晶钵。他见我和Shirley杨回来，便招呼我们过去一起看。

这透明的水晶钵我进来的时候已经见到了，但并没有引起我的注意，此刻见似有古怪，到跟前一看，奇道："这有些像是个计时之类的器物。"

水晶钵的钵体像是个小号水缸，上面与玉山的山体相连，不过浑然一体，看不出接口在哪里。不知从何时起，一缕细细的暗青色水晶沙从上面漏下，钵底已经积了满满一层。

我顺着流出水晶沙的地方向上看，与山体的接口处，有一个黑色的恶鬼壁画，面目模糊不可辨认，但我却觉得十分像是隧道中的"大黑天击雷山"。这只正在不停注入流沙的水晶钵，是一个古老的计时器吗？它莫名其妙地摆在这里又有什么作用？我心里产生了一种不太好的念头，但如那黑影般模糊朦胧，虽然脑子里很乱，但仍然感觉到这个计算时间的东西，并非善物。

胖子对我们说："从一进来，我就发现这东西里开始流进水晶沙了，以我的古物鉴赏和审美情趣来看，此物倒有几分奇技淫巧，且能在潘家园要个好价钱，不如咱们……搬回去当作一件纪念品收藏收藏。"

我心中疑惑正深,便对胖子摇了摇头,又点了点头,不置可否。Shirley 杨这时突然开口说道:"可能咱们进入祭坛后,无意中触到了什么机关,这水晶钵就开始倒计时了,如果在流沙注满前咱们还没有完成仪式,那么……"说着把目光投向那一团黑影般的恶鬼壁画。

我顿时醒悟,是了,这地下祭坛是恶罗海人的圣域核心,自是不能随便进出,如果到了某一时间还迟迟不举行仪式,届时那隧道中的"大黑天击雷山"就会被从白色隧道中放入祭坛。那么我们究竟还剩下多少时间?

以流沙注入的速度及水晶钵的大小来判断,我们剩下的时间不超过两个半到三个小时,必须在这个时间以内,完成那残忍的剥皮杀人仪式。

面对这不断流逝的死亡倒计时,我们的心跳都开始加快了,似乎流出的不是水晶沙,而是灵魂在不断涌出躯壳。Shirley 杨说:"时间还富余,但留在玉山内的祭坛里盯着这流沙看,只能陡然增添心中的压力,咱们先退到外边的石径天梁上,商量商量怎么应付这件事。"

我和胖子也都有此意,于是带着阿香与明叔,暂时离开了那座邪恶的祭坛山洞。坐在天梁附近的石人像下,众人各想着自己的心事,陷入了长久的沉默。

最后还是我先开口,一路上不断接触有关"鬼洞""蛇骨""虚数空间"以及从未听闻的各种宗教传说,使我对无底鬼洞逐渐有了一个粗略的概念,我把我的想法对 Shirley 杨讲了一遍。

精绝的鬼洞族,管理有蛇骨的无底洞叫作鬼洞,而恶罗海人中并没有这个称呼,他们直接称其为蛇骨。那是一些来自虚数空间的尸骸,绝不应该存在于我们的现世之中,深渊般的洞穴,是那尸骸脑中的记忆。恶罗海人认为世界是一个生死住复的轮回循环,这个世界毁灭之后,会有另一个世界诞生,循环连绵不断,所有的世界都是一体的。而蛇骨也将在那个世界中复活,他们通过不断地牺牲生命供奉它,是期望恶罗海人也能在另一个世界中得以存留。

如果从另一个角度来理解鬼洞的传说,会发现这些传说与中国古老的风水秘术有着惊人的相似之处。风水之根本并非"龙砂穴水向",归根结底是对"天人合一"的追求。什么是"天人合一"呢？"天"表示天地、世界，"人"表示人类，包括各种生灵、生命。在"天人合一"的理念中，它们都并非独立存在的，而是一体的，是一个整体，按 Shirley 杨的话说就是如同后世的"宇宙全息论"。

"天人合一"的理论中提出阴阳二气，虽然分为两极，但既然是一体的，便也有一个融合的点，这个区域就是祖龙地脉的"龙丹"。深埋昆仑山地下的龙丹是生气之总聚之所，抬头就可以看到头顶的晶脉，有的全变黑了，有的又光芒晶莹。一条龙脉的寿命到了，另一条新的龙脉又开始出现，这是所谓的"生死剥换"。全世界恐怕只有喀拉米尔的龙顶下有这种罕见的地质现象。这里是阴与阳的交融混合之所，所以恶罗海人才会把祭坛修在这弦弧交叉的紧要位置。古人虽然原始愚昧，但也许他们对自然万物的认识，比现代人更为深刻。

鬼洞的诅咒，不论是通过眼睛感染的病毒，还是来自邪神的怨念，想消除它最直接有效的办法，就是将一具被诅咒的祭品尸体，与凤凰胆按相反的位置，投入龙丹内的两个水池中，切断其中的连接。祭坛里的壁画中有记载，这条通道不止一次地被关闭过。关闭了通道，鬼洞与影子恶罗海城，包括我们身上的印记虽然不会消失，但它们都变成了现实中的东西，也就没有危害了，直到再举行新的祭祀仪式。不过这祭坛却不能毁坏，否则会对山川格局产生莫大的影响，那会造成什么结果是难以估计的。

我看了看时间，不知不觉，已经和 Shirley 杨商量了一个小时，想到了不少的可能性，但最终的结果，还是和先前的结论并无二致——没有一个牺牲者，全部的人都得死在祭坛里。

胖子在旁听了半天，也插不上嘴，虽然没彻底搞清楚是怎么回事，但至少明白了个大概，便说道："牺牲者还不简单吗？这不是现成的吗，量小非君子，无毒不丈夫……"说着就看了看明叔。

阿香一听这话，吓得脸都白了，竟然连哭都哭不出来，紧紧抱住 Shirley 杨哀求道："杨姐姐，求求你们别杀我干爹，这个世界上只有干爹管我，我再也没有别的亲人了。"

Shirley 杨劝她不要担心，然后对我说："这件事不能做，你知道我是信教的，我宁可自己死了，也不能做违反人道的事。虽然明叔很可能活不过明天这个时候，但如果咱们动手杀了他，又如何能面对自己的良心，主教导我们说……"

我对 Shirley 杨说："你那位主净说些个不痛不痒的废话，我不愿意听他的话。但你说得很对，我们迫于生活，是做了一些在道德上说不过去的事。别的不说，单是摸金校尉的行规，你数吧，能犯的咱们都犯了，可以说道德这层窗户纸，早已捅破了。不过捅进去一个手指头，跟整个人都从窗户里钻进去，还是有区别的，这种心黑手狠的事我还是做不出来，下不去手。"

Shirley 杨见我如此说，这才放心，说道："如果非死一个人不可，我……"

我知道 Shirley 杨始终都觉得在去沙漠鬼洞的事件中连累了许多人，心中有所愧疚，她是个很任性的人，这时候怕是打算死在祭坛里，以便让我们能活下去，于是不等她说完，便赶紧打断了她的话。大伙都看着我，以为我想出了什么主意。我心乱如麻，看着明叔无神的表情，心中不免浮现出一丝杀机，但理智的一面又在强行克制自己这种念头。各种矛盾的念头，错综复杂地纠缠在一起，脑子里都开了锅，感觉头疼得像要裂开了。再看看手表，催命的死亡时间线在不断缩短。看到胖子正把凤凰胆一扔一扔地接在手中玩，便抢了过来："小心别掉到天梁下头去，下边水深，这珠子如果没了，咱们可就真的谁也活不成了！这是玩具吗，这个？"

胖子不满地说："你们今天怎么突然变得心软起来？其实我看明叔现在活着也是活受罪，痴傻呆蔫的，我看着就心里不落忍。咱今天趁这机会，赶紧把他发送了早成正果才是。阿香妹子你不要舍不得你干爹，你不让他死是拖你干爹的后腿耽误了他啊，过了这村没这店了，要是明天死就不算是为救世人而死，那就成不得正果，说不定下辈子托生个什么呢。而且……而且还有最重要的一个原因，各位别忘了，明叔已经脑震荡，傻了，就是什么也不知道了，与其……"

阿香被胖子的理论说得无言以对，正要接着哭泣，却忽听一直默坐在那里没反应的明叔轻轻呻吟了一声："哎哟……真疼啊，我这条老命还活着吗？"

阿香看明叔的意识恢复了，惊喜交加。明叔显得十分虚弱，目光散乱，说刚才掉下云层底部的水晶石上，把登山头盔挂掉了，一头撞在什么硬东西上，就此便什么也不知道了，又问这是什么地方。

阿香把刚才的情况对他一说，明叔抚摸着阿香的头顶，长叹一声："唉，这苦命的孩子，胡老弟呢？我……我有话要对他说。"

明叔请求Shirley杨和胖子先回避一下，他们知道明叔大概想说阿香婚姻的事，二人只好向后退开几步。明叔老泪纵横地对我说："其实自打听到这'击雷山'的名字，我就已经有思想准备了。这次似乎撞伤了内脏，这是天意啊，一切都是天意，既然不死一个人，就谁也不能活着离开……那也就认命了……不过阿香这孩子，我放心不下啊，你一定要答应我，以后照顾好她。"说着吃力地抓起阿香的手，想让我握住她的手。

"鸟之将死，其鸣也哀；人之将死，其言也善。"我见明叔这样，心中突然感到一阵酸楚，于是握住阿香的手，口中答应着："这些事您尽管放心，我虽然不一定娶她，但我会像对待亲妹子一样永远照顾她，我吃干的，就绝不给她喝稀的。"

明叔的目光中露出欣慰之色，想握住我的另一只手，生离死别之际，我心中也颇为感动，刚想伸过另一只手去和他握在一起，突然见到明叔眼中有一丝不易察觉的诡异光芒，我猛然想到另一只手里正拿着凤凰胆，脑中如同划过一道闪电："×你妈，这戏演得够真，但想蒙胡爷我还差点火候！"

不过我毕竟还是反应稍稍慢了半拍，就这么不到一秒钟的时间，明叔一把夺过凤凰胆，身子一翻从地上滚开，我还有一只手和阿香握在一起，便赶紧甩掉她的手，想扑倒明叔的双腿把他拽住，但这里距天梁边缘不远，下边是镜子迷宫般的水晶石，而且有些地方还有水，那枚事关全部人生死的凤凰胆很可能在缠斗中掉落下去，我投鼠忌器，也不敢发力，竟没扑住他。

明叔就像只老猴子，从地上弹起身子，踩着石人像身前的石盎，噌噌两下就爬上了石人的头顶，举起凤凰胆说："谁敢动我我就把珠子扔下去，大不了同归于尽。胡仔肥仔，你们两个衰命仔，自作聪明想让我雷显明替你们送命，简直是在做梦！我什么场面没见过，还不是每次都活到最后，谁他妈的也别想杀我！"

第三十二章
生死签

石径天梁是用一整株古老的化石树改造而成的，长有三十余米，宽约五米，工整坚固，下边没入白云之中。它一端连接着白色隧道前的平台，另一端直达玉山祭坛山腹中的洞口。天梁上立着许多古老的白色石人，与献王墓中的天乩图何其相似。

明叔就骑在了一尊石人的肩头，举着凤凰胆的手抬起来，探出天梁之外，我和胖子不敢轻举妄动。就算是没人动他，明叔也有个老毛病，一紧张手就开始哆嗦，什么东西也拿不稳，万一落入下边的镜子迷宫中，那就不是一时三刻能找回来的。我们的时间已经所剩无几，这一来明叔就如同捏着个极不稳定的炸弹，而且一旦出现状况，五个人难免玉石俱焚。

明叔头上裹着绷带，瞪着眼咬着牙，兴奋、愤怒、憎恨等等情绪使他整个人都变得歇斯底里起来，这是最危险的时候，也许再给他增加一点压力，他头脑中的那根保险丝就会被烧断，完全崩溃。

明叔声嘶力竭地大喊大叫，威胁众人都向后退，谁敢不听，就把凤凰胆远远地抛到下边去。我万般无奈，只好退开几步，心中骂遍了明叔的祖宗八辈。这老港农心机果然够深，滑落到下边的水晶层中，脑袋虽然撞破了，流了不少血，但都是皮外伤，只是一时晕了过去。他至少在我们讨论杀人仪式的时候，便已清醒如初，不过一听形势不对，竟然装作撞坏了脑子，然后在得知这枚凤凰胆的重要性后，便使诈夺取。我们当时心情十分复杂，缺少防备，竟然就着了港农的道。

无论如何，先得把明叔稳住，于是我在背后对胖子和 Shirley 杨打了个手势，让他们不要轻举妄动，一旦出手，就务求必中，不能冒任何可能使凤凰胆有所闪失的风险，然后对骑在石人上的明叔说："您老人家又何必这么做？咱们都是拴在一根绳上的蚂蚱，走不了我，也飞不了您。我可从来没打算要牺牲掉什么人，胖子刚才那么说，也只是在您老变成植物人的前提下。您既然身体没大碍，我劝您还是趁早别折腾了，赶紧下来咱们再商量别的办法。"

明叔一阵冷笑，由于过度激动，脸上的肌肉都扭曲了，骂道："啊呸！你们这班衰仔自作聪明，事到如今还想骗你阿叔我？想我小诸葛雷显明，十三岁就斩鸡头烧黄纸，十四岁就出海闯南洋，十五岁就亲手宰过活人，路上见过拦路虎，水中遇过吃人鱼，枪林箭雨大风大浪里闯荡了半辈子，岂能被你们骗下去害了性命！"

我对明叔说："您这话可就说反了，什么叫'我们自作聪明'？当初要不是你自己多疑，不肯相信我的劝告，说什么'死了也不能分开走'，便不会落到眼前这般窘迫境地，要不怎么说忠言逆耳呢。可惜还连累了阿香，你说她招谁惹谁了？现在争论这些事已经没用了，咱们必须同舟共济，否则人人都将死无葬身之地。"

胖子怒气冲天，摆出撸胳膊挽袖子瞪眼宰活人的架势来："老胡你跟他废他妈什么话，他既然想要挟咱们，就说明他舍不得这条老命，我就不信老丫挺的敢把珠子扔下去！咱俩现在就过去给他来一大卸八块，该祭的祭该扔的扔！"

胖子这么一吓唬，明叔还就真害怕了。因为这些天以来，明叔已经很清楚胖子的为人了，属于软硬不吃那路，这种人最不好对付，犯了脾气什么事都做得出来，就拿胖子自己的话讲，高兴起来天上七仙女的屁股也敢捏上一把。明叔这一紧张手就有点哆嗦，赶紧说："别别……别过来，有话好商量，也别以为我不敢，肥仔你要是敢逼我，我就做一个给你看看，大家一起死在这里也不错。"

我知道明叔虽然惧怕胖子，但狗急了跳墙，人急了做事就没有底线，明叔当然不想死，即使注定活不过明天，眼下多活一刻那也是好的。这不能怪他自私卑鄙，就连蝼蚁也尚且偷生，敢于为了多数人牺牲掉自己，那样的人是英雄，但都是血肉之躯的肉身凡胎，百分之九十九的人是没有那么高的思想觉悟的，就连那百分之一里边，也有不少人是迫不得已才当的英雄。谁也没有资格要求别人为自己死，更何况是那种残忍的死法。

另外还有一点，人的心理是很微妙的，其中有些变化甚至无法解释。比如一个人知道自己得了绝症，无药可救，时日无多，那他心里的难受痛苦，是可想而知的；不过假如在这时他突然得知全世界的人，都患上了和他相同的症状，那他一定会多几分心理安慰，孤独无助的失落感也不会那么强了，这叫"天塌下来大伙一块顶着"。

只听明叔接着说："咱们都中了鬼咒，但我知道还有活路，只是必须要弄死一个人才行。我看……你们……你们把阿香杀死好了，我辛辛苦苦养了她这么多年，该是她报恩的时候了。"

这时我已揣摩出了明叔的底线，明叔心里比谁都清楚，这里总共就五个人，如果杀死我和胖子、Shirley 杨三人中的任何一个，他也别想活着离开，想从这地底空间走回喀拉米尔，凭他自己是完全做不到的。而且明叔他绝不甘心死在这儿，在这种情况下，只有牺牲他的干女儿阿香。再退一步，如果我们不答应这个条件，那么明叔就会拉上所有的人来垫背。

自从祭坛中出来之后，便没有回去看过那计时的水晶沙，不过料来时间已经剩下不多了。我既然猜测出了明叔的底线，便有了办法，知道港农还不想把事做绝。既然这样，就有变通的余地。虽然没机会抢回凤凰胆，但可以赌一赌运气。于是我对明叔说："虎毒不食子，你若是杀了阿香而活命，与禽兽又有什么区别？你虽然舍得，我们却不会做这种猪狗不如的事情。不如这样，你我还有胖子三个男人，抽上一回生死签。听天由命好了。"

第三十一章 生死签

明叔见这已经是唯一活命的机会了，但是这三分之一的死亡概率实在太大，咬牙切齿地说："我运气一向不坏，最是命大，可以跟你们搏一搏。但要抽生死签就五个人全抽，谁也别想坐享其成，否则大家一起死。"

明叔不等我们答应，便已跟着开出条件：各人都必须发个毒誓，生死由命，谁抽到了死签那是他的命运不济，不可反悔；还要我们给他一把手枪，以免到时候有人反悔要杀他。

我看了Shirley杨一眼，她对我点了点头，我心想这手枪可以给他，因为他不敢随便开枪，否则后果他也很清楚，于是将Shirley杨的M1911只留下一发子弹，打算过去给他，并想借机将他从石人上揪下来。但明叔不让我靠近半步，让我把手枪交给阿香，由阿香转递过去给他。

明叔一接到枪，便一手举着凤凰胆，催促我们快发毒誓，时间不多了，万一有人抽到了死签，却来不及举行仪式，便一切都成空了。

我心想，不就发个誓吗，这誓咒有"活套""死套"之说，"活套"就说什么天打雷劈，或者八辈子赶不上一回的死法，或者玩点口彩，说得虽然慷慨激昂、信誓旦旦，但其实内容模糊不清，语意不详，都是些白开水话，说了跟没说一样；"死套"则是实打实的发毒誓，甚至涉及全家全族，就算不信报应的人，也不敢随便说出口。

我却并不在乎，但没拜过把子，也没发过什么誓起过什么盟，对那些说辞不太了解，于是举起一只手说："准备着，时刻准备着……"

明叔叫道："不行不行，你这是蒙混过关！我先说，你们都按我的话自己说一遍。"随即带头发了个"死套"的毒咒，我们无奈之下，只好也含含糊糊地跟着说了一遍。

至于抽生死签的道具，只有因地制宜，找出一个小型密封袋，再取刚才从M1911里卸下的五发子弹，将其中一发的弹头用红色记号笔画了个标记，代表死签，轮流伸手进密封袋里摸，谁摸出来死签，就代替其余的四人死在这里，不可有半句怨言。

明叔仍然觉得不妥，又要求大伙都必须用戴着手套的那只手去摸。我心中暗骂老港农奸猾，然后也提出一个要求，必须让阿香和Shirley杨先抽

241

签，这一点绝不妥协。一共只有五支签，越是先抽取，抽到死签的可能性就越小，但这也和运气有关。每抽出一粒没有记号的子弹，死亡的概率就会分别添加到剩余的子弹上。这有些像是利用分装式弹药的左轮手枪，只装一发子弹轮流对着脑袋开枪的俄罗斯轮盘，区别是参与的人数不一样而已。

明叔咬了咬牙，答应了这个要求，毕竟有可能先抽签的人提前撞到枪口上了。时间一分一秒地不停流逝，不能再有所耽搁了，这种生死攸关的局势下，没办法作弊，我只好硬着头皮跟明叔进行一场死亡的豪赌，看看究竟是摸金校尉的命硬，还是他背尸翻窨子的造化大。于是Shirley杨让阿香先抽签。阿香自从听到明叔说可以杀了她，便始终处于一种精神恍惚的状态，在Shirley杨的帮助下，机械地把手探进密封袋，摸出了一枚子弹，看也没有看就扔在地上，那是一发没有记号的子弹。

明叔在石人上也看得清楚，使劲咽了口干唾沫。死亡的概率增加到了四分之一，在几乎快要凝固了的气氛下，Shirley杨很从容地从密封袋里摸出了第二发子弹。她似乎早就已经有了精神准备，将生死置之度外，将握住子弹的手缓缓张开，手套上托着一发没有记号的子弹。Shirley杨轻叹了一口气，却没有丝毫如释重负的感觉。

我接过密封袋，跟胖子对望了一眼，就剩下三个人了，可以牺牲的人，必将从我们中间产生。如果明叔抽到死签，那说不得了，杀了他也属于名正言顺；如果我和胖子抽到，我就先把凤凰胆骗到手再说，然后见机行事。想到这儿我问明叔要不要先抽，明叔权衡了半天，自问有没有胆子动手摸这三分之一，但不抽的话，如果下一个人再抽不中死签，死亡的可能性就增加到了百分之五十，过了半天才冲我们摇了摇头，让我和胖子先抽。

胖子骂了一句，伸手进去取出一发子弹，他是捏出来的，一看弹头就愣了："他妈的，出门没看皇历，逛庙忘了烧高香，怎么就让胖爷我给赶上了。"

明叔见胖子抽到了死签，并没有得意忘形，突然面露杀机，举枪对准胖子骂道："死肥仔，你比胡八一还要可恶，你去死吧！"当下就要扣下扳机。

胖子并没持枪在手,刚刚抽到死签,以为当真要死,不免心中慌乱。天梁上地形狭窄,而且并没有想到明叔会突然开枪,因为要死人也得等到在祭坛里才能死,在这儿死又有什么作用。可明叔已经半疯了,竟然不管不顾在这儿就要动手。胖子只好手忙脚乱地蹿到石人后边,这才发现明叔手中的枪没响。

明叔见手枪不能发射子弹,立刻一愣,随即破口大骂:"胡八一你个短命衰仔又使奸计,竟把子弹底火偷卸了!好啊,大伙一起死了算了!"抬手就把凤凰胆抛出,直坠入天梁下的云湖之中。

我虽然提前做了手脚,却完全没料到明叔会在这时候开枪。此刻见失了先机,便想冲过去阻止他。但毕竟离了六七步的距离,我把明叔从石人上揪下来的时候,已经晚了。

天梁之上乱作一团,混乱中我看到Shirley杨冲到天梁边上,准备跟着跳下去找凤凰胆,却突然停住脚步:"不好,没有时间了!"说话的同时,头顶晶脉的光芒突然迅速暗淡了下来,黑暗开始笼罩四周。

第三十三章
祭品

凤凰胆被明叔随手扔进了天梁下的云湖之中，我气急败坏地将他从石人像上拽了下来，举起拳头想打，但还没等动手，便听到Shirley杨叫道："不好，没有时间了！"说完抬头注视着头顶的晶脉。坐在地上的阿香与刚刚为了躲枪避在另一尊石人后的胖子，包括被我压在下边的明叔，也都抬起头来看着上面。

这时洞中的光线产生了变化，原本由上边矿石中发出的荧光，这时也突然转暗，四周跟着黑了下来。虽然并未黑得不可见物，但近在咫尺的人影已经显得朦胧模糊了。我见他们的举动，知道头上一定发生了什么，于是按住明叔，抬眼观看，只见从冰壁般的晶脉中延伸出无数四散扩张的水晶，都是以扭曲的角度向下载生，一丛丛的有如锋利冰锥，在这些离奇怪异的晶体中，一个巨大的黑色人影在深处飘忽蠕动，发出阵阵闷雷般的动静，在晶壁上反复回荡，散发出不祥的声音。黑影的出现使洞中光线变得越来越暗。

黑云压城一般的情景，使这本就显得十分扁窄的祭坛空间变得更加压抑。听着上边隆隆之声，在白色隧道中那种莫名其妙的恐慌感再次出现在心中，我不禁奇道："那他妈的究竟是什么东西？"

我原本是自言自语，没想到被我按住的明叔突然接口道："胡老弟，这是……是被封在石头里的邪灵啊！它要从石头里出来了，这次怕是真的完了，咱们都活不了了！"

我这才想起明叔刚才的事，听他竟然还有脸跟我说话，顿时心头火起，心想这老港农都他妈奸到家了。本来我正和Shirley杨、胖子商量祭坛的事情，虽然形势逼人，但还有一些时间可以想办法。杀人的仪式虽然非常神秘，但归根结底，无非是在这弦与弧的交叉点改变阴与阳之间的平衡。如果没有这老港农横生枝节，在剩下的一个多小时里，也许还有机会找出其中的秘密，并非注定就是有死无生的局面。这次进藏，不论面临什么样的困境，我始终都心怀希望，没有放弃努力，因为张赢川的机数所指，遇水方能得中道，此次西行必有事，必可利涉大川，我对此没有半点怀疑。但在这仪式中如何才能"遇水而得中道"？在这种情况下水中又会有什么生路呢？我一时参悟不透。

可我已经没机会去领悟其中的真义了，就因为这港农自作聪明，为了保住老命，竟然使诈抢了凤凰胆要挟众人，把我们本就不多的宝贵时间都给浪费光了，实在是太他妈可恶了，还留着他做什么！于是举起拳头就要揍他。

明叔见我说动手就动手，顿时惊得体如筛糠。我对待敌人，尤其是内鬼一贯都是冬天般残酷，丝毫不为所动。但我的拳头还没落下，明叔的表情却突然变了，满脸的茫然，看着我说："哎……我这是在哪儿？胡老弟……刚才发生什么事了？我有个老毛病，有时候会人格分裂，便是刚刚做过的事、说过的话也都半点不记得，刚才是不是有失态的地方？"

我冷哼一声，停下手来不再打他，心中也不免有些佩服明叔，老油条反应很快，装傻充愣的本事比我和胖子可要强得多，不去演电影真是可惜了。我不可能真宰了他，一顿胖揍也于事无补，而且这时候也没空再理会他了。

我又抬头看了看上边的情况，黑色的人影在水晶中越发清晰，那个影子在微微抖动，空气中传出的闷雷声也更为刺耳。果真像是某种被困在石头中的恶魔，似乎正挣扎着从里面爬将出来。

我当下不再理会装疯卖傻的明叔，招呼胖子过来："交给你了，不过教育教育就得了，别搞出人命来……还有，他要是再接近凤凰胆半步，不用说话，直接开枪干掉他。"

胖子咬牙瞪眼地一屁股坐到明叔身上，将他压在身下，一边用手指戳明叔的肋骨一边骂道："历史的经验，以往的教训，一次一次地告诉我们，谁他妈的敢自绝于人民，谁他妈就是死路一条！"骂一句就在他肋条上刮一下。

我听到明叔由于又疼又痒而发出鬼哭狼嚎般的惨叫声，这才觉得出了一口恶气。不给他点教训，以后还免不了要添乱。于是我不再管胖子怎么挽救明叔的错误立场，赶紧跑到 Shirley 杨跟前说："咱们虽然不知道那'大黑天击雷山'究竟是什么，但上面那东西一旦真的从晶石中脱离出来，就绝不是以咱们现在的能力可以应付的。不过看上边的动静，咱们可能还有最后的一丁点时间，我先下去把凤凰胆找回来再说。"

我话虽如此说，但这茫茫云海般的石烟下是什么样的，只听胖子说过。不过可以得知，下边的地形之复杂难以想象，都是镜子般的多棱结晶体，根本无法分辨前后左右。一枚鸭蛋般的珠子掉下去，绝不是片刻之间就能找回来的，甚至就连还能否找到都是疑问，但不去找的话就连百分之一的机会都没有了。

Shirley 杨刚刚看到头顶晶脉产生了异变，立刻奔回玉山的山腹中，看了看水晶沙的情况，然后跑回天梁将坐在地上哭的阿香扶了起来。听了我说的话后，便立刻拦住我说道："来不及的，太晚了，水晶钵已经被细沙注满。而且找回来了又怎么样？当真要杀掉明叔吗？"

我现在只想尽快找回凤凰胆，不顾 Shirley 杨的劝阻，执意要从天梁上跳下去，但突然在我眼中出现了不可思议的一幕，我忙对 Shirley 杨说："快看下边的石烟，好像有变化了。"

朦胧恍惚的荧光下，那些白色烟雾正在一点点地消退，好像是头顶的黑色人影变大一分，这些石烟就消退一层。

就在这逐渐消退的云雾中，有个黝黑的圆形物体浮现在其中，那正是刚刚凤凰胆掉落下去的位置。而且那东西不是别的，正是事关大局的凤凰胆！这有点太让人难以相信了，难道当真就有这么巧，刚好明叔扔下去的地方有块水晶石，而凤凰胆竟然就落在上面没有滚到深处？我不敢相信我们有这么好的运气，可事实又摆在面前，不由得人不信。

我在自己腿上狠狠掐了一把，不是在做梦，Shirley 杨也看了个一清二楚。只见一条干枯发黑的手臂，正一动不动地托举着那枚凤凰胆，从云中露出的那半截手臂已经彻底失去了水分，就剩下干瘪的皮包裹着骨头架子，皮肤呈黑紫色。

我下意识地伸手去携行袋里摸黑驴蹄子，这才想起那些东西早在路上遗失了。不过随即看到云雾下所显露出的触目惊心之物越来越多，有些地方露出个人头，有的地方冒出条胳膊或大腿，无一例外都是赤身裸体，干枯黑紫，密密麻麻的数不清究竟有多少。我和 Shirley 杨看到这里，心中已然明白了，这些干尸都是当年祭祀仪式后被抛在玉山周围的，逐年累月，尸体太多，竟然堆成了山。而且死者也许是由于经过特殊的脱水处理，或是由于地理环境的作用，千古不腐，云层变薄后这才逐渐显露了出来。胖子与明叔他们掉下去的地方，靠近隧道入口，但他们只见到无数光怪陆离的水晶，很显然被当作祭品的干尸都被抛在玉山的两侧。

我见那凤凰胆就落在高处一只干尸的手上，真是惊喜交加，立刻就从天梁上跳下，打算踩着尸山将珠子取回。天梁下不到一米深的地方，已经堆满了干尸，一踩一陷，下边被架空的尸体，被我踩得纷纷向低处滑落。我根本顾不上去看那些干尸，眼睛紧紧盯着凤凰胆，唯恐它就此从尸山顶上滚落下去，万一掉进尸堆的缝里，那可要比落入结晶石中还要难找百倍。

踩着露出云层的大量干尸，我心中也有些紧张，而且没注意脚下的情况，一脚踩到一具干尸的脑壳，竟然将那颗人头踩了下来。干尸的脑壳又干又硬还非常滑，脚蹬在上面一滑，我顿时失去重心，就地摔倒，扑在了一具女干尸身上。

女尸干瘪的脸上，两个黑洞洞的眼窝显得极大。我心下吃了一惊，暗骂晦气，按住杂乱堆积的干尸想要爬起来继续去拿凤凰胆，但我的眼睛却离不开那具女尸了，因为我突然想到：不对，这些干尸不是祭品，它们的皮并没有被剥去。刚才只盯着凤凰胆，眼里没别的东西了，由于摔了这一下，稍微一分神，这才留意到这个细节。而且这些堆积如山的干尸，每一具不论男女老少，都有个共同的特点，当然不是没穿衣服，而是全部的干尸都被剜去了眼睛。

头顶上的雷声渐紧，像是一阵阵催命的符咒。我知道留给我们的时间已经不多了，幸亏在水晶沙流尽之后，"大黑天击雷山"还需要一段时间才能完全现形。这相当于死神还给我们留下了一线生机，我们现在要做的就是与死亡赛跑。

见到女尸脸上那两个深黑色的大窟窿，我也觉得纳闷，这么多干尸与祭坛又有着什么样的关系？虽然隐约觉得这里边的事有些不对，但是赶紧爬过去把凤凰胆拿回来的想法，此刻已经完全占据了我的大脑。我根本没空去仔细想这些干尸有什么名堂，也顾不得在尸山中摸爬的恶心，脑子里只有凤凰胆。这是一种在心理压力超负荷情况下产生的极端情绪，我已经有些控制不住自己的举动了。

但是我越着急，就越是爬不起来，不管是胳膊还是腿，怎么撑也使不上劲，手脚都陷入层层叠压的干尸中间，急得全身是汗。也许与头顶的黑影有关，我一看到它就会莫名其妙地感到一阵发慌——或许它真是某种存在于矿石中的邪灵。脑中胡思乱想，而手脚则被支支棱棱的一具具干尸困住。正焦急之间，Shirley 杨从天梁上跳下，将我扶了起来，我对她说："这些干尸，都不是祭品，没有被剥过皮。"

Shirley 杨说："不，它们都被割掉了眼皮。剜出一双人眼，就可以完成祭祀鬼洞的仪式。"

Shirley 杨的这一句话，如同一个重要的提示，我立刻又看了一眼脚下的干尸，果然是从眉骨开始都被割去了眼皮。我顿时醒悟过来，不需细说，我已明白了她的意思，刻画有杀人仪式的壁画在脑海中如同过电影一般一幕幕迅速闪现。其中第一幅"剥皮",祭师按住祭品的头,用利器割开是从额前行刑,由于我以前听说剥人皮也是用利刀从头上动手,所以难免先入为主,加上那行刑坑处实在太过血腥,多看几眼就想呕吐,所以匆忙之中,误以为那壁画中的动作是剥掉整张人皮。其实从这些堆成山丘的干尸来看,那壁画中的动作指的是剥下眼皮。有了这个前提,以后的内容自然是迎刃而解:在人形石槽里要做的,是完整地取出祭品的眼睛。而祭师捧起尸体放入祭坛的壁画,其中的尸体被画得很模糊,我们误以为是全身流血的尸体,但现在想来,那形体模糊不清的尸体,应该是用来表示附着在眼球上的生命;而被剜去双眼的祭品,在被残忍地杀害后,遗弃于祭坛附近,多少年下来,就形成了现在惊人的规模。

只要牺牲一双被鬼洞同化的人眼,就可以解除身上的诅咒。但我们从白色隧道进来的时候,一路都是蒙住了眼睛,在黑暗中摸索而来,深知那失去视力、陷入无边黑暗中的恐慌与无助。要是剜掉眼睛,还不如就此死了来得好过些。除了Shirley杨以外,谁又舍得自己的双眼?不过我当然是不能让她这么做,大不了让明叔戴罪立功,可这么做的话Shirley杨又肯定不答应。不过剜出眼睛与剥皮宰人相比,已经属于半价优惠了,想到这里精神也为之一振。

这些念头在我脑中一闪而过,而身体并未因为这些纷乱的想法停止行动,终于接近了落在一具干尸手中的凤凰胆。但操之过急,犯了"欲速则不达"的大忌。最后一个箭步蹿出,想要一把抓住凤凰胆,不料由于大量干尸都是从天梁上扔下来的,并非有意堆砌,尸山内部很多地方都是空的,一有外力施加,干尸垒成的山丘便散了架,就如同山体崩塌滑坡一样,"稀里哗啦"地在边缘位置塌掉了一大块,眼看那干尸手中的凤凰胆摇摇欲坠,就要与附近几具尸体一同滚落下去。

我发出一声喊叫,直接扑了上去。在抓到凤凰胆的同时,我同那些失去支撑的干尸一同滚下了尸山崩塌的边缘。这里距离下方的水晶矿层并不算高,翻滚下五六米的深度,便已止住势头。我不等从地上爬起来,便先看了看凤凰胆实实在在地握在手里,这才长出了一口气,心想总算是拿回来了。

　　这时身边的白色石烟已变得极为稀薄了，剩下的也如同乱云飘散，身边的晶脉荧光惨然，地形差不多与头顶完全对称，如同镜子里照出来的一般。我抬头向头顶望了望，真是乾坤颠覆，风云变幻，漆黑的巨影正在扭曲拉长，整个都伸展了开来，而且已看不出是人的形状，如同一面残破的黑色风马旗在晶体中慢慢转动。看那形状，竟然又像极了黑色的眼窝，其中鼓荡不止，像是要对着玉山滴出水来。

　　Shirley杨站在尸山的边缘，正在拼命招呼天梁上的阿香等人赶快离开。胖子拉着阿香和明叔从天梁上跳落到下边的尸堆上，跌跌撞撞地边跑边喊："祭坛不能待了，赶紧跑啊同志们……"

　　我还看不太清楚他们究竟看到了什么，但心中感到一阵寒意，虽然找回了凤凰胆，但毕竟晚了一步，可能已经没办法再回祭坛了。我突然产生了一种冲动，打算冒险冲回去。但是眼睛怎么办？用谁的？剜掉明叔的还是用我自己的？

　　这时忽听有水流拍打石壁之声，我连忙回头一看，见在不远处的一丛晶脉中，有片不小的地下水洞，里面的水都被鲜血染红了。那条我们曾在风蚀湖中见过的白胡子老鱼瘫在湖中。这地底水脉虽然纵横交错如网，却真没想到在这里会再次见到它。

　　白胡子老鱼奄奄一息地搁浅在水边，虽然还活着，但死亡只是迟早的事了。它全身都是被撕咬撞击造成的伤口，鱼嘴一张一合，不停地吐出血泡。随着一口鲜血涌出，竟然从嘴中吐出两颗珠子般的物体，滴溜溜落在地上。

　　虽然那两颗珠子上蒙有血迹，但我还是看出来了，那东西是鬼母"冰川水晶尸"的眼珠子。没有比它们更合适的祭品了，真是天无绝人之路！我立即起身，想去取地上的眼球，但脚下的水晶层比冰面都滑，四仰八叉地再次滑倒，鬼母那两只水晶眼珠子也正在滑向水中。我虽然离它们仅有一步之遥，但来不及站起来了，在原地伸手又够不到，眼睁睁地看着它们滚向水边，一旦掉进去就什么都完了。

　　情急之下只能行险，我随手拽出登山镐，将它平放在水晶层上推向眼球滚动方向的前端，这一下虽然是铤而走险却不差毫厘，终于在那对眼珠子滚进水中之前，将它们挡了下来。我悬着的心还没落地，就见那两颗水晶眼竟然慢慢向坡度较高的一侧滚动起来。对面两道水晶矿石的夹缝中，一头黑白花纹的斑纹蛟从中挤出一张血盆大口，正瞪着贪婪血红的双眼，用力吸气，想将这对眼珠吸入腹中。

第三十四章
看不见的敌人

冰壁般的水晶阻挡了斑纹蛟扑过来的道路,而且它体形笨重,也难以从数米高的冰壁上跃过来,只是将它的大嘴从两大块水晶的缝隙中伸了过来,腭骨尚且卡在外边,短粗的四肢在后头不断蹬挠,恨不得把拦路的水晶挤碎。

凡是生长年头久了的动物都喜内丹,尤其是水族,蛟、鱼、鳖、蚌之属,光滑溜圆的珠子是它们最喜欢在月下吞吐的内丹。有很多古籍中记载的观点,都认为这属于一种日久通灵、采补精华之气的表现,实则皆是天性使然。

我使出浑身解数,才勉强用登山镐挡住了即将滚入水中的两颗水晶眼珠。但天地虽宽,冤家路窄,完全没想到斑纹蛟趁这工夫伸出嘴来横插了一杠子。它大嘴一吸,腥气哄哄的气流裹着水晶眼球,就此进了它的口中。我虽然急得心中火烧火燎,但知道进入容易出来难,那两条窥视风蚀湖宝珠的斑纹蛟,不知已经为了这个东西与白胡子老鱼斗了多少年月,一旦吞下去,外人就别想再取出来了。

两头恶蛟虽然已在古城遗迹中被千钧石眼砸死了一头,但单是面对这一头斑纹蛟,我们眼下也没有办法对付。这家伙皮糙肉厚怪力无穷,子弹根本就不能把它怎么样。我在溜滑的水晶层上动弹不得，只有眼睁睁看着，心中绝望到了极点。

就在斑纹蛟将水晶眼珠吸入口中的一刹那，我听到身后一阵混乱，好像是明叔和胖子带着阿香从天梁上逃了下来，把堆积的干尸又踩踏了不少，连人带干尸翻滚着掉落下来。不等我回头去看究竟发生了什么，就被什么东西从后边猛地推撞了一下。也不知是滚下来的胖子等人，还是被他们踩塌下来的干尸，总之力量奇大，顿时便将我撞得从水晶层上向前滑行过去。

我趴在地上被向前一推顺势滑出，已经失去了对自身惯性的控制，刚好把脑袋送向斑纹蛟的血盆大口之中，一瞬间就已经到了面对面的距离，而且去势未止，脑袋已经到了它的嘴边。斑纹蛟那腥臭的口气熏得我脑门子一阵阵发疼，森森利齿看得我通体冰凉。这时，我突然看到两颗圆溜溜的东西正慢慢在斑纹蛟的口中向后滚动，眼瞅着就要没入喉咙。而斑纹蛟拥有巨大无比咬合力的大嘴，原本是用力往里吸气，开合的角度并不算大，但见我送上门来，这贪婪成性的家伙自然不会放过，又完全张开了大口，准备把我的脑袋咬下来，连同那对眼珠子一并吞了。

我没敢去想后果，只仗着一时血勇，身体向前滑行的同时，顺手抓起身旁的登山镐，迅速向前一送，将登山镐当作支架，竖着掖进了斑纹蛟的大口之中，顿时把它的嘴撑作了"大"字形，再也闭合不上。随后我一头撞到了斑纹蛟的牙床上，登山头盔被撞得铿锵有声。我用一只手拖住它的上颚，另一只手整个探进它的口中，硬从里边把两颗水晶眼珠给掏了出来，缩回手的一瞬间，斑纹蛟的巨口猛然合拢，斜撑住它上下牙膛的登山镐被它吐了出来，远远地落入水中。

我这才感到一阵后怕，慢上半秒这条胳膊就没了。张开手掌一看，两颗圆形物体，虽然被黏糊糊的胃液、口水与血迹遮盖，但掩不住里面暗红色的微光。不是别的东西，正是被轮回宗放入风蚀湖里祭拜恶罗海城的水晶尸眼球。

先前我们已经基本上推测出鬼母的脑子有可能被埋在影之城地下，而双眼被放在了古城遗址的水下神殿或是湖底某处。为了争夺这对水族眼中的内丹，才导致斑纹蛟不断袭击风蚀湖里的鱼群。却没想到白胡子老鱼重伤之下，竟在这洞窟里吐了出来。刚刚险到了极点，差点得而复失。但命运显然还没有抛弃我们，两种祭品此刻都已经在我手中了。

我没来得及仔细回味刚才伸手入恶蛟口中摸珠的惊险，就发现那条在石缝后的斑纹蛟正在发狂般地暴怒，它显然不能容忍我的所作所为，向后退了几步，恶狠狠地一头猛撞向挡住它来路的两大块水晶矿石。不过这些镜子般的矿石都与晶脉地层连为一体，还算坚固结实，加上地上的晶层也光滑异常，它也难以使足力量。但这缝隙是倒三角形，下边窄，上边略宽，斑纹蛟竟然蹿进了上边较宽的间隙，粗壮的躯体连扭带挤，竟然有要爬过来的可能。

我心道不妙，得赶紧从那些堆积如山的干尸上爬回去，立刻把祭品塞进携行袋里。这时我发觉不知在什么时候，头顶那隆隆作响的闷雷声已经止歇，洞窟中只有人和猛兽粗重的喘息声，突然传出一阵步枪的射击声，在尸山上的胖子见情况危险，在开枪射击支援，但子弹击中斑纹蛟的头部，根本没伤到它，却更增加了几分狂暴。

我趁着它还没从缝隙中挣脱出来，赶紧用脚蹬住结晶岩借力后退，身体撞到后边堆积的干尸之时，才发现原来刚才撞我的人是明叔。他从干尸堆上滚到我身边，一脸狼狈不堪的表情，被那凶猛的恶蛟骇得呆在原地不知所措。我一把揪住他的胳膊，拼命向干尸堆上爬去。

我看到上边的胖子不断开枪，而Shirley杨则想下来接应，但人在干尸的山丘上实在难以行动，越是用力越是动不了地方，只听Shirley杨焦急地喊道："小心后边……"

我不用回头也知道大事不好，肯定是斑纹蛟已经蹿过来了，一旦与它接触，不管是被咬还是被撞，都是必死无疑。但尸山难以攀登，只好放弃继续向上的努力，拽住明叔从干尸堆的半山腰滚向侧面。那个方向有很多凹凸不平的晶洞和棱形结晶体，地形比较复杂，也许暂时能稍微挡一挡那条穷追不舍的斑纹蛟。

这祭坛洞窟里的荧光转暗，似乎不仅仅是由于头顶的那个黑影。浓厚的石烟散去之后，底层的光线也逐渐变得暗淡，看什么都已经开始朦胧模糊起来，似乎洞中所有的光线都被"大黑天击雷山"所吸收了。不过这种情况对我们来讲，暂时也有它有利的一面。水晶石中的倒影朦胧，不再影响到我们对方向的判断。只是四周影影绰绰，稍稍使人有些眼花。所以在数米开外看，这里地形比较复杂，但到得近前，才知其实只有一片冰壁般的结晶岩可以暂避。

明叔这时也缓过神来了，与我一同躲到了这块大水晶石后边。立足未稳，斑纹蛟就狠狠撞在了我们身后的结晶石上。这一下跟撞千斤铜钟似的，一声巨响之后，"嗡嗡"声回响不绝，感觉身心都被彻底震酥了，头脑发晕，眼前的视线跟着模糊了一下，足足过了数秒钟才恢复正常。

我们失神的那一刻，斑纹蛟又发动了第二次冲击。这次我吸取了教训，赶快离开结晶石。转身一看，身后那一大块透彻的水晶石已经被撞得裂开了数道裂缝，最多再来两下，斑纹蛟就能破墙而入。

我见已面临绝境，身处的四周，两面都是横生倒长的晶脉，左边是成堆的干尸，下来容易上去难，急切间难以爬上去，右边是距那将死之鱼不远的水洞，不过在斑纹蛟的追击下，跳进水里岂不是自寻死路。

而这时候明叔偏又慌了神："胡老弟，挡不住了，快逃命……"今天这一连串的事件可能造成了他精神不太稳定，我看他的举动，这次可真不是演戏了，他竟然头朝前脚朝后，钻进一个很浅的晶洞之中。这晶洞是晶脉上的蚀孔，粗细和水桶差不多，而且根本不深，明叔只钻进去一半，就已经到了底，两条腿和屁股还露在外边。只听明叔还在洞中自言自语："这里够安全，动动脑子当然就一切OK了。"不过随即他自己也发现下半身还露在外边，也不知他是糊涂还是明白，竟然自己安慰自己说："大不了腿不要了。"

这时候Shirley杨带着阿香和胖子一同从尸堆里爬下来与我会合。看他们神色不安的样子，恐怕是天梁和祭坛附近已经不能待下去了。我始终没顾得上看头顶究竟发生了什么情况，不过既然众人合在一处，进退之间便多少能有个照应。

我们看明叔说话已经有些颠三倒四了，正要将他从洞中扯出来，但身后的晶体突然倒塌。斑纹蛟终于在第三次撞击后，将不到半米厚的晶层撞倒了。众人急忙俯身躲避，斑纹蛟借着跃起冲击的惯性，从我们头上蹿过，一头撞在了对面的另一片晶层上。又是"嘭"的一声巨响，散碎的晶尘四散落下，斑纹蛟的怪躯重重摔在地上。但它力量使得过了头，又向侧面滚了两滚方才停住。

　　我们身后便是水潭，挨着干尸堆的方向被斑纹蛟完全挡住。我见已经插翅难逃了，只有横下心来死拼，掏出M1911正要击发，但见那头斑纹蛟忽然猛地一翻个，身体中传来一阵骨骼寸寸碎裂的声音，口鼻和眼中都喷出一股股的鲜血。凶恶无比的猛兽就如一堆软塌塌的肉饼，竟然就此死在了地上。

　　一瞬间我们都愣在了当场，谁也不敢相信眼前的情形是真的。斑纹蛟的内脏和骨骼都碎成了烂泥，外部虽然没有伤痕，但已经不成形了。这只是一两秒钟之内发生的事情，实在太快，太令人难以置信了，而且凭它坚固的身体，不可能只撞这么几下就把全身骨骼都撞碎了，刚才究竟发生了什么？倘若是受到某种袭击，为什么我们没有看到？想到这里，心底不禁产生极度的寒意，难道是肉眼看不见的敌人？莫非当真是矿石中的邪灵"大黑天击雷山"？连斑纹蛟都能被它在一瞬间解决掉，要弄死几个人还不跟玩似的。

　　众人心里打了个愣，但是随即就发现，在斑纹蛟烂泥般的尸体下，地表的晶层变成了黑色，那种漆黑的颜色，即使在光线暗淡的环境中，也显得格外突出——是一种没有什么存在感，十分虚无的漆黑，又像是在水晶石里流动着的黑色墨汁正在晶层中慢慢向我们移动。

　　整个洞窟中的晶层，已有大半变为了黑色，没有被侵蚀的晶层已经所剩不多。能见度越来越低，"大黑天击雷山"果然已经出来了。虽然不知道是什么东西，也不清楚它究竟是怎么把斑纹蛟弄死的，但谁都清楚，一旦碰到那种变黑的晶层，肯定也同那只不走运的斑纹蛟一样，到死都不知道自己是怎么死的。

藏在洞里只露出两条腿的明叔，距离那些逐渐变黑的结晶体最近。我和胖子见状不好，分别扯住明叔的一条大腿，把他从洞里拽了出来。Shirley 杨也拉上阿香，五个人急向后退避。但见四面八方全是泼墨一般，已是身陷重围，哪里还有路可走。

我们没有任何选择的余地了，只得跳入白胡子老鱼所在的水洞。这是一个不大的水潭，直径虽小，但非常深。在没有氧气瓶的情况下，人不可能从下面游出去；而且即使有氧气瓶，下边的水路不明，也很有可能迷失在其中找不到出口，最后耗尽氧气而亡。一时间进退无路，只好踩着水浮在其中。在跳进水里的一刻，整个洞窟已经全被晶层中那泼墨般的物质吞没了。

我们慌不择路地跳进水里，但误打误撞，似乎那东西只能在结晶体或岩石中存在，无法进入水中，这里还算暂时安全。但从比较宏观的角度来看，我们一无粮食，二无退路，困在这里又能撑多久，多活那一时三刻，又有什么意义？

黑暗的洞窟中，笼罩着死一样的沉寂，不到半分钟的时间，已经黑得伸手不见五指。我们将登山头盔上的战术射灯打亮，射灯光束陷入漆黑的汪洋之中，虽然如同萤火虫般微弱，还是能让人在绝望中稍稍感到几分安心。

我看了看四周，确认那晶层里的东西不会入水，这才苦笑一声："这回可好了，费了九牛二虎之力，才把凤凰胆和水晶眼都找齐了，眼瞅着就能卸掉这个大包袱了，可还是晚了一步。现在黄花菜都凉了，咱们就在这儿泡着吧，不到明天就得泡发了变成死漂。"

胖子抱怨道："这要怪也都怪明叔，耽误了大伙求生的时间。不是咱们非要搞什么阶级清算，而是就今天的事来说，绝对不能轻饶了他。欠咱们的精神损失费，到阴曹地府他也得还啊，老胡你说这笔账得怎么算？"

明叔算是怕极了我和胖子二人，无奈之下只好找 Shirley 杨求助。Shirley 杨对我们说："好了，你们别吓唬明叔了，他这么一把年纪了也不容易。快想想有什么脱身的办法，总不能真像老胡说的，一直在水里泡到明天。"

我正要说话，这时阿香忽然"哎呀"一声惊叫。原来刚才混乱之中，不知是谁将一条干尸的胳膊踢到了水中，漂到阿香身边，把她吓了一跳。

我从水中捞起那条漂浮的干尸手臂对阿香说："阿香妹子，这可是个好东西。你看这条干尸的胳膊虽然干枯了，皮肉却并没有腐烂消解，说明这是僵尸啊。你拿回香港把它煮煮吃了，对你大有好处。"

Shirley 杨和阿香等人都摇头不信，这都什么时候了还有心情胡说八道。胖子说："老胡现在我算真服了你了，以前我总觉得咱俩胆色差不多，可都这场合了你还侃呢，你这种浑不吝的态度还真不是谁都能具备的。但你侃归侃，说胡话可就不好了。你是不是饿晕了头，连僵尸都想吃？"

我对他们说："你们这些人真是没什么见识。僵尸肉可入药，这在古书上都有明确的记载，尤其可以治疗肢体残缺的伤患。当年刘豫手下的河南淘沙官，倒了宋朝哲宗皇帝的斗，见那皇帝老儿已变作僵尸，皮肉洁白晶莹得像是要滴出水来，于是众人一人割了他一块肉去，以备将来受了刀伤箭创之时服用。连外国人也承认木乃伊有很高的药用价值，这怎么是我胡说呢？"

我本是无心而言，为了说说话让众人放松紧绷的神经，但 Shirley 杨却想到了什么，从我手中接过干尸的胳膊说："有了，也许咱们还有机会可以返回上边的祭坛。"

Shirley 杨说："古代传说中的'大黑天击雷山'，是一种可以控制矿石的邪灵，但阿香却看不到这洞中有什么不干净的东西。联想到那头恶蛟的死状，像是被'次声'或者'晶颤'一类的共振杀死的。既然名为'大黑天击雷山'，必是其形如黑天，并与声音有关，一定是可以利用某种我们听不到的声音来杀人，最可能的就是'晶颤'。如果能够把干尸堆积成一定的厚度，踩着干尸到祭坛，而不与洞窟里的矿石接触，就可以将'晶颤'抵消到无伤害的程度。当时我们在上边看到晶层，包括天梁中到处都变为黑色，便从干尸堆上跑下来。现在回想一下，也许那尸堆才是最安全的地方。"

第三十四章 看不见的敌人

Shirley 杨说完后,我和胖子商量了一番,与其留在水里慢慢等死,不如冒险试一试,或许能有活路。但我们距离干尸堆积之处有些距离,只好用先前的办法,将承重带连接起来,最前头挂着登山镐,抛过去把远处的尸体钩过来,把那些被剜去眼睛的干尸当作路砖。我们口中不停念叨着"得罪勿怪",但后来一想语言未必相通,也就豁出去不管了,将干尸一层层厚厚地铺将过去。这招竟然十分可行,只是格外地费力气,而且不能有一丝闪失,否则摔下去掉在晶层上就完了。

我们正忙着搬挪那一具具干尸,就听到原本平静的头顶,发出一阵阵"咔嚓咔嚓"的碎裂之声,众人不由得都停下手来。头上黑洞洞的什么也瞧不清楚,但听那声响,似乎顶上的丛丛晶戟正在开裂,马上就要砸落下来了。

第三十五章
血祭

没用多长时间，干尸已经堆到了距离祭坛洞口不远的地方。眼看着再搬几十具尸体，就可以铺就最后的一段道路了，我心中一阵高兴，要不是这些剜去眼睛做祭品的干尸都刚好被丢在天梁下边，数量又如此之多，我们想要从水中脱身谈何容易，那不是被活活困死在水里，也得让这矿石里的鬼东西震得粉身碎骨。

但是，正所谓祸不单行。胖子和明叔在天梁下用登山镐钩住尸体，往上边传，我和Shirley杨将他们递上来的干尸堆到前方，众人正忙个不停，忽然听到头顶传来一阵阵奇怪的动静。众人闻声都是一怔，听起来像是结晶体中有某种力量挤压造成的，但黑暗中看不到上面是怎样的一种情况。只听头上晶脉中密集的挤压碎裂之声，宛如一条有声无形的巨龙，由西至东，锵然滑过，震得四周晶石"嗡嗡"颤抖。

洞窟中的结晶体，如果站在旁边看也许不觉得有什么，但在上边横生倒长出来的晶柱，非锥即棱。那无数水晶矿脉，就如同一丛丛倒悬在头顶的锋利剑戟，一旦掉下来，加上它的自重，无异于凌空斩下的重剑巨矛。听到头顶晶脉的巨大开裂声，大家不禁人人自危。

刚这么一愣神的工夫，众人眼前一花，只见十几米外如一道流星坠下来的一根天然晶柱，在从穹顶脱离砸落的一瞬间，恢复了它晶莹的光泽，锋利的水晶锥带着刺开空气的呜咽声，笔直坠落插入了地面。一声巨响之后，晶体的夜光随即又被黑暗吞噬。

晶锥坠落地面的声音，让我们从震惊的状态中回过神来。"大黑天击雷山"先前不断发出的闷雷声，是在积累结晶体中的晶颤能量。此时祭坛洞窟中的水晶层已经不堪重负，开始破碎龟裂，密密麻麻的晶锥将会不断落下。现在除了躲进那玉山的山腹之中，外边没有任何地方是安全的。但若没有干尸垫在下面，一踩在晶层上就会死于非命。

这时候躲也不是，不躲也不是。出于本能，肯定是想跑着躲避，但那些掉下来的晶锥毫无规则可言，不跑则可，一跑也许就撞到枪口上了；而且也不可能看清楚了再躲，锋利的晶锥如同流星闪电，下落的速度实在是太快了。

在第一根晶锥从上方晶脉中脱离之后，紧接着头顶的黑暗中又是寒光闪烁，落下数道星坠般的冰冷光芒。我刚好看到一道冷光刺向胖子的头顶。但还不等喊他躲避，那道白光就"呜"的一声呼啸，落在胖子面前。胖子脚下的干尸堆根本承接不住那半张桌面大小、又薄又利好像铡刀似的一块水晶。棱角锋利的水晶石，落在尸堆上连停都没停，就无声无息地穿尸而下，没入干尸堆中不见了。

我的心差点从嗓子眼中蹦出来，只见胖子也吓得呆在原地。那块水晶几乎是贴着他的脸掉下去的，登山头盔上的战术射灯已经被切了下去。胖子伸手摸了摸自己的脑袋，咧嘴笑了笑，还好脑袋还在。

但我在对面见胖子脸上好像少了点什么，笑得怎么这样别扭，可一时没看出来。我见他没事，正要回身招呼 Shirley 杨躲避，才突然发现胖子的鼻尖上渗出了一些鲜血，随即血如泉涌，越流越多，他的鼻头被齐刷刷切掉了一大块肉去。幸亏那尸堆是倾斜的，他为了保持平衡，身体也向前倾斜。若在平地按这个角度，肚子也得切掉一部分，这时候怕是已经被开膛破肚了。他根本没感觉到疼，直到发现鲜血涌出，才知道鼻子伤了，大喊大叫

261

着滚到较低处的干尸堆里，把身后的明叔也给砸了下去。

我想冲过去相助，刚迈出半步，便又有一根多棱晶体坠在面前不到半米远的地方。天梁上铺了四层的干尸被它钉成了冰糖葫芦，四五米长的锥尾挡住了去路。头顶的震雷之声越来越紧，晶坠也在不断增加。好在这洞窟宽广，纵深极长，晶坠也不局限于某一特定区域，从东到西散布在各处，没有任何的规则。虽然险象环生，但我发现其先兆都是集中在即将落下晶坠的那一处。那里的晶脉会"咔嚓咔嚓"连续作响，只要稳住了神，还不至于无处躲闪。不过我清楚这才仅仅是刚开始的零星热身，照这种趋势发展下去，稍后会出现一种如万箭攒射般的情况，地面上将无立足之地。

我见掉到下层尸堆上的胖子满脸是血地爬了起来，用手捂住鼻子骂不绝口，抱怨破了将来能发达的福相。我赶紧喊明叔和阿香，让他们从胖子背包里找些龟壳帮他涂上，那东西止血的效果很好。明叔不敢自作聪明，拉着阿香同胖子一起躲进了天梁下的死角里，给胖子裹伤。

我见他们躲的那个地方相当不错，便想招呼Shirley杨也过去暂时避一避。Shirley杨看到洞窟里的晶簇骤紧，一旦有更大的晶层塌落，别说是天梁下的干尸堆了，就连那玉山里面也不安全。只有马上将凤凰胆与带有鬼母记忆的水晶眼放到祭坛，才能阻止"大黑天击雷山"继续崩塌。这时来不及细说，Shirley杨的位置距离祭坛水池已经很近了，只好让她冒险一试。我将装着祭器的携行袋抛过去，Shirley杨接住后，把附近的几具干尸推到前边，那里距离两个眼窝般的水池只有十米了。我以为她想直接在那里将眼球扔进祭坛，但两个水池的面积很小，虽然相信Shirley杨不会冒无谓的风险，这么做一定有把握，但毕其功于一役，不禁为她捏了一把汗。

Shirley杨却并没有在这么远的距离直接动手，显然是没有十足的把握。她先是用狼眼手电筒照明了水池的方位，又将几具干尸倒向前边。就在这时候头上的一块水晶落下，将离她近在咫尺的一尊石人砸中，晶尘碎屑飞溅。水晶石落下了天梁，而那石人摇摇晃晃的轰然倒塌在地，挡住了Shirley杨继续前进的路。

我在后边完全忘了身边晶坠的危险，无比紧张地注视着Shirley杨的一举一动。只见她隔着石人凝视了一下水池,后背一起一伏,像是做了几次深呼吸。在洞窟顶上那如同瓢泼大雨般密集的雷声中,Shirley 杨全神贯注,把凤凰胆和水晶眼按照壁画仪式中提示的对应位置,扔入了水池。

凤凰胆与鬼眼分别代表了鬼洞那个世界的两种能量,而龙丹中的两个眼窝形水池,则是"天人一体"中阴阳生死之说的交汇之处,也就是所谓的"宇宙全息论"中弦与弧的交叉点。龙脉尽头的阴阳生死之气都像两个漩涡一样聚集在这里。相反的能量可以将鬼洞中的物质现实化,使它真实地停留在我们这个世界,也就等于切断了与虚数空间的通道,背后的诅咒也就算是终止了,不会再被鬼洞逐渐吸去血红素,但作为鬼洞祭品的烙印却不会消失,到死为止。

这些古老宗教的机密,大多数很难理解,再加上凭空的推测,是否真的能起作用,事到临头都竟然没有半分把握。我目睹 Shirley 杨终于将凤凰胆与鬼眼投入了水池,却并没有感到任何的解脱和轻松,心中有种难以形容的失落感。我们为了这一刻,已经付出太大的代价了。Shirley 杨回头看了看我,大概是由于刚才过于紧张,身体有些发抖。这时洞窟晶层中涌动着的黑气也在逐渐消退,附近开始恢复了冷漠的荧光。晶层不再震动,但仍有不少可能会掉下来的晶锥,颤巍巍地悬在高处。

从密集的声响中突然转为安静,我还有点不太适应,抹了抹额头上淌下的冷汗,对 Shirley 杨说:"总算是结束了。咱们终于坚持到了最后,熬过了黎明前的黑暗,倒了半辈子的霉,可算看见一回胜利的曙光了。"

Shirley 杨脸上忧郁的神色,这时也像晶层中的黑气一样消散了,虽然闪烁的泪光在眼眶里打转,但那是一种如释重负的泪水:"嗯,终于熬过来了,感谢上帝让我认识了你,不然我真不敢想象如何面对这一切。现在咱们该考虑回家的事了……"

话说了一半,就被天梁下的枪声打断,步枪的射击声中还传来了胖子和明叔的叫喊声。我心中暗叫一声"苦也",却不知又出了什么事端。Shirley 杨的脸色也变了。不好,难道是祭祀的方式搞错了?又有什么变故?

我们顾不上再想,拔枪在手,这时已不用再踏尸而行,循声向天梁下的尸堆冲去。就在奔至尸堆旁边之时，冷不丁有团冰屑般透明的东西在黑紫色的尸堆上迅速蹿了过来，像是水晶突然间有了生命。我还以为是眼睛发花，但仔细一看，确实是有个透明的东西在以很快的速度向我们接近。究竟是个什么形状根本看不清楚，只能看见大约是又扁又长的轮廓，移动的速度很快。我随即举起M1911对着它开了一枪，但枪声过后，干尸堆上什么也没留下，那如鬼似魅的东西眨眼间就没了。

我和Shirley杨异口同声地问对方："刚才出现的是什么东西？"这时我忽然觉得背后有轻微的响声，来不及回头去看，便扑倒在地。只觉得后肩膀被一堆刀片同时划了一下，衣服被挂掉了一块，眼前又是一花，一团模糊的东西从后向前疾驰而过，在干尸上还能看到它，但它一旦蹿入水晶附近便蒸发消失了，而且没有任何声音。

那团模糊的东西，移动得非常快，而且不止一个，在侧面也出现了两三个。由于看不清楚，很难瞄准，子弹也有限，没有把握不能轻易开枪，只好退向后面，在地形狭窄的天梁上也许可以捕捉到目标。

我和Shirley杨原路退回石径尽头的祭坛洞口，这时胖子和明叔那边的枪声停了下来，不知道他们有什么闪失。但我在这里偏偏无法脱身，心中越来越焦急，Shirley杨忽然对我说："快向头顶开枪！"

原来这时候已经有十多团模糊的物体跟着我们爬上了天梁。看那形状既像是蛇，又像是鱼。我立即明白了Shirley杨让我向上开枪的意图，不敢怠慢，抬枪向空中的晶脉射击。子弹的撞击使已经松脱的几根六棱晶柱砸落了下来，"啪啪"几声沉重的晶体撞击，地面上只留下几大片污血。那些东西竟然都被晶柱砸脱了形，全被拍成了碎片，仍然看不出是什么东西。而且这几枪引起了连锁反应，通道尽头处落下了大量的水晶石，将回去的路堵了个严实。

不过眼下顾不上这些了，听到胖子在下边招呼我，我答应了一声，看看左右没什么动静，便找路绕到下边。胖子鼻子上贴了胶带，脸上大片的血迹尚且未干，明叔和阿香也都在。

胖子等人和我遇到的情况差不多，不过由于阿香提前看到，才得以提前发觉。想不到他们这一开枪，倒把我和Shirley杨的命给救了，因为我们当时毫无防备。刚才事出突然，也没觉得怎样，现在想想着实是侥幸。大风大浪都过来了，差点就在阴沟里翻船。不过那些究竟是什么东西？

胖子鼻子被贴住，说起话来瓮声瓮气，指着一团血肉模糊的东西。他枪铲并施，拍死几条，像是什么鱼，说着踢了踢那东西："可他妈又有几分像人，你们瞧瞧这是人还是鱼？"

我听了觉得奇怪："像人又像鱼？不是怪鱼就是怪人，要不然就是人鱼，这东西怎么看上去像是毛玻璃似的？"我蹲下身子翻看胖子拍死的那一团东西。由于全身是血，已经可以看出它的体形了。那东西一米多长，脑袋扁平，也不知是被胖子拍的还是生来就是那样。它的身体中间粗，尾巴细长，全身都是冰晶般的透明细鳞，也能发出暗淡的夜光。若非全身是血，在这光线怪异的洞窟中，根本就看不清它的样子。用手一摸那些冰鳞，手指就立刻被割了个口子，比刀片还要锋利。它没有腿，两个类似鱼鳍的东西，长得却好像是两条人的胳膊，还有手，生得与人手别无两样，但比例太小了，连胳膊的长度都算上，只有正常人的手掌那么大。

我仔仔细细看了数遍，对众人说："这东西有些像娃娃鱼，难不成是那种两栖的'灭灯银娃娃'？传说那种东西确是有灭灯之异，非常稀有，大小与普通婴儿相仿，专吃小蛇小虾。当年有权有势的达官贵人，往往喜欢在碧玉琉璃盆中养上一只活的，晚上把府里的灯都灭了，方见稀罕之处。这着实能显摆一通，比摆颗夜明珠还要阔气。不过养不长久，捉住后最多能活几十天，而且死后怨气很足，如果没有镇宅的东西，一般人也不敢在家里养。但就没听说过那种东西会直接伤人。"

Shirley杨摇头说不太像，用伞兵刀撬开那东西的大嘴。我们一看顿时倒吸了一口冷气：这家伙嘴里没舌头，满嘴都是带倒钩的骨刺，还有数百个密密麻麻的肉吸盘。看来这东西是靠吸精血为生的。

Shirley杨说，可能那些被当作祭品的奴隶被割去眼睛之后，尸体都是被这些家伙吸干的，不知道这种血祭，是否也是祭祀鬼洞仪式的一部分……

这时明叔插嘴道："这东西确实像极了灭灯银娃娃，我前几年倒腾过两只，不过都是做成标本的，后来被一个印度人买了去，嘴里是什么样的还真没看过。"

我抬头对明叔说："明叔刚才你竟然没自顾着逃命，看来我们没白帮助你，你觉悟有所提高了，我在那一刻看到你的灵魂从黑暗走向了光明。"

毕竟大事已了，我不由得放松起来，正想挖苦明叔几句，但话未说完，就发现旁边只有胖子和 Shirley 杨，不见阿香的踪影。我赶紧站起来往周围一看，这一带的干尸都被我们搬到了天梁上，很多地方已经露出了下边的晶层，地面上有一长串带血的脚印。

第三十六章
西北偏北

我们只顾着翻看地上的死鱼，竟然不知道阿香什么时候失踪的，但她肯定没有发出任何挣扎求救的动静，否则不会没人发觉。大伙很担心，都觉得阿香这回真是凶多吉少了，怕是让那些在祭祀之后来吸死人血的东西掳了去。

但随即一看那串脚印，血迹新鲜，而且只有一个人的足迹。从血脚印的形状来看，那应该就是阿香的，总共有十几步，到堆积干尸的地方就不明显了。

如果她是被什么东西捉了去，时间也绝对不会太长，现在追上去，也许还有机会能救回来。我们一刻也没敢耽搁，急忙沿着脚印的方向，越过堆积的干尸。尸堆下边又出现了血足印，看去像绕进了祭坛后边。我们三步并作两步赶了过去，绕过玉山，只见山后的晶层间有个洞口，不知通向什么地方，一个纤弱的身影一闪进了洞。

虽然只看到人影闪了一下，但看身形服色，十有八九就是阿香。她周围似乎没有别的东西，她一个人流着这么多血，走到这里来想做什么？我心中起疑，脚步稍缓，而Shirley杨却加快了步子，急匆匆从后赶过去想追

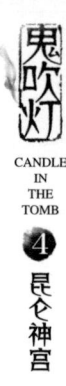

上阿香，明叔也在大声呼喊阿香的名字。

这处祭坛的洞窟，开始的时候中间被云雾分开，"击雷山"的异动，使石烟彻底消散。但我们一直疲于奔命，没注意到祭坛后边竟然还有个洞口，而这时淡淡的薄雾又慢慢在晶层上升起，石烟迷迷蒙蒙，充满了寂静与迷离的气氛，令周围的一切看上去都显得不太真实，洞窟边缘的山隙之中更是深邃莫测。直觉告诉我，这个山洞不是一般的去处，洞内晶脉渐少，荧光昏暗，隐隐有种危险的气息。但我看到Shirley杨已经快步跑了进去，便也不再多考虑了，举起狼眼手电筒，跟着她进了山洞。

众人一进山洞，没追出几步，便已赶上先前见到的人影，正是阿香，不过她似乎是患了梦游症一般，失神的双眼直勾勾盯着前方，她的鼻子里不停地滴出血来，而她却对此毫无察觉，对我们的到来也没有任何反应，只是一步步地向洞穴深处走着。

我伸手要将她拉住，明叔急忙阻拦："别惊动她，胡老弟，阿香好像是得了离魂症啊，离魂症必须让她自己醒过来，一碰她她的魂魄就回不来了。她以前可没有这种症状，怕是中了邪了。"

我一时不敢妄动，但阿香的鼻子不断滴血，由于失血过多，脸上已没有半点血色，再不管她的话，就是流血也能把人流死。Shirley杨说："硝磺等有刺激性气味的东西可以让癔症者恢复知觉。"说罢拿出北地玄珠，刚要动手，发现阿香的手里不知什么时候多了一块尖锐的水晶石碎片，正在向她自己的眼中缓缓刺去。

Shirley杨急忙将北地玄珠在阿香鼻端一抹，阿香猛地咳嗽一声，身子一软，立刻倒在了地上，我和Shirley杨赶紧扶她坐住，仰起她的头，按住耳骨止血。多亏发现得及时，不过，她这究竟是怎么了？为什么会走进这个山洞？她为什么想要刺瞎自己的眼睛？莫非是洞中有什么东西使她的心志迷失了？

Shirley杨对我说阿香肯定是不能再走下去了，最好让她在这儿休息一会儿。我点头同意先休息半个小时，走不了没关系，我和胖子就是抬也得把她抬回去。阿香还算走运，我找胖子要了几块蜕壳龟的龟壳，用石头碾碎了，让 Shirley 杨喂她服下。这价值连城的龟壳，是补血养神都有奇效的灵丹妙药，胖子免不了有些心疼，本来总共也没多少，全便宜阿香了，现在就剩下巴掌大的一块了。想来想去，这笔账自然是要算到明叔头上，让他写欠条，回去就得还钱，甭想赖账。胖子随后出去拖进来两条死掉的怪鱼。饿红了眼就饥不择食，想那杀人的仪式荒废多少年了，这东西可能也不像它祖宗似的当真吸过人血，用刀刮掉鳞胡乱点火烤烤，足能充饥。

我用手电筒四处照着看了看地形，山洞很狭窄，也并不深，我们追到阿香的地方，已经快到尽头了，举起狼眼手电筒就可以在光束中看到尽头的情况。那里是一道用巨石砌成的墙，墙下有三个很矮的门洞，而厚重的石墙上刻着一只滴血眼球的图腾，眼中透着十足的邪恶。

众人看到那只血眼，面面相觑，半响作声不得，就连葡萄牙神父从轮回庙里偷绘的《圣经》地图里，也没有这么个地方。而且所有的传说记载，恶罗海城的地下祭坛，都是只有唯一的一条通道。而这墙后是哪里？那滴血的眼睛又在暗示着什么？

Shirley 杨说："这只流血的眼睛，应该是与白色隧道前那闭合的眼睛相对应的，恶罗海城中的很多地方，都可以见到各种不同眼球图腾，据我看，所有在墙壁石门上的眼球，都起着一种划分区域或警示的作用。不过闭目容易理解，滴血却有很多种可能，可能性比较大的是起警告作用，表明这墙后是禁地，比祭坛还要重要的一处秘密禁区。"

我到洞穴尽头的石墙前看了看，下边那三个低矮的门洞中传来一阵阵腥味，用手抹了一下，还有黏滑的液体。石上挂着一些鱼鳞般的晶片，那些在祭祀活动后就去吸血的东西，就是从墙后爬出来的。那么说这堵墙后也许有水。石墙上的纹理并不协调，看来是曾经被打破过，然后又被修复了。或者最早不是墙而是石门，出于某种原因被封堵了起来。

过了一会儿，阿香恢复了几分神志，脸色白得吓人，而且身体十分虚弱，说话都有些吃力。Shirley 杨问她刚才是怎么回事，知不知道自己在做什么。

阿香先是摇了摇头，然后说在天梁下的时候，突然感到很害怕，脑子里只有一个念头，就是想尽快离开，永远都不要再看那些干尸了。迷迷糊糊的就自己走到了这里，连自己都不明白为什么要这样做。

明叔说："我干女儿看到了阴气重的东西，鼻子就会滴血，这次又是这样。她毕竟年纪太轻，有些事她是不懂好歹的。但咱们都是风里浪里走过多少回的，自然是知道其中的利害关系。看来这里不宜久留，你们听我的没错，咱们原路回去才是最稳妥的。"

我考虑了一下，原路回去的话，最多转回到湖心的火山岛。那里虽然有几条地下河，但基本上算是处绝境，而且地下河水流湍急，带着伤者根本不可能找到路。而这墙后虽然可能有危险，但说不定有机会找到路径。另外阿香神志恍惚地走到这里，说明这地下一定还隐藏着什么秘密，放任不管始终是个隐患。既然在祭坛后的山洞里藏着这么个地方，说不定会与鬼洞有关，斩草需除根，不彻底有个了结，恐怕回去之后永无宁日。

我看了看手表上的指南针，石墙并非与自东向西的白色隧道看齐，而是位于西北偏北。有了这个方位，我便立刻下了决心。不过我还是要先征求其余成员的同意。

Shirley 杨说道："来路被不少落下来的水晶阻住了，想走回头路也不容易，拉火式雷管还剩下两枚，炸是炸不开的。另外还有一个选择，就是攀到洞窟的顶上，用雷管破顶，使上面的湖水倒灌下来，湖水注满洞窟后，就可以游回地下湖了。不过咱们不少人都挂了彩，长时间泡在水里，会有生命危险。"

明叔这时又犹豫起来了，极力主张要从地下湖回去。他本是个迷信过度的人，当然是不肯往阴气重的地方去，对我说："有没有搞错啊，胡老弟，你师兄不是讲过咱们这次遇水而得中道吗？我觉得这一点实在是太正确了，可这道墙壁后面有没有水咱们都不知道，对高人的指点又怎么能置若罔闻？"

我心里暗骂老港农又要拖后腿了，但能拿他怎么办？要依了我就扔下他不管，但 Shirley 杨肯定是不会同意这么做的；要是带着明叔，现在他的精神状态虽然恢复了几分，但难保他的疑心病什么时候又犯了。我心念一动，心想明叔这样的人也有弱点，就是过度迷信，我何不利用他这一点，让他坚信这是条生路呢？

想到这里我对明叔说："遇水而得中道，当然是没错的，咱们一路上过来，每逢绝境，无不寻水解困，但易经五行八卦里的水，并不一定是指湖里流动的水，它也暗指方位。在五行里北方就代表水，水生数一，成数六，北就是水。"

但这显然说服不了明叔，因为他根本听不明白，其实我也不明白。不过我研究风水秘术，自然离不开五行八卦之类的易术，虽然不会像张赢川那样精研机数，但是一些五行生克的原理我还是知道的，当然还有些是那次遇到张赢川时听他所讲，于是给明叔侃了一道："八卦五行之数，都出自河图，什么是河图呢？当年伏羲氏王天下的时候，也就是伏羲当领导的时候，他愁啊，天天愁，你们想想，那时候的老干部，哪儿有贪污腐败这么一说，都特有责任感，整天忧国忧民的。有一天他就坐在河边的一棵苹果树下思考国家大事……"

胖子正在点火烤鱼，听我说到这里，忍不住插嘴道："老胡你说这事我也知道啊，是不是掉下来一苹果，正好砸他脑袋上了，砸得眼前直冒金星，就领悟出八卦太极图来了？"

我对胖子说："你不知道，能不能别瞎掺和？让苹果砸了脑袋的那是牛顿。伏羲在河边的一棵苹果树下发愁，是在思考自己臣民的命运。那个原始洪荒的时代，灾难很多，人民群众都生活在水深火热之中，而且当时的人类，对于自然宇宙的认识非常有限，伏羲就对着河祈祷，希望能得到一些指示，让老百姓避开灾难，安居乐业。

"这时河里跃出一条龙马，背上驮着一张图。于是伏羲就以其纹画八卦。也有人说那龙马所负的是一块巨大的龟壳，或许龙马本身就是一只老龟，甲壳上面有天然形成的奇妙纹理。不管传说是怎么样的，总之这就是河图。伏羲按照图中的形状画出了八卦，这是人类对宇宙对世界最早的认识，天道尽在其中。据记载，龙马负图的纹理图案，有一白点、六黑点在背近尾，七黑点、二白点在背近头……各有差异。河图中总共有五十五个黑白斑点，白色的是二十五个，称作'天数'，黑色的三十个，作为'地数'。

白色代表阳，全是单数，'一、三、五、七、九'；黑点为双数，'二、四、六、八、十'，代表阴。同时河图中还把'一、二、三、四、五'视为'生数'，'六、七、八、九、十'称为'成数'，这之间有相生相成的关系。五个方位各有一奇一偶，都是以两组具有象征意义的数目互相搭配，用来表示世间万物全都是由阴阳化合而成，有'太极穷通天地'之意，若非天生地成，便是地生天成。

"所以才说北方是阳气始生之处，生数一、成数六，叫作'天一生水，地六成之'，自然万物的规律都在此中。所以我说往北边走，就一定可以遇水得中道。"

Shirley 杨听后忍不住赞叹道："想不到你还知道这么多乱七八糟的事情。以前还以为你除了会看看风水之外，就只会数钱。"

我听连 Shirley 杨也说我有学问，心里自然得意，嘴上都快没把门的了，但还是谦虚地说："其实我知道的东西多了，只不过你们平时总也不给我机会说，现在这么说大伙都可以放心了吧？"世界上所有的理论，都是根据客观既存的事实所产生的，所以我敢说北边一定是个生门。还有一个很重要的原因，摸金校尉有个古老的行规，入古冢摸金，必先在东南角起灯，因为东南是祸与事的方位，祸就是灾难，事就是做事干活，灯一灭，必生祸机；西北角则是生路，西北、东北和北，是开、休、生三门，八站中只有这三个是吉门。这连司马迁都讲过，他说"夫作事者必于东南，收功实者常于西北"。同样，在精通阴阳风水的人的眼中，一向是事生于南，功收于北。从战略方位看，北、西北、东北占据绝对的战略优势，北方主生水，属善形活势。

这番话把明叔说得心服口服，认准了往北走肯定没错，要想活着出去，就这一条路可行。于是大伙略微休整，便从尽头处的矮洞里钻了进去。离开前，我又盯着石墙上那滴血的眼球看了看，这图腾会不会与阿香刺目的举动有什么关联？我心中有几分忐忑不安，其实那些北方主水的话，都是用来敷衍明叔，我自己都没什么信心。不过走别的路都已不可行，但愿这是一条生路。

一出那低矮的门洞，眼前便豁然开朗。一条宏伟的地下大峡谷出现在了面前，两侧峭壁如削，死气沉重，附近还可以借这矿石的微光看个大概轮廓，而高远处则黑漆漆的望不到头。向前走了几十米，发现峡谷中纵横交错的全是巨大生物的骨骼化石，最近一处的一个三角形头骨比一间民房也小不了几圈。靠近峡谷边缘的地方，无数骨骼化石都与岩石长成了一体，只有那些长长的脊椎，表明了那些石头曾经是有生命的。

胖子背着昏昏沉沉的阿香对我们说："不是说魔国人愿意供蛇吗？这里竟然有这么多大蛇的骨骸。我看咱们得多加小心了，说不定还有活的呢。"

Shirley 杨说："这条地下的大峡谷里的骨骼没有像蛇的，倒像是龙王鲸之类的，少说都死去几百万上千万年了。"我也同意 Shirley 杨的说法，蛇怎么会有这么大的肋骨，都快赶上轮船的龙骨了。所有的骨骼都是化石，没有近代的尸骨，所以不用担心什么。不过我们还不知道恶罗海人在这里做过什么，这一点还是要提防的。

我们正想过去探探路，这时阿香突然对我说，侧后方有些东西让她觉得头很疼。我们急忙回头去看，一看之下，都不由自主地"啊"了一声，又惊又奇。谁也没料到，就在我们出来的地方，又有一尊如同乐山大佛一样，嵌入山体中的黑色巨像。山体上零星的荧光，衬托着它高大黑暗的轮廓，像是个狰狞的阴影，摩天接地地背对着我们。而且最奇特的是，那几十米高的巨大神像身体向前倾斜，脸部和两只手臂都陷进了山体内部，那姿态像是俯身向山中窥探。它的工艺没有佛像那么精美复杂，仅仅具备一个轮廓，没有任何装饰和纹理。

这是"大黑天击雷山"的真实形象吗？这里究竟是什么地方？我们随即发现，巨像的两面都有脸，身体也是前后相同，没有正与背的分别，而且只有两只手臂，并没有脚。巨像与地面连接的位置，有一个丈许高的门洞，里面似乎有什么空间，门前有几根倒塌的石柱。

胖子说好不容易有个保存完好的建筑，不如进去探探，找点值钱的东西顺回去，要不咱们这趟真是赔本赚吆喝了。

我也想进去看看，抬着头只顾看高出的巨像，险些被脚下的一个东西绊倒。原来那些类似的石柱在峡谷中还有许多，我们脚下就有一根倒下的，多半截没入了泥土。Shirley 杨看了看脚下的石柱，忽然说知道这是什么地方了，但并没有直接说出来，而是对阿香说道："能不能让我仔细看看你的眼睛？"

第三十七章
蛇窟

地下峡谷像是到了深渊最底层的地狱，满目皆是嶙峋巨大的史前生物骨骼化石。附近散落倒塌的石柱与那些骨骼化石相比，有些微不足道，而且大半都埋入了灰白色的土层之中。所以开始的时候众人并未察觉到这里有人类建筑的遗迹，直到阿香指出我们身后存在着巨大的黑色神像，这才发现周围还有这么多石柱。

石柱上都凿有一些牛鼻孔，有些还残留着粗如儿臂的石环。另外最醒目的，就是石柱上一层层的眼睛图腾。这些图腾我们已经见过无数次了，可谓屡见不鲜，在这里再次看到，都没觉得有什么意外。眼球的图腾，除了祭坛两端的非常奇特，一端是闭目之眼，一端是滴血之眼，其余的皆大同小异，而这石柱上的就属于比较普通的那种图案，我并没看出有什么不同的地方。

但 Shirley 杨看到这些石柱上的图腾后，似乎发觉了某种异常，非要仔细看看阿香的眼睛不可。Shirley 杨大概为了避免阿香紧张，所以是用商量的口吻，和平时说话没什么两样。

阿香点了点头表示同意，脸上表情怯生生的，大概她也觉得莫名其妙，仔细看看眼睛是什么意思？于是 Shirley 杨屏住呼吸，站在很近的距离，目不转睛地凝视着阿香的双眼，似乎要从她的眼中寻找什么东西。

我明白 Shirley 杨虽然说得轻描淡写，却一定有什么我们都没想到的问题。阿香这丫头的举动，也确实不太对劲儿，好端端的竟然发了离魂症，拿着尖石头去刺自己的眼睛。也许真就如同明叔所说的，她撞邪了，也许她现在已经不是我们认识的那个阿香了，更有可能她的眼睛与恶罗海城有着某种联系。她会不会就是我们身边的一个鬼母妖妃呢？

我心中胡乱猜测，转了数个念头，却似乎又都不像。看到 Shirley 杨盯着阿香的眼睛端详，于是也和胖子凑过去一起看看，想看看阿香眼睛里究竟有些什么，但看了半天也没瞧出什么稀奇的地方。

这时 Shirley 杨似乎已经从阿香眼中找到了答案，她先告诉阿香不要担心，不会出什么事，然后让我们看石柱上的眼睛，虽然看起来与恶罗海城中其余的图腾非常相似，但有一个细节是独有的——这里的眼球图案，在瞳孔外边都有一圈线形红色凸痕。Shirley 杨说："你们看阿香的眼睛里，也有类似的东西。"

我这才发现这个细微的差别。如果仔细观看阿香的瞳孔，便会发现其中果真有血痕，如一线围绕。那血痕像是眼白里的血丝，却极细微，若不仔细看根本看不清。如果不是阿香闯进这个山洞，我们也许不会发现这里，而她的眼睛竟然与这里的图腾相似。她是有意把我们引到这里来的？不过当着阿香的面，我并没有把这话说出口。

Shirley 杨知道刚才的事很容易让众人产生疑惑，难免会怀疑阿香。Shirley 杨根本也不相信什么眼睛转世之说，于是解释道："人体通过眼睛发出的生物电大概只有百分之七，是非常微弱的，不过每个人的体质不同，对生物电的感应能力也有差别。阿香的眼睛能感应到一些常人不能捕捉的事物，这虽然很特别，但现今世界上也有许多类似她这样拥有这种力量的东西，所以她才被下意识地引到此地。石柱上的图腾就是最好的证据。"

明叔听后赶紧说："没事就好，咱们还是赶紧向北走吧，早点离开这个地方，就不要去管这里有什么鬼东西了……"

明叔的话刚刚说了一半,阿香就忽然说道:"没用的,干爹,没有路可以走了,后边有好多毒蛇追了过来,咱们都会死。我……我害怕蛇,我不想被蛇咬死……"说着便流下泪来。

阿香的话让大伙感到非常吃惊,怎么说来就来?想起"击雷山"白色隧道里的那些黑蛇,兀自令人毛骨悚然。在这条地下大峡谷中如果遇到蛇群,连个能躲的地方都没有。往前跑不是办法,两条腿又怎么跑得过那些游走如风的黑蛇。两侧古壁都如刀削一般,就连猿猴怕也攀不上去。

这时东边的山洞和岩石晶脉的缝隙间,群蛇游走之声已经隐隐传来。明叔面如土色,一把拽住我的胳膊:"胡老弟,这回可全指望你了,幸亏当初听你的往北走,北边有水,有水便能有生路。要是刚才不听你的走回头路,现在多半已葬身蛇腹了,咱们快向北逃命去吧。"说着话,就想拉着我往前跑。

我赶紧把明叔的手按住:"别慌,前边一马平川,逃过去必死无疑。我看眼下只有先到那黑色巨像中去,封住洞口挡蛇,再想别的办法脱身。"

蛇群游动的声音如狂潮涌动,未见其形,便已先被那声音惊得心胆俱寒,再也容不得有丝毫耽搁。我让胖子背上阿香,拽住明叔撒开大步,跑到了黑色巨像底部的洞门。那高大的神像内部被掏空了,光线很暗,我们用手电筒稍稍扫视了一下四周的情况,有木石结构的建筑,上面还有很多层,看样子可以直接通到巨像的头顶上去。

大群黑蛇已经迫近,来不及细看内部的情况了,胖子把阿香扔在地上,同我和明叔搬了两块大石板,堵住门后,紧张得腿都有点软了。我和胖子以前没少在野外捉蛇,但这种黑蛇不仅数量众多,而且游走似电,毒性之猛可以说是沾着就死、碰上即亡。

我们不禁担心这巨像内还有别的缝隙,大伙一商量,不如到上面去。相对来讲,上面要安全一些。为了节约光源,只开一盏头灯和一支手电筒。往上一走才发现这里面根本不保险,巨像内部被凿出了许多间不相连的石室,整体形状都与那蜂巢般的恶罗海城相似,不过结构没有那么复杂。石穴般的洞室小得可怜,我想这可能不是给人居住的地方,实在是太过狭窄压抑了，要是人住在里面，用不了多久可能就会憋死。

这里到处都落满了灰尘，空气流动性很差。如果我们五个人在一个狭小的区域中耽搁得时间稍长，就会觉得缺氧胸闷。

直到爬到第四层的时候，才觉得有凉风灌将进来。在黑暗的过道中，顺着那凉飕飕的气流摸过去，便见到一个一米见方的洞口，这是巨像中下部的一个通风口。由于神像的整体是黑的，所以在地下看不到这里，若不是那些倒塌的石柱，甚至不太容易发现底部的入口。

我趴在那个洞口前，探出身子从高处往下看了看，下边荧光恍惚，只能看到一团团扭曲蠕动的黑蛇，都聚集在神像下的区域内，大的有人臂粗细，小的形如柳叶，头上都有个黑色的肉眼。群蛇有的懒洋洋地盘着，还有的互相争斗撕咬，数量越聚越多，那蠕动的东西看多了，让人感到恶心。

Shirley 杨看后对我们说："这些蛇的举动很奇怪，并不像是要爬进来攻击咱们，反而像是在等待着什么事情发生。"

胖子把阿香放下，自己也喘了口气，然后说道："我看是等咱们下去给它们开饭。"他抬胳臂看了看手表上的时间又说，"这不是刚到吃饭的时间吗？"阿香被胖子的话吓得不轻，双手抱膝坐在地上发抖，明叔见状也有些魂不附体，问我现在该怎么办。没有吃的东西，水壶里的水也不多了，根本不可能总在巨像里躲着，而且这巨像内的石屋看着就让人起鸡皮疙瘩，连阿香都说这里让她头疼。我们这回算是进了绝境，插上翅膀也飞不出去。

我心中也很不安，外边是肯定出不去了，而这黑色神像腹中的建筑，也不像是给人住的，天知道这里会有什么。但是现在必须要稳定大伙的情绪，于是我找了点稳定军心的借口，对众人说道："其实不仅是北方属水，五行里黑色也代表水，这巨大的神像都是黑色的，自然也属水，所以我想咱们躲到了这里，是一定不会有生命危险的。"

我忽然想到一些办法，便又对大伙说："刚才在峡谷的底部，咱们都看到石柱和骨骸的化石上有一层火山茧，地上有许多隆起的大包，那应该是以前喷发过的火山弹，而且气温也比别的地方高了不少。这些迹象都表明这里有条火山带，虽然咱们在湖中发现了一座死火山，但那不等于整条火山带都死亡了。群蛇喜欢阴冷，它们都是从东边的山洞里过来的，绝不敢过于接近北方，越向北硫黄气息将会越浓，咱们只要能想办法甩掉群蛇向前逃出一两里地，就能安全脱困。我看可以用这里的材料制造些火把吓退蛇。"

明叔听我这话中有个很大的破绽，便说："不对啊，这里的蛇全是黑色的，看来也应该属水。我虽然不太懂易数，但知道水能克火，所以虽然群蛇喜欢阴冷，但它们也敢到这里来。另外咱们遇水得生，怎么敢点火把？这岂不是犯了相冲相克的忌讳了吗？"

我心想："这老港农着实可恶，竟敢跟我侃五行生克的原理，五行的道理就好比是车轮子的道理，怎么说都能圆了，胡爷我无理也能搅三分理出来，能让你论趴下吗？"于是对明叔说："天一生水，地二生火，天三生木，地四生金，天五生土，五位五形皆以五合，所以河图中阳数奇数为牡，阴数偶数为妃，而大数中阴阳易位，所以说妃以五而成。现代人只知水克火，却不知水为火之牡，火为水之妃。如今的人只知道水旺于北，火起于南，却不知五行旺衰与岁星有关。明叔你只知水克火，却不知道如果火盛水衰，旺火照样可以欺衰水。这说明你不懂古法，咱们这是旺水，那些蛇就是衰水，所以咱们旺水可以借火退衰水。但这火不能旺过咱们的水，否则咱们也有危险。"

明叔听得眼都直了，过了半天才说："太……高明了，所以我常对阿香讲，将来嫁人就要嫁摸金校尉……要不然没出息。"

Shirley杨忽然轻轻一挥手，示意大伙不要再说话了，外边有动静。我们立刻警觉起来。

我们轻手轻脚地凑到洞口窥探下边的动静，不过Shirley杨并非是让我们看下方的蛇群，她指了指高处的绝壁，那上边不知什么时候亮起了一长串白色的小灯，在高处晃晃悠悠的，数量还不少。但是距离太远了，而且山壁上的晶脉已渐稀少，荧光灰暗。那是什么东西？我使劲揉了揉眼睛，还是看不清楚，又不像是灯，好像站着无数穿白衣的小人。忽然眼前白影一晃，几大团白花花的东西就从峭壁上一个略为平缓的石坡滚将下来，掉到了峡谷的底部。

地面上的蛇群纷纷游向那些掉落下来的白色物体，我们距离地面只有十几米的高度，看下面的东西还比较清楚。只见那一大团一大团的东西，都是一些黏糊糊的球状物。黑蛇争先恐后地挤过去，围在周围便停住不动。那些白色的物体上忽然冒出许多鲜红的东西，像是凭空绽放出一朵红花，但转瞬便又消失，忽红忽暗。

众人越看越奇，再凝神观望，这才看出来，在一个嵌入岩石的化石骨架中，盘踞着一条体形大于同类数倍的黑蛇，也不知是从哪个岩缝里溜出来的，吞吐着血红的蛇芯。只见那蛇全身鳞甲漆黑，张口流涎，口中滴落的垂涎一落到地上，石头中就立刻长出一小块鲜红的毒菌，转眼便又枯萎了，随生随灭。

这蛇的毒性之猛，已经超乎人的想象了。大蛇从骨架上爬下来，蛇行至那些白色物体中间，一个个地将它们吞下。其余的黑蛇都静悄悄恭候在旁，不敢稍动，看样子要等它们的老大吃剩下之后，才是它们的。

胖子奇道："那是什么？鸡蛋？"我虽然看得不太清楚，但那大团的白色物体应该是什么东西的卵，十分像是大白蚁之类的，里面还裹有许多昆虫、动物的尸体。我又向高处那一排白色的小人处看了看，便已猜出了八九不离十，对众人说："上面的是那些'地观音'。怪不得这些黑蛇忍受着这里燥热的环境，果真是胖子说的那样，是来吃东西的，它们吃饱了就会散去，咱们耐心等等机会吧。'地观音'这类小兽生性残忍狡猾，而且还非常贪婪，它们喜欢储藏食物，即使不吃也会把东西往深处藏，想不到都便宜蛇群了。"

众人听我如此一说，才把悬着的心放下，毕竟那些蛇不是冲着我们来的，而且应该没有发现我们藏在这里，用不了多久，我们就可以脱险了。可阿香却突然开口说："不是的，它们已经看见我了……我能感觉到。"说完就低下了头，沉默不语，显得十分无助。

我听阿香说得十分郑重，这种事她是不敢开玩笑的。想到那条毒蛇流出的鲜红毒涎，我不由得额头上开始见汗了，再次偷眼向洞外看了一眼，只见盘在龙王鲸化石上的那条巨蛇，正对着我们所在的洞口昂首吐芯。

我急忙缩回身子，没错，我也可以感觉到，底下的蛇一定知道我们的存在。只不过不知道它们是打算吃完了蚁卵再来袭击，还是由于这神像是禁区而不敢进入。我让胖子留在洞口监视蛇群的动静，自己和Shirley杨、明叔三人要抓紧时间制作一些火把。

我钻进洞口旁的一间石屋，举着手电筒照明，想找一找看有没有储油的器具。时间虽然久了，但古藏地的牦牛油脂或松脂都能保留极长时间，也许还可以引火。刚才上来的时候，我们已经看到这里似乎没有灯盏，此地不见天日，没有灯火实在是大不寻常。

抱着几分侥幸心理，我拿着手电筒照了一遍，石屋中四壁空空，只是角落里有一张没有眼孔的古玉面具。Shirley杨在另一间石屋中也发现了同样的东西。我问Shirley杨这会不会是魔国鬼母的面具，那些人能不能以面具示人。难道这巨像里的建筑是给鬼母住的？

Shirley杨说："不会，魔国鬼母的地位非常高，一定是住在恶罗海城的神殿中，那里已经彻底毁掉了。你看这里的环境很差，说是监狱可能也不过分，而且眼球的标记很特殊，与阿香的眼睛相似。那样的眼睛应该不是鬼眼，几代鬼母才能出一位真正能看到鬼洞的人，我在想这儿会不会是用来……用来关押那些眼睛不符合要求的候选者？下面的石柱上有牛鼻孔和石环，显然是用来进行残酷刑法的，被淘汰的人，可能都被锁在峡谷中喂蛇了。"

我点头道："照这么说来，这地方确实很像是监牢，不过关于这一点，我还有一个最大的疑问想不明白……"刚说到这里，胖子就急忙从洞口处爬了回来，问我道："火把准备得怎么样了？我看蛇群已经开始往咱们这儿钻了，要点火就得赶快了。"胖子还不等我回答，就突然压低了声音对我和Shirley杨说，"你们看那小妞儿在那儿折腾什么呢？"我向身后的阿香望去，她在一个黑暗的角落中，后背对着我们，正用手轻轻抚摸着那堵石墙，全身瑟瑟发抖。她忽然回过头来对着我们，面颊上流着两行黑血，缓缓举起手臂，伸出食指指着墙说："这里有一个女人。"

第三十八章
天目

黑色神像实际上便是一块如山的巨石，只是内部都被凿成了空壳，由于岩石都是墨黑色的，所以其中的空间毫无光亮可言。Shirley 杨持着狼眼手电筒，向身后的通道中照去，狭窄的光束打到了角落中，只见阿香正低着头，面对墙壁而立。在此之前，我们谁也没察觉到她的举动，此时见她像鬼魅般无声无息地站在那里，好像又发作了离魂症，不由得为她担心，但除此之外，心里更添了几分对她的戒备之意。

不等 Shirley 杨开口叫她的名字，阿香便自己转过了身子，她的脸部朝向了我们。我们看她这一转身，都险些失声惊呼，只见阿香的脸颊上挂着两行黑血，如同流出两行血泪，眼睛虽然张着，却已经失去了生命的光彩，那黑血就是从她眼中流出来的。

Shirley 杨见她双目流血，连忙要走上去查看她的伤势，阿香却突然举起胳膊，指着身后的墙壁说："那里有个女人，她就在墙上……不只是这里，石窟内的每一面墙中都有一个女人。"说着话，身体摇摇晃晃的似要摔倒。

Shirley 杨快步上前扶住阿香，为她擦去脸上的血迹，仔细看她的眼部受伤的状况，但是黑灯瞎火的完全看不清，问她她也不觉得疼，那血竟像是来自泪腺，所幸眼睛未盲，大伙这才松了口气。在隔壁寻找燃料的明叔，此时也闻声赶了过来，对着阿香长吁短叹，随后又对我说这里阴气太重，阿香见到了不干净的东西，鼻子和眼睛里便会无缘无故地流血。只不过流血泪的情况极其罕见，这几年也就出现过两次。一次是去香港第一凶宅，还有一次是经手一件从南海打捞上来的"骨董"，这两次都是由于阿香不寻常的举动引起了明叔的疑虑，犹豫再三没有染指其中。事后得知那两件事都引发了多宗悬而不破的命案，明叔没有参与，真算是命大。既然阿香在这神像内显得如此邪门，那么这里肯定是不能再待下去了，要不然非出人命不可。

明叔说完之后，又想起外边成群的毒蛇，尤其是那口流红涎的大蛇，思之便觉得毛骨悚然，稍加权衡，心中大概觉得这里虽然阴气逼人，但至少还没有从墙中爬出厉鬼索命，于是便又说黑色属旺水，这个时候当然是相信胡老弟，不能相信阿香了，还是留在这里最妥当。

胖子在检查着步枪的子弹，听明叔劝大伙赶快离开此地，便说道："我刚才看见外边那些蛇已经涌进来了，不管是往北还是往西，要撤，咱们就得赶紧撤，要是留下来，就得赶紧找个能进能退的地方，进退回旋有余地，转战游击方能胜强敌。"

我对众人说："现在往下硬闯是自寻死路。无论是哪个方向，肯定都是逃不出去的，咱们跑得再快，也甩不掉那些黑蛇。这石头祖宗身上也不知有多少窟窿，咱们虽然堵住了来路，却不知道它们有没有后门可走。相比之下，此处地形狭窄，易守难攻，应该还可以支撑一时。"明知困守绝境不是办法，但眼下别无他法。

Shirley 杨也认同在现在的情况下，能守不能跑。且不论速度，单从地形来看，可退之地，必然都是无遮无拦，一跑之下，那就绝对没活路了。当然如果困在此地，也只是早死迟死的区别。所以要充分利用这点时间，看看能否在附近找到什么可以驱蛇的东西，那就可以突围而出了。

商量对策的同时，大伙也都没闲着，不断搬东西封堵门户，但越是忙活心里越凉，这里的窟窿也太多了，不可能全部堵死。黑蛇在下边游动的声音渐渐逼近，大伙没办法只好继续往上退，并在途中想尽一切办法滞缓蛇群爬上来的速度。

大伙不断地往上攀爬，每上一层，就推动石板堵住来路，最后到了顶层，一看这里的地势，实在是险到了极点。我们所在的位置，是一条狭窄的通道，两边各有三间矮小的石窟，向上的通道，就在尽头处的一间石窟里面，这是唯一往上去的途径，不过上面已经是另一个空间了。

这座神像脑袋只有半个，鼻子以上的部分不知是年久崩塌了还是怎样，已经不复存在了。从通道中爬上去，就可以看到三面刀劈斧砍的峭壁。这巨像本已极高大，但在这地下深渊里，却又显得有些微不足道，我们身在神像头顶，更是渺小得如同蝼蚁。我和胖子爬到神像半个脑袋的露天处，往下只看了一眼，胖子就差没晕过去了。地下大峡谷中阴森的气流，形成了一种可怕的呜咽声，而且空气中还夹杂着一股奇特的硫黄气息，噩梦般的环境使人战栗欲死。我也不敢再往下看了，赶紧拖着胖子回到下边一层。

Shirley杨将阿香安置到一个角落中，让她坐在背囊上休息，见我和胖子下来，便问我们上边是否有路可退。我摇了摇头，在上边稍微站一会儿都觉得心跳加速，从那里离开的问题想也不要想了。但明叔就在旁边，为了避免引起他的恐慌，我并没有直接说出来，只说："咱们这里算是到顶了，好在巨像头部的地形收缩，只要堵死了上面的道路，蛇就进不来。这神像太高，外边的角度又很陡峭，毒蛇不可能从外边进来。"

所幸每层石窟当中都有一些漆黑的石板，好像棺材板子似的，也看不出是用来做什么的。找几块大小合适的石板，盖住上来的入口，再找些石块压上，看起来还够安全。那些黑蛇虽然凶恶毒猛，但也不可能隔着石头咬人。

在反复确认没有遗漏的缝隙之后，众人围坐在一起，由于每一层都设了障碍，大批毒蛇想要上来，至少需要一两个小时的时间，而这有可能是我们最后的时刻了。我心中思潮翻滚，几十米高的巨大神像，我们已经数不清究竟上了多少层，从战术角度来说，如果用来抵御大量毒蛇侵袭，这最顶层才是最安全稳固的。但从另一个角度考虑，这里也没有任何周旋的余地。蛇群一旦涌进来，我们就只有两条路，要么喂蛇，要么从几十米的高空跳下峡谷自杀，任何一种死法都不太好受。

我实在是没想到，在最后的时刻，竟然陷入有死无生的绝境。虽然自从干了倒斗的行当以来，有无数次以身涉险的经历，但从局面上来看，这次最是处境艰难——无粮无水，缺枪少药，四周的峭壁陡不可攀，大群剧毒的黑蛇窥伺在下。反复想了若干种可能性，也只有长上翅膀才能逃出去。

明叔是何等人，我刚才和 Shirley 杨说话时，虽然并没有直言已无路可退，但明叔还是已经明白了，无可奈何地摇了摇头。看来"天机"纵然神妙，也是救不了该死之人，老天爷是注定要他雷显明死在"大黑天击雷山"了。

我和胖子对明叔说："您别垂头丧气的，当初要挟我们的时候，那副斩鸡头烧黄纸的气概都到哪里去了？难不成还真是人格分裂？胆子小的时候比兔子胆还小，胆子大的时候，为了活命连天都敢给捅个窟窿出来。您说您都活这么大岁数了，怎么对生死之事还那么看不开呢？阿香也没像您似的。您给我们这些晚辈做个正面榜样行不行？要知道，有多少双充满仰慕的眼睛在殷切地看着您呢。"

我和胖子始终对明叔在祭坛里的举动耿耿于怀，虽然处境艰难，但既然有了机会，理所当然要借机挖苦他一通。不过还没等我俩把话里的包袱抖出来，话头却被 Shirley 杨打断了。Shirley 杨问明叔："阿香的身世很可怜，明叔能不能给我们说说阿香的事？她的过去是怎么样的？还有刚才所说的，阿香在香港曾经有两次流出血泪，其中的详情又是如何？"

Shirley 杨这么一说，我也觉得十分好奇，往阿香那边一看，见她的头枕在 Shirley 杨的膝盖上，昏昏而睡。大概是失血的缘故，从风蚀湖进入地底祭坛之后，她的精神一直都萎靡不振，此时一停下来，便睡了过去。她也确实需要好好休息了，不过她在睡梦中好像都在发抖。

明叔见 Shirley 杨提出这个要求，虽然不觉得为难，但都这时候了，大伙的性命朝不保夕，还有什么好说的呢？但还是讲了一些阿香的过去。阿香的父母也都是美籍华人，是著名的世界型秘密宗教社团"科学教"的忠实信徒。"科学教"虽然字号是科学，其实有些观念则是极端的唯心。他们相信地球古代文明中的神是外星人，并致力于开发人体的潜在能力。很多社会名流，包括一些政界要员、大牌导演和电影明星都是该教的虔诚信徒。他们收集了许多稀奇古怪的古代秘密文献，废寝忘食地研究其中的奥秘。有一批人从西藏的秘文中得知有种开天目的方法，就是将刚出生的女婴放置在与外界隔绝的环境中，不让她见到任何人或动物的眼睛，以十年为限，据说这样培养出来的孩子可以看到"神灵"的真实面目。

相信这一理论的人也有他们自己的见解，他们认为这种古老而又神秘的方法并不是空穴来风。这是因为世界上早就有科学家指出，世界上所有的哺乳动物、鱼类、两栖类、鸟类、爬行类，都有从外表看不见的第三只眼睛，埋藏在大脑的丘脑神经上部的位置，叫松果腺体，脊椎动物的松果腺体位置大多在颅骨顶部的皮肤下。松果腺体对光线、热量以及细微生物电波的变化十分敏感，由于其接近丘脑神经，所以松果腺体发达的人，对周围事物感应的敏锐程度要高于普通人数倍。传说中有些人有阴阳眼或开过天目，这些人若非天生，便是由于后天暴病一场，或是遇到很大的灾难而存活下来；再有就是这种古老秘密的方法——通过十年高度静息来开天目的办法。

阿香的亲生父母便十分相信这种理论，于是偷偷拿自己的亲生女儿做了实验。她从一生下来，就被放在一个隔菌的环境中。所有接近她的人，都要戴上特殊的眼镜，就是不让她和任何生物的眼睛接触。快到十岁的时候，她亲生父母便死在了一场事故中。阿香并没有什么亲人，明叔当时很有钱，为了掩盖他那见不得人的生意，必须有个好的社会形象，于是就经常做一些慈善事业，收留阿香也是其中之一。想不到后来有几次，都是阿香救了他的老命，最危险的一次是被称为"香港第一凶宅"的事件，还有一次是"南海尸骨罐"。

第三十九章
刻魂

明叔给我们讲了阿香过去的经历，其中竟然提及阿香的亲生父母使用的方法是从西藏的秘文中所得，那一定是和后世轮回宗有关系。英国人入侵西藏的时候，曾掠去了大量珍贵的文物典籍，后世轮回宗的密文经卷在那个时期流入海外，倒也并不奇怪，明叔手头那本记载冰川水晶尸的经书，便有着类似的遭遇。不过明叔虽然有的是心眼，却并不知道这眼睛之谜的来龙去脉。他自己也是说到这些事情时，才想到那种被现代人当作开天目秘法的古籍可能与这恶罗海城有关。魔国灭亡之后，藏地拜眼之风便属罕见，所以这种神秘的静息开天目之法极有可能是当年魔国用来筛选鬼母的。虽然早已无法确认了，但确可断言，最起码这个秘法也是从喀拉米尔地区流传演变出来的。

我不由得更是佩服Shirley杨的细心。她早已看出了某种端倪，刚才之所以问明叔阿香的过往之事，就是想从另一个角度来了解这神秘巨像中所隐藏的秘密。阿香瞳孔上的血线与这里的图腾几乎一致，这之间有着某种微妙的联系。石门上那刺目的标记，地底峡谷中的石柱，这些阴森压抑的石屋，还有阿香指着墙说那里面有个女人，理清了这些线索，也许就可以

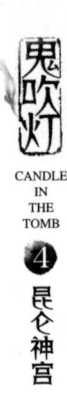

知道这里的真相。

虽然我们认为这里可能是用来关押杀害那些没有生出鬼眼的女子的，但我从一开始就有个很大的疑问，始终没来得及对 Shirley 杨说。既然要杀掉这些人，何必费尽气力建造如此浩大的工程，难道也和中原王朝以往的规矩类似，处决人犯还要等到秋后问斩？似乎完全没有这种必要。这种巨像如果没有几百年怕是修不出来的，它到底是用来做什么的？

眼下身陷绝境，我仍然指望着事情能有所转机，Shirley 杨也没放弃活下去的信念。只要搞清楚这里是什么空间，或许我们就可以找到某条生路。我虽然知道从这里找到路逃生除非是出现奇迹，可坐以待毙的滋味更不好受。只听石板上毒蛇"窸窸窣窣"游走之声响起，不到半个小时，它们就已经跟上来了。这里只有一个入口可以进去，虽然有石板挡住，短时间内蛇群进不来，但我们没吃没喝又能坚持多久？

众人听到蛇群已到脚下一层，难免心中有些发慌，明叔也没什么心情接着说阿香的事了。我劝他道："咱们把路都封死了，这些毒蛇一时半会儿上不来，明叔您接着说说阿香流血泪的那两次是怎么回事，她刚刚也流了血泪，这其中是不是有什么类似之处？"

明叔听我这么说，觉得倒也是这么个道理，于是便说："那些事直到现在我还经常做噩梦呢！当年赚了笔大钱，就想置办一套像样的宅子。看上了一处房子，环境地点都不错，样式很考究，价格也很合适，都快落定买下了。当时是全家人一起去看房的，两个儿子和阿香都带在身边，想不到阿香一看到房子，眼睛里便流出两行血泪。"

明叔知道阿香到了阴气重的地方就会感到害怕不适，于是心里微微犹豫了一下，将买宅子的事情拖了几天，利用这几天找人了解到一些关于这所宅子的内情。宅子的主人是个寡妇，很有钱，在这里已经住了十几年，深居简出，倒是也平安无事，但前些天突然就死了。她家里没有任何亲人，养的几只猫也都在当天无缘无故地死了，而且连人带猫，都是七窍流血，却不是中毒而死，警方没有对外公布过死因。

还有另一次，明叔收了一个瓷罐，胎白体透，圆润柔和，白釉中微闪

第三十九章 刻魂

黄芽，纹饰是海兽八宝，盖子内侧还有些特殊的花印。这个东西是渔民从海里捞出来的，辗转流到香港，表面被海水侵蚀得比较严重，外边还挂了不少珊瑚茧，把那些原有的优点都给遮没了，根本值不了多少钱。但这瓷罐保存得还算完好，而且主要是里面有很多人类的头盖骨。因为行里的人都知道明叔主要是做"骨董"生意，对紧俏的古尸很感兴趣，就不知道这些头盖骨收不收，于是拿来给他看看。

明叔也没见过这东西，从海里捞出来的，装那么多死人脑盖子是做什么用的？但看这东西也是几百年的物件，怕是有些个来头，不过从来没见过，根本吃不准。好在也不贵，随便给了几个钱，就把东西留下了。刚到家门口，阿香就又流血泪了。明叔想起先前那件事，连家也没敢进，就想赶紧找地方把这东西扔了算了。但一想毕竟是花钱收回来的，扔了有点可惜，哪怕是原价出手也行啊。于是到了一个有熟人的古玩店里，古玩店的老板很有经验，一见明叔抱这么个瓷罐进来，差点把他揍出去，拉着他找没人的地方把瓷罐埋了。老板这才告诉他："你把这东西卖给我想害我全家啊？知道这是什么吗？大明律凌迟处死者，被千刀万剐之后，连骨头渣子都不能留下，必令刑部刽子手挫骨扬灰，那就是说剐净了人肉之后，还要用重器把那段骨头架子碾成灰。但刑部刽子手大多是祖传的手艺，传子不传女，他们都有个秘密的规矩：凌迟大刑之后，偷着留下头盖骨，供到瓷瓶里封住，等这位刽子手死后，才由后人把瓷瓶扔进海里。为什么这么做，刑部刽子手又是怎么供养这些死刑犯头盖骨的，这些都不可考证了。就连这些事还都是民国实行枪决后才流传出来，被世人所知道的。你收的这个罐子，他这辈子出的大刑都在这里边装着呢。这件东西凶气太盛，很容易招来血光之灾，不懂养骨之道，谁敢往家里摆？"

明叔简要地把这两件事一说，阿香在这神像附近又有那种迹象，而且以前从来都没有过这么失魂落魄的样子，所以才说这里阴气一定很重，根本不能停留。不过下面那么多毒蛇，不留在这里，又能躲去哪儿呢？

我点了点头，明白了，神像内部一定死过很多人，而且死得很惨。想想刚才阿香那些诡异的举动，她说这巨像内的石墙里，从第三层开始，几

289

乎每一面墙壁都嵌着一个女人。一个人如果承受了过多的惊吓，不是神经崩溃，就是开始变得麻木。我看了看四周黑色的石墙，倘若真像阿香所说，单是想想我们的处境都觉得窒息。这里究竟有多少死者啊！

但令我觉得奇怪的是，巨像内部的石窟都是一体的，并非是那种用石砖一层层垒砌而成的建筑，所以说墙中根本不可能有尸体，加上墙体都是漆黑的墨色，也看不出上面有什么人形的轮廓。我越想越觉得古怪，伸出手臂摸了摸身后的墙壁，如果说这里也有个被处死的女子，她会被隐藏在这面墙壁的什么位置？

我随手在墙上轻轻一抚，立刻感到墙上有很多凿刻的浅痕，像是刻着某种符号。由于所有的石头都是黑色的，所以只用肉眼根本不会发现墙上刻着东西；而且若非刻意去查看，也不一定会留意那些古老凌乱的凿痕。我马上把这个发现告诉了其余的人，看来这些石窟里的墙壁确实有问题。

明叔闻言立刻精神了起来，忙问是不是墙上刻有秘密通道的地图。我没有回答，这时候还需要保持一些理智。身处巨像的顶部，如临高塔，这里的面积极小，只在进退之间，哪里会有什么可以逃生的秘密通道？不过石墙上刻着的符号也许记录着某些驱蛇的信息。明知这种机会不大，而且即使有也不一定有人能看懂，但心中还是多了几分活命的指望。

为了让黑色石墙上的刻痕形状显露出来，Shirley 杨在附近收集了一些发白的细灰，涂抹在石墙有刻痕的地方。一条条灰白的线条逐渐浮现在众人面前，极不工整的线条潦草地勾勒出一些离奇的图形。有些地方的刻痕已经磨损得模糊不清了，唯一可以辨认出的一个画面，是有个女人在墙上刻画的动作，好像这些墙上的标记符号都是由女子所刻。

这面墙上的凿痕实在太不清晰，我们只好又去找别的墙看，几乎每一面墙上都有类似的凿刻符号和图画，但手法和清晰程度各不相同，显然并非一人所为，似乎也不属于同一时期，但是所记载的内容大同小异，都是对刻墙这一事件不断地重复。

众人看了四五道石窟中的墙壁后，终于把石刻中的内容看全了。可以确定，每一道墙上的石刻，都是不同的女子所刻，由于没有任何其余的相关证据，我们也只能进行主观的推测：她们都是那些没有生出"鬼眼"的女子，被囚禁于此，每人都要在墙壁上刻下她们生前印象最为深刻的事情，作为来世的见证，然后要刺破双目，将眼中的鲜血涂抹在自己所刻的图案符号之上，也就走完了她们生命的最后里程。最后，已经刺瞎了双眼的女尸，都要被绑在峡谷中的石柱上，在黑蛇的噬咬下，成为宗教主义神权统治下的牺牲品。

Shirley杨若有所思，轻轻抚摸着刻有那些不幸女子灵魂的墙壁。而明叔见墙壁上的石刻只有古代宗教统治的血腥与残忍，没有任何可供我们逃生的信息，顿时气丧，烦躁不安地在石窟中来回走着。

Shirley杨忽然"咦"了一声，对我说："很奇怪，有些石刻中隐藏着一个奇特的标记……很隐蔽，这个标记像是……"

我正要问她究竟发现了什么，却听胖子大叫一声："不好！咱们赶紧往上跑吧，石板挡不住毒蛇了！"我闻声一看，只见堵住入口的几块大石板突然塌了下去。领头的那条大蛇口中喷出的红液落在地上，生出很快就枯萎的红色毒菌。那毒菌枯萎腐烂后有种腐蚀作用，不知从什么时候开始，已经将石头都腐蚀得酥烂了，成群结队的黑蛇跟着蜂拥而来。一条体形稍小的黑蛇速度最快，弓起蛇身一弹，便像一道黑色闪电一般蹿了上来。胖子眼明手快，看着那蛇跃在空中的来势，抬手挥出工兵铲。钢铲结结实实地迎头拍个正着，那声音便如同拍中了一堆铁屑，黑蛇的头骨立刻粉碎，但头顶的黑色肉眼也被拍破，飞溅出无数墨色毒汁，胖子赶紧往后躲避，墨汁溅落在地面上，冒起缕缕毒烟。

众人脸都吓白了，更多的黑蛇来势汹汹，正在不断涌上来。虽然明知上边也是绝路，但火燎眉毛，也只得先退上去了。我一瞥眼之间，发现Shirley杨还在看着墙上的符号，竟然出了神，对周围发生的突变没有察觉。我急忙赶过去，一把拽住她的胳膊，扯着她便跑。Shirley杨被我一拽才回过神来，边跑边说："那是个诅咒，是那些女子对恶罗海城的诅咒……"

第四十章
由眼而生，由眼而亡

我拽着 Shirley 杨的胳膊就跑，可她还对墙壁上的标记念念不忘，说那是一个由众多殉教者对恶罗海城所下的恶毒诅咒。我对 Shirley 杨说，现在哪儿还有工夫在乎这些，跑慢半步就得让蛇咬死了，有什么话等逃到上面再说。

趁着黑蛇们争先恐后挤将进来的短暂时机，我跟在胖子等人后边逃到了顶层，感觉高处冷风扑面，再也无路可逃了。由于巨像掉了一半，所以这里相当于裸露在外的半层截面。石窟的残墙高低不平，附近没有合适的石板可以用来阻挡蛇群，胖子凸起浑身筋骨，使上了吃奶的力气，将一截从墙壁上塌落的石块扒向上来的洞口。

就在石块即将封死洞口的一瞬间，只见两条黑蛇像是两支离弦的快箭，坚硬的黑鳞撕破了空气，发出"嗖嗖"两下低沉而又迅捷的响声，从下面猛蹿上来。这种黑蛇体形短粗，非常强壮有力，利用身体弹身的力量，可以在空中飞蹿出数米远的距离，来势凌厉无比。战术灯前一黑，毒蛇就已经飞到了面前。

由于巨像头顶地形狭窄，五个人分处四周，我担心开枪会伤到自己人，

第四十章 由眼而生，由眼而亡

而且如果不能在一击之下将两条毒蛇同时彻底打死，一旦给了这两条来去如风的怪蛇机会，我们这些人中必然出现伤亡。情急之下，我只好随手举起地上的一个背囊当作挡箭牌，举在面前一挡，那两条黑蛇同时咬在背包之上。我不等那两条黑蛇松口落地，便将背包从高空抛了下去，背包挂着两条黑蛇从黑暗中落了下去，过了半天，才听到落地的声音顺着山壁传了上来。

这时胖子已推动石块完全堵住了入口，只见我把背包扔了下去，急得一跺脚："老胡，你的破包里什么都没有了，你怎么不扔？偏扔我的！现在可倒好了，剩下的一点灵龟壳和急救药品、氧气瓶、防毒面具，还有半条没有吃完的鱼全没了，这下全完了……不过咱们要是还能下去，说不定还有机会能捡回来。"说完让我帮他把附近所有能搬动的石块都堆在入口处，哪怕能多阻挡几分钟也是好的。想到那些凶残的毒蛇，就觉得腿肚子发软，我们平生所遇过的威胁，就以这种能在瞬间致人死亡的黑蛇为最。

蛇群的来势虽然被暂时遏制住了，但我们的处境一点都没好转，身在绝高奇险之地，便是天生的熊心虎胆，也不可能不感到恐惧。胖子干脆就只敢看着自己脚下，一眼也不敢向下望。Shirley 杨看着身边的残墙出神。阿香已经从昏睡中醒转过来，也紧紧闭着眼睛，不知她是怕高，还是怕看到这充满殉教者怨念的巨像。明叔则是面如死灰，跪在地上闭着眼睛，只是不住口地念叨："大慈大悲救苦救难的观世音菩萨……"

Shirley 杨出了一会儿神，走过来对我说，她在下层的许多石墙上，都发现了两个破裂开的眼球符号。魔国人崇拜眼睛，他们所有的图腾中，即使有滴血之眼，那也是一种通过流血来解脱灵魂殉教的形式，却绝不可能有裂开的眼球，那代表了毁灭与力量的崩溃。由此来看，可能和世界上别的古代神权政治一样，在政权的末期，身处神权统治下的人们开始逐渐对信仰产生怀疑，觉得这种死亡的仪式是毫无价值的，但宗教在当时仍然占有绝对的统治地位。在此情况下，个人意志是可悲的，她们被命运推上了绝路，却在死前偷偷记刻下诅咒的印记。由于石刻都是黑色的，所以没有被人察觉到。而且越到后来，死前刻下诅咒的人就越多。风蚀湖下的恶罗海城，明显是毁灭于一次大规模的地陷灾难，而这破裂的眼球标记，偏又被大量偷刻在控制各种矿石之力的"大黑天击雷山"神像内部。这仅仅是一种巧合，还是那诅咒真的应验了？这个古老的神权王国起源于对眼睛的崇拜，恐怕最终也是毁灭于眼睛。

我说："刚才你就在想这些啊？有时候也不知道你是聪明还是傻，咱们的性命恐怕也就剩下这十几分钟了，还想这些有什么用。就算不是诅咒应验，那恶罗海城的神权统治也是多行不义必自毙，他们横行藏北多年，贻害甚至延续到了现在，所以这座古城毁灭于什么天灾人祸也不稀奇。不过我就巴不得现在来次地震，咱们临死也能捎上那些毒蛇垫背，玉石俱焚。"

Shirley 杨对我说："你倒是想得开。那我问问你，既然咱们都活不了多久了，你有没有什么想对我说的话？"

我看了看另外三个人，开始觉得这些人有点碍事了，只好压低声音对 Shirley 杨说："这种场合还能说什么？我最不甘心的一件事，就是我意志不够坚定，抵挡不住美元和美女的诱惑，让你给招了安。本来这也没什么，我从陕西回来之后，就不打算再做发丘摸金的勾当了，将来可以跟美国人民掺和掺和，研究研究金融股票什么的，争取混成个华尔街的金融大鳄，跟那些石油大亨黑手党教父米老鼠之类的打打交道……"

Shirley 杨说："说着说着就离谱了，你可能都已经形成习惯了。我还是和你说说关于恶罗海城的事情吧。"她忽然压低声音，"恶罗海城中的眼球图腾，大多是单数，而墙壁上的破裂之眼都是两只。我有一种直觉：破裂是指'大黑天击雷山'，而两只眼球则分别表示诅咒恶罗海城发生两次大的灾难。这里的确曾经发生过大的灾难，可究竟是一次还是两次就无法得知了。"

Shirley 杨并不为我们会死在这里担忧，她敏锐的直觉似乎察觉到这里的空气中出现了一些异样的变化。也许事情会有转机。阿香的眼睛就是个关键元素，她的双眼自从发现神像中隐藏着的怨念之后……其实与其说是发现，倒不如说是她的双眼唤醒了这巨像悲惨的记忆。从那时起，这里的气氛变得越来越奇怪，说不定第二次灾难很快就要发生了。众人能否逃出，就要看能不能抓住这次机会了。

我知道Shirley杨的血统很特殊，她似乎对将要发生的事情有种先天的微妙感应。既然她认为我们还有活下去的希望，我心里就有了一些指望，并且我也是不太死心，于是又站起来反复看了看地形，但看完之后心彻底冷了，任凭有多大的本事，若不肋生双翅，绝对是无路可逃了，才刚刚摆脱了鬼洞中噩梦般的诅咒，却是刚离虎穴逃生去，又遇龙潭鼓浪来。我们的命运怎么就如此不济？为什么就不能来一次"鳌鱼脱却金钩去，摇头摆尾不再来"？脚下的巨像微微向"击雷山"的方向倾斜，剩下的半截脑袋斜倚在陡峭的山壁上，两只由臂弯处前伸的手臂插入山体之中。神像与峭壁之间的角度很小，现在我们到了最顶层，地面也是倾斜着的。不知这神像是故意造成这样的，还是由于设计上的失误造成了它的倾斜。

我已经没心思再去琢磨这些了，看了看其余的几个人，个个无精打采。我心想这回是死定了，但人倒架子不能倒，于是对众人说道："同志们，很遗憾我们看不到胜利的那一天了，不过谋事在人，成事在天，该当水死，必不火亡。咱们也都算是竭尽全力了，但最后还是缺了那么一点运气。我看这回死了也就死了，认命了。现在我个人先在这儿表个态：一会儿毒蛇爬上来，我就从这儿直接跳下去，绝不含糊。我宁可摔得粉身碎骨，也不能让那些蛇咬死，所以到时候你们谁也别拦着我。"

胖子最怕从高处掉下去那种死法，但这种话肯定不能从他嘴里直接说出来，听我说打算从几十米的高空跳下去，连忙不屑一顾地说道："我说胡司令，要说临危不乱，你还是比我差了那么一点，毒蛇还没爬到眼前，你就被吓糊涂了。你以为跳下去很英勇吗？那是匹夫之勇。你怎么就明白不过来这个道理呢？你掉下去摔成肉饼，你以为毒蛇就能放过你吗？还不是照样在你的尸体上乱啃一通，合着里外你都得让蛇咬，何必非逞能往下跳呢？我看咱们就在这儿坐着，豁出去了这臭皮囊往这儿一摆，哪条蛇愿意咬咱就让它咬，这样才能显示出咱们是有做派、有原则、有格调的摸金校尉……"

我和胖子争论了几句，其余的三人以为我们对即将到来的死亡毫不在乎，其实只有我们自己清楚，我们这是一种心里发虚的表现。我已经感觉到众人绝望的情绪都变得越来越明显，这时明叔突然惊道："糟了，这些石头完了……胡大人请快想想办法！"

虽然大伙都知道那是早晚要发生的，但仍不免心中一沉，那盖住通道的石墙残片上，出现了一大片暗红色的阴影，像是从石头里往外渗出的污血。下层大群黑蛇中，有一条体形最粗大，它口中喷吐出的毒涎，一旦接触空气就立刻化作类似毒菌的东西，形状很像是红色的草菇，几秒钟后就枯萎成黑红色的灰烬，都快赶上硫酸了，竟然能把石墙腐蚀出一个大洞。

胖子对我说："胡司令你要跳楼可得趁现在了！"

我咒骂了几句，怎么那条蛇的毒汁他妈的用不尽呢？我对胖子说："临死也得宰几条毒蛇做垫背的。"说着我和胖子、Shirley 杨都将枪口对准了蛇群即将突入的地方，最后的几发子弹都顶上了膛。就算是死，也要先把那条领头的大蛇毙了。由于黑蛇太多，我们的子弹也没剩下多少，而且始终没有机会对它开枪，但这次一定要干掉那家伙。

蛇群发出的躁动声突然平息。它们应该是先行散开，留出一个冲击的空间，等石板塌落后，便会如潮水般蜂拥而上。我们的呼吸也随之变粗，瞪着布满红丝的眼睛，死死盯着入口处。人蛇双方都如同是被拉满了弦的弓箭，各自蓄势待发。这一刻静得出奇，地下峡谷中那凉飕飕的、充满硫黄味的气流，仿佛都变得凝固了。

不仅紧张的气氛蔓延到了空气中，连时间也像是放慢了。就在这个如同静止住了的空间里，忽然传出一阵"喀喀喀"的奇怪声音。那声音开始还很细小，几秒钟之后骤然密集起来，我们身在巨像的头顶，感觉整个天地都被这种声响笼罩住了。众人的注意力被从入口处分散到那些声音上，都不知道究竟要发生什么事情，但又似乎感觉这些声音是那么熟悉。

我们的情况已经糟透了，就算再发生意外，充其量又能坏到哪儿去？原本已经吓坏了的阿香忽然开口道："是那座山……是山在动。"

我看到手电筒的光束下，巨像头顶那些细小的碎石都在颤抖，由于身体紧张得有些僵硬了，我们竟然没有感觉到脚下有什么变化。听阿香这么

第四十章 由眼而生，由眼而亡

一说，我赶紧举起狼眼手电筒，将光线对准了巨像倾斜过去的那堵峭壁。伴随着山体中发出的声响，峭壁的晶脉中裂出了无数细缝，而且分布得越来越长，山体上好像挣脱出了一条条张牙舞爪的虬龙。

明叔说："完了完了……本来在北面黑色的地方，还有可能遇水而得中道，这山一塌，咱们可就……遇土入冥道了。"

我心想："罢了，看来咱们最后是被山崩死，而非死于毒蛇之口。虽然背着抱着一边沉，但老天爷算是够照顾咱们了，这种死法远比让蛇咬死后尸体都变黑了要好许多。"

山体中的裂隙扩大声随即又变为阵阵闷雷，震得人心神齐摇，似乎是"大黑天击雷山"水晶矿脉中的能量积郁太久，正要全部宣泄出来。

Shirley 杨赶紧告诉大伙说："不……不是山崩，是水，地下湖的水要倒灌过来了。大家都快找可以固定身体的地方躲好，抓紧一些，千万不要松手。"

山体中的闷雷声响彻四周，几乎要把她说话的声音掩盖住了，Shirley 杨连说两遍我才听清楚，随即明白了她话中所指的水是从何而来。从这里的地形来看，悬在祭坛正上方的地下湖与这巨像相距不远，可能是我们在祭坛中拖延得时间太久，一次猛烈持久的晶颤导致了许多晶层的断落——胖子的鼻子便是被落下的晶锥切掉了一块，剩余的岩层已经承受不住湖水的压力。虽然仍是支撑了一段时间，但山壳既然已经出现了龟裂，地下大峡谷的地势太低，高处地下湖中没有流向东面的地下水都会涌入这里，随后将会发生可怕的湖水向西北倒灌现象。地下湖中的积水，会像高压水枪一样从破裂的岩隙中激射出来。

众人立刻紧紧倚住身边的断墙，明叔就躲在我身旁，还不忘了问我："要是湖水涌出来咱们就不用死了是不是？遇水得中道啊。"

我骂道："水你个大头鬼！就算地下湖里的水再多，也填不满这条大峡谷，咱们被水冲下去，跟自己从巨像上跳下去自然没什么区别。"

雷声激荡不绝中，下层的蛇群也突破了堵住入口的石板，那些石头都已变得朽烂如赤泥，一条黑蛇身体腾空，从烂石窟窿中跃了出来！胖子一手搂住断墙，另一只手将枪举起，抵在肩头，单手击发，枪响时早将那蛇头顶的肉眼射了个对穿。

死蛇从空中落下，底下其余的黑蛇稍稍有些混乱，来势顿缓。我也用M1911对着地面的缺口开了两枪，但每人也就剩下那么十来发子弹，这种局面最多只能维持一两分钟而已。附近空气中的硫黄味也不知从何时起，开始变得浓烈起来。想必是"击雷山"的颤动，使得峡谷的底部也产生了连锁反应，并未完全死亡的熔岩带也跟着蠢蠢欲动。毒蛇最怕的就是这种气味，更是玩了命地奔着高处爬。虽然我们开枪打死了几条黑蛇，但剩下的前仆后继，又跟着涌上巨像残存的半个头顶。

就在我们已经无法压制冲入顶层的毒蛇之时，"击雷山"中的雷声忽然消失无踪，但整个山体和大地仍然在无声地微微颤抖。不知是不是错觉，身体和地面都在抖动，但就是没有半点声音。黑暗庞大的地底峡谷中一片死寂，就连那些毒蛇仿佛也感到将要发生什么，一时忘记了继续爬动。包括我们五个人在内的所有生物，都陷入了一种漫无边际的恐慌之中。

短暂却似乎漫长的寂静大约持续了几秒钟的时间，紧接着是三声石破天惊的巨响，从"击雷山"中激射出三道水流，其中有两道水流喷出的位置都是在巨像胸口附近，另外一道直接喷入地下峡谷。这水就像是三条银白色的巨龙，每一股都有这巨像的腰部粗细，夹带着山壳中的碎石，席卷着漫天的水汽冲击而来。

黑色神像本就头重脚轻，而且虽然高大，但内部都被掏空了，被这激流一冲，便开始摇晃起来。它插入山体中的手臂也渐渐与山体脱离。面对天地间的巨变，人类的力量显得太渺小了。我们紧紧抓着断墙，在猛烈的摇晃中，连站都站不住了。我万万没有想到这次来西藏，最后竟然由水而亡。巨像一旦被水流冲击，倒入地下峡谷之中，那我们肯定是活不了了。但这时候除了尽量固定住自己的身体之外，什么也做不了了。

那些毒蛇也都被巨像带来的震动吓得不轻，像我们一样，在地震般的晃动中很难做出任何行动。这时人人自危，也没工夫去理会那些毒蛇了，就是被蛇咬着了也不敢松手。

这时，不知道是谁喊了一声："要倒了！"

巨像果然不再晃动，而是以极缓慢的速度向"击雷山"对面倒了下去。我感觉心脏也跟着巨像慢慢倾倒的方向要从嘴里掉出来了。突然发现只有一只手的阿香对重心的转换准备不足，从短墙边滚了下来。我没办法松手，否则我也得从头顶残缺处滚下去，但只伸出一只手又够不到她，只好伸出腿来将她挡住。

阿香还算机灵，抱住了我的腿，这才没从缺口中先行跌落。这时那座神像以一个不可思议的角度倾斜着，却忽然停了下来，不再继续倾倒下去，好像是挂住了山壁的什么地方。我趁此机会把阿香抓住，向巨像下边一看，顿时觉得脑袋嗡嗡直响。

由于巨像本身并非与峡谷的走势平行，位置稍偏，倒下后头部刚好支撑在东面的绝壁上。峭壁上有许多裸露在外的古生物化石，在巨像的重压下，被压塌的碎块"哗啦啦"地往下掉着。而巨像不仅继续承受着地下水猛烈的冲击，加上自身倾倒后自重很重，正摇摇欲坠，随时都有可能贴着峭壁轰然倒落下去。

形势险恶，我觉得浑身燥热难当、汗如雨下，而且空气也变得混浊起来，四周到处都是雾蒙蒙湿漉漉的。随即又觉得不对，不是雾，那是水蒸气。地下的熔岩冒了出来，与湖水相激，把下边的水都烧得沸腾了。人要掉下去还不跟下饺子似的，一翻个就煮熟了。

Shirley 杨抬手一指："你们看，那边的是什么？"我顺着她的手往那边一看，虽然水雾弥漫，却由于距离很近，可以见到隐隐约约有个白色的影子，横在峡谷两边峭壁之间。这峡谷原本很黑，但现在被岩浆映得高处一片暗红，否则根本看不到。

我使劲睁眼想看个清楚，但越看越是模糊，好像是座悬在绝壁上的白色桥梁。虽然这有点不太可能，但也管不了那么多了。蛇群都被热气逼疯了，它们很快就会爬满巨像的头顶。管它那边是什么东西，先爬过去再说，否则再过一会儿，即使不被蛇咬死，也得掉水里煮了。

我们扶着顶层的断墙残壁到近前一看，原来巨像头肩与峭壁相接的地方有一副巨大的脊椎生物化石，长长的脊椎和腔骨的两端都盘曲着陷在山岩之中，中间很长一截骨架却悬在半空之中。

巨像压得山岩不断塌落，眼瞅着就要倒了，我赶紧招呼众人快爬到那截骨架的化石上去，说着把 Shirley 杨和明叔推了上去。阿香有重伤，让她自己从悬空的骨架上爬过去是不可能的，必须找个人背着她。而胖子恐高，要让他背着阿香，可能俩人都得掉下去，只好由我背着阿香，并用快挂锁了一扣。我准备好之后催促胖子快走，胖子回头看了看涌出来的毒蛇，下边是沸腾的地下水，怎么死都不好受，只好横下心来一咬牙关，干脆闭上眼摸到骨架化石旁边爬了上去。

我背着阿香走在最后，回头看了一眼，那条口流红涎的大蛇已经把其余的黑蛇压在下面游上了顶层。原来群蛇迟迟没有上来，是由于它们都想快点爬上来躲避升腾的热流，最后还是这条大蛇最先挤了上来。我想都没想抬手就射，把手枪里的五发子弹全打了出去。混乱危急的局面下，也没空去理会是否命中，随手将空枪一扔，就爬上了那森森发白的骨架化石。

一上去就觉得这化石是那么不结实，滚滚热浪中，身下晃悠悠、颤巍巍，好像在上边稍微一用力它就可能散了架。五个人同时爬上来，人数确实有点太多了，但刻不容缓，又不可能一个一个地通过。我只好让阿香闭上眼睛，别往下看，可我自己在上边都觉得眼晕，咬了咬牙，什么也不想了，拼命朝前爬了过去。

巨大的古生物化石，好像嵌入了一条横向的山缝之中。我看那个位置有些熟悉，好像就是在下面看到的那些白色"地观音"的出没之地。这念头只在脑中一闪就过去了。前边的胖子移动缓慢，我在后边又不敢使劲催他，但灼热的气流、松散晃动的骨架化石，几乎要超越众人心理所能承受的极限了。

这个高度的水气开始减弱，湖水可能差不多流完了。我口干舌燥，觉得神志都有点模糊了，完全是出于一种下意识的惯性，不断在一节节巨大的脊椎骨上爬着，忽然听到前边传来一阵枪声，我恍惚的头脑立刻清醒了一点，抬头往前一看，Shirley 杨正在向一堆堆白色的影子开枪。原来那些"地

第四十章 由眼而生，由眼而亡

观音"在我们即将移动至横向山缝的时候，从洞穴中冒了出来，纷纷去啃那截化石。它们可能是担心蛇群也从这里过来。枪声中"地观音"一阵大乱，不少从峭壁上掉了下去，剩下没死的也逃得没影了。

Shirley 杨和明叔先后爬到了那处较为安全的峭壁断层之中，而胖子离那里还有一段距离，我被他挡在后边，想快也快不了。身后"轰隆"一声，巨像终于倒了下去，立刻激起不少滚烫的水花，骨架化石也差点散了。只见对面的 Shirley 杨朝我们拼命打着手势，我回头一看，惊得险些松手掉下去。只见那条大蛇身上流着血，竟然在巨像倒塌之前爬上了脊椎骨化石，一起上来的还有几条黑蛇。那条大蛇好像疯了一样，将挡在它前面的几条蛇都咬住甩到下面，像阵黑色的旋风般蜿蜒游上。

Shirley 杨想开枪接应，但角度不佳，根本打不到它。我这时不得不喊叫着催促胖子，但胖子这时候全身都在哆嗦，比乌龟爬得还慢。眼看着那条大蛇就要过来了，我见到胖子的手枪插在背后的武装带上，于是一边告诉他给我抓住了骨头别撒手，一边背着阿香猛地向前一蹿，抓住了他的手枪。武器都是顶上火的，我想回身射击，但由于背后背着个人，身子一动就控制不住重心了，还好一只手揪住了胖子的武装带。我背着阿香悬挂在半空，另一只手开枪射击，连开数枪。已经逼近的大蛇腹部中枪，卷在骨架上的尾巴一松，滑落深谷之中。

我拽住胖子的那只手又酸又麻，赶紧把枪扔掉，用两只手拽住武装带。胖子被我和阿香的体重往下一坠，勒得差点没吐白沫，突然生出一股狠劲，就这么坠着两个人，一步一步爬向崖边。Shirley 杨在对面接应还算及时，我背着阿香爬上断层，和胖子一起趴在地上，除了大口喘气之外，根本动弹不得，而阿香早就被热气蒸得虚脱了。

过了半晌，胖子翻了个身，吐出一句话来："这是什么动物的化石……可真他妈够结实。"

我全身都像散了架，每根骨头都疼，好半天才缓过来。这次太险了，真没想到还能活着离开那黑色神像。

明叔说："虽然水火之劫咱们都躲过了，可现在又入土劫了，这峭壁的断层上下够不着，咱们又不是猴子，困在这里岂不一样是个死。"

我说："不对，自从我看见'地观音'之后，就想到了脱身的办法，只是咱们没长翅膀，不可能飞到这里，所以我也就打消了这个念头。但最后咱们竟然遇水得生，阴错阳差地落在此处，这里绝对有路可以回去。'地观音'喜热惧寒，最会打洞，不论是岩层还是土层都拦不住它们。而且它们并非只在地下活动，它们在地表活动的范围多是属于温泉活跃区域。它们为了屯食物，把洞都打得极宽敞，胖子爬进去也没问题。咱们可以钻洞出去！"

明叔闻言大喜："刚才虽然看到这里有些洞口，但里面千门万户，都掏得跟迷宫似的，即使有指南针，进去也得转向，永远走不出去。难道胡老弟竟然能在这里面找出路来？"

我还没来得及回答，便听胖子抢着说："这种'地观音'打的洞，在我们上山下乡那地方的深山穷谷里，不知道有多少。因为它们的洞穴宽，所以猎狗最喜欢掏这种洞逮'地观音'解馋了，这几年可能都给吃绝了。它们这洞都是从外往里打，这动物就是这种习性，你看洞壁上的三角形爪印，就可以判断洞穴的走势。别管方向，注意方向反倒是容易把自己绕迷糊了。"

既然有了脱身的路径，众人便没再多耽搁，钻进了底下迷宫般的"观音洞"。地势逐渐升高，途中饿了便掏几只"地观音"吃，约莫在观音洞里转了半天的时间，终于钻出了地底迷宫。

外边星光闪烁，是中夜时分。我们发现这里海拔并不很高，是处于一条山谷之中，远处山影朦胧，林泉之声格处凄凉。那陡峭的山壁中间仅有一线天空，就好像是把地下峡谷搬了出来。不过，这里更加狭窄压抑的地形让人觉得似曾相识。地面上有零星的野兽白骨，大伙左右看看，正在判断身处的方位所在，我猛然醒悟："这是两条殉葬沟之一，是另外的一条藏骨沟。咱们只要一直沿途向西，就可以与补给营的牦牛队会合了。"

第四十一章
布莱梅乐队

魔国陵寝中的塔葬，向来会根据其形制大小配有两条殉葬沟，形如二龙戏珠之状。由于沟中有大量的野兽骨骸作为殉葬品，喀拉米尔当地人称其为藏骨沟。没想到我们从其中一条藏骨沟进入龙顶冰川，最后从地底爬出来，竟然是身在另外一条藏骨沟之中。不过这里地热资源丰富，植被茂密，在喀拉米尔山区也并不多见。

此时繁星璀璨，峡谷中的地形也是凹凸起伏。林密处松柏满坡，遮住了星光。夜空下，山野间的空气格外凉爽清新，一呼一吸之际，清凉之气就沁透了心肺之间。我长长地做了两次深呼吸，这才体会到劫后余生的喜悦。其余的几个人也都精神大振，先前那种等候死亡降临的煎熬焦躁，一扫而空。

谁知天有不测风云，谷顶上空飘过一朵阴云，与上升的气流合在一处，眨眼的工夫就降下一场大雨。这昆仑山区一山有四季，十里不同天，山顶上下雪，山下也许就下雨，而半山腰可能同时下冰雹。我们甚至还没来得及抱怨天公不作美，就已经被雨水浇得全身都湿透了。

我摸了一把脸上的雨水，看看左右的地形。这山谷空灵幽深，多年来人迹不至，谷中那些古老的遗迹多半已不复存在，但一些更早时火山活跃形成的石叠、石隙，在经历了无数的风雨剥蚀之后，依然如故。离我们不远便有个洞口，山洞斜嵌入峭壁，其形势上凸下凹，正是个避雨过夜的好去处。

我招呼大伙赶紧先躲到洞里避避雨。由于山洞里可能有野兽，所以胖子拎着运动步枪，先奔过去探路，明叔和阿香也都用手遮着头顶，在后面跟了过去。

我发现Shirley杨却并不着急，任凭雨水落在身上，仍然走得不紧不慢，似乎很享受这种感觉，便问她慢慢悠悠的想干什么，不怕被雨淋湿了吗？

Shirley杨说在"地观音"挖的土洞中钻了大半天，全身都是脏兮兮的泥土，只可惜现在没有镜子，要不然让大家照照自己的样子，多半都认不出自己了，干脆就让雨水冲一下，等会儿到了洞中立刻生堆火烘干，也不用担心生病。

我听她这么一说，才想起来我们这五个从地底爬出来的人，全身上下脏得真没人样了，的确像是一堆出土文物。但这里虽然气候偏暖，山里的雨淋久了却也容易落下病来，所以我还是让她赶快到山洞里去避雨，别因为死里逃生就得意忘形，图个一时干净，万一回头乐极生悲，让雨水淋病了，就得不偿失了。

我带着Shirley杨跟在其余三人之后，进到洞中，一进去便先闻到一股微弱的硫黄气息。洞内有若干处白色石坑，看来这里以前曾喷过地热，涌出过几处温泉，现在已经干涸了。虽然气味稍微有些让人不舒服，但也不用担心有野兽出没了。

山谷中有的是枯枝败叶，我和胖子到洞口没落下雨水的地方，胡乱捡了一大堆抱回来，堆在洞中地上生起一堆篝火，把吃剩下的大半只"地观音"取出来翻烤。"地观音"的肉像是肥大地鼠一般，有肥瘦五花三层，极为适合烤来食用，烤了没多大工夫，就已经色泽金黄，"嗞嗞"地往下滴油。没有任何调味品，所以吃的时候难免有些土腥气，可习惯了之后却反而觉得越嚼越香。

第四十一章 布莱梅乐队

火焰越烧越旺，烤得人全身暖洋洋的，紧绷的神经这才放松下来。数天积累下来的疲劳伤痛全部涌了出来，从里到外都感到疲惫不堪。我啃了半个"地观音"的后腿，嘴里的肉没嚼完就差点睡着了。我打了个哈欠，正要躺下眯上一觉，却发现 Shirley 杨正坐在对面看着我，似是有话要对我说。

"和我去美国好吗？"

这件事 Shirley 杨说了多次，我始终没有承诺过，因为那时候生死难料，天天活得心惊肉跳，过得都跟世界末日似的。但现在就不同了，既然我们从诅咒的噩梦中挣脱出来，我就必须给她一个答复。我也曾在心里多次问过自己，我当然是想去美国，并不是因为美利坚合众国有多好，而是我觉得和 Shirley 杨分不开了。但是我和胖子现在一穷二白，就算把箱子底都划拉上也凑不出几个本钱，去到那边何以为生？我那些牺牲了的战友，他们的老家大多数是在老少边穷地区，他们的家属今后谁来照顾？当然 Shirley 杨会毫不犹豫地解决我们经济上的诸多困难，但自力更生是我的原则。我做事向来不会犹豫不决，但这次我不得不反复考虑。

于是我对 Shirley 杨说："再给我点时间，让我再想想。要是去了美国，我研究了半辈子的风水秘术就没有用武之地了。从我初到北京潘家园古玩市场开始，就打算倒个大斗，发上一笔横财，要不然这套摸金校尉的寻龙诀岂不是白学了？咱们龙楼宝殿都没少进去过，可竟然没摸回来任何值钱的东西，这可有点好说不好听。现在我们这边出国热，能去海外是个时髦的事，人人都削尖了脑袋要往国外奔，不管是去哪，就连第三世界国家都抢着去，反正都打算先出去了再说。我们当然也想去美国，可现在的时机还不太成熟。"

胖子在旁说道："是啊，当年胡司令那番要以倒个大斗为平生目标的豪言壮语，至今言犹在耳。这是我们的最高理想了，不把这心愿了了，吃也吃不下，睡也睡不香。"

明叔听我们说话这意思，像是又有什么大的计划，连忙对我们说："有没有搞错啊？还没从这昆仑山里钻出去，便又计划有大动作了？一定要带上我啊，我可以提供资金和一切必要的物资。虽然这次咱们赔个精光，但有赌未为输的嘛，我相信胡老弟的实力，咱们一定可以狠狠地捞上一单大买卖。"

我不耐烦地对明叔说："别跟着起哄好不好？没看见这里有三位伟大的倒斗工作者，正在为倒斗行业未来的道路而忘我地交谈着吗？这将是一个不眠之夜。"

明叔赔了夫人又折兵，现下当然不肯放弃任何捞钱的机会，赔着笑继续对我说："我当然知道老弟你是做大事的人，不过一个好汉三个帮，除了肥仔和杨小姐，我也可以帮些小忙啊。我这里有个很有价值的情报，新疆哈密王的墓你们有没有听说过？据说哈密王的古墓里面有套黄金经书，那经书每一页都是金子的，内中更镶满了各种宝石，读一行经文便可以令凋残的百花再次开放，读两行经文就可以让……"明叔边说边闭上眼睛摇头晃脑，就好像那部黄金经卷已经被他摸到了手中，陶醉不已。

Shirley 杨见同我正在讨论的事情又被明叔打断了，话题越扯越远，再说下去，可能就要商量去天山倒哈密王的斗了，便清了清嗓子，把我的注意力从明叔的话题中扯了回来。Shirley 杨对我说："你明明在击雷山的神像顶上已经亲口说过了，不想再做倒斗的勾当，想同我一起去美国，可现在还不到一天，你竟然又不认账了。不过我并不生你的气，因为我理解你的心情，回去的路还很长，到北京之后，你再给我答复吧。我希望我以前劝过你的那些话没有白说……你知不知道布莱梅乐队的故事？我想这个故事与咱们的经历有着很多相似之处。"

我和胖子二人，你看看我，我看看你，从来都没有听说过什么"不卖煤的乐队"。Shirley 杨竟然说我们的经历与这个乐队相似，她究竟想说什么？我实在琢磨不出"摸金校尉"与"不卖煤的乐队"之间能有什么联系。莫非是有一伙人既倒斗又唱歌？于是便问 Shirley 杨什么是"不卖煤的乐队"。

Shirley 杨说："不是不卖煤，是布莱梅，德国的一个地名。这是个童话故事，故事里的四只动物——驴子、狗、猫和鸡都感到生活的压力太大，它们决定组成一个乐队到布莱梅去演出，并认为它们一定会在那里大受欢迎，从而过上幸福的生活。在它们心目中，到达旅途的终点布莱梅，即是它们的终极理想。"

我和胖子同时摇头："这个比喻非常不贴切，怎么拿我们与这些童话故事里的动物来比较？"

Shirley 杨说道："你们先听我把话说完。它们组成的布莱梅乐队，其实到最后都没有到达布莱梅，因为在去往布莱梅的旅途中，它们用智慧在猎人的小屋中击败了坏人，然后便留在那里幸福地生活下去。虽然布莱梅乐队从未去过布莱梅，但它们在旅途中，已经找到了它们希望得到的东西，实现了自我的价值。"

胖子还是没听明白，但我已经基本上懂得 Shirley 杨这个故事所指的意思了。从未去过布莱梅的布莱梅乐队，和我们这些从未通过盗墓发财的"摸金校尉"，的确可以说很相似。也许在旅途中，我们已经得到了很多宝贵的东西，其价值甚至超越了我们那个"发一笔横财"的伟大目标。目的地并不重要，重要的是在前往目的地的过程中，我们收获了什么。

听完布莱梅乐队的故事，我沉默良久，突然开口问胖子："咱们为什么要去倒斗？除了因为需要钱还有别的原因吗？"

胖子让我问得一愣，想了半天才说道："倒……倒斗？这个因为……因为除了倒斗，咱俩也干不了别的了，什么都不会啊。"

听了胖子的话后，我产生了一种很强的失落感，心里空空荡荡的，再也不想说话了。其余的人在吃了些东西后，也都倚着洞壁休息。我辗转难眠，心中似乎有种隐藏着的东西被触动了，那是一种对自身命运的审视。

我和胖子的背景差不多，都是军人家庭出身，经历了十年"文化大革命"。那个年纪是人一生中价值观、世界观形成的最重要阶段，"革命无罪，造反有理"的观念根深蒂固，学校的老师都被批倒批臭了，学业基本上荒废了，要文化没文化，要生产技术没生产技术。这不仅是我们两个人的悲哀，也是那整整一个时代的悲哀。后来响应"广阔天地炼红心"的号召，我们到内蒙古最偏僻的山沟里插队，切实体会了一把百十里地见不到一个人影的"广阔天地"。我还算走运，上山下乡一年多就去当了兵，而胖子要不是铁了心不相信什么回城指标，自己卷铺盖跑了回来，还不知道要在山里窝上多少年。

参军入伍是我从小的梦想，可我没赶上好时候，只能天天晚上做梦参加第三次世界大战。这兵一当就是十年，二十九岁才当上连长。南疆起了烽烟，正是我建功立业的大好时机，但在战场上的一时冲动，使我的大好前途化为乌有。一个在部队生活了十年之久的人，一旦离开了部队，就等于失去了一切。改革开放之后，有大量的新鲜事物和崭新的价值观涌入了中国，我甚至很难适应这种转变，想学着做点生意，却发现自己根本不是那块材料，也逐渐没了理想和追求，整天只是混吃等死。

直到我和胖子认识了大金牙，开始了我们"摸金校尉"的生涯，这才让我有点找到了奋斗目标。"倒个大斗，发笔大财"对我而言也许仅仅就是一个不太靠谱的念头，因为就像胖子说的，除了倒斗我们什么都不会。我只是希望过得充实一点，而不是在平庸中虚度时光。到了美国，一样可以继续奋斗，争取多挣钱，让那些需要我帮助的人生活得轻松一些。

我从没有像现在这么仔细地想过我的人生，一时间思潮起伏，虽然闭着眼睛，却没有丝毫睡意，耳中听到其余的人都累得狠了，没过多久便分别进入了梦乡。外面的雨声已止，我忽然听到有个人轻手轻脚地向外走去。

我不动声色，微微将眼睛睁开一条细缝，只见火堆已经熄了一半，明叔正偷偷摸摸地走向洞外。他手中拎着我的背囊，那里面装着一些我们吃剩下的肉，还有几套冲锋服、干电池之类的东西。要想从深山里走出去，最低限度也要有这些东西。我立刻跳起来，一把抓住他的手腕，低声问道："这黑天半夜的你想去哪儿？别告诉我您老起夜要放茅，放茅可用不着带背囊，要赶路的话怎么不告诉我一声，我也好送您一程。"

我这一下非常突然，明叔好悬没吓出心脏病来："我……我我……唉……老朽沧海一粟，怎敢劳烦校尉大人相送？"

我对明叔说："您是前辈，岂有不送之理？您到底想去哪儿？"

明叔一跺脚说道："这实在是一言难尽啊……"说着话面露忧色，神情黯然地悄声对我说道，"实不相瞒，这次从地底下活着出来，我觉得真像是做梦，回首前尘往事，觉得人生犹如大梦一场，又痛苦又短暂。这次死里逃生两世为人，可就什么都看得开了。我有个打算，要去庙里当喇嘛，诵经礼佛，了此余生，忏悔曾经的罪孽。但是怕阿香伤心，还是不让她难过为好，便出此下策想要不辞而别。我想有你胡老弟在，一定能让阿香这孩子有个好归宿。你们就不要再费心管我了，老朽我是风中败叶，就让我随风而去吧。"

我差点没让明叔给气乐了，这套把戏要是头一回使，也许我还真就让他给唬住了，但我早已明白了他的打算。老港农见我似乎要答应 Shirley 杨去美国了，十有八九不会再去倒斗，眼下这条藏骨沟只有一条路，走出去已不算困难了，便想金蝉脱壳跑路躲账。他还欠我一屋子古玩，哪儿能让他跑了。于是我抢过明叔手中的背囊："出家人四大皆空，可您先别急着皆空去。当初在北京可是约定好了的，那一架子的古董玩器，包括杨贵妃含在嘴中解肺渴的润玉，应该都是我的了。有什么事回北京把账算清了再说，到时候您是愿意当道人也好，做喇嘛也罢，都跟我无关了。但在那之前，咱们得多亲近亲近，半步也不能分开。"

第四十二章
还愿

　　我看此时其余的人都睡得很沉，大伙实在是太累了，对付明叔这种小聪明，也没必要去惊动其余的人，于是便不容分说把背囊从明叔手中拎了回来，将之枕在头下，告诉明叔要走的话也行，但是东西都不能带走，因为我们也得用；要是不想走了，就赶紧找个地方好好休息，别吵醒了别人。

　　明叔无奈，只得重新回来，坐在地上悄声对我说道："胡老弟……我再多说一句啊，那哈密王的古墓不倒上一回，真是可惜摸金校尉的这门手艺了。咱们合作，一定可以搞次大的。你别看我年纪大了，但古往今来有多少老当益壮的老将啊，赵国廉颇通兵法，汉室马援定邦家……"

　　我撇了撇嘴，干脆闭上眼睛睡觉，不再去理睬他。明叔自觉无趣，跑又没跑成，难免有些尴尬，也只有就地歇了。

　　这次我真的"一觉放开天地广，梦魂遥望故乡飞"了，也不知睡了多久，才被Shirley杨唤醒。天色已明，山里的天气说变就变，趁现在天高云淡，必须要动身离开这条山谷了。地下的火山带异常活跃，谷中的硫黄气息比夜里要浓得多了，虽然难以判断会不会有危险发生，但此地不宜久留。

　　我们也没剩下什么东西了，不需要多做整理，当下便依然由胖子背了阿香，启程开拔。

　　从地底出来之后，西铁城的潜水表已经报废了，上面的指南针失去了作用。这种多功能手表虽然完全能适应野外恶劣的自然环境，却有一个缺点，就是防水不防气。精密的机械表最怕水蒸气，高温产生的水汽很容易进入密封的表中。手表内的压力稍有变化，就会导致精密的零件脱落松动。机械定位已不可能了，但好在这藏骨沟的走向十分明了，只是出去之后，到了海拔高的山区，就需要通过野外求生的经验来寻找方向了。

　　一行人向西走去，出了山谷，还要绕过龙顶冰川，才能到达另一条殉葬沟，补给营的牦牛队应该就在那里等候我们。虽然我们尽量拣低洼的区域行走，但这海拔仍是陡然升高，气温也是越走越低。在两侧冰川夹峙的古柏森林中，遍地碎石，走在其间如同置身于石与木的大河之中。高处的乱石间，偶尔也能看到盛开的雪莲花，美丽洁白，花香宜人。其实雪莲并非如世间传说般宝贵珍奇，在冰川附近时常可以见到，当地藏医僧人普遍将其入药使用，只有冰心雪莲花才非凡品，等闲也难见到。

　　又走了半天的路程，天空中的云层逐渐薄了，喀拉米尔神秘的雪峰在不经意间揭去了她那神秘的面纱。抬头向高处看去，围绕着龙顶冰川的几座大雪山，仿佛是神女戴上了银冠，发出耀眼的光芒，巍巍然傲视苍穹，显得风姿卓绝。山腰处那些罕见瑰丽的冰塔林，像是银冠边缘镶嵌的颗颗钻石。那是一片琉璃的世界，如果不是云层稀薄，根本见不到这般奇幻迷人的景色。冰川下无数奇石形成的石林，密密麻麻延伸下来，与低海拔处古老的森林连为一体。

　　冰川的融水在森林下层潜流，发出有节奏的"叮咚"声，仿佛是仙女的玉指在轻轻拨弄着琴弦，流泻出一串串动人的音符。我们虽然又冷又饿，觉得呼吸不畅，但是看到这等仙境般的景色，也不得不感叹能活着走到这里实在是太好了。

　　到了森林边缘，众人感觉体力已近极限，胖子也喘作了一团，脸涨得发紫，只好先把阿香放下来，不歇一下是走不动了。阿香更是已经上气不接下气了。我知道这不是累了，而是在高原地区，由于运动过度产生的缺氧反应。如果一路走过去，海拔逐渐增高，那这口气是永远喘不匀了，只能在原地休息，直到他们的高原反应减轻为止，但没有氧气瓶阿香恐怕已经坚持不下去了。

我也觉得胸口憋闷难熬，望了望远处茫茫群山林海，真不知道还要走上多远。心中正在担忧，就突然发现远处的山坡上有几个人影。我以为是眼睛被雪山的银光晃得花了，忙揉了揉眼睛再仔细看，没有看错，确实是有人，Shirley 杨等人也都看到了。看他们那装束衣着，正是与我们一同进山的几名当地脚夫。

那四个人并没发现我们，他们似乎正对着云开雾散的神峰顶礼膜拜，不停地磕着头。众人见终于找到了牦牛队，顿时精神大振，互相搀扶着，边挥手打着招呼边向那些脚夫走去。到了近处，脚夫们也发现了我们，同样欣喜不已，对着雪峰指指点点，示意让我们也看那边。

我顺着他们的手指望去，在极高的地方，有十余头体魄强健、体形庞大的野牦牛，像是一块块黑色的巨石，正在缓缓向前移动，宛如行走在天际。它们比寻常的牦牛大出一倍，是一种典型的高寒动物，性极耐寒，数量非常稀少，栖息游荡于人迹罕至的高山附近，生命力坚韧卓绝，被当地人视为神明，是吉祥无量之力的象征。平时一只都难见到，这次一看就看见一群，如此殊胜的瑞兆，难怪这些人如此兴奋。

这一群野牦牛体形大者有四米来长，雄壮威武，犄角粗壮气派，身披长而厚的黑毛，腹部的裙毛长可及地。长满刺胎的舌头与角和蹄子是它的三件武器，连藏马熊和狼群都不敢招惹它们。看样子，这群野牦牛正在踏雪履冰前往高山另一侧的盆地。

看着那群缓缓走在天路上的野牦牛，不得不令人生出对大自然和生命的敬畏。众人目睹一头头硕大而又沉默的牦牛逐渐消失在雪山的脊线后边，山际的云团再次合拢，将银色的雪峰重新裹住。我们心中若有所失，仍痴痴地望着云层，过了好半天才回过神来。

由于地热的迅速升高冲散了雪顶的云层，雪峰现出真身，有幸得遇这千载难逢的机缘是要膜拜磕头的。几名留守补给营的脚夫都来祈求神峰的加护，又意外见到了吉祥的野牦牛，无不欢喜。前几天冰川上出现了寒潮，随后发生了雪崩，他们十分担心，这时见我们平安回来，都不住地摇着转经筒，满口称颂佛爷的仁惠恩德。对初一的死，他们虽然惋惜，但当地牧民对生死之事，与我们有着截然不同的见解。能死在神圣的雪峰下，那是功德殊胜圆满的，何况他打死了昆仑山妖魔的化身白狼王。初一来世一定可以成为佛爷的昌珠①护法，愿他在天之灵保佑喀拉米尔永远不再受狼灾的威胁。

补给营中有充足的装备和药品，阿香已经开始恶化的病情被稳定了下来，趴在牦牛背上插了两天的氧气瓶，暂时算是没什么危险了。Shirley 杨说要把阿香也接到美国去，免得以后让明叔把她卖了。在美国对她的眼睛动一次手术，让她以后可以过上正常人的生活。

我们拔营启程，骑着牦牛，终于走出了喀拉米尔的崇山峻岭，回到荒凉的扎接西古草场。牧人们见众人收队回归，忙着为我们打糌粑、烹煮酥油茶，不久就陆续开出饭来，让大伙吃喝。虽然没有进山前的那顿晚饭豪华，却也非常丰盛可口。先吃手抓羊肉，然后是皮薄肉多的藏包子，放了白糖和葡萄干的抓饭，最后是每人一大碗酸奶。

我们已经好多天没吃过这么像样的饭了，甩开腮帮子一通猛吃，吃到最后坐都坐不下了，这才依依不舍地让牧人撤下残羹剩饭，完事了还问人家："明天早晨几点开饭？"当然这样的人主要是我和胖子还有明叔，Shirley 杨没像我们这么没出息，阿香吃得也不多，只喝了两碗酸奶。

晚上我和铁棒喇嘛说起这次进山的经过，喇嘛听后感慨道："吉祥啊，殊胜奇遇举不胜举，真个是胜乐灿烂。这不仅是你们的造化，也是佛爷对你们的加护，此身是苦海的容器，就像是自己的怨敌，若能有缘善用此身，则成为吉祥的根基……"

铁棒喇嘛对雹尘珠不甚了解，于是我简单地给他讲了一些。其实雹尘珠就是凤凰胆，藏地密宗也有风水说，和中土风水理论相似，但用语有很

---

① 昌珠，鹰鸣如龙吼之意。

大分别。就像喀拉米尔山区，密宗称其为"凤凰神宫"，是凤凰鸟之地；而青乌风水中，则指其为"天地脊骨的龙顶"，是阴阳融会之地。

魔国覆灭之后，凤凰胆便流入中原地区，周代执掌占卜的王公贵族们，通过烛照龟卜，预测到这是一件象征长生轮回的秘器，而且出自凤凰之地，但怎么才能正确地使用，却没有占卜出什么头绪来，只有少数掌握十六字天卦的人，才能窥得其中奥秘。那十六字卦图早已失传，我们也只能通过一些推测来想象其中的内容了。自秦汉之后，一些特权阶级，都保留有凤鸣岐山的异文龙骨，可能也是出于对长生不死的向往，希望有朝一日，可以解开其中的秘密。

而这凤凰胆，其实是魔国用来祭祀鬼洞的一件祭器。凤凰神宫地理位置独特，内有两个水池。如果以阴阳风水来说明，这两个水池，就是太极图中的黑白两个小圆。太极图中间有一线分隔黑白阴阳，黑白两侧象征着阴阳一体。凤凰神宫里的水池，就象征着这两个圆点。如果把这两个点用相反的颜色盖住，那么阴与阳就不再是融合的，而被清晰地分隔了开来。

我让铁棒喇嘛看了看我背后的眼睛标记，已经由红转黑了，这说明现实与虚数两个空间的通道被完全切断，总算是摆脱了鬼洞置人于死地的纠缠。不过我们从祭坛中离开的时候，正好赶上阿香失踪，所以非常匆忙，便忘了再将凤凰胆取回。再回去已经不可能了，这不能不说是一大遗憾。

铁棒喇嘛说："原来凤凰胆就是世界制敌宝珠雄师大王诗篇中提到的那颗轮回之珠，制敌宝珠——那是说英雄王如同无边佛法的摩尼宝珠一般，可以匹敌魔国的轮回之珠。天无界，地无法，魔国的余毒至今未净，诸法变幻，人世无常，你们的所作所为，算是成就了一件无遮无量莫大的善果，乐胜妙吉祥。"

喇嘛说他今后还要去转湖还愿，又问我有什么打算。我说正在想着要去海外。说到这里，想到铁棒喇嘛年事已高，死在转湖朝圣的途中，是他的夙愿。西藏的天路万里迢迢，今生恐怕是再也没有相见的机会了，我的眼睛开始有些发酸。

第二天一早，Shirley 杨就跟铁棒喇嘛商量，想为喀拉米尔附近的寺庙捐一笔钱，修筑金身佛像，为逝者祈福。我知道Shirley杨信上帝而不信佛教，她这么做很大程度是为我们着想，因为我和胖子等人倒斗的时候坏过很多规矩，要不是命大，早死了多时了，心里对她十分感激。

铁棒喇嘛带我们来到附近的一个寺庙中，这庙很小，只有前后两进，附近堆了一些经石堆，寺名叫作"白螺曼遮"，也与当地的传说有关。前殿供着佛祖八岁的不动金刚像，后殿则是唐代留下的壁画遗迹，以前这里也曾经辉煌一时。壁画中有龙王的宫殿，罗刹魔女的寝宫，妖龙出没的秘道，厉鬼潜伏的山谷，都是当年被不动金刚镇服的妖魔鬼怪，两侧都有寻香神的塑像，它们负责用琵琶的妙乐来供养神明。

据当地人说，由于地处偏僻，人烟稀少，所以这座不动金刚寺香火不盛，千百年的岁月一瞬即过，现在仅剩三分之一的规模，而且已很破旧了。很久以前，本来这里有三间佛殿，还供有时轮金刚和胜乐金刚。

Shirley杨看后立刻决定捐一笔钱，使喀拉米尔的金刚寺重复旧观。铁棒喇嘛说Shirley杨一定是咱们雪域高原的拉姆（仙女）下凡，修寺建庙的功德，将来必有福报。佛经中说世间第一等福之人，共有四种福报，第一种是大富，珍宝、财物、田宅众多；第二种是形貌庄严端庄，具三十二相……

我心想这具三十二相的福报不要也罢，要是真长了三十二张脸，就算一天换一副相貌，一个月都不带重样的，那熟人岂不是都互相认不出来了？但这恐怕只是某种比喻，佛堂之内是庄严的所在，我虽然什么都不在乎，也不敢随便问这么失礼的问题。

稍微一走神，铁棒喇嘛就已经带众人回到前殿，大伙一起跟着铁棒喇嘛祈福，为今后的命运倾心发愿。

临走的时候明叔又要留在寺中当喇嘛，我和胖子不由分说，架起他就往回走。我突然有种不太好的预感，问明叔道："你在北京宅子里的那些古玩，该不会都是仿的吧？要不然你怎么总想跑路？我告诉你，香港早晚也得回归祖国，您老就死了这条心吧。这颗雷你算是顶上了，跑到哪儿都躲不过去。"

明叔忙说："有没有搞错啊，我做生意一向都是明买明卖，绝没有掺

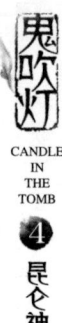

水的假货，要不然怎么都尊称我为明叔呢？明就是明明白白、清清楚楚，哪里会做那种见不得光的事情？我刚刚就是突然看破红尘了，才想出家，绝不是想跑路躲债。"

我和胖子立刻告诉明叔："看破了红尘就太好了。这趟买卖你赔了个底掉，本来我们还不忍心照单全收。不过既然您都瞧破红尘，铁了心要跳出三界外，不在五行中混迹了，那些个身外之物，自然也是来去都无牵挂的，我们也就不用再有不忍心的顾虑了，正好帮您老处理干净了，助明叔你早成正果。"说罢也不管明叔那副苦不堪言的表情，就将他连搀带架地拖了回去。

第四十三章
酬金

考虑到伤员的状况，我们并未在喀拉米尔过多停留。三天后，我们这支国际纵队辞别了当地的牧人，启程返回北京。

刚一到市区，我就让胖子快去把大金牙找来，一起到明叔的府上碰面，把值钱的古董全部收了。当然这事没让Shirley杨知道，Shirley杨要带阿香去医院复查伤口，我随便找了个理由就先开溜了。

明叔跑了几次都没跑成，只好愁眉苦脸地带我回了家。北京城曾经号称"大胡同三千六，小胡同赛牛毛"，改革开放之后，随着城市的改造，四合院逐渐少了起来。明叔的宅子位于阜成门附近，算是一个闹中取静的地段，虽然有几分破败，但那一砖一瓦都有一种古老颓废的美感，多少保留着一些"天棚鱼缸石榴树，先生肥狗胖丫头"的氛围。我越看越觉得这套院子够讲究，不免有点后悔。当初要是让明叔把这套宅子也当作报酬的一部分，他也不会不答应的，可惜我们只要了宅子里的古玩字画。

没多大工夫，胖子和大金牙二人便各自拎着两个大皮箱，风风火火地赶来会合。大金牙一见到我，便龇着金光闪闪的门牙说："哎哟，我的胡爷，您可想死兄弟了！自从你们去了西藏，我的眼皮没有一天不跳的，盼中央红军来陕北似的总算是把你们给盼回来了。现在潘家园的形势不好，生意都没法做了。你们不在的这些天，兄弟连找个商量的人都没有……"

我对大金牙说："我们这趟险些就折在昆仑山了，想不到咱们的根据地也很困难。不过这些事回头得空再说，现在咱们就打土豪分田地——明叔已经把这房中的古玩器物，都作为酬金给了咱们。我和胖子对鉴别古玩年代价值一类的事情都是一瓶子不满、半瓶子晃荡，所以这些玩意儿还得由你来给掌掌眼，以便咱们尽快折现。"

大金牙说："胡爷，胖爷，您二位就瞧好吧，尽管放心，倒斗的手艺兄弟是不成，但要论在古瓷、古玉、杂项上的眼力，还真就不是咱吹，四九城里多少行家，我还真就没见过能跟我相提并论的主儿。"

胖子这时候乐得嘴都快合不上了，一只胳膊紧紧搂住明叔的脖子："明叔我们可就不跟您老客气了，咱爷们儿谁跟谁啊！您当初朝我开枪，我都没好意思说什么，就甭废话了，麻溜儿的赶紧开门。"

明叔只好把放置古董的那间房门给我们打开，里面一切如故。几架古朴的檀木柜上，林林总总地摆放着许多古玩，让人不知道该看什么好。这里和我们第一次来的时候没什么分别，只是少了一只十三须花瓷猫——那件东西本来就不是什么值钱的玩意儿，我们也对它不太在乎。大金牙始终惦记着的就是明叔一直随身带着的凤形润玉，那东西早就落入胖子手中了，此时也都拿出来，以便造册估算总价值。我们这次去美国做生意的资金，都要着落在其中了。

大金牙顾不上别的，这回总算把玉凤拿在手中了，自是又有一番由衷的赞叹："要说把玉碾碎了吃了下去能够长生不老，那是很不科学的，不过美玉有养颜养生驻容之功效，那是不争的事实。慈禧太后老佛爷就坚持每天用玉美容，当年隋炀帝的朱贵儿插昆山润毛之玉拔，不用兰膏，而鬓髻鲜润，世间女子无人可匹。可她用的才是昆山玉，比这东海海底的玉凤可就差得多了。古人云：君子无故，玉不去身。胡爷，依我看，这件玉凤还是别出手了，就留着贴身收藏这么件可以传辈儿的好东西吧。"

我接过那枚玉凤看了看，虽然有史可查，这是杨贵妃用过的真品，但就连我都能看出，刻工明显具有"汉八刀"的风格，说明年代远比唐代还要久远，是一件可遇不可求的稀世美玉。不过这毕竟是女子用的，我们留着它又有何用？还不如卖了换成现金。但转念一想，何不送给Shirley杨？这不是倒斗倒出来的，她一定会喜欢，于是点头同意，让胖子算账的时候不要把玉凤算在其中了。

随后我们又一一查看其余的古玩，不看则可，一看才知道让明叔把我们给唬了。古玩这东西，在明清时期，就已经有了很多精仿。正是因为其具有收而藏之的价值，值得品评把玩鉴别真伪，才有了大玩家们施展眼力、财力、魄力的空间。鉴别真伪入门容易精通难，从某种意义上来说，古玩的魅力也就在于真假难辨之间。明叔这屋里的东西，有不少看起来像真的，但细加鉴别，用手摸鼻闻，就知道价值不高，大部分都是充样子的摆设。

胖子一怒之下，就要拿明叔的肋骨当搓衣板，明叔赶紧找我求饶，说以前是为了撑门面，所以弄这么一屋子的东西摆着，在南洋辛辛苦苦收了半辈子的古玩，大部分都替他两个宝贝儿子还了赌债，他实际上已经接近倾家荡产了，要不然也不可能拼上老命去昆仑山。不过这些玩意儿里面也并非全是假的，个别有几件还是很值钱的。

我对胖子一摆手，算了，揍他一顿他也吐不出金条来，先把假货都清出去，看看还能剩下些什么。当下便和大金牙、胖子一起动手，翻箱倒柜地将这么许多器物进行清点。

胖子自以为眼光独到，拣起一只暗红色的莲形瓷碗说："老胡老金你们看看，这绝对是窑变釉。碗外侧釉色深红如血，里边全是条纹状釉花，我在潘家园看专门倒腾瓷器的秃子李拿过一件差不多的，他说这颜色叫'鸡血红'或'朱砂红'，这内部的条纹叫'雨淋墙'，看着像下雨顺着墙壁往下淌水似的。如果是钧窑，倒也能值大钱。"

大金牙接过看了看："胖爷您的眼界真是高，哪儿有那么多钧窑瓷？俗话说：钧窑瓷一枚，价值万金。我这些年满打满算也没见过几件完整的。钧瓷无对，窑变无双，等闲哪里能够见到。釉色中红如胭脂者为最，青若葱翠、紫若黑色者次之，它的窑变叫作'蚯蚓走泥纹'，即在釉中呈现一条条透迤延伸、长短不一、自上而下的釉痕，如同蚯蚓游走于泥土之中，非常独特。首先这器皿不是碗，这是一件笔洗，这颜色是玫瑰红，紫钧的仿品，仿的是浓丽无比的葡萄紫，无论从形制、釉彩、圈足、气泡、胎质来看，都不是真品，而仅仅是民国晚期的高仿，可能是苏州那边出来的，能值一千块就不错了。"

我对胖子和大金牙说："假的里面也有仿得精致的，虽然不如真的值钱，但好过是件废品，说不定咱们还能拿着去打洋桩，找老外换点外汇券。"说着将那件笔洗打包收了。

这些乱七八糟真真假假的古玩器物中，有一件吸引我的眼球。那是一件瓷杯，胎规整齐，釉色洁白，形状就像是人民大会堂开会时，首长们用的那种杯子，但做工好像更加考究，质感很好，当然还是它那强烈的时代特征最为吸引人：杯把手上有镰刀斧头的造型，盖子上有红五星和拳头符号，标有"为实现国家工业化"的标语，杯身正面还有"把总路线和总任务贯彻到一切工作中去"的语录。

我问明叔："这杯子应该不是假的，但是不知是哪位首长用剩下的。您是从哪儿淘换回来的？"

明叔说："这当然不是假的了，是前两年一个内地朋友送的，据说是绝版。这杯子的价值低不了，是典型的共和国的文物，你们就把它拿去好了，其余的东西多少留几件给我。"

胖子看后说："以前我家里好像有这么一套，还是我家老爷子开会时发的。那时候我还小，都让老胡撺掇着从我家里顺出去，拿弹弓当靶子打碎了。就这破杯子能值钱？"

大金牙说："那个年代，甚至现在开会时发给首长们用的杯子都差不多，但这只肯定是不一样。诸位瞧瞧这杯子带的款，是张松涛的题款，还有景德镇市第一瓷画工艺合作社字样。这杯子可不得了，据我所知，这肯定是专门为中央的庐山会议定制的，在当时这是一项重大政治任务，调集景德镇画瓷名手专门画瓷。它的数量本来就不多，松涛款更是难得，有很高的价值。作为绝版，也许现在价值还不凸显，但随着岁月的流逝，这杯子将

第四十三章 酬金

会越来越值钱。"

我举着茶杯再三欣赏,这要是自己摆在家里喝水,岂不是跟首长一个感觉?虽然这不是什么真正意义上的古玩,但不仅工艺精美,款式独特,数量非常稀少,更难得的是它见证过历史上的风云变幻,有着一层深厚的特殊含义,符合衡量古玩价值五字"老、少、精、美、好"中的"精"与"少"二字。如果能再配成套,那价值有可能还要超过普通的明器。看来明叔这些玩意儿里,还是有几样好东西的,虽然没我们预期的收获那么大,倒也算有些个意外收获。

明叔房中陈设的大多数器物,都是从古玩商手中"一枪打"收购过来充门面的。所谓"一枪打",就是一大批器物同时成交,其中大多数都是民国前后的高仿,虽然不值大价钱,但也不会像寻常西贝货一般分文不值,而且这些东西里面,还有那么几样货真价实的好东西。于是三人抖擞精神,将一件件东西分门别类,经大金牙鉴定不值钱的,都堆在房中角落处。

随着清理行动的深入开展,檀木架子上的东西越来越少,明叔的脸色也越来越难看。这时胖子见不起眼的地方有把紫砂壶,乌里乌秃的,显得土里土气,就随手照着堆放次品的角落抛了出去。大金牙当时正在用鼻子闻一件铜造小佛像,忽然看到胖子扔出去的紫砂壶,顿时张大了嘴,两眼直勾勾地盯住紫砂壶从空中掉落的抛物线,连手中的铜佛都不要了。也不知他的身手这时为何能如此利索,竟然在紫砂壶落地摔碎之前将其接住。大金牙脑门子上都见汗了:"胖爷您可真是祖宗,我刚要是一眼没瞧到,这把壶就让您顺手给碎了。"

胖子说:"大惊小怪的干什么,这破壶土得掉渣,连紫砂的光泽度都没有了,也不知从哪儿的阴沟里淘出来的,谁还愿意花钱买?"

我也觉得这把壶其貌不扬,造型还可以,但胎质太过乌秃,缺少多少代人摩挲把玩的光润感,也就是我们俗称古壶表面上的"包浆",根本看不出个好来。不过大金牙可很少看走眼,莫非这竟是件值钱的东西?

大金牙小心翼翼地摸了摸壶体,又用鼻子嗅了两嗅:"别看这件紫砂壶不起眼,这可是明代的古物。这形叫'筋囊',咱们现代能见到的明代紫砂，表面上都没有光滑明润的包浆，因为百分之九十都是墓里倒出来的明器。胎体在土中埋得年头多了，就算原本有些光润，也都让土浸没了。再加上那个时期的工艺还没经过改良，只是将泥料略加澄炼，杂质较多，所以观感最初就是不比清代的壶好，但这可是一件实打实的明器。"

我和胖子、大金牙三人心满意足地将紫砂壶包起来，最后总共挑出了二十几件东西。不知不觉天色已经晚了，一看时间，晚上九点多钟了，众人忙着点货，自然是没顾得上吃饭。胖子说，来的时候看胡同口有个饭馆，先去吃上一顿再回家，于是我们拎上东西拔腿就走。本来没打算带明叔一起去，但明叔似乎舍不得他那几样东西，厚着脸皮硬要跟来。

第四十四章
总路线、总任务

我边走边对明叔说："想不到您老人家从一开始就跟我们耍心眼儿，家里的玩意儿没几件像样的。这回就算我们认倒霉了，只收这些拿不上台面的东西，给您老打了个大折扣。咱们现在就算是两清了，等会儿吃过饭真的该各奔东西了。阿香的事交给 Shirley 杨肯定没半点问题，俗话说女大不中留，我看她也不打算再跟您回家了，所以往后您就不用再为她操心了。"

明叔说："胡老弟你看你又这么见外，咱们虽然亲事没谈成，但这次生死与共这么多天，岂是一般的交情？我现在又不想去西藏做喇嘛了，以后自然还是要多走动来往的嘛。这餐由我来请，咱们可以边吃边商量今后做生意的事情……"

我心道不妙，港农算是铁了心吃定我了。这时已经来到路口胖子所说的饭馆处，我一看原来是个卖炸酱面的馆子，忙岔开明叔的话，对众人说道："明叔一番盛情要请兄弟们撮饭，不过时间太晚了，咱们也甭狠宰他了，就在这儿凑合吃碗炸酱面得了。明叔您在北京的时间也不短了吧，北京的饮食您吃着习惯吗？"

一提到吃东西胖子就来劲，不等明叔开口，就抢着说："北京小吃九十九,大菜三百三,样样都让你吃不够,不太谦虚地说,我算是基本上都尝遍了。不过胖子我还是对羊肉情有独钟,东来顺的涮羊肉、烤肉季的烤羊肉、白魁烧羊肉、月盛斋酱羊肉,这四大家的涮、烤、烧、酱,把羊肉的味道真是做到绝顶了。既然明叔要请客,咱们是盛情难却,不如就去烤肉季怎么样?吃炸酱面实在太没意思了。"

明叔现在可能真是穷了,一听胖子要去烤肉季,赶紧说:"烤肉咱们经常吃,都吃烦了。炒疙瘩、炸酱面、最拿手的水揪片,这可是北京的三大风味,我在南洋便闻名已久,但始终没有机会品尝,咱们现在就一起吃吃看好了。"

说话间,四个人迈步进了饭馆。店堂不大,属于北京随处可见最普通的那种炸酱面馆,里面环境算不上干净。这个时间只有些零星的食客,我们就选了张干净的桌子围着坐下,先要了几瓶啤酒和二锅头,没多久服务员就给每人上来一大碗面条。胖子不太满意,埋怨明叔舍不得花钱。

大金牙今天兴致颇高,吃着炸酱面对众人侃道:"其实炒疙瘩和水揪片都是老北京穷人吃的东西,可这炸酱面却是穷有穷吃法,富有富吃法。吃炸酱面要是讲究起来,按照顶上吃法,那也是很精细的。精致不精致主要就看面码儿了,这面码儿一要齐全,二要时鲜。青豆嘴儿、香椿芽儿,焯韭菜切成段儿;芹菜末儿、莴笋片儿,狗牙蒜要掰两瓣儿;豆芽菜,去掉根儿,顶花带刺儿的黄瓜要切细丝儿;心里美,切几批儿,焯豇豆剁碎丁儿,小水萝卜带绿缨儿;辣椒麻油淋一点儿,芥末泼到辣鼻眼儿。炸酱面虽只一小碗,七碟八碗是面码儿。"

明叔听罢,连连赞好,对大金牙竖着大拇指:"原来金牙仔不单眼力好,还懂美食之道,随随便便讲出来的话皆有章法,真是全才。经你这么一说,皇上也就吃到这个程度了。这炸酱面真好!"明叔借着话头又对我说,"我有个很好的想法,以我做生意的头脑,金牙仔的精明懂行,还有肥仔的神勇,加上胡老弟你的分金定穴秘术,几乎每个人都有独当一面的才干。咱们这伙人要是能一起谋求发展,可以说是黄金组合,只要咱们肯做,机会有的是,便是金山银山,怕也不难赚到。人生一世,草木一秋,哪个不想大富大贵过这一辈子。现在不搏,更待何时?"

大金牙听了明叔这番富有煽动色彩的言语,不免心动了,也问我道:"胡爷,兄弟也是这个意思,如今潘家园的生意真是没法做了,假货越来越多,真东西是越来越少,指着倒腾这个挣饭吃,那肯定早晚得饿死。我虽然有眼力,可指着铲地皮又能收来几样真东西?听说两湖那边山里古墓很多,咱们不如趁机做几票大的,下半辈子也不用因为吃喝犯愁了。"

我心意已决,可还要听听胖子的想法,于是问胖子:"明叔和大金牙的话你也听到了,都是肺腑之言,小胖你今后是怎么打算的不妨也说说。"

胖子举起啤酒瓶来灌了两口,大大咧咧地说:"按说我俯首甘为孺子牛,就是天生为人民服务的命,到哪儿都是当孙子,这辈子净给别人当枪使了。不过咱们话赶话说到这儿了,这次我就说几句掏心窝子的。我说老金和明叔,不是我批评你们俩,你们俩真够孙子的,你们倒是不傻,可问题是你们也别拿别人当傻子啊。咱们要是合伙去倒斗,就你们俩这德行,一个有老毛病犯哮喘,一个上了岁数一肚子坏水,那他妈挖坑刨土、爬进爬出的苦活儿累活儿……还有那玩命的差事,还不全是我跟老胡的?我告诉你们,愿意倒斗,你们俩搭伙自己倒去,没人拦着你们,可倒斗这块我们已经玩腻了,今后胖爷我要去美国发洋财了。"

胖子的话直截了当,顿时噎得明叔和大金牙无话可说。大金牙愣了半晌,才问我:"胡爷,这……这是真的?你们真的决定要跟杨小姐去美国了?那那那……那美国有什么好的,美国虽然物质文明发达,但也并非什么都有,别处咱就不说了,单说咱们北京——天坛的明月,长城的风,卢沟桥的狮子,潭柘寺的松,东单西单鼓楼前,五坛八庙颐和园,王府井前大栅栏,潘家园琉璃厂,这些地方就算他美国再怎么阔,他美国能有吗?永远也不会有!再说你又怎么舍得咱们这些亲人故旧好朋友?"

我听大金牙越说越激动,是动了真感情了。虽然大金牙一介奸商,但他与明叔不同,他与我和胖子有着共同的经历。当年插过队的知识青年,不管认识与否,只要一提当过知青,彼此之间的关系就无形地拉近了一层,有种同病相怜的亲切感。刚才胖子将大金牙与明叔相提并论,话确实说得有些过分。大金牙虽然是指着我们发财，但他也是真舍不得同我们分开。于是我对大金牙说："老金，俗话说故土难离，我也舍不得离开中国，舍不得这片浸透了我战友血泪的土地，更舍不得我的亲人和伙伴。但在西藏的时候，我才发现我和胖子竟然除了倒斗什么都不会，我们的思维方式已经跟不上社会的进步了，这不能不说是一种悲哀。而且我去了这么多地方，见了不少古墓中的秘器，我有一种体会，有些东西还是让它永远留在土中才好。"

自古以来，大多数摸金校尉摘符之后，都选择了遁入空门，伴着青灯古佛度过余生。因为经历的事情多了，最后难免都会生出一种感悟：拿命换钱不值。墓中的明器都是死物，就是因为世人对它的占有欲，才使其有了价值，为了这些土层深处的物件把命搭上太不划算了。金石玉器虽好，却比不上自己的生命珍贵。

另外最主要的是，值钱的玩意儿是万恶之源。古冢中的明器，几乎件件都是价值不菲，如果能成功地盗掘一座古墓，便可大发一笔横财。但不论动机如何，取了财自己挥霍也好，用来济困扶弱也罢，那些明器毕竟要流入社会，从而引发无数的明争暗斗，血雨腥风。明器引发的所有的罪孽，要论其出处，恐怕归根结底都要归于掘它出来的摸金校尉。

我对大金牙说："都说漫漫人生三苦三乐，可是看咱们这拨人的惨淡人生，真是一路坎坷崎岖，该吃的苦咱们也吃了，该遭的罪咱们也没少遭，可时至今日才混成个体户，都没什么出息，几乎处在了被社会淘汰的边缘。我想咱们不能把今后的命运和希望全寄托在倒斗上，那样的话，将来的路只能越走越窄。我们绝不向命运低头，所以我和胖子要去美国，在新的环境中重新开始，学些新东西，把总路线和总任务贯彻到一切工作中去，创造一种和现在不一样的人生。"

胖子奇道："什么是总路线和总任务？我记得咱们可从来没有制订过这种计划，你可别想起一出是一出。"

我说："我也是看见那个庐山会议的茶杯才想起来，今后咱们的总路线是发财，总任务就是赚钱。听说美国的华人社区有个地方号称小台北，等将来咱们钱赚多了,也要在美帝那边建立一个小北京,腐化那帮美国佬。"

大金牙眼含热泪对我说道:"还是胡爷是办大事的人,这么宏伟的目标我从来都不敢想,不如带兄弟一道过去建设小北京。咱们将来让那帮美国佬全改口,整天吃棒子面贴饼二锅头,王致和的臭豆腐辣椒油……"

胖子接口道:"哈德门香烟抽两口,打渔杀家唱一宿。北京从早年间就有三绝——京戏、冰糖葫芦、四合院,胖子我发了财,就他妈把帝国大厦上插满了冰糖葫芦。"说完三人一起大笑,好像此刻已经站在了帝国大厦的楼顶,将曼哈顿街区的风光尽收眼底。

说笑了一阵,把气氛缓和开来,我问大金牙刚才的话是不是开玩笑,难道真想跟我们一起去美国?大金牙的爹身体不好,我家里人都在干休所养老,胖子家里没别人了,所以大金牙不能跟我们一样,撇家舍业地说走就走,而且这一去就是去远隔重洋的美国。

大金牙郑重地说:"我刚才劝你们别去美国,那是舍不得二位爷啊!你们远走高飞了,留下我一个人在潘家园还有什么意思?实话说吧,我算看透了,潘家园的生意再折腾十年,也还是现在这意思,我心里边早就惦着去海外淘金了。咱们老祖宗留下来的古物,有无数绝世孤品都落在国外了,要是我去美国能发笔大财,第一就是收几样真东西,这是兄弟毕生的夙愿;其次就是把我们家老爷子也接过去,让老头子享几天洋福。可我这不是没有海外关系吗,要想出去可就难于上青天了,胡爷你能不能跟杨小姐美言几句,把我也捎带着倒腾出去?听说美利坚合众国不但物质文明高度发达,而且在文化上也兼容并蓄,就连鸡鸣狗盗之辈到了那边都有用武之地,您看我这两下子是不是……"

我心想人多倒也热闹,省得我跟胖子到了那边生活单调。不过Shirley杨毕竟不是人贩子,只好暂时答应大金牙,回去替他说说。

于是我和胖子、大金牙三个人就开始合计,如何如何把手里的东西尽快找下家出手,三个人总共能凑多少钱,到了美国之后去哪儿看脱衣舞表演……谈得热火朝天,把请客吃炸酱面的明叔冷落在一旁,几乎就当他是不存在的。但是明叔自己不能把自己忘了:"有没有搞错啊,你们以为美国的钱是那么好捞的吗？不过话又说回来，流落到美国的宝贝确实不少，据说世界上最值钱的一件中国瓷器——元青花淳化天渊瓶，就在洛杉矶的一位收藏家手中。还有乾隆大玉山，也是在美国，个个都是价值连城。不如我也跟你们一起过去，咱们想些办法把这瓶子淘换过来，将来资金充足了，还可以接着做古尸的生意，这种生意才是来钱最快的。"

我对明叔说："您要是想去美国，那是您自己的事，我们也没权利拦着您不让去。不过念在咱们共过事，都是从昆仑山鬼门关转了两圈又回来的，我得劝您一句，您都这岁数了，到了美国之后小打小闹地做点古玩生意，够自己养老就行了，就别净想着东山再起倒腾粽子了。这次去昆仑山还没吸取教训吗？就算是把冰川水晶尸运回来了，钱是赚了，但老婆没了，干女儿也不跟你过了，就剩下两个败家儿子，这笔生意是赔是赚你自己还不会算吗？再值钱的死尸，也不如活人有价值。"

说完这些话，我也算是对明叔仁至义尽了，看看差不多也吃饱喝足了，就辞别明叔，与胖子、大金牙打道回府。

第四十五章
摘符

虽然决定了要去美国，但也不能说走便走，出国前有很多事要处理。大金牙的家就安在北京，这段时间他和胖子二人变卖古玩，我则回福建探亲，之后又去看望了几位牺牲战友的家人，其间还和胖子去曾经插队的内蒙古走了一趟，前后一共用了将近两个多月的时间，才将所有的事都忙活完。

回到北京的时候，已经是隆冬时节，距离我们出国的日子只有几天了。眼下所有的事都已经准备完毕，最近就是天天忙着跟熟人喝酒告别。

这天 Shirley 杨想同我出去走走，看看冬天的北京，于是我就带她去了北海公园。

由于连夜的西北风，地面上显得格外干净，一九八三年年底的这个冬天似乎特别寒冷，空气好像都冻住了，一吸气就觉得是往肚子里吸冰碴儿，呛得肺管子生疼。到了白天风是小多了，但天空是灰蒙蒙的，看不见太阳在什么位置，可能在天黑下来之前会下一场大雪。

北海公园位于故宫的西北角，有千年以上的历史，曾是辽、金、元、明、清五个朝代的皇家禁苑。

走在湖畔，看着北海湖中的琼岛白塔，带着几分冬季的萧瑟。我觉得冬天里这儿真没什么值得玩的，可去国远行在即，还不知道哪年哪月能再来北京，不免对这里的白塔红墙有些眷恋，天气虽冷，也不太在意了。

Shirley 杨的兴致很高，她已经提前把阿香接到美国安顿好了，在美国治疗精神病的陈教授病情恢复得也大有起色。这时她看到结冰的湖面上有许多溜冰的人，其中有几个人是年年冬天都在冰场玩的老手，穿了花刀，不时卖弄着各种花样，时而如蜻蜓点水，时而又好似紫燕穿波，便同我停下来观看。Shirley 杨对我说："这里可真热闹，在冬天的古典园林中滑冰这种乐趣，恐怕只有在北京才有。"

我随口答道："那当然了，纵然是五湖的碧波、四海的水，也都不如在北海湖上溜冰美啊。"

Shirley 杨问我："听你这恋恋不舍的意思，是不是有点后悔要和我去美国了？我知道这件事有些让你为难，但我真的非常担心你再去倒斗。如果不在美国天天看着你，我根本放心不下。"

我说："开弓没有回头箭，我已经下定决心去美国了，当然不会后悔。虽然我确实有些舍不得离开中国，但等我把总路线、总任务彻底贯彻之后，我还可以再带你回来玩。"说着话，从衣袋里掏出一枚摸金符给 Shirley 杨看，"你瞧瞧这个，我和胖子都已经摘符了，算是金盆洗手，这辈子不会再干倒斗的勾当了，除非是活腻了。以后咱们就做些稳当的生意。"

摸金校尉都要戴摸金符，它就相当于一个工作证，而且在某种意义上，它还代表着运气，一旦挂在颈项上就必须永不摘下，因为一旦摘下来也就暗示着运气的中断，再戴上去的话，就得不到祖师爷的保佑了。只有在决定结束职业生涯的时候，才会选择摘符，也就相当于绿林道上的金盆洗手，极少有人摘符之后再重操旧业。当年了尘长老就是一个例外，为了协助 Shirley 杨的外公鹧鸪哨，了尘长老摘符后再次出山，结果死在了黑水城的西夏藏宝洞中。

Shirley 杨见我早已摘了摸金符，显得颇为感动，对我说道："自古以来有多少古墓被掘空了，能保留下来的，多半都有其特异之处，里面隐藏着太多的凶险，所以我始终担心你去倒斗。现在你终于肯摘掉摸金符了，这实在是太好了。到了美国之后，我也不用担心你再偷着溜回来倒斗了。"

我对Shirley杨说："不把总路线贯彻到底我就不回来了。我听说美国哪儿都好，可就是饮食习惯和生活作风不太容易让人接受。我还听说美国人的饮食很单调，饭做得很糙，两片硬得跟石头似的面包，中间随便夹两片西红柿和一片半生不熟的煎牛肉，再不然就是把烂菜叶切碎了直接吃，这能算是一顿饭？我在云南前线吃的都比这强。咱们不会也天天吃这种东西吧？我觉得美国人实在是太不会吃而且太不懂吃了。怪不得美国这么有钱，敢情全是从嘴里省出来的。"

Shirley杨说："怎么可能让你天天吃汉堡。在美国有很多中国餐馆，你想吃的话咱们可以每天都去。生活作风又是什么意思？"

我说："这个你都不知道啊？'我爱你'这句话在中国，可能一辈子也说不了几遍，但听说在美国两口子过日子，就'我爱你'这句话，一天不说一遍就意味着夫妻间离心离德，马上要分居离婚了。早中晚各说一遍才刚刚够，最好起床睡觉再加说两遍，即使是一天说十遍也没人嫌多，有时候打通长途电话就为说这一句话。絮叨这么多遍竟然也说不腻，可真是奇了怪了。我想这种传说大概是真的，因为我还听说，美国大兵在战场上受了重伤，快要死了还没咽气的时候，都要嘱咐战友转告他的老婆这么一句话……"我装作奄奄一息上气不接下气的样子接着说，"中尉……答应我……帮我转告我太太……就说我……我爱她。"说完我自己就已经笑得肚子疼了。

Shirley杨也被我逗笑了，但却说："老胡你真没正形，这有什么可让你嘲笑的，这句话不仅可以用在爱人或情侣之间，对子女父母都可以说。爱一个人，就要让对方知道，他对自己有多么重要，这是很正常也是很必要的事。以后你也要每天说十遍。"

图书在版编目（CIP）数据

鬼吹灯.4，昆仑神宫/天下霸唱著.—长沙：湖南文艺出版社，2019.7（2025.9重印）
ISBN 978-7-5404-9267-0

Ⅰ.①鬼… Ⅱ.①天… Ⅲ.①长篇小说—中国—当代 Ⅳ.①I247.5

中国版本图书馆 CIP 数据核字（2019）第 096094 号

上架建议：神秘·探险小说

GUI CHUI DENG. 4, KUNLUN SHENGONG
鬼吹灯.4，昆仑神宫

作　　者：	天下霸唱
出 版 人：	陈新文
责任编辑：	薛　健　刘诗哲
监　　制：	毛闽峰　李　娜
特约策划：	代　敏　张园园　杨　祎
特约编辑：	孙　鹤
特约营销：	吴　思　刘　珣　李　帅
装帧设计：	80零·小贾
出版发行：	湖南文艺出版社
	（长沙市雨花区东二环一段 508 号　邮编：410014）
网　　址：	www.hnwy.net
印　　刷：	天津盛辉印刷有限公司
经　　销：	新华书店
代理发行：	中南博集天卷文化传媒有限公司
开　　本：	710mm×1000mm　1/16
字　　数：	301 千字
印　　张：	21
版　　次：	2019 年 7 月第 1 版
印　　次：	2025 年 9 月第 14 次印刷
书　　号：	ISBN 978-7-5404-9267-0
定　　价：	39.50 元

若有质量问题，请致电质量监督电话：021-62503032
销售电话：17800291165